红楼密码

上

张凯庆 张虓 著

中国社会出版社
国家一级出版社·全国百佳图书出版单位

图书在版编目（CIP）数据

红楼密码：全 2 册 / 张凯庆，张虓著 .—北京：中国社会出版社，2019. 6

ISBN 978-7-5087-6186-2

Ⅰ. ①红… Ⅱ. ①张… ②张… Ⅲ. ①长篇小说—中国—当代 Ⅳ. ①I247. 5

中国版本图书馆 CIP 数据核字（2019）第 131469 号

书　　名： 红楼密码

著　　者： 张凯庆　张　虓

出 版 人： 浦善新

终 审 人： 李　浩

责任编辑： 陈　琛

出版发行： 中国社会出版社　**邮政编码：** 100032

通联方式： 北京市西城区二龙路甲 33 号

电　　话： 编辑室：（010）58124835

销售部：（010）58124835

（010）58124836

网　　址： www. shcbs. com. cn

shcbs. mca. gov. cn

经　　销： 各地新华书店

中国社会出版社天猫旗舰店

印刷装订： 中国电影出版社印刷厂

开　　本： 160mm×235mm　1/16

印　　张： 33. 25

字　　数： 520 千字

版　　次： 2019 年 8 月第 1 版

印　　次： 2019 年 8 月第 1 次印刷

定　　价： 79. 60 元（上、下册）

中国社会出版社微信公众号

目录

上册

下　册

楔子

日头偏西，西边的天际出现一片红晕。

疾风吹过，满山的松柏、翠竹发出“哗哗——”“呜呜——”的怪叫，像是阵阵呜咽之声。

一个道士身背采药的篓子，沿着弯弯曲曲的石板路，跌跌撞撞地向山顶奔去。道士看上去有50多岁了，身材不高，体态精瘦。此刻，他神情紧张、脸色苍白，汗水顺着额头、脸颊和脖子淌下，前胸的道袍已湿了一大块。

道士稍微停顿了一下，大口喘着粗气，胸膛剧烈地起伏，下巴上的山羊胡子随风飘动着。显然，他已经精疲力竭了。在他身后百米之外，两个蒙面人手持利剑，快速追来。道士虽然每天都奔走在这条山路上，练就了一副翻山越岭的好身板，但是，后面追赶的人年轻力壮，体力明显地胜过道士，双方的距离在逐渐拉近。

道士回头望了一眼，拼尽最后一丝气力，连滚带爬地登上了山顶。

苍松翠柏之下，掩映着一座道观。两棵巨大的槐树一左一右矗立在山门两侧，山门上的匾额“灵山观”三个大字格外醒目。疾风下，地上的树影无规则地跳动着，使这座道观显得更加神秘莫测。

道士晃晃悠悠地跑上台阶，推开两扇红色的山门，一头栽了进去。喘了几下，道士仿佛来了精神，他爬起身来，迅速将观门关上，抄起门边粗大的门闩，将观门闩死，又在门闩下顶上了两根方柱。这扇门看来已足够牢固了，要想撞开它恐怕得费点力气。

道士跑进院子，穿过三清殿，奔向最后一层大殿——玉皇殿。

两个追击者跑到山门前，一个人用肩膀顶了顶山门，硕大的山门纹丝不动。追击者绕到院墙边，抬头望了望两米多高的院墙。一个人半蹲着身子，前腿呈弓步型，双手合拢，掌心向上，回头看着另一人。另一个蒙面人后退十几步，稍一愣神，一阵疾跑，身体腾空，左脚踏上蹲马步人的掌心。“马步人”双手使劲往上一送，“跑步人”右脚在墙上用力一蹬，嗖的一下，蹿上院墙。他在墙上蹲下身子，向下伸出手。下面的人紧跑几步，右脚在墙上一蹬，身体腾空，双手抓住墙上人的手。墙上人用力一拉，那人也站在了墙上。

两个人蹲在墙上观察了一下道观内的情况，互相对视一眼，纵身跃下。看似壁垒森严的高墙，就这样被追击者轻易越过。

落日的余晖洒进玉皇殿内，菱形窗框的影子被拉得长长的，斜着铺在殿内的方砖地板上，正座上的“北方北极中天紫微大帝”的雕像在夕阳的映照下显得神秘而庄严。

玉皇大帝雕像的后面一片昏暗，道士蹲在地上，喘着粗气，用颤抖的双手从篓子里拿出一个长约40厘米、宽20厘米，10厘米厚的乌木盒子。他紧张地在雕像的石座上摸索着，触动了石棱下面的一个按钮，啪，一声轻微的响动，石座下面的一块方石松动了。道士抠住方石的边缘一侧，向外一拉，后面出现一个小小的密室。他迅速把乌木盒子塞进密室，关上石门，用力一推，咔吧一声，石座恢复了原样。

院内传来了急促的脚步声。

道士四下望望，绰起地上的背篓，奔向大殿后门。刚出后门，一把利剑已经指向道士的胸口。道士一回头，殿内又冲出一人，前后夹击，道士插翅难逃了。

此刻，道士已平静下来，他把背篓向旁边一扔，镇定自若地说：“你们是什么人？想干什么？”

两个追击人一身黑衣，头上裹着黑色的头巾，脸上蒙着黑布，只露出两只眼睛。他俩向前跨了两步，手中利剑的剑尖顶到道士胸口：“我们是谁不重要，重要的是你应该知道我们要什么。”

道士：“你们想要什么？”

蒙面人：“密码。”

道士脸上的肌肉抽搐着：“他们已经知道密码的事了，好在，他们并不知道什么是密码。”道士努力镇静下来，淡然答道：“密码？贫道不懂你们在说什么。”

“呵呵！”蒙面人冷笑道，“你不懂？是你在书中设计了密码，不是吗？你以为做得天衣无缝？我看，你最好还是老老实实地告诉我们，免得晚辈在迫不得已的情况下动手。”

道士横下心来：“贫道真不知道什么是密码，你要动手，我也没办法。”

蒙面人的眼里射出一股寒光，手中的剑缓缓刺进道士的前胸，一股殷红的鲜血从道士胸口涌了出来。

道士浑身颤抖，一把抓住剑锋，嘶喊：“你就是杀了我，我也不知道密码。”

蒙面人死死盯着道士，手中的剑使劲往下一挥，刺啦一声，道袍被划破，道士的胸膛皮开肉绽，留下一道深深的剑痕，鲜血汩汩涌出。

“啊！”道士凄厉的嘶喊在空中回荡——

第一章
超级红学迷

漫天的红霞将西边的天际装点得格外绚烂，北京故宫太和殿的红墙金瓦，在金色的阳光的照耀下，熠熠生辉，庄严肃穆。游客们逐渐散去，喧闹了一天的故宫平静下来，恢复了威严、神圣的本来面目。

北京故宫博物院古籍研究所设在乐寿堂旁边的一个幽静的小院里，北面的三间正房是研究所的办公室，古籍研究员关林坐在电脑前打字，桌子上放着厚厚一摞手写的文稿。

关林今年28岁，是北京大学文物考古系的研究生，毕业后被分配到故宫博物院工作，主要负责古籍的研究工作。他是黑龙江人，长得相貌堂堂的，虽然算不上标准的翩翩君子，但是，在女同学眼里，他还是颇具才子魅力的：一米八零的个头，一头乌黑亮丽的长发，一双善于探究事物的眼睛，一副充满磁性的深沉的嗓音，一脸真诚坦荡的笑容，还有一副健壮的身板，这些，足以让他成为女同学心目中的偶像。可惜的是，他不喜欢和人交往，遇见熟人时最多是打个招呼，点头微笑一下就拉倒了。在他看来，和人聊天、应酬太耽误时间，他最大的爱好是钻在书堆里，探究那些遥远的、神秘的东西，其中，《红楼梦》就是他的研究对象之一。关林是个超级红学迷，还在读高中时就对《红楼梦》产生了浓厚的兴趣，上大学后开始系统研究《红楼梦》，他认为：《红楼梦》绝不像红学界解释的那样，那里面的学问太深了。最近，关林把自己的研究成果和论文汇总、整理，编成一本约40万字的学术专著，在这部专著里，他提出一个全新的观点，迄今为止，红学界还没有人提出他这样的观点。

关林对自己的学术观点非常自信，他已经和一家国家一级出版社谈妥，国庆节后就交稿，出版社审核后就可以出版了。

关林站起身来，活动了一下酸胀的后背和颈部。

文物管理员马天龙走进来，“嗨，关林。”

马天龙是关林为数不多的朋友之一，他比关林小两岁，个头和关林差不多高，但没有关林那么健壮。他长得很英俊，只是脸色有些苍白，给人感觉一副病态的样子，一副浓眉下，两只眼睛总是机警地眨动着，一看就是个反应敏捷、行事干练的人。他很注重自己的外表，平日里总是西装革履的，不像关林着装那么随便。

关林笑着说：“天龙，有事吗？”

马天龙将一个优盘递给关林：“你不是让我帮你查一下永琪的资料吗？我在网上搜索了一下，又查了一下乾隆年间的档案，永琪的资料不多啊，能查到的都在这个优盘里了。”

关林接过优盘：“太好了，谢谢你啊，天龙。”

“咱哥俩客气什么？哎，你查永琪的资料干吗？”

“自然有用了，你不想想，他是谁？”

“他是那个倒霉的那拉皇后的儿子，虽然也是乾隆皇帝的亲生子，可是，他那皇后老娘被废了，他也跟着倒了大霉，24岁就死了，生前连个贝子也没捞着。”马天龙看了看关林桌上的一堆文稿，“怎么，永琪和《红楼梦》有关系？”

关林诡异地一笑：“你还真猜对了，这个永琪真的和《红楼梦》有关系，而且，关系大大的。”

“真的？你不是瞎蒙的吧？”马天龙将信将疑。

“学术考证能瞎蒙吗？没有点根据，我会这么说吗？”

“那好，等你的学术专著出来后，我得好好看看。这个永琪会和《红楼梦》有关？我怎么听着有点不靠谱呢？”马天龙还是有点怀疑。

关林笑了笑：“我知道，会有很多人对我的观点持怀疑态度，但是，我还是那句话，没有根据，我是不会瞎说的。”

“好，那我就等着拜读你的大作了。拜拜！”

“拜拜，天龙，改天我请你喝酒。”

“好，来个一醉方休。走了。”

马天龙走后，关林又坐到办公桌前，继续在电脑里写文章。随着啪啪的键盘敲击声，电脑上出现一行字：《红楼梦》中的神秘数字就是解开红楼谜团的密码。

屋里的光线渐渐暗了。

“这么暗了，也不开灯。”随着话音，屋里的灯啪的一下亮了，研究所所长高文忠手里拿着两本线装书走了进来。

“噢，光顾写东西了，都忘了几点了。所长，您坐。”关林起身让座。

高文忠不仅是关林的领导，也是一位红学大师，已经出版了好几部红学专著。关林并非和谁都无话可说，碰上有同样研究兴趣的人，他的话题可不少。这位身材胖胖的、55 岁的研究所所长，可以算作他的学友和老师，尽管有时两个人的观点不同，但这并不影响他和高所长的交流，尤其是在研究《红楼梦》的问题上。

高文忠将手中的书递给关林：“不坐了，快下班了，你去藏书阁把这两本书还了，再帮我借一本清曹寅、彭定求编纂的《钦定全唐诗》第五卷。”

“哟，所长，您最近在研究钦定《钦定全唐诗》哪？”

“嗨，我主要是对曹寅感兴趣，凡是他编著的东西，我都喜欢琢磨琢磨。”

“找找解读《红楼梦》的灵感？”关林笑嘻嘻地说，“不过，所长，我可不大认同您的观点。”

高文忠推推鼻梁上的眼镜，严肃地说：“我知道你小子喜欢瞎琢磨，可是，《红楼梦》可不是你能瞎琢磨出来的。你说，如果《红楼梦》写的不是曹寅家的事，那会是谁家的事呢？”

“难道不会是皇上家的事吗？”

高文忠白白胖胖的脸上显出惊异的表情：“皇上家的事？你可真敢想啊！这可不是随便瞎说的事，你得有确切的根据。”

关林看了一眼桌上的文稿和一堆参考资料：“我正在找证据，而且已经有些眉目了。”

“我知道，你是个超级红学迷，你的思维方式是，反其道而行之，总想提出一个标新立异的观点，这没什么不好。但是，学术研究可不是编故事，不能只为迎合读者的趣味呀。”

“这我懂，我提出的每一个观点，都有充分的根据，而且都是小说里的根据。”

“是吗？那我哪天得领教领教。”

关林连连摆手：“不敢不敢，不是领教领教，而是指教指教。”

“呵呵呵，”高文忠笑了，“指教不敢当，后生可畏呀。当然了，这是好事，学术研究嘛，百花齐放、百家争鸣，才是应有的学术氛围。好吧，等你的学术专著问世后，咱们再来煮酒论英雄吧。”

“借您吉言，那一天也许不远了。”

“那就祝你成功吧。好了，快去送书吧，一会儿藏书阁该关门了。”

“好，我马上去。”

高文忠转身欲走，好像又想起什么事，他回头望着关林说：“对了，今晚上你真要住在办公室？”

“我想先在办公室凑合几天，等找到合适的合租伙伴再说。哎呀，北京的房租太贵了，我一个月的工资有一半都交房租了，照这么下去，我什么时候才能娶得起媳妇呀？”

高文忠凑过来，透过眼镜片瞄着关林：“噢，你小子还惦记着娶媳妇呢？我以为你是个太监哪，这么大了，连个女朋友都没有。”

“嘿嘿嘿，”关林不好意思地挠挠头，“咱不是没那个条件嘛，早早找个女朋友，让人家跟着咱吃苦受累呀？还是省省吧，我现在是一人吃饱了全家不饿，免得操那份闲心。不过，咱身上的零部件可都是原装的，没毛病啊。”

“呵呵呵，”高文忠笑道，“那行，你就住在西厢房的那间小屋吧。我跟你说啊，那可是乾隆爷的贴身侍卫睡觉的地方。不过，我得提醒你，听说这故宫里夜间可不安宁呀。”

关林警觉起来：“什么意思？您是说——闹鬼？您别吓唬我。”

高文忠收起笑容：“我可没有吓唬你，只是在提醒你，你睡一夜就知道了。”

关林挺挺胸膛：“我堂堂七尺男儿，一身正气，我可不怕什么鬼魂。没准儿，那鬼魂见了我还得磕头作揖呢。”

“算你小子有种。好，我先走了。”高文忠向屋外走去，回头又补了一句，“快去还书吧。”

“哎，我马上去。”

高文忠走后，关林把桌上的书稿锁进抽屉里，拿着那两本线装书出了门。

院子里，一个女清洁工拿着扫把迎面走来。

“吴阿姨好。”

吴阿姨名叫吴休玉，50岁左右，脸色白腻，身材适中，很富态的样子，她的相貌和她从事的工作好像很不相称，一眼看去就知道她年轻时长得很漂亮。尖尖的脸蛋，高高的鼻梁，双眉修长，眼睛明亮，头发柔顺不乱，皮肤细腻丰润，眼神中不再有青春的浪漫，却有着厚重的成熟和稳重。吴休玉专门负责古籍研究所的卫生清洁工作，和研究所所有的工作人员都相处得十分融洽。

“噢，小关，下班了？”

“还没哪，我去藏书阁还书。吴阿姨，您走时别锁院门，一会儿我就回来了。”

“你去吧，我一时半会儿还走不了呢，我等着你。”

“谢谢您，吴阿姨。”关林穿过月亮门，向故宫东边走去。

第二章
情系藏书阁

关林手里拿着几本线装书，沿着一条林荫小路走进藏书阁的院子。

藏书阁位于故宫东华门内文华殿后，清朝乾隆三十九年至四十一年建成，是皇家最大的图书收藏馆。藏书阁坐北面南，外观为上下两层，面阔6间，西尽间设楼梯连通上下。两山墙青砖砌筑直至屋顶，简洁素雅。阁前有一方池，池中清水潺潺，池上的石桥和池子四周栏板都雕有水生动物图案，灵秀精美。阁后湖石堆砌成山，势如屏障，松柏参天，苍劲挺拔。

藏书阁有两位年轻漂亮的图书管理员：一个叫方莹，一个叫白晓雯，两个姑娘都22岁，正是风华正茂之时。关林曾多次来过藏书阁，那个叫方莹的姑娘让他怦然心动。在这之前，关林从未对女孩子动过心。两个月前他来藏书阁借阅乾隆御制诗第三卷，是方莹接待的他。那天，他第一眼看见方莹，就觉得好像在哪里见过她，就是这次不经意间的偶遇，让关林有些神魂颠倒了。通过攀谈，关林得知方莹是北京人，去年从浙江师范学院毕业后回到故乡北京，通过父亲的关系进入故宫博物院工作。方莹虽然像许多北京姑娘一样清新脱俗，高傲机敏，但她却没有北京姑娘开朗、率真的性格特点。在关林看来，方莹的身上总有几分神秘感，让人感觉很难接近，不像山东姑娘白晓雯那样，见人总是嘻嘻哈哈的。

关林对方莹的关注不仅是因为她的美丽，而是方莹的举手投足之间都透露出一种十分熟悉的信息，关林觉得，他好像早就认识方莹。可是，方莹对关林却没有表示出多少热情，每次见到关林，方莹总是漫不经心的，有时甚至像是有意躲避关林的眼神，这让关林更加心猿意马了。今天又有一个机会来到藏书阁，关林暗自庆幸，就算方莹不搭理他，能近距离地看她一眼，也会感到欣慰的。

关林怀着期待又夹杂着忐忑不安的心情，走进藏书阁。

图书管理员白晓雯在书柜后面探出身来，她的装束真像她的姓氏一样，一身洁白：白色的短裙，白色的长袜，白色的凉鞋，脖子上挂着一串白色的珍珠项链；短发齐耳，精明利落，一张白嫩的瓜子脸，饱满有神，富有情感；两圈又黑又长的睫毛辉映着两个黑亮的眸子，仿佛一池盈盈欲滴的清澈的泉水。看见关林，她妩媚的脸上洋溢着动人的微笑："哟，这不是关林嘛，有何公干？"

关林把手中的书递给白晓雯："这是我们高所长借的书，我来替他归还。"

白晓雯接过书，在图书借阅登记表上做记录。关林四下看着，"怎么就你一个人，你们领导呢？"

白晓雯看着关林的样子，抿嘴一乐："呵呵呵，我看你是在找方莹吧？还假眉三道的找什么领导。"

关林被点破了心事，不好意思地笑笑："晓雯，看不出来，你是火眼金睛啊，什么事都逃不过你的眼睛。"

"你那点花花肠子谁看不出来？怎么？对方莹动心了？"

"嘿嘿嘿，"关林不好意思地低下头，"我长这么大，还真没对女孩子动过心，可不知怎么了，我见到方莹总觉得非常熟悉，我肯定原来就认识她。"

"这倒是一个不错的追女孩子的借口。不过，要想追上方莹，光靠嘴皮子上的功夫是不够的。"

"这算是忠告吗？"关林来了情绪，往前凑了凑，"那你说说，我究竟该怎么做，才能打动方莹的心？"

"这个嘛，你自己慢慢去琢磨吧。"

"怎么琢磨呀？你就不能点拨点拨吗？"

"哼，追女孩子还用点拨吗？一看心就不诚。"

关林还想说什么，白晓雯冲他身后一努嘴："你的心上人来了，好好表现啊。"

关林回头一看，方莹从楼上款款走了下来，她身着浅黄色的短袖连衣裙子，长发飘逸，宛若仙女；一双肉色丝袜裹着秀美的长腿，脚下是一双黑色的软底凉鞋，身材娇美，体态轻盈，一双乌黑的大眼睛，饱满有神，熠熠动人。就关林所见到过的女人中，从来没有见过一副这样高雅和聪敏的面容。

看见关林，方莹淡然一笑："关林，你来了。"

关林赶紧搭腔："噢，方莹，你好。我来还书，顺便、顺便看看你。"

"看看我？"方莹似乎有些惊讶，"我有什么好看的？"

"这……"关林尴尬极了。

"呵呵呵，看看，自找没趣吧？"白晓雯好像有些幸灾乐祸。

方莹看看手表："快下班了，我还有点事要处理，恕不奉陪了。"说完，扭头走进里屋。

白晓雯看着有些失落的关林，轻声说："别难过，小伙子，天涯何处无芳草啊。"

关林没好气地说："好像你有多大似的，一副教训人的口气。"

"哎呀，这可是好心当成驴肝肺了。好好好，以后你愿意怎么着，悉听尊便，我还懒得管你的闲事呢。关大少爷，还有何吩咐，我也该下班了。"

关林苦笑一下："你可真能拿我开涮，还关大少爷，我现在是孤魂野鬼。"他把一张借书单递给白晓雯："麻烦白大小姐，把这几本书借给我。"

白晓雯看看借书单，抬头看着关林："哟，这是要研究唐诗啊，雅兴不小。"

"是我们所长要看，我不过是替他跑跑腿。"

"顺便看看心上人？好，一举两得。哈哈哈！"

关林正想反击，故宫学术研究所主任刘敏拿着几本书从书库里出来，冲关林点点头："这是关林吧？"

"是我，刘主任好。"

这位年近50岁的刘主任，有一种高雅、威严的气质，虽然眼角上留下了浅浅的岁月印迹，但是，她那浓密油亮的短发，仍是那么乌黑；眼睛虽然不大，但透着秀气明亮的光泽，高高的鼻梁下经常有力地紧抿着的嘴唇，显示着年轻时敏锐激昂的活力。

刘敏："你对这些古籍书也感兴趣？"

"我是来替高所长还书的，顺便再帮他借几本《钦定全唐诗》。"

"噢，你们年轻人应该向高所长学习，多看点书有好处。我听说，你在研究《红楼梦》?”

“您怎么知道我这点爱好?”

刘敏笑了笑:“是方莹告诉我的。”

“方莹,她怎么知道的?”关林感到有些吃惊,心想:方莹都没跟我说过几句话,她怎么知道我在研究《红楼梦》?

“好事传千里嘛。方莹也是个红学迷,看过好几遍《红楼梦》了。”

“是吗,她还有这个爱好?有机会和她好好切磋一下。”关林喜上眉梢,终于和方莹有了共同语言,就凭这点,他也能和方莹拉近距离。

“《红楼梦》可不是一般的小说,能对《红楼梦》感兴趣的人,一定是喜欢解谜的人。我听说你还研究乾隆御制诗?”刘敏又问。

“是,我想了解一下这位风流天子的情感世界,我总觉得,《红楼梦》跟乾隆皇帝有些关系。”

“是吗?这倒新鲜,头一回听说《红楼梦》和乾隆有关系,以后有机会好好听你讲讲。好,你忙吧,我走了。”

刘敏走后,关林望着方莹的办公室,磨磨蹭蹭的还是不想走。白晓雯看了他一眼,笑道:“哎呀,看什么呀,喜欢人家就直接说嘛。”

关林不好意思地挠挠脑袋:“晓雯,我想问问你,方莹对《红楼梦》是什么观点?我想和她探讨一下。”

“真笨,”白晓雯笑骂道,“你不会自己去问啊,就这点胆量,还想追女孩子。”

“哎呀,你帮帮忙嘛,我知道了她的观点后,才好和她探讨嘛。”

“行,我就做个牵线红娘吧,帮你打听一下,事成后你得请客啊。”

“多谢白大小姐,请你吃西洋大餐。”

一个壮实高大的小伙子走进藏书阁,叫了声:“晓雯。”

“噢,玉峰,你来了。”白晓雯对关林说:“这是我男朋友康玉峰。”又对康玉峰介绍,“这位是古籍研究所的研究员关林。”

关林与康玉峰握握手:“您好。”“您好。”

康玉峰身躯健美,相貌堂堂,浓密的睫毛下面闪耀着乌黑的眼睛,棱角分明的脸上现出刚毅的神情,骨健筋强,胸脯横阔,一看就是个经常从事体育活动的人。

“您从事什么工作?”关林好奇地问。

“我是北京市武术队的运动员。”

“噢,我想起来了,全国南拳冠军康玉峰。”关林在报纸上见过这个名字，“怪不得体格如此健壮，一看就知身手不凡啊。”

“谢谢夸奖。”康玉峰笑了笑。

“你是来接晓雯的吧？”

“是，去体委办点事，正好路过这里。”

关林扭头看看白晓雯：“晓雯，你有这么个武林高手做保镖，没人敢欺负你呀。”

“呵呵呵。”三个人都笑了。

“好，你们聊，我走了。”关林向白晓雯和康玉峰挥挥手，又瞥了一眼方莹的房间，怀着难以名状的心情出了门。

天色渐渐暗了下来，关林从藏书阁出来，穿过一个月亮门，沿着一条石子铺成的小路，向乐寿堂走去。曲折的小路穿过一片茂密的树丛，直通到隐在树丛里的一所构造奇特的古老建筑前。那是一座荒凉神秘的院落，高大的院墙掩映着一个佛堂，一束淡淡的黄色灯光照到浓密枝叶遮蔽下的佛堂的一角，本来就萧条清冷的佛堂显得异常阴森沉寂，使人不寒而栗。据说当年乾隆皇帝的继皇后乌喇那拉氏被废后，就囚禁在这个院子里。每次路过这个院子，关林都有一种莫名的悲哀：*曾经高贵神圣的那拉皇后，在最后的岁月里，是何等的凄凉、悲惨；也许，在悲情无限、百无聊赖的时光中，她只能焚香祷告、寻求精神寄托了。*想到此，关林不由得加快脚步，想尽快穿过这座阴森森的院落。这时，他仿佛听到一声长长的嘶哑的叹息声：“唉——”那是一个女人的声音。

关林浑身的汗毛都竖了起来，他放慢脚步，凝神细听。又一声叹息声传来：“唉！皇上啊，您好狠心呀！”声音是那么悲凉，那么凄惨。

关林猛地站住脚，惶恐地四下望着，四周空无一人，耳边是松林树梢摆动的飒飒声。*也许是幻觉，这寂静的深宫大院里，哪里会有人呢？*他想。

关林努力使自己镇定下来，继续向前快步走着。忽然，身后传来一丝轻微的脚步声，离他越来越近。关林猛一回头：昏暗的灯光下，一个身影出现在他面前。

关林心里一惊，定睛细看：“哎呀，是胡师傅呀，你吓死我了。”

这个胡师傅是故宫的巡查员，叫胡图，他的脑门很宽，圆圆的脸上长着一双老鼠眼，一说话，眼睛一眨一眨的，用贼眉鼠眼来形容一点也不过分。天生一副下垂的嘴唇，露出一口不整齐的牙齿，虽然他时常用手遮住脸的下半部，也不见得能够遮住嘴巴的丑陋。胡图虽然已经有些谢顶，但是看来还很年轻，实际上他也不过三十出头。一身黑色运动装裹在身上，脚蹬一双耐克鞋，走路微微有些前倾，轻快迅速。关林只是和他打过几次招呼，并不想和他来往，总觉得他有些神秘。

胡图凑近关林，微笑地说："怎么？害怕了？是不是做了什么亏心事？"

关林胸脯一挺，说："我才不会做亏心事呢，我倒是觉得你像是爱做亏心事的人，老那么神出鬼没的。"

"那是我的工作。在这偌大的宫殿里，没有我不能去的地方，我的职责就是——"胡图压低声音，"防止那些心怀鬼胎的人进入这个神圣的皇宫里。"

关林觉得有些毛骨悚然，他不想再跟胡图聊下去了："好好好，你尽你的职责吧，我要回去研究《钦定全唐诗》了。"

"嘿嘿嘿，"胡图冷笑道，"小小年纪，还他妈研究什么《钦定全唐诗》？你看得懂吗？"

关林不搭理他，独自走了。

胡图望着关林的背影，一副若有所思的样子。

第三章

午夜惊魂

吃过晚饭后，关林提着行李箱，走进办公室旁边的小屋里。他按了一下墙上的开关，屋顶上的吸顶灯亮了。这个吸顶灯虽然是后装上去的，但是，灯的造型和屋里的建筑风格颇为和谐。其实，这个小屋并不算小，有将近 30 平方米，屋里是清一色的檀木家具，这些家具都有些年代了，至少是清朝末年留下来的。靠窗摆着一张书桌，桌上摆着笔架、砚台和镇尺，桌子一角摆着一个玉麒麟的铜雕。对面的檀木架上摆满了各种玉器、石雕和古玩。靠北面墙边是一张一米五宽的床，床上还设置着古老的蚊帐，被褥则是现代的，研究所值夜班的人有时就住在这里。

关林环顾房间四周，思忖："这就是乾隆皇帝的贴身侍卫住过的地方，好阔气呀，皇上身边的人就是牛。"他把行李箱放到床上，走到办公桌前，打开手提电脑，想继续写他的红楼考证文章。可是，他怎么也无法使自己的精力集中起来，耳边不断响起那座神秘的院落里传出的声音："唉！皇上啊，您好狠心呀！"关林似乎觉得这个声音有些熟悉，好像在哪里听到过。

"怎么可能呢，我怎么会听到过这个声音？"关林为自己荒唐的想法感到可笑，他摇摇头，"肯定是最近看乾隆和那拉皇后的资料太多了，脑子里总会产生一些联想的，所以，才会出现一些幻觉。对，那肯定是自己的幻觉。"关林这样安慰自己，心里逐渐平静下来。

时间在一分一秒地流逝，不知不觉间已经是午夜时分了。关林看看手机上的时间显示，已经是 0 点 10 分了，该睡觉了。他关上电脑，收拾了一下桌上的参考资料。然后，走到床前，打开行李箱，取出一件睡衣。

行李箱里有一个精致的盒子，关林把盒子拿出来看了几眼。他打开盒盖，里面有三件东西：一块金色的牌子，上面雕满精致的花纹，中间有一个“御”字；一本族谱，还有一块橡木牌子。这三件东西是关家的传家宝，是从祖上流传下来的。关林到故宫博物院工作后，父亲把这三件传家宝交给他，希望他有机会查查那块金牌的来历。

关林拿起那块金牌端详着：“这是我的祖宗戴过的牌子吗？‘御’字一定和皇上有关系，难道我的祖上是皇上身边的人？如果是的话，那我家祖上曾经很辉煌呀。”他抬起头来，四下看了看：“没准儿，我家祖宗也在这间屋里住过哪。那好，今儿晚上我就和老祖宗来个梦里相会吧。”想到这里，他情不自禁地笑了。

关林将盒子放到床边的小桌上，又从盒子里拿出那块橡木牌仔细看着。橡木牌上刻着一首小诗：反照三十过，正照过十三；风花雪夜事，红楼一梦魇。

“这首小诗是什么意思？‘风花雪夜事，红楼一梦魇’，难道和《红楼梦》有关吗？”关林思索着。虽然，他的《红楼梦》考证已经形成一个完整的观点，但是，有几个问题依然困扰着他，至今尚未找到答案。

关林将橡木牌放到盒子里，上床躺下了。他盯着天花板，出神地想着：“我的红学观点基本上都在小说里找到了根据，但是，还有一个问题始终没有解决，就是‘反照风月宝鉴’的含义，那面镜子的反面隐藏着什么秘密呢？会和祖上传下的橡木牌上的小诗有关吗？反照三十过，正照过十三，这究竟是什么意思？”

一阵困意袭来，关林渐渐闭上眼睛——

月亮在云雾中穿梭，星星在夜空中闪烁。微风拂过，树叶沙沙作响。整个故宫中一片沉寂，远处偶尔传来一两声猫叫。

清澈的月光洒在院里，四周寂静无声。

朦胧中，一个浑厚的声音传来：“皇后慢走，小心台阶！”一个身着清朝皇后服装的女子在院子中闪过，身后跟着两位健壮的侍卫。

一个黑影闪进关林的屋里，像个幽灵一样在关林的床边晃动着。

“当啷”一声，一个东西掉在地上，发出一声清脆的响声。关林打开台灯，清楚地看到屋里有个黑影转瞬即逝。

“是谁？”关林壮着胆子喊了一声，四周静悄悄的，毫无声息。他的心里一阵恐慌，看了看地面，那块金牌掉在了地上。关林定定神，俯身捡起地上的金牌，擦了擦上面的灰尘。

突然，外面隐隐地传来一阵低沉的呼啸声，哗——呼——，声音越来越强烈，越来越恐怖。一道闪电在月空中划过，咔——一个炸雷响起，外面传来一片惊恐的尖叫声。

一个声音大喊："康烈尔，你带安佳兰快走，我挡住他们。"

另一个声音："普泰琛，你小心啊！"

"你们快走，快走啊！"

关林冲出房间，映入眼帘的是惊魂一幕：一个健壮的清朝大内侍卫护着一个宫女快速离去，另一个穿黄马褂的侍卫，挥刀杀向几个黑衣攻击者。"黄马褂"武功高强，以一敌十，雪亮的刀光闪过，攻击者在一片惨叫声中纷纷倒下。

关林惊得魂飞魄散。

打斗声渐渐消失，眼前的影子逐渐远去。

关林迈着沉重的脚步回到屋里，一屁股坐在床上，不停地喘着粗气。他惊慌失措地四下看看，感觉整个屋里都笼罩在神秘恐怖的气氛中。他的目光落在小桌上：存放传家宝的盒子还在原处，但是，盒子里的族谱却不见了。

"族谱呢？这、这都是怎么回事啊？"关林感到全身一阵阵发冷，一向机智敏捷的大脑此时完全没了知觉。

天已大亮，前来上班的人陆续走进故宫。

关林无精打采地坐在办公桌前发呆，昨夜发生的事让他心存余悸：*难道我——一个当代的大学生，一个崇尚科学的人，要相信这些耸人听闻的神怪故事吗？可是，昨晚发生的事，又该如何解释呢？*他实在是百思不得其解。

高文忠走进来，看了看呆若木鸡的关林，问："关林，你怎么了？发什么呆啊？"

关林抬起头来，愣愣地看着高文忠："这故宫里真的不安宁啊。"

高文忠一闻此言，急忙走到关林的身边坐下，关切地问："怎么了？昨晚发生什么事了？"

关林把昨晚的奇遇讲了一遍，声音颤抖地说："要不是亲眼所见，我真不敢相信这是真的。"

听到这些话，高文忠浑身都在发颤。一阵沉默后，高文忠盯着关林的眼睛，严肃地问："你确信，不是在做梦吗？"

"绝不是做梦，这一切都是真真切切发生在我眼前的事情。"

"这件事你还跟谁说过？"

"谁也没说过，您是第一个知道这件事的人。"

"那就永远不要再提起这件事了，明白吗？"

"我明白，可是，这、这该如何解释呢？"

"解释什么？大千世界，无奇不有！在生活中，很多稀奇古怪的事情，是科学界无法解释的。"

"您是说，您也相信这些灵异的传说？"

"是传说吗？你不是亲眼看见了吗？"

关林张大嘴巴，半天没有发出声音。

高文忠皱着眉头思考着，缓缓地说："你说，你家的族谱不见了？"

"对，昨晚睡觉前，我就放在床前的盒子里了，可是，等我再回到屋里时，那本族谱就不见了。"

"你还看见屋里有个黑影？"

"是的，我听到当啷一声响，就打开了台灯，那个黑影一闪就不见了，之后，就出现了那惊魂的一幕。"

高文忠站起身来，在屋里来回溜达着，他那沉着的眼神和宁静自信的态度，显现出了长者的风度。沉思一阵后，他说："事情很蹊跷啊，你家那块传家宝的金牌，能给我看看吗？"

关林急忙从行李箱里找出那块金牌，递给高文忠："就是这块牌子。"

高文忠仔细端详着那块金牌，脸色突变："这、这是乾隆皇帝御前侍卫的腰牌啊，难道，你家祖上是乾隆皇帝的御前侍卫？"

"什么？乾隆皇帝，御前侍卫？不，不会吧？"关林皱着眉，出神地想着。猛然间，他想起昨晚听到的声音："康烈尔，你带安佳兰快走，我挡住他们。"

"康烈尔，这个名字好熟悉呀。"关林愣愣地想着，突然睁大了眼睛，"天哪，难道——"他急忙打开手提电脑，急急地说，"我把我家的族谱扫描了，在电脑里备份了一份。"

一阵查找，关林点开一个文件夹，电脑上出现一张发黄的影印族谱，族谱上的正楷字书写得规规矩矩。在这份族谱上，关林清楚地看到，他的十一世祖的名字——康烈尔。

“我的天，我的十一世祖就叫康烈尔。”关林又一次魂飞魄散了。

高文忠拍拍关林的肩膀，轻声说：“这回你相信我的话了吧，不要总觉得自己很了不起，你没见过的事情还多着呢。”

关林抬起头来，惊散的魂魄仿佛回到身上，但他眼睛里依然满是疑惑：“我的十一世祖曾经是乾隆皇帝的御前侍卫，昨晚，我看见了他的身影。”

高文忠：“这没什么奇怪的，你昨晚睡觉的那间屋，没准你的老祖宗就睡过。所以，老天爷就给你来了个情景再现。”

关林：“可是，是谁偷了我家的族谱？他们要这个族谱干什么？”

高文忠显然比关林看问题深远，一针见血地指出：“我想，偷族谱的人是要确认一下，你家的老祖宗是否就是那块腰牌的主人？当年，你的老祖宗一定肩负着重大的使命，很可能跟那个宫女有关。”

关林惶惶不安地点点头。

方莹和白晓雯正在整理书架上的图书，关林拿着两本书走进藏书阁，招呼道：“二位美女，早上好。”

“早上好。”白晓雯应道，方莹瞥了一眼关林，没吭声。关林把手中的书递给白晓雯：“这是前几天借的《隋朝史》。”

“关林。”身后传来中年女人的声音。关林回头一看，刘敏站在他身后。

“刘主任，您早。”关林点头问候。

刘敏微笑着点了一下头：“关林，听说，昨晚上你遇到麻烦了？”

“您怎么知道的？”关林深感诧异，“是高所长跟您说的？”

刘敏摇摇头：“今天我还没见到高所长呢。你一大早神色慌慌张张的，不是昨夜里遇到了麻烦，还能是什么原因？”

刘敏对方莹和白晓雯说：“我们的关大学子昨晚遇见鬼了。”

“什么？”白晓雯极感兴趣地说，“关林，快讲讲你的奇遇。”

关林只好把昨晚的恐怖经历复述一遍。

“呵呵呵，”方莹第一次笑出了声，“一大早跑到这里来讲鬼的故事，我看，你是醉翁之意不在酒吧。”

关林傻呆呆地看着方莹：“不是的，这是千真万确的事情，信不信由你。对不起，打扰你们了。”关林朝三位女士点点头，转身欲走。

“等一下，”刘敏关切地望着关林，“听说，你现在还没找到合适的住处?”

“是的，北京的房子太贵了，我想找一个人合租一间房子，现在还没找到合适的人。”

刘敏说：“我家祖上留下一个宅院，就在皇城根西路，离故宫很近，上下班很方便。如果你愿意，可以搬到那里去住。”

“那，您怎么、怎么收房租?”关林小心翼翼地问。

刘敏微微一笑：“付什么房租呀，咱们是同事，理应互相帮助嘛。再说，我家这个院子挺大的，现在方莹和白晓雯住在那里，算是给我看房子吧，你也来吧。”

关林有些受宠若惊：“这、这多不好意思。”

“没什么不好意思，马天龙也住在那里，你们不是好朋友吗?”刘敏的态度很诚恳。

“是、是，天龙是我的好朋友，既然这样，那、那我就不客气了。”关林激动不已。

刘敏笑了：“那好，你就尽快搬过去吧，省着晚上再遇见闹心的事。”

“谢谢刘主任，谢谢。”

白晓雯笑道：“以后记着每天起来扫院子啊，前院你和马天龙负责，后院我和方莹负责。”

“前院后院我一并负责，我承包了。”

“哈哈哈!”白晓雯和方莹开心地笑了。

第四章 幽　　灵

关林满心欢喜地从藏书阁出来，尽管昨晚上的经历把他吓了个半死，但是，风雨过后就是彩虹，以后天天都能见到方莹了，这可是求之不得的事情。今天，方莹对他的态度明显和过去不同，是不是我的好运该来了？关林心里美滋滋的，哈哈，让暴风雨来得更猛烈些吧，我将在这狂风暴雨中接受爱的洗礼。

关林哼着小曲，从小石桥上下来，往研究所走去。浓密的树丛后面，一双诡秘的眼睛在盯着关林——

转眼间到了下班的时间，关林关上电脑，收拾好桌上的文稿、书籍，从西厢房睡觉的屋子里提出行李箱。今天晚上，他就准备搬到刘敏的宅院去住。

高文忠走进来，看看关林的行李箱，说：“怎么？今晚上不住这里了？”

“不住了。”

“害怕了吧？”

“哼，有什么害怕的？不就是一群鬼影打架嘛，那是我的老祖宗想吓唬吓唬我。”关林一副满不在乎的样子。

“那你小子干吗要走？”

关林笑了笑：“我摊上好事了，学术研究所的刘主任有一个宅院，好多房子都空着，她让我到她那里去住，还不收房钱。您说，这是不是天上掉下个大馅饼？”

“呵呵呵，还真是美事一桩，既有不花钱的房子住，旁边还有美女陪伴，何乐而不为呀。”高文忠笑道，“你偷着乐去吧，我走了。一会儿你走的时候把电闸拉了，锁好门。”

“好的，您放心吧。”关林应道。

高文忠走后，关林回到办公室，把行李箱放到桌上，拿起桌上的手提电脑，准备把电脑放进行李箱里。当他打开行李箱时，一下子愣住了：那份消失了的族谱赫然出现在行李箱里。

故宫深处的一个院子里，杂草丛生，萧条幽静。院墙上的墙皮大片大片地剥落，院子中间的几块珊瑚石上长满着湿漉漉的苔藓，一种枝叶肥厚的植物在荒草中东倒西歪，满院的枯枝败叶厚厚地铺在青砖地上，几间破败的房间的窗户上挂满蜘蛛网，使这个荒凉的院子越发变得凄凉萧瑟了。

一个黑影闪进正房。

房间里光线昏暗，阴沉压抑。一张八仙桌旁坐着一个人，看不清那人的长相，感觉像是个女人。闪进来的黑影对坐着的人深鞠一躬。

坐着的人问：“事情都查清楚了？”

黑影说：“查清楚了，那个关林就是康烈尔的后人，他这两年一直在研究《红楼梦》，已经发现了书中的秘密，离真相越来越近了。”

“要想办法阻止他，不能让他接近事情真相。”

“明白。”

“另外，你要密切注意藏书阁的那两个女人，我对她们很不放心啊。”

“您放心，她们跑不出我的手心。”

“还有那个假太子，知道事情最多的就是他，要想办法除掉他。”

“是，奴才一定尽力。”

“不是尽力，是必须完成。当年你们就多次失手，现在机会又来了，绝不能再半途而废。”

“是，奴才万死不辞。”

“那个灵山道士可是个关键人物啊，你们要格外留神他的动向，不能让关林找到他。”

“我已经安排人盯着他了，稍有风吹草动，我们就做了他。”

“很好，先皇的嘱托就是神圣的使命，我们没有退路了。”

“我辈世世代代谨遵先皇圣命，若再完不成任务，当以死谢罪。”

刘敏的私家宅院是一个二进四合院，大门内有一个影壁，转过影壁是方方正正的前院，院内通向各房间的是十字形砖铺甬道。在正房前的绿地上，两株海棠树郁郁葱葱，旁边草地上的菊花、月季、蝴蝶兰、藤萝等花卉争奇斗艳。一踏进这个院落，就觉得清香四溢，沁人心脾。

方莹和白晓雯住在后院的东西厢房，前后院中间有个装饰华丽的垂花门。马天龙住在前院的北屋里，关林自己选择住进了前院的西厢房。

虽然关林暂时解决了住房困难，但是，这件看起来很不错的好事并没有给他带来意外的惊喜，相反，一连串莫名其妙的事让他倍感揪心。

晚上，关林想到马天龙的房间里坐坐，两个人原来关系就不错，马天龙还帮自己查过资料，关林曾说要请天龙喝酒，如今两人是邻居了，正好了却这一心愿。

关林走到马天龙房间门口，刚要敲门，忽然听见屋里有女人说话的声音：“十二爷，您的茶凉了，我去给您换一杯。”

关林一惊，那是方莹的声音。

只听马天龙说：“好的，换一杯龙井吧。”

“您还要吃点消夜吗？”

“拿几块点心来吧，后半夜我要饿了就吃点。”

“好的，十二爷稍后，我这就取来。”

“十二爷？”关林好生奇怪，“方莹叫马天龙十二爷，为什么？”

屋里传来脚步声，关林急忙闪到海棠树后。方莹从屋里出来后径直往后院去了。关林踌躇不前，不知该不该再去找马天龙。

“算了，还是回去吧。”关林一转身，碰到了一个花盆，发出咣当一声响。

“谁呀？”屋里的马天龙问道。

“是我，关林。”关林只好答应了。

“噢，是关林呀，进来吧。”

关林走进马天龙的房间。

马天龙放下手中的书，招呼道：“来，关林，坐吧。”

关林坐在方桌边的椅子上，疑惑地看着马天龙，问：“刚才方莹来过？”

“是啊，她去给我倒茶了，怎么了？”

“你的谱摆得好大呀，让这么漂亮的姑娘伺候你，你好像还心安理得似的？”

马天龙笑了笑：“怎么？你嫉妒了？有本事你也让她伺候你呀。”

“我可没那本事，方莹能正眼看我一眼，我就心满意足了。”关林有些愤愤不平。

马天龙收起笑容，严肃地说：“我知道你喜欢方莹，不过，我得提醒你，你最好离方莹远一点，否则，你的下场会很惨。”

“你这算是威胁吗？”关林有些恼了，“我可不是被吓大的。”

“我是为你好，你别不识好歹。”马天龙也不示弱。

“谢谢你的好意，你就这么自信，方莹一定是你的人吗？”关林的话中充满火药味。

“哼哼，”马天龙冷笑一声，“她到底属于谁，只有老天爷能说了算。我劝你还是识相点，免得日后备尝苦果。”

关林冷冷地看着马天龙：“我一直以为你是我的朋友，看来是我错了。”

马天龙语气坚定：“我现在仍然是你的朋友，所以才对你知无不言。”

“看来，我们没有再谈下去的必要了，你好自为之吧。”关林起身就走。

“不送。”马天龙的态度也很不友好。

关林怒气冲冲地从马天龙的房间里出来，快步走着。方莹提着一个点心盒，从垂花门出来，关林只顾低头疾行，差点和方莹撞到一起。

方莹收住脚步，嗔怪道：“你慌慌张张的干什么？”

关林没好气地说：“哟，这不是方大小姐吗？怎么，去给十二爷送夜宵啊？伺候得够周到的。”

方莹一声怒喝：“你胡说什么？”

“我胡说吗？你不是叫马天龙十二爷吗？怎么，你是他的丫鬟？”关林阴阳怪气地说。

“我愿意叫天龙什么，那是我的事，关你何事。”方莹扭头就走。

关林正想发作，方莹忽然回过身来，笑嘻嘻地说：“关林，其实，我是和马天龙开玩笑呢，你别多心啊，我俩真的没什么。”

关林转怒为喜了：“唉！你俩开玩笑，我多什么心啊。没事，你去吧。”

“你要是想吃点心，我也给你送点，大家都是朋友嘛。”

“呵呵呵，”关林笑了，“有你这句话就够了，比吃什么都强。”

“好，我走了。”方莹笑着走了。

关林回到自己的房间，心中亦喜亦悲：“这个方莹好奇怪呀，她为什么对马天龙那么谦卑，她真的是跟马天龙开玩笑吗？这个该死的马天龙，居然威胁我，哼，好小子，你等着，我倒要看看，你有多大本事。”关林从未受到过像马天龙这样的嘲笑，他觉得那颗倔强的自尊心受伤了。

在屋里转悠了一阵，关林想：“我不能因为这件事乱了方寸，再过些日子我的红学专著就该交稿了，我得集中精力，先把这件重要的事情完成。”

关林打开电脑：“马天龙，你等着，老子回头再来对付你。”他点开F盘，找到“《红楼梦》考证”的文档，点开文件夹，里面是关林两年多来辛辛苦苦写下的考证文章，已经完成十四章了。他打开前两天写的“《红楼梦》中的神秘数字就是红楼密码”一文查看，刚看了几眼，他就惊得脸色苍白，双手乱颤——

文章里全是一堆乱七八糟的数字，没有几句成型的话。

“怎么回事？怎么成这样了？我的论文呢？”关林手忙脚乱地检查自己的论文，额头渗出大滴汗水：文件里所有的论文都被篡改了，有的文章被贴上了曹家学的观点，有的直接被删除了，换成一些乱七八糟的图片。关林又打开参考资料查看，文档里一片空白，所有的参考资料都被人删除了。

“天哪！这是谁干的？谁动了我的电脑？”关林惨叫一声。

“嘟嘟！嘟嘟！”电脑上的QQ群的小灯闪烁着，有人在呼叫关林。他急忙打开QQ群，一条短信蹦了出来：

“你以为你的考证是别开生面吗？其实，那全是胡说八道，《红楼梦》是作者曹雪芹的自传，这是红学界的共识，你想推翻这个结论，简直是不自量力，你不觉得你的观点很荒唐吗？”署名是青湖山人。

关林在QQ上回复：“你是谁？”

“没看见我的QQ名吗？青湖山人。”

“是你动了我的电脑吗？”

“那是上帝对你的惩罚。”

“你要想公平地讨论《红楼梦》，请不要使用这么卑鄙的方法。”

“你很快就会发现，你的那一套说法是多么荒谬。”

“你想怎么样？”

“停止你的荒唐行为。”

“你以为我会害怕你的威胁吗？”

“那就走着瞧吧，你会为此付出惨重的代价。”

关林怒不可遏，回复：“去你妈的，有种你站出来，咱们单练。”

“呵呵，会有那一天的，后会有期。”

QQ 上的小灯灭了，青湖山人消失了。

关林余怒未消，骂道：“妈的，是哪个王八蛋，把老子的心血全毁了。唉！”他一声长叹，扑倒在桌上，轻声抽泣起来。

方莹从马天龙的房间里出来，轻轻走到关林的房间门口，侧耳倾听关林屋里的动静，她隐隐约约地听到了关林的抽泣声。方莹举手想敲关林的房门，犹豫了一下，她又把手放下了。

方莹在关林的房间门口愣了一阵，轻轻转身，往后院走去。

穿过垂花门，方莹走上后院的十字甬道。在她身后，有个黑影一闪而过。

方莹似乎听见了动静，回头看去，院子里静悄悄的，什么也没有。方莹向自己的房间走去。

一阵抽泣后，关林抬起头来，默想：“这几天发生的事太奇怪了，前天晚上的惊魂一幕，族谱的神秘失踪和失而复得，御前侍卫的腰牌，十一世祖的名字，方莹和马天龙的奇怪关系，还有考证专著被人删改，现在又有人企图阻止他继续探究红楼之谜，这一切到底是怎么回事？”

关林感到从未有过的困惑：“难道，这一切都跟《红楼梦》有关？”

嘀嘀、嘀嘀，电脑上的 QQ 群又亮起了红灯，关林急忙点开 QQ 群，一个名叫“屈死鬼”的群友发来一条短信：

“关林，你走的路子没有错，你要坚定信心。”

关林为之一震，回复道：“你说的‘路子没有错’，是指考证《红楼梦》吗？”

“是的。”

“你是谁？”

“你的朋友。”

“我的考证文章全被删改了，你知道是怎么回事吗？”

“他们就是要阻止你探明红楼真相。”

“他们是谁？你知道吗？”

“我当然知道，但是，我现在还不能告诉你，你如果知道了他们的身份，会有危险的。”

“那我该怎么办？”

“在《红楼梦》里寻找答案。”

“你认为《红楼梦》里确有秘密吗？”

“《红楼梦》里隐藏着一个惊天的历史谜案，你已经很接近这个真相了。”

“可是，我的资料全被毁了，我该怎么做？”

“注意农历八月十三日子时的月亮。”

“八月十三日？什么意思？”

“到时你自会明白。”

“我需要你的帮助。”

“当你需要时，我会随时提醒你的。”

“谢谢！什么时候能够见到你？”

“当所有的谜团都解开时，我就会出现。祝你成功，拜拜！”

“拜拜！”

关林关掉QQ，胸膛剧烈地起伏：“这个神秘的朋友是谁？他为什么要帮我？”激动的泪水在他眼眶里打转。

第五章
红　　玉

一群红色、金色和黑色的小鱼在藏书阁前的水池中悠闲地游荡着。

藏书阁的办公室里，方莹面前堆着一摞图书，埋头整理着图书记录。白晓雯快步走了进来，方莹抬头问：“外面有什么情况？”

“刚才我看见那个阉货往后宫去了。”

方莹的眉头皱了起来：“咱们要格外小心，他们不会轻易放过我们的。昨晚上，我就感觉院子里有动静。”

“是不是关林在走动？”

“不是，关林回屋后再也没出来，我觉得有人在盯着我们。昨晚上关林可能起疑心了，他回屋后好像哭了。”

“要不要告诉十二爷，以后和关林说话要小心点。”

方莹摇摇头：“暂时先别告诉他，他要是知道了真相，会惶惶不安的。”

“关林那里怎么办？”

“看看他今晚上的反应吧，但愿他能悟出问题的关键所在。”方莹的眼睛里射出一股坚定的光芒，“该来的总会来的，你别怕，我等这一天已经很久了，现在就看关林的了。晓雯，你要设法帮助十二爷，我重点关注关林。”

“好。关林非常聪明，他一定能找到红楼密码。”

故宫深处的那个荒凉的院子里，一个黑影闪进北屋。

黑影对坐在堂前的女人说：“我已经在关林的电脑里做了手脚，关林要想恢复原来的文章，得需要相当长的时间。”

“光删改他的文稿还不够，你要设法干扰关林的思路，让他无法作出准确的判断。”

“是。”

“藏书阁那两个女人有什么动静？”

“她们很警觉，好像嗅到了什么味道。”

“这两个女人成不了什么气候，关键是那个假太子，只要他有行动，你们就果断出击，干掉他，决不能让他和关林搭上线。”

“是。”

关林神情沮丧地坐在电脑前，懊恼地揪着自己的头发。高文忠走进来，看了看满脸愁容的关林，问：“又怎么了？”

关林抬起头来，木木呆呆地看着高文忠：“我的考证专著被人破坏了，删改得一塌糊涂。”

“什么？”高文忠惊道，“会有这种事？谁干的？”

“我也不知道，我想恢复电脑里的文档，可是，我刚才发现，文档已经被彻底破坏，无法恢复了。”

高文忠也愣了：“这是有人在阻止你的考证啊，为什么这么做？学术讨论有不同意见很正常嘛，干吗采用这么卑鄙的方法？”

关林气不打一处来：“娘的，老子倒了八辈子霉了，谁他妈这么缺德？我考证《红楼梦》碍着谁的事了？”

高文忠拍拍关林的肩膀，安慰他说：“小伙子，别着急，大不了从头再来嘛。你那些观点都在你脑子里呢，再重新写一遍吧。”

关林哭丧着脸说：“可是我、我一点也想不起来，原来我是怎么论证的。”

“什么？”高文忠的惊讶比上一次更猛烈，“你连脑子都被人洗了？哎呀，这下惨了。”

关林抱着头，痛苦地低语：“我这脑子怎么了？原来的观点是什么？我怎么一点印象也没有。”

“唉！”高文忠叹了口气，“关林，你可能太累了，好好休息几天，让大脑平静平静。别灰心，你肯定能想起来。”他也只能这样安慰关林了。

两行泪水滚过关林的脸颊。

洁白的月光映照着寂静的四合院。

关林坐在宿舍桌前，一遍遍地回想这几日发生的怪事。他想起昨晚和群友屈死鬼的微信联系，屈死鬼说，让我注意农历八月十三日的月亮，这是什么意思？关林看了看桌上的台历，现在是农历八月十三日夜里10点多了，他起身走到窗前，仰望着星空，一轮圆圆的月亮高高地挂在空中，周围萦绕着无数的闪闪发光的星星。他想：现在的月亮还不是最圆的，后天就是中秋节了，那时才是满月的时候。屈死鬼是暗示我，今晚这不是满月的月光下会有事情发生吗？

已经是凌晨1点了，一切风平浪静，什么事也没发生，看来，昨晚那位屈死鬼搞了一个恶作剧。“逗你玩”，关林想起马三立的相声，嘴角泛起一丝苦涩的微笑。

“唉！”关林长叹一声，失望至极地躺在床上，迷迷糊糊闭上了双眼——

缥缈的白云中飞来一位仙女，洁白的流星闪裙，凸现柔美身段；淡蓝色的丝带，漫天飞舞；折纤腰以微步，呈皓腕于轻纱，眸含春水清波流盼，唇似桃花香溢芬芳，飘飘洒洒，醉人迷离。这个仙女就是传说中的女娲，女娲用黄泥造人，日月星辰各司其职，子民安居乐业，四海歌舞升平。后来共工与祝融争帝位，共工战败，一怒之下，头触不周山，导致天柱折断，地球上除了人类所有生物都将灭绝，地球两极颠倒，九州裂，天倾西北，地陷东南，洪水泛滥，大火蔓延，人民流离失所。美丽善良的女娲看到她的子民们陷入巨大的灾难之中，痛心不已。于是，女娲在大荒山无稽崖顶堆巨石为炉，取五色土为料，又借来太阳神火，历时九天九夜，炼就了高经12丈，宽经24丈的五色巨石三万六千五百零一块。又历时九天九夜，用三万六千五百块五彩石将天补好，剩下的一块大石被女娲弃之青埂峰下。忽又来了一僧一道，自称茫茫大士，渺渺真人，将那石头幻化成一块红玉从空中坠下。这奇妙的情景似梦似真。

一觉醒来，天已大亮，关林起床洗漱完后，走到桌前。猛然间，关林倒吸了一口冷气，惊恐的眼睛死死地盯着桌上一件奇怪的东西。

朝阳驱散了弥漫的雾气，四合院里的海棠树、灌木丛，全都湿漉漉的；碧绿的枝头，青翠的草叶儿，娇艳的花朵上，沾满滴溜晶莹的水珠儿，闪烁着瑰丽的彩辉。

方莹、马天龙和白晓雯齐聚关林的房间，关林说：“你们几位都是我最好的朋友，这两天我又遇见一些奇怪的事情，实在无法解释。你们帮我分析一下，是怎么回事。”

三个人陡然紧张起来，方莹神色严峻地看着关林：“又出什么事了？”

关林把自己的考证文章被破坏、脑子选择性失忆、青湖山人的威胁和屈死鬼的提醒、梦中女娲炼石补天的情景讲述一遍，说：“你们猜猜，最后那块石头跑到哪里去了？”

方莹说：“不是被和尚道人化成红玉，到太虚幻境警幻仙子案前挂号去了吗？”

关林激动地大喊一声：“那块红玉跑到我的桌上了！”

“什么？”几个人都大吃一惊。

关林指着桌子说：“你们看，就是这块红玉。”

几个人立刻走到关林的书桌前，目光齐聚桌上：桌上有一个檀木架子，上面装着一块玲珑剔透、灿若明霞的红玉。

“你们说，这块红玉是哪儿来的？”关林神色紧张地望着方莹、马天龙和白晓雯，急切地想知道答案。

马天龙仔细端详着那块玉石，说：“这块红玉有些年头了，应该是乾隆年间的文物。”他仔细看着镶玉石的木架，只见底座上有一行小字：乾隆三十一年秋月。“这一看就是皇宫里的东西，拥有这种贵重物品的人，不是皇后，也该是个贵妃吧。”

白晓雯一脸诧异的表情：“太不可思议了。”

“这就是你梦里的那块红玉吗？”方莹的脸上闪着奇异的光彩。

“是的，你说，怎么会跑到我的桌上？”

“昨晚有人进过你的屋子吗？”

“没有。”

“你睡觉前锁门了吗？”

“锁了。”

“你睡下以后，听到屋里有什么动静吗？”

“除了做了一个奇怪的梦，什么动静也没听见。”

白晓雯突然爆发出一阵大笑：“哈哈哈，太好玩了。”

“哎呀！”关林恼怒地说，“我都快急死了，你还好意思拿我开心。”

白晓雯赶紧摆摆手说：“对不起，关林，我不是那个意思，你怎么不仔细想想，为什么屈死鬼让你注意八月十三日子时的月亮？”

关林一下愣住了：“你的意思是，这块红玉和八月十三日的月亮有关？”

"当然，否则屈死鬼的话该如何解释？"

关林思索一阵，丝毫理不出头绪，懊恼地说："这都什么乱七八糟的事，唉，我怎么这么倒霉，什么稀奇古怪的闹心事都让我摊上了。"

方莹突然开口："我知道是怎么回事了，你们跟我来。"说罢，她转身急匆匆地出了房门，马天龙和白晓雯紧随其后，关林锁好房门后追了出去。

清晨的大街上车水马龙，无论是行人还是车辆，都是一副急匆匆的样子，好像每个人、每辆车都在抢时间、争速度。

关林等四人进了故宫后门，马天龙向三个人挥挥手："我去上班了，有什么情况晚上再聊。"

"好，晚上见。"关林、方莹和白晓雯向藏书阁走去。

一片树丛后，暗藏着一个黑影，紧紧盯着关林、方莹和白晓雯。

方莹快步走进藏书阁，从书架上抽出一本厚厚的书，回身放到桌上，神色庄严地对关林说："这就是你要的答案。"

关林定睛细看，那本书的封面上赫然写着：《红楼梦》。

"什么意思？你是说这一切稀奇古怪的事都跟《红楼梦》有关？"关林疑窦丛生。

"是的。"方莹说，"女娲炼石补天，剩下一块大石未用，弃之青埂峰下。茫茫大士和渺渺真人将其化成红玉，到警幻仙子案前挂号，这不是《红楼梦》里的故事吗？"

关林好像有点明白了："你的意思是，屈死鬼提示我注意八月十三日子时的月亮，这一夜红玉突然出现在我的房间里，这些奇怪的事情的答案都在《红楼梦》里？"

"对，你只有重新开始研究《红楼梦》，才能解开这些谜团。"

关林慢慢拿起桌上的《红楼梦》："屈死鬼是想告诉我，这些秘密都隐藏在这本书里，可是，我、我原来是怎么论证的？我现在一点也想不起来了。"他痛苦地垂下头，心中充满悲凉。

白晓雯柔声说："关林，你要振作起来，我们相信你，凭你的才能，一定能重新找回你的观点。"

"好，我试试吧。"关林显得有些信心不足。

关林抱着《红楼梦》走进古籍研究所的院子。清洁工吴休玉正在扫院子，看见关林，吴休玉笑眯眯地说："哟，小关，来得够早的。"

“吴阿姨早，和您比，我算是迟到了。”

吴休玉看看关林手中的书，说：“哟，又要研究《红楼梦》啊？”

“是。”

“你不是已经快出版专著了嘛，怎么还要研究？”

“唉，一言难尽啊。吴阿姨，我不跟您详细谈了，还有工作要做。”

“你们真辛苦，快去忙吧。”

“吴阿姨再见。”

“再见！”

关林朝办公室走去。

一整天，关林都沉浸在《红楼梦》里，快下班时，高文忠走了进来。看着关林全神贯注的样子，高文忠脸上露出笑容，和蔼地说：“这就对了，重新开始嘛。”

关林抬起头来：“所长，您坐。”

高文忠坐下后问：“怎么样，想起你原来的观点了吗？”

关林摇摇头：“唉！就跟中学生第一次看《红楼梦》一样，只知道贾宝玉喜欢女孩子，最爱的是林妹妹，其他完全没有感觉。”

“别着急，你就只当自己是个中学生，逐步进入大学生、研究生、博士生的状态，功夫不负有心人，你一定会找回自己的观点。”

关林把手中的书扔到桌上，懊恼地说：“我对其他古籍的知识一点也没忘记，唯独对《红楼梦》一点也没印象，真邪了门了。”

“这说明有人就是不想让你再继续研究《红楼梦》，所以，才会出现这种状况。”

“我真搞不懂，研究《红楼梦》是我的工作和爱好，每个人都有权利按照自己的理解去解读《红楼梦》，谁这么缺德？用这么卑鄙的手段阻止我。”

“你还是到《红楼梦》里寻找答案吧。下班了，先回家吧，来日方长，你会找到答案的。”高文忠拍拍关林的肩膀，走出房门。

傍晚时分，关林委靡不振地回到自己的住处，打开房门，按了一下墙上的开关，屋里一片光明。

关林把公文包挂到衣架上，来到桌前，往桌上一看，骤然间变了脸色——

第六章
奇怪的方莹

关林惊魂失措地望着桌上，那个檀木架子还在，可是，红玉却没了踪影。

“怎么回事，那块红玉哪儿去了？”关林愣怔了一会儿，转身快步走出房间。

优美的轻音乐声在马天龙的房间里回荡，马天龙一边听着音乐，一边悠闲地喝着啤酒，桌上摆着几盘精致的小菜。

关林垂头丧气地走进马天龙的宿舍。马天龙抬头看看他：“哎，关林，你怎么才回来，我都等你半天了。来来，坐下喝酒。”

“我哪还有心思喝酒，唉！真是祸不单行啊。”

马天龙放下酒杯：“又怎么了？该不是又出什么幺蛾子了？”

关林痛心地说：“那块红玉不见了。”

“红玉，什么意思？”马天龙好像没明白关林的意思。

“就是早晨我让你们看的那块红玉，早晨出门时，它还在桌上，可是，我刚才回来一看，那个架子还在，那块红玉—— 没了。”

“噢，是这么回事啊，”马天龙好像并不着急，“兴许让猫叼去了。”

“你少胡扯，猫怎么会钻到我的屋里。”

“呵呵呵，”马天龙一阵怪笑，“红玉没了自有没了的道理，你着急也没用，该回来时它会回来的。”

“我怎么觉得你有点幸灾乐祸呀，看我笑话啊？”关林有点不高兴了。

“那我该怎么说呀？哎哟哟，不得了了，出大事了，红玉没了，天要塌下来了，是该这么说吗？”

“去你的，我不跟你废话了。”关林扭头就走。

“呵呵呵，”马天龙望着关林的背影冷笑道，“好戏才刚刚开始。”

关林心烦意乱地躺在床上，满脑子都是这几天发生的稀奇古怪的事，他拼命想理出个头绪，可是，无论怎样努力，依然是一团乱麻。

“屈死鬼提示我注意八月十三日子时的月亮，昨晚果然发生了奇怪的事情，方莹提醒我答案可能在《红楼梦》里，可为什么红玉又失踪了？谁把红玉偷走了，屋里并没有人进来过的痕迹，这到底是怎么回事？”

嘀嘀，嘀嘀，桌上的电脑发出清晰的叫声，关林噌地一下坐了起来，QQ 聊天的小红灯频频闪烁。关林迅速起身，坐到书桌前，打开 QQ 聊天界面，是“屈死鬼”在呼叫他。

屈死鬼：遇到什么麻烦了？

关林迅速回复：昨晚梦见女娲炼石补天的情景，早上桌上出现一块红玉。可是，晚上回来后，红玉又没了。

屈死鬼：那就去寻找。

关林：你上次提示我注意八月十三日子时的月亮，与这块红玉有关吗？

屈死鬼：是的。

关林：这些谜团的答案都在《红楼梦》里，是吗？

屈死鬼：是的。

关林：可我现在对《红楼梦》完全没有印象，我该怎么办？

屈死鬼：去寻找红玉，在寻找的过程中，你就会想起原来的观点。

关林：谢谢，我知道该怎么做了。

屈死鬼：祝你成功。

关掉电脑后，关林疑窦丛生：这个屈死鬼太可怕了，他到底是什么人？难道是他先把红玉偷走，然后引导我去寻找，这样就能破解这些谜团吗？无论如何，他给我指引了一个方向，总比在迷雾中摸索要强吧。

关林下定决心，要按照屈死鬼的指引去做。

晨曦徐徐拉开了帷幕，初升的太阳放射着万道光芒，大地上的一切都变成了金色，像披上了一层闪着金光的纱衣。一架飞机划过天际，在天空中留下一条美丽的弧线。又是一个绚丽多彩的早晨，带着清新降临到这个喧闹的城市。

关林昨晚只睡了几个小时，最近这些稀奇古怪的事情搅得他心绪烦乱，天刚亮，他就匆匆赶到研究所的办公室。窗外传来叽叽喳喳的鸟叫声和赶来上班的同事们的相互问候声，关林充耳不闻，视而不见，完全沉浸在自己的思维和情绪里。

关林盯着桌上的《红楼梦》，默想：“我该到哪里去寻找红玉呢？”他凝神思索了一阵：“是不是应该找高所长咨询一下？对，高所长是红学专家，一定能看出些名堂。”

想到此，关林起身往高文忠的办公室走去。

高文忠戴着一副眼镜，手里拿着一个放大镜，正仔细观察着一个清代的铜鎏金十一面观音立像。

关林拿着《红楼梦》走进来，说：“所长，向您请教几个问题。”

高文忠放下放大镜，将观音像小心翼翼地往桌子里面推了推，抬起头来，看着关林，问：“什么事？”

关林将《红楼梦》放到桌上，开口道：“您是红学专家，您觉得贾宝玉的那块‘通灵宝玉’是什么颜色？”

“噢，是这个问题呀。”高文忠说，“小说里写得很清楚啊，薛宝钗看此玉时 写道：‘大若雀卵，灿若明霞，莹润如酥，五色花纹相护’，脂批在‘灿若明霞’处点出‘色’字，霞为何色？古文中多喻指红色橙色。还有，莺儿给通灵宝玉打络子，在讨论用什么颜色时，宝钗说，‘若用杂色断然使不得，大红又犯了色’，既然用大红是犯了色，即重了色，那么，那块通灵宝玉定然是一块红玉无疑。”

“说得好。如果我丢失红玉这件奇怪的事和《红楼梦》有关的话，那么，那块红玉最有可能出现在什么地方？”

高文忠想了想，说：“在我看来，《红楼梦》写的是曹寅家的事，作者曹雪芹是曹寅的后人，小说就是曹雪芹的自传。贾宝玉是女娲炼石补天剩一石的转世真身，通灵宝玉则是其幻象。所以，如果你丢的那块红玉真的和《红楼梦》有关的话，那么，它最有可能出现在曹雪芹的家乡。”

“江宁织造府？”

“对，曹雪芹幼年时在江宁织造府生活过几年。不过，那块红玉也有可能出现在崇文门外蒜市口的曹雪芹故居里。曹頫获罪进京后，内务府将京城崇文门外蒜市口地区的十七间半房，家仆三对，拨给曹頫之家人安家度命。有红学大师论证，《红楼梦》写的就是乾隆即位后曹家在京光复中兴、恢复繁华生活的一段故事。”

“有道理，您真不愧是红学专家，经您这一点拨，我知道该怎么办了。”

“呵呵呵，”高文忠笑道，“你原来可不是这个态度啊，经历了这么多事，开窍了？”

“开窍不敢说，总比稀里糊涂要好吧。谢谢您，我有目标了。”

“那就先去崇文门外蒜市口找找线索吧，现在的广渠门大街就是原来的蒜市口大街。”

“好，去蒜市口。”关林高高兴兴地走了。

关林一溜小跑来到藏书阁，对方莹说：“你能陪我出去一趟吗？”

“干吗？”

“寻找红玉。”

方莹笑了笑：“今天是中秋节，先踏踏实实过个节，明天再去吧。”

关林冷笑一声：“哼哼，我还有心思过节？人家是每逢佳节倍思亲，我现在是时逢中秋倍思玉啊。不解开这些谜团，我能踏实吗？”

“你急什么，听说你中午就没吃饭？”

“吃不下去啊，我总觉得胸口堵得慌。”

“晚上下班后，我请你吃饭，饭后咱们一起赏月。”

“你请我吃饭？还一起赏月，真的？”关林感到有些意外，他的心情好些了。

“当然是真的了，不过，我请客，你买单啊，呵呵呵。”

“好好好，买单，当然是我买单。”关林喜上眉梢，心想：“这可真是因祸得福啊，要不是丢了红玉，方莹怎会请我吃饭，还一起赏月，太好了。”

关林颓丧的心情一扫而光，下班后高高兴兴地和方莹出了故宫。

景山前街的双汀酒店宾客满座，热闹异常。欢欢喜喜的全家老小，成双成对的男女青年，都在这中秋佳节出来聚会了。关林和方莹坐在靠窗的一个小桌上，桌上摆着丰盛的菜肴，方莹举起酒杯，笑嘻嘻地说：“这杯酒算是给你压惊了，来，喝吧，美酒一下肚，什么烦恼都会烟消云散的。”

关林喜不自禁：“谢谢你的美意，葡萄美酒夜光杯，还有美人相伴，与此相比，那点小事就不足挂齿了，来，干杯!”

两人碰了一下杯，喝下杯中酒。关林拿起酒瓶，给方莹斟酒：“方莹，我原来觉得你特高傲，好像从来都没正眼看过我。我一直觉得自己没那么差吧？怎么在你眼里我好像一钱不值似的。”

“呵呵呵，现在的感觉呢?”方莹笑问。

“现在嘛，我觉得你还是很善良的，非常善解人意，而且乐于助人。”关林打开了话匣子，“我想，你既聪明，又漂亮，追你的人一定不少吧?可我怎么没发现你有男朋友啊。”

“那说明还没有哪个男人能打动我的心。”

“那你心目中的白马王子是什么样啊?”关林试探地问。

方莹笑笑：“你猜猜?”

“我猜啊，是我这个样子吗?”关林单刀直入。

“呵呵呵，”方莹笑道，“你还挺自信的。”

“我猜对了吗?”关林又逼一步。

方莹收起笑容：“你慢慢猜去吧。”这一句让关林有点摸不着头脑了。

沉默了一阵，关林问：“马天龙和你关系不错，对吧?”

“是啊，大家都是朋友嘛。”方莹的回答模棱两可。

“不过，我总觉得你和马天龙的关系挺奇怪的。”

“有什么奇怪的?”方莹非常警觉地看着关林。

“我说了，你别生气啊。”关林看着方莹的眼，似乎想看穿她的心事，“你每次见了马天龙总是特别谦卑，毕恭毕敬的，我好几次听到你叫他十二爷，为什么呀?”

方莹非常严肃地盯着关林：“我劝你不要打听这些，对你没什么好处。”

关林也不示弱：“马天龙还让我离你远点，哼哼，他在威胁我，我会怕他吗?”

“你最好听马天龙的话，他是对的。”

“你什么意思？你是他的丫鬟吗？他是你的男朋友吗？你怎么那么怕他?”关林有些激动了。

“关林，有些事我没法跟你解释，以后你会知道的。你的心思我都懂，但是，我现在只能告诉你，我们——只能做个好朋友。”方莹的态度很坚决。

“为什么呀?”关林还想说下去，方莹挥手制止了他：“别再说了，这个问题到此为止吧。”

酒店外面的一棵树后，一个黑影躲在阴影里，探头向店里张望，那个人在盯着关林和方莹。

方莹往外瞥了一眼，树后的人急速一闪。

方莹低声说：“外面有人盯着我们。”

“什么？”关林一惊，扭头看看窗外，“盯我们干吗？”

“别到处乱看，”方莹神色严峻，“关林，你现在重任在肩，你得顾全大局。”

“什么意思？我有什么重任？”关林觉得有些莫名其妙。

方莹严肃地说：“最近在你身边发生的那些奇怪的事，你以为是偶然的吗？那是一个巨大的历史谜案，这个谜团只有你能解开。”

“等等，等等，”关林有些摸不着头脑，“你说什么？前几天发生的奇怪的事，和一个历史谜案有关？”

“是的。”

“只有我能揭开这个谜案？”

“对。”

关林的思绪集中到《红楼梦》上：“你的意思是，这个历史谜案的答案在《红楼梦》里？”

方莹：“你又猜对了。”

“不会吧？这、这太不可思议了，”关林简直难以置信，“《红楼梦》不过是本小说，就算是书里隐写着一些秘密，可是，也不至于这样啊？这、这都挨得上吗？”

“有些人就是不愿意让你揭开小说中隐藏的真相，所以，才千方百计地阻止你。”方莹说得十分肯定。

“我想起来了，”关林忽然意识到一个问题，“你就是那个屈死鬼？”

“什么屈死鬼？”方莹完全搞不懂关林的话。

“有一个名叫屈死鬼的 QQ 群友和我聊过两次了，他说的话和你一样，所以，我觉得——”

“呵呵呵，你觉得我像屈死鬼吗？”方莹笑了。

“现在觉得又不像了，”关林看着方莹的笑脸，默想：“你最好别是那个屈死鬼。”他叹了口气，说：“屈死鬼这个名好难听呀，干吗起这么个网名？太不吉利了。不过，他好像什么都知道，一直在暗中帮助我，这个神秘的朋友是谁呢？”

邻座上的一男一女不时地瞥着关林和方莹，他们对关林和方莹的话格外留神。

方莹看看表：“时间不早了，我们回去吧。”

“好，走吧，还得赏月呢。”

结完账后，关林和方莹并肩向街上走去。在他们身后不远处，一个黑影鬼鬼祟祟地跟着他们。

关林抬头望着空中的一轮圆月，说：“这才是满月哪，八月十三日子夜时，屈死鬼让我注意当晚的月亮，我还以为是让我看空中的月亮，八月十五日才是月亮最圆的时候。”

“你错了。”方莹严肃地说。

“我错了吗？八月十五不是月亮最圆的时候吗？”关林反驳道。

“屈死鬼不是那个意思，他是在提醒你注意八月十三这个日子。”方莹的目光格外严厉。

关林一下愣住了：“八月十三，这是什么日子？难道又和《红楼梦》有关？”

“正是！”

关林望着方莹坚定的目光，觉得她绝不是在开玩笑。“那我该怎么办？”

方莹：“明天去寻找红玉。”

“对，走，回家。”

第七章
误入歧途

街面上车流涌动，一道道车灯将路面照射得光艳无比。

一辆豪华轿车驶过，车里的后座上坐着一个衣着华丽的女人，她戴着一顶黑色的宽边帽子，帽檐上垂下一条黑纱，恰好遮住了她的脸。司机身着灰色的西装，聚精会神地驾驶着轿车。

女人问："今晚上有什么情况？"

司机："关林和方莹晚上在一起吃饭，说了不少事情，但酒店里太吵了，我的人听不清楚他们说什么，他们好像提到了马天龙和屈死鬼。"

"屈死鬼？"

"好像是一个 QQ 名。"

"会不会是那个假太子？"

"很有可能。"

"还有什么情况？"

"昨天上午，方莹带着关林去了藏书阁。"

"去藏书阁干什么？"

"关林好像抱着一本书从藏书阁出来了。"

女人沉思了一阵，说："情况不对头，方莹带着关林去藏书阁找一本书，那本书肯定是《红楼梦》，看来，他们走对路子了。"

司机："我已经对关林施了魔法，他现在想不起来原来的那些观点了，他就是拿到了《红楼梦》也无济于事。"

"我们的导师该派上用场了，你通知导师，让他做好准备。"

“是，导师会起作用的。”

关林驾驶一辆白色的宝来轿车，驶在二环路的大街上，方莹坐在他身边。

“这是你的车？”方莹问。

“唉！我一个月才挣几个钱，哪儿买得起车啊。跟我同学借的，他家是开公司的，有的是钱。”

方莹又问：“你开车技术还挺熟练的，什么时候学的车？”

关林笑笑：“我上高中时就会开车，我爸有辆车，没事时我就开着玩。高中毕业后就考了驾照了。”

“不错嘛。今天去哪里？”

“崇文门蒜市口。”

“你有线索了。”

“有点想法了，是高所长提醒我的。”

一辆黑色轿车远远地跟在关林的车后，密切注视着关林的动向。

白色宝来车停在路边，关林和方莹从车上下来，并肩向一条胡同里走去。两个人全神贯注地交谈着，完全忽略了自己的身后、目及之处若隐若现地有两个人跟在了他们的后面，监视着他俩的一举一动。

关林边走边说：“原来的蒜市口大街只有 7 米宽，曹家是在路北临街的院子，这个院子原来叫蒜市口 16 号院，现在叫广渠门内大街 207 号。”

在元、明时期，北京南城有一条著名的河流叫“文明河”。在元代，崇文门叫“文明门”，而河在其南，故名文明河。在文明河畔，蒜市口和磁器口因北对崇文门，所以也是文明河最繁华的地方。蒜市口是卖菜的地方，因卖蒜的商贩很多，故名蒜市口。明、清时期，蒜市口外的河两岸店铺林立，热闹非常。蒜市口 16 号院原为马家私宅，是后来住中院北屋的马姓老人的太祖于清嘉道年间买下的，这个院子的前部分原是临街四间面宽的三层勾连搭房，曾经是洗染坊。

关林和方莹走进广渠门内大街 207 号，环顾这个曾经在红学界引起广泛讨论的曹雪芹故居，两个人的心里涌出不同的感想。临街房的后面与中院之间，是一道东西院墙，院墙中央是四扇木质屏门，飞逝的岁月在屏门上留下了深重的痕迹，门上“端方正直”四个大字依稀可见，诉说着古老沧桑的故事。中院中间有一座小假山，上面爬满了青苔和紫藤。

东西厢房各有三间，正房三间，东西配有耳房，与正房有券门相连。

关林和方莹沿东面的夹道进入后院，后院有正房三间，西耳房一间，东耳房两间，东西厢房各三间。院子东侧有一口水井，井里的水早已干涸。

关林望着这个破破烂烂的四合院，感慨地说："据红学专家考证，这个二进四合院是国内唯一一处有档案可据、有地图可证、有遗迹可循的曹雪芹故居遗址，也就是雍正时期的内务府拨给曹家的十七间半房。当年这个院子一定很辉煌，据说曹雪芹在这里生活了二十多年。"

方莹四下望着，疑惑地问："《红楼梦》里的故事就发生在这里？"

"是啊，高所长说，有红学大师论证，《红楼梦》写的就是曹家获罪进京后光复中兴的一段生活。"

"这个院子怎么看都不像《红楼梦》中的宁荣二府啊？差得太远了。"方莹满腹疑问。

"对呀，我怎么没想到这一点？唉，我这脑子怎么了？"关林回过味来，拍着脑门说，"《红楼梦》中贾府的人口上千人，这是麝月说的，其中女孩子就几百人，这是宝玉说的，这个小小的院子，十七间半的房子里能住下那么多人吗？其中还有几百个女孩子哪，怎么住啊？搭上下铺也挤不下啊。"

"乾隆即位后，曹家不是光复中兴了吗？会不会又建了个大宅院。"

"不可能，曹家因亏空巨大，负债累累，还不起朝廷的银子才被雍正抄家的，获罪进京后依然背了一屁股债。就算乾隆免了他家的罪，使其家境有所复兴，可是，短短几年的时间，曹家根本没有能力建造出宁荣二府那样的豪宅，更不可能将人口发展到上千人。再说了，如果曹家真的在北京有贾府那样的豪宅，总会有遗址留下吧，可是，有吗？什么都没有留下。"

方莹想了想，说："我记得，有红学专家论述，如今的恭王府，最初是曹雪芹的家宅，是《红楼梦》中宁荣二府和大观园的原型。"

"胡扯！恭王府始建于乾隆四十一年，那时，曹雪芹早死了。这处宅邸的原主人是乾隆的宠臣李侍尧，乾隆四十五年（1780）李侍尧因贪纵获罪时这处宅邸被收缴，不久即赏赐给和珅，和珅将其改建为固伦和孝公主府，是清代规模最大的一座王府。和珅被诛之后，嘉庆皇帝就把和珅之宅赏给了久已渴望此宅的庆郡王永璘。永璘是乾隆的十七皇子，和嘉庆是同母兄弟。1851 年恭亲王奕䜣成为宅子的主人，恭王府的名称也因此得来。曹家算老几？原来不过是个五品官，获罪后进京后怎么可能住进恭王府？清朝明确规定，一品官的官邸只有20间，就是三进的大四合院，俗称‘大宅门’。一个犯了罪的五品官比王爷、皇子和一品大员还牛吗？朝廷拨给曹家十七间半房子，已经很给他家面子了，他还想住恭王府这么大的宅子，可能吗？再说了，曹家进京时还没有恭王府哪。”

“对呀，清朝还规定，各级官员可以合法地拥有一定数量的奴婢，但是，就连王爷家里的奴婢也不能超过950人，其他官员家的奴婢就更少了。”方莹也想起了一些关键的问题。

关林回忆道：“我想起来了，史书上明确记载，曹家被抄家时的人口是114人，这和贾府的人口差得太远了。曹家获罪进京后，他家的家仆也只有三对，也就是六个人。不对，不对不对，这个地方绝不是宁荣二府，红玉不可能在这里，我们找错地方了。”

“唉！那就走吧，再找别的线索。”方莹也感到很失望。

两个人从院中悻悻地走出来。跟踪的人急忙躲避，关林瞥见，一个人闪到树后，他看清了，那个人是故宫里的巡查员胡图。

“他到这里来干什么？”关林心中充满疑惑。

大街上，白色的宝来车疾驰而过，关林驾着汽车，方莹坐在副驾驶的位置上。

关林瞥了一眼侧面的倒车镜：“有人跟踪我们。”

方莹抬头看看车前的反光镜，只见一辆黑色轿车远远跟在他们的车后。

“我们来的路上，我就看见那辆车了。”

关林警觉起来：“刚才在那个四合院外面，我看见了胡图，鬼鬼祟祟的。”

“胡图？原来是他。”

“他为什么跟踪我们？不会是碰巧相遇吧？”

“昨天晚上我们在一起吃饭的时候，就有人跟踪我们，今天又发现了胡图的身影，你觉得会是碰巧吗？”方莹好像心中有数。

“可是，胡图跟踪我们干吗？我们碍他的事了吗？”

“你想想，为什么你电脑里的文档被破坏了？还被人洗了脑，这还不能说明问题吗？”方莹进一步提醒关林。

“对呀，那天晚上，还有个名叫青湖山人的QQ群友给我发来一堆奇怪的话，难道青湖山人就是胡图？”关林终于意识到危险了，“这个胡图，老子要会会他，看他有多大能耐。”

“你现在千万不要轻举妄动，他们就是要阻止你查明真相，你要和他们明斗，不正中他们下怀吗？”

“那怎么办？”

“你现在最重要的事是查明真相，找到红玉的下落。其他的事，由我来处理吧。”

“你来处理？”关林扭头看看方莹，担心地说，“会很危险的，你一个女孩子，对付不了这种事的。”

“呵呵呵。”方莹笑了。

“你笑什么？”

“你还不知道我的厉害呢。”

“你很厉害吗？我怎么没看出来。”

“哪天让你见识见识。”方莹笑道，“你放心吧，没事的，你安心做你的事吧，尽快揭开那个谜底，我来为你保驾护航。”

“哈哈哈！”关林大笑，“好好好，我有个美女保镖了，很幸福嘛，哈哈。”

方莹也笑了：“接下来，你准备怎么办？”

关林坚定地说：“到江宁织造府去，《红楼梦》里的故事一定发生在江宁织造府，那里是曹雪芹的故乡，肯定会有红玉的线索的。”

“好，那就去江宁织造府。”方莹也来了情绪。

傍晚，熙熙攘攘的人流在北京西站广场上涌动，旅客们提着各种行李，摩肩接踵。一个穿一身黑色西装，戴着一副茶色墨镜的人溜达到一个报亭前，小心翼翼地看了看周围的人流，掏出手机拨打电话。那个人是胡图。

电话响了一阵，对方接了电话，胡图说：“喂，主子，是我。”

电话里传来女人的声音：“怎么样？”

“白天他们去了广渠门207号，他们好像感觉找错了地方，现在他们到了西客站，估计是要去江宁织造府。”

“你在哪里？”

“在西客站前广场。”

“他们发现你了吗？”

“白天，他们从207号院出来的时候，关林好像看见我了。”

“你已经暴露了，不能再抛头露面了。你安排人先赶到江宁织造府去，在那里等着他们。路上不会有什么事，就不要派人跟踪了，以免露了马脚。”

“明白。”

“那个假太子有什么动静？”

“没什么行动，他一直待在故宫里。”

“你要密切注意他的动向，估计他会有所行动的。”

“是。您还有什么吩咐？”

“你要格外小心，如果情况不对头，就果断出手，决不能让他们查到真相。”

“是，奴才一定全力以赴，绝不辜负主子的信任。”

“那就这样吧，有情况随时报告。”

“是。”

挂断电话后，胡图揣起手机，快步向车站外走去。

车站检票口，关林和方莹随着人流，检票进站。

南京的市中心大行宫地区，江宁织造府就坐落在这里。当年，康熙帝六下江南时，四次居住在当年的江宁织造府，因此就把江宁织造府所在地称为大行宫。

关林和方莹走进织造府的大门，步入织造府的前厅。方莹看着富丽堂皇的建筑，心存疑虑：“这些建筑这么新，哪里像几百年前的建筑？”

关林说：“这个江宁织造府是后建的，原建筑在太平天国时被付之一炬，连遗址的位置都成了一个谜。”

“噢，我说哪。”

关林详细介绍江宁织造府的历史：“康熙皇帝南巡时，以织造府为行宫，后来乾隆游江南又经粉饰、扩建，正式作为皇帝行宫。从乾隆十六年起，江宁织造府不断扩建，变成了皇帝的专用行宫，此地与曹家再无瓜葛。《南巡盛典》中曾附有一张《江宁行宫图》，完整地展现了乾隆时期江宁行宫建筑群的样貌格局。但是这个行宫与那个曹家的江宁织造府已大相径庭了。”

“是啊，那是皇帝的行宫了，不是曹雪芹生活过的那个曹家宅院了。”

关林接着介绍：“根据史书记载，江宁织造府原有一个西花园，园内种有楝树，因此，西花园的亭子就被称为楝亭，是曹大人与文人名士把酒言欢、吟诗对谈的风雅之地。楝亭也是江宁织造府建筑的最高点。红学专家论证，西花园就是《红楼梦》里大观园的原型。”

“不对吧，”方莹反驳道，“我记得小说中写道，大观园建成后，众姑娘为大观园题诗，薛宝钗的题诗第一句说：‘芳园筑向帝城西。’‘芳’字的字义除了形容花草、香气和春天，还指女子。薛宝钗这句诗意思是，这座住满女人的园子建在皇帝城的西边。”

关林闻言猛地一愣，脑海中急速闪出几个他过去论证《红楼梦》的观点：“对呀，等等，好像我原来就是这么论证的。”关林皱着眉仔细回忆，脑子里只是一些零碎的片段，怎么也想不起来原来完整的观点。“我这脑子怎么了？乱糟糟的，全是些破碎的记忆。”

方莹安慰他说：“别着急，你先冷静一下，慢慢恢复，一下子太紧张了，脑子就更乱了。”

关林看着织造府的花园，说：“如果《红楼梦》写的是清朝的事，那曹家的西花园当然不在皇帝城的西边，方位不对呀。难道我们又找错地方了？”

方莹正想说话，关林衣兜里的手机突然响了起来，他掏出手机一看：“噢，来了条短信。”他点开短信，手机屏幕上显示：你们跑到这里来干什么？这江宁织造府里有红楼吗？短信署名是：屈死鬼。

“屈死鬼？”关林愣住了——

第八章
偷　　袭

关林盯着手机屏幕看着，方莹问："什么事？"

"是那个屈死鬼发来的短信，"关林拍着脑门说，"屈死鬼说得对呀，这江宁织造府里有红楼吗？"

"什么意思？"方莹扭头看着关林，疑问的目光注视着他。

关林四下看着江宁织造府的建筑，说："小说的名字叫《红楼梦》，可是，这江宁织造府里哪儿有红楼的影子呀？"

方莹想了想："《红楼梦》不是有好几个名字吗？"

"是，《红楼梦》原名《石头记》，又叫《风月宝鉴》，还有《情僧录》《金陵十二钗》，等等。《甲戌本凡例》指出：'《红楼梦》是总其全部之名也'。作者为什么最后将书名定为《红楼梦》？既然叫《红楼梦》，那么，小说中的宁荣二府的建筑必须是红色的，才能说得通。"

"而且一定得是楼，一层的叫房或屋，二层以上的才叫楼。"方莹补充道。

关林："对，看来，我们又白跑了一趟。"

这时，大门外走进一个人，看见关林和方莹后招呼道："嘿，关林，方莹，你们也来这里参观了。"

关林回头看去，那个人是马天龙："哎，天龙，你怎么也跑到这里来了？"

"天龙，你好。"方莹向马天龙点点头，她的态度明显有些拘谨。

马天龙微笑着说："正好我休假，到南京来玩玩，人家跟我介绍说，这江宁织造府是曹雪芹的故乡，现在是著名的旅游景点，所以，我也来看看这位伟大作者的生活之地。”

“也来找找《红楼梦》的感觉？”关林笑问。

“哦，不不不，研究《红楼梦》那是你的专长，我不过是随便看看。”马天龙边走边说，“哎呀，这江宁织造府不错嘛，亭台飞檐，繁花楼阁，小桥流水，回廊水榭，一片幽雅的江南园林，风光无限啊。想当年，曹雪芹在此度过了他美好的少年时代，《红楼梦》中的故事，就是当年曹雪芹的繁华生活的情景再现吧？”

“你也认为，《红楼梦》写的是曹雪芹的家事？”关林问。

“你认为不是吗？”马天龙反问，“如果你觉得《红楼梦》写的不是曹家的事，那你跑到这里干什么来了？”

“我来这里是为了寻找那块丢失的红玉的线索。”

“噢，是这样啊，”马天龙阴阳怪气地说，“那么，你找到线索了吗？”

“没有，”关林有些丧气，“唉！看来我们又找错地方了。”

“为什么说找错地方了？”马天龙盯着关林问。

“我们找的应该是座红楼，可是，这里没有红楼啊。”

大门外又进来几个人，四下溜达着，慢慢地向关林和马天龙靠近。方莹警惕地扫视着那几个人。

“呵呵呵，”马天龙笑道，“说得好，既然叫《红楼梦》，那书中的楼一定是红色的。”他四下看看，又说：“还真让你说对了，这里没有红楼啊。据红学专家考证，曹雪芹就是在这里出生的，也是在这里度过少年时代的，但是，既然这里没有红楼，那《红楼梦》写的就不是曹家的事了，曹雪芹的自传之说也就无从谈起了，是这样吗？”

“从理论上讲，你这个说法是对的，《红楼梦》应该和曹家无关。”关林越来越感到原来的思路不对。

“既然如此，你还在这里瞎耽误什么工夫啊，回去好好研究一下《红楼梦》，先找找红楼到底在哪里，再找你的红玉吧。”马天龙很诚恳地说。

“你说得对，我得先找到红楼，再找红玉。”

一个身着黑衣的人闪到柱子后面，盯着马天龙，他的手伸进裤兜，掏出一把飞镖握在手里。方莹扫视着那个人，把手中的小包提到前胸。

嗖的一下，黑衣人抛出飞镖，直奔马天龙的脑门。方莹手疾眼快，把手中的小包一甩，当啷一声，飞镖被打落在地。

“小心！”方莹大喊一声，转身护住马天龙。

关林和马天龙惊恐万分地盯着黑衣人。

几个黑衣人冲了过来，将马天龙和关林团团围住。方莹一声怪叫，纵身跃起，一个凌空飞脚，将冲在最前面的人踢出好几米远。关林虽然没有练过武术，但他身强力壮，对付一两个平常人还是绰绰有余的。他一把揪住扑向马天龙的黑衣人的衣领，脚下一扫，扑通一声，那个人摔倒在地。

方莹转身扑向另一人，几记漂亮的少林拳，干脆利落地将那人打倒在地。

这时，又冲出一人，从后面抱住马天龙的腰，一使劲，马天龙被摔倒在地。那人翻身骑在马天龙背上，手中举起一把明晃晃的刀，刚要刺下，嗖的一下，方莹的小包抛出，正好砸在那人举刀的手上，刀子落在地上。方莹一个箭步跃了过来，飞起一脚，踢在那人的头上。那人惨叫一声，口吐鲜血，一头扑倒在地。

关林和另一人扭打在一起。方莹冲过来，挥起一掌，砍在那人脑后，那人“哼”了一声，身子软绵绵地倒下了。

“快走！”方莹拉起马天龙，捡起地上的小包，向织造府大门口跑去，关林紧紧跟在后面。

倒在地上的几个黑衣人爬起来，刚要追赶，胡图从一个柱子后面闪出：“不要追了，我们已经暴露了，快走。”

几个人搀扶着被方莹踢伤的人，从旁边的小门迅速撤了出去。

高速公路上，一辆宝马轿车飞速驶过。车里，马天龙驾车，方莹坐在旁边，关林坐在车后的座位上。

“这是你的车？”方莹问马天龙。

“是，”马天龙说，“我本来想坐动车到南京，可又一想，还是开车方便，就开车来了，现在终于派上用场了。”

关林问：“那些是什么人？一出手就这么狠，简直是想要天龙的命啊。”

“哼哼，”马天龙冷笑一声，“老对手了，要不是方莹出手快，我的小命就没了。方莹，谢谢啊。”

“您别那么客气，这是我的职责。”方莹回答。

“你的职责？”关林觉得方莹的话有些莫名其妙，“你是他的保镖？”

“也是你的保镖。”方莹笑了笑。

“方莹，今天你可真是让我开了眼了，没想到你的武功这么好，简直就是个女侠呀。”关林的眼神里流露出钦佩的目光。

“呵呵呵，”方莹笑道，“你不知道的事还多着呢。”

“哎，你在哪儿学的功夫？原来怎么一点也没露出来。”关林好奇地问。

“这个嘛，说起来话就长了，那应该是几辈子前的事了。哈哈哈！”方莹笑起来格外美丽。

马天龙问：“现在，你们准备怎么办？”

关林想了想，说：“刚才在织造府，有个名叫屈死鬼的QQ群友给我发来条短信，提醒我江宁织造府里没有红楼，我这才意识到，《红楼梦》书名的重要含义。我们应该先找到红楼，才有可能找到红玉的线索。”

马天龙说：“你说得对。我听人说，北京的东面有座山，名叫邙山，这个邙山上有个僧人，人称邙山和尚，传说他就是《红楼梦》中的茫茫大士。你们应该去会会这个邙山和尚，兴许他能提供些重要的线索。”

“邙山和尚？”关林喜悦之色溢于言表，“如果他真是那个茫茫大士的话，他肯定知道《红楼梦》中的所有秘密。”

“对，去找邙山和尚。”方莹仿佛看到了希望。

“走，我们去邙山。”马天龙猛踩油门，汽车飞一样地疾驰。

在高速公路的车流中，有两辆黑色奥迪轿车急速地向前飞驰。

胡图坐在前一辆奥迪车里，盯着前座后面的一个屏幕，屏幕上是卫星地图，图中的高速公路上有一个小红点，快速地向北移动。

胡图的手机响了，他掏出手机接听电话：“喂，主子，是我。”

电话里还是那个女人的声音：“事情怎么样了？”

胡图：“他们去了江宁织造府，可能起疑心了。马天龙也出现在江宁织造府，和关林、方莹会合了。”

“为什么不采取行动？”

“我们采取行动了，但是，失手了。”

“什么？”电话里的声音异常严厉，“你们全是废物！他们现在在哪里？”

“他们在、在通往北京方向的高速公路上，我一直监控着他们。”胡图吓得声音直哆嗦。

“他们是要回北京吗？”

“现在还不清楚，他们的车一直在向北开。”

“如果发现他们有什么企图，你要果断采取行动，决不能再失手。”

“是，我已经在他们的车上安装了遥控炸弹，如果发现情况不对头，我会立刻引爆炸弹。”

“很好，那就祝你好运吧。”

电话挂断，胡图擦擦额头的汗水，问司机：“这条路上还有通往其他地方的岔路吗？”

“有，快到北京时，有一条通往邙山的高速路。”

“邙山？”胡图警觉起来，“难道他们要去邙山？”

“很有可能，邙山有个云观庙，里面有个奇怪的僧人，人称邙山和尚，有些来历。”

“坏了，这个邙山和尚和那个灵山道士一定有关系。”胡图急切地说，“快，跟紧他们，如果发现他们要去邙山，就果断行动。”

“是。”

马天龙驾车飞奔，方莹警惕地看着车前的反光镜，她看见，远处两辆奥迪一直跟在他们的车后。

“我们又被跟踪了。”方莹说。

马天龙看看倒车镜：“肯定是冲我们来的。”

方莹问：“在江宁织造府时，你把车停哪儿了？”

“停在织造府前面的停车场了。”马天龙的神情有些紧张。

方莹意识到马天龙的汽车上可能有问题，她从小皮包里掏出一个探测器，在车上慢慢扫动着。嘀嘀，嘀嘀，探测器在司机座椅下方发出声响，方莹把手伸到座椅下，抠出一个小小的圆形的东西。“这是跟踪定位器，无论我们到哪里，他们都能准确地知道我们的位置。”

马天龙：“把定位器扔出去。”

方莹：“不行，现在他们就在我们后面，我们把定位器扔了，他们立刻就会知道，可能还会采取更激烈的行动。”

“报警吧。”关林有些急了。

“不行，这件事不能让警方介入。”马天龙急切地说。

“为什么呀？在江宁织造府，他们的行为就是谋杀啊。”关林深感意外。

“警方能解决 200 多年前的刺杀案吗？”马天龙大声说。

“什么？200 多年前的刺杀案，什么意思？”关林完全搞不懂了。

“哎呀，你就别问了，你知道得越多，危险就越大。”方莹也急了。

“莫名其妙，唉！”关林一声长叹。

第九章
刺　　杀

高速公路上，汽车飞驰，车流滚滚。

马天龙驾车驶入山区，前方一个路牌显示：前方500米路口，通往邙山。

方莹回头看着后面的车辆，默想：“如果他们发现我们要去邙山，会怎么样呢？汽车上会不会还有东西？”想到此，方莹忽然起身，用探测器仔细探测着车里的每个角落。

嘀嘀，嘀嘀，探测器在车厢中部的底板上发出强烈的声音。

“不好，车子底部有东西。”方莹眉头紧皱，神色严峻。

“不会是炸弹吧？”关林也意识到情况不妙，神情格外紧张。

方莹大声说：“天龙，拐上去往邙山的高速路后，你立即停车。”

“好，你们做好准备。”马天龙的声音明显地颤抖着。

后面追击的奥迪车上，胡图死死盯着屏幕上的小红点。小红点快速移动着，拐向去往邙山的高速路。

“他们果然要去邙山，准备行动。”胡图下达命令。

“是！”副驾驶位置上的人掏出一个引爆装置，拇指放在一个红色按钮上。

屏幕上的小红点突然停止不动了，胡图大喊：“坏了，他们可能发现了，快，引爆炸弹。”

“是！”前座的人按下引爆器上的红色按钮。

轰隆一声巨响，前方公路上火光冲天，远远望去，前面的宝马轿车被炸得飞了起来，在公路上打了几个滚，直接滚下山去。

两辆奥迪车飞驰而来，嘎……，一阵刺耳的刹车声，两辆轿车停在了宝马车滚下山的位置。胡图和几个人跳下车，跑到路边往下看去，只见宝马车燃着大火，滚到了山底，轰隆，又一声巨响，宝马车被炸得粉碎。

“哼哼，这回我看你们往哪儿跑。”胡图一阵冷笑。

“胡总管，这回我们该交差了吧？”一个青年对胡图说。

“好，这回该我们消停一阵了，走。”胡图一挥手，几个人上了车，掉头往北京的方向开去。

在山崖下的一片草丛中，方莹探出头来，向上面的高速路上窥视。一阵汽车的轰鸣声后，上面的路上安静了。

“他们走了，出来吧。”方莹向旁边的草丛中说。

关林和马天龙从草丛中站起身来。原来，在宝马轿车刚刚拐上通往邙山的路上时，马天龙急踩刹车，轿车在路边停了下来，关林、方莹和马天龙从车上跳出来，急速地冲下山坡，在一片草丛中藏了起来。

“这帮王八蛋，把老子的车给毁了。”马天龙恨恨地骂道。

“捡了一条命就不错了，那辆破车算什么。”关林还算看得开，“哎呀，这叫大难不死，必有后福。哈哈哈！”

“危险只是暂时过去了，以后还不知道会发生什么事呢？”方莹仍然有点担心。

“这帮畜生手够黑的，想置我们于死地呀。”关林骂着，扭脸看了看方莹，“哎呀，方莹，你可真是我俩的福星啊。”

“别感叹了，快走吧，还有艰巨的任务等着你哪。”方莹说。

“走，”关林一挥手，“他们想阻止我们去邙山，老子偏要去会会那个邙山和尚。”

邙山秋色，瑰奇绚丽，松柏林中点缀些枫树栾树，红绿相间，色彩斑斓。遍布邙山的黄栌圆叶，经霜变红，霜重色浓，层林尽染，辉映云霞，漫山红遍，如火如荼。

关林、方莹和马天龙顺着山间小路，往山上攀登。关林望着满山的红叶，心情为之一振：“放眼山川万里，风景这边独好。真是风光无限啊。”

“是啊，要不是那几个王八蛋搅局，这还真是一次兴致盎然的秋游啊。”马天龙也兴奋地说。

“找到那个邙山和尚，我们的麻烦也许就解决了。”方莹说，“他真是那个茫茫大士吗？”

“也许吧，《红楼梦》中除了茫茫大士，还有个渺渺真人，就是那个癞头和尚和跛足道人，他们本来就是幻界里的人物。”关林讲起《红楼梦》的开篇故事，“女娲在大荒山无稽崖炼石补天，炼了顽石三万六千五百零一块，女娲用了三万六千五百块，多出了一块，就扔到青埂峰下。那石有灵性，见众石都能补天，唯独自己被弃之不用，所以，日夜悲号不已。后来，来了一僧一道，坐在石头边高谈阔论，石头羡慕人间繁华，就求助于一僧一道带她到人世间享受一番。那个僧人大展幻术，将那块石头变成一块红玉，在神瑛侍者和绛珠仙子下界投胎时，夹带于中，一并投胎去了。投胎时赤条条的，怎么夹带呀？只好含在神瑛侍者嘴里。所以，宝玉出生时嘴里含着一块玉。”

“那，宝玉就是那块红玉了？”方莹好奇地问。

关林解释：“一些红学界权威人士认为：神瑛侍者是贾宝玉，那块红玉是宝玉的幻象。还有红学大师认为，神瑛侍者的化身是甄宝玉，青埂峰上的那块石头才是贾宝玉，也就是那块红玉。因为甄宝玉和贾宝玉长得一模一样，所以，林黛玉误将贾宝玉认作甄宝玉了。”

“黛玉还泪还错对象了？哈哈哈，真逗死了。”方莹咯咯地笑着。

“什么乱七八糟的，这全是那些书呆子的胡说八道。”马天龙愤愤地说，“甄宝玉是贾宝玉的镜像，两个人实际是一个人。宝玉是宝玉，红玉是红玉，两回事嘛。”

“怎么见得是两回事？”方莹问。

“你没听见刚才关林怎么说的？红玉是在神瑛侍者和绛珠仙子下界时被夹带其中，一并去投胎的。这是三个人：一个是神瑛侍者贾宝玉，一个是绛珠仙子林黛玉，还有一个就是那块化成红玉的石头。”

“那，石头是谁呢？”方莹又问。

“这个嘛，你还是问关林吧。”马天龙说。

关林忽然站住脚：“等等，我原来好像就是这样论证的。那块石头是谁呢？”他皱着眉头，仔细回忆着：“唉！我这脑子怎么了？怎么想不起来了？”

“别着急，”方莹安慰关林，“等会儿见着邙山和尚，也许就想起来了。”

“对，先去找茫茫大士吧。”马天龙说。

关林：“好，走！”

三个人往山上爬去。

山顶上，郁郁葱葱的苍松翠柏中掩映着一座小庙，门前的两棵古槐，苍劲挺拔，十分抢眼，看上去有几百年的历史了。山门上悬挂一匾额，上书“云观庙”三个大字。

关林、方莹和马天龙走进云观庙。庙里静悄悄的，后面的佛堂里传来敲木鱼的声音。三个人登上台基，走到佛堂门口，往里看去。高大的佛像前香烟缭绕，一个年轻的和尚闭目坐禅，手敲木鱼，口中念念有词。旁边走出一个小和尚，对三人合掌施礼：“阿弥陀佛，三位施主，有何贵干？”

关林急忙还礼：“小师父，我们来找邙山和尚。”

“我师父昨日下山去了。”

“他什么时候回来？”

“师父云游四海，浪迹天涯，徒儿也不知他何时能够回来，施主还是先请回吧。”

关林非常失望地看了看方莹和马天龙：“那，打扰了，告辞。”三人向小和尚微鞠一躬，转身走下台基。

“唉！真是不巧，我们的运气怎么这么差呀。”关林感到非常遗憾。

“我们只能先回去了，”方莹说，“回去先研究研究《红楼梦》吧。”

马天龙说：“也只能这样了，走吧。”

三个人向庙门走去。这时，庙外又进来两个人，像是来上香的香客，其中一个年轻人扫视着关林三人。

北京的街上，一辆黑色奥迪停在路边，胡图从车上下来，向对面的一个高档公寓走去。

丁零零，丁零零，胡图的手机响了，他掏出电话接听，电话里是一个年轻男人的声音：“胡总管，我们在邙山云观庙看见关林、方莹和马天龙了。”

“什么？”胡图猛地站住脚，“你看清楚了吗？”

“看清了，是他们三人，绝对没错。”

“他们没死？”胡图恨恨地说，“他们一定是去找邙山和尚了，那个和尚在庙里吗？”

“没有，那个和尚昨天下山了，庙里只有他的两个徒弟。”

“还好，我们还有机会。你们守在那里，只要那个老和尚一露面，你们就果断出手，把那个老和尚干了，决不能让他和关林他们接上头。”

“是。”

电话挂断后，胡图愣神想了一阵：“那个老和尚也许去找灵山道士了，不行，灵山道士是个关键人物，不能让和尚和道士碰面。”

胡图拿起手机拨号，手机铃声响了一阵，对方接了电话：“我是胡总管，你们还在灵山吗？”

电话里：“是，我们一直监视着灵山道士，昨天，那个道士下山了。”

胡图一惊：“什么？道士也下山了？他去了哪里？”

电话里：“不知道，我们跟踪了他一阵，可是，被他发现了，甩了我们。”

“坏了，道士一定是和和尚碰面去了。”想到此，胡图下令：“你们守在上山的路口，只要道士出现，你们就抓了他，逼他说出书中的密码，是他在《红楼梦》中设计了密码，只要掌握了密码，我们就有办法对付关林。”

“是。”

挂断电话，胡图自语：“但愿还来得及。”

关林、方莹和马天龙向山下走去，在半山腰，迎面走来一个衣衫褴褛的老和尚。关林望着老和尚，心中暗喜：“这一定是邙山和尚。”方莹和马天龙也面露喜色。

关林迎了上去，对老和尚深施一礼：“老师父，弟子这厢有礼了。”

老和尚站定脚跟，回礼：“阿弥陀佛，施主有何见教？”

关林殷勤地问：“敢问老师父，您可是邙山和尚？”

老和尚手捻佛珠，闭目竖掌：“阿弥陀佛，老衲不懂施主所言何事？见笑了，施主请便吧。”

关林大失所望，不知所措。老和尚微鞠一躬：“施主见谅，老衲告辞了。”说完，老和尚慢慢走去，口中念道：“灵山道士，指点迷津；灵山道士，指点迷津啊。”

“老师父，老师父，”关林边喊边追了上去，老和尚身子一闪，忽的一下没了踪影。方莹走到关林身边，问：“他刚才念叨什么？”

“他说，灵山道士，指点迷津。”

“灵山道士？”马天龙似有所悟：“他在暗示我们，去找灵山道士。”

“对，一定是这样。”关林恍然大悟。

灵山道士身背采药的篓子，跌跌撞撞地向山顶奔去。两个蒙面人手持利剑，快速追来。道士跑进灵山观，返身关紧山门，向后面的玉皇殿奔去。

追击者翻墙而过，进入道观。

道士将一个长方形的乌木盒子塞进玉皇大帝雕像后面的一个密室，转身从后门跑出大殿。追击者一前一后，将道士堵住。

道士努力镇静下来，问：“你们是什么人？想干什么？”

蒙面人手中利剑的剑尖顶到道士胸口：“我们是谁不重要，重要的是你应该知道我们要什么。”

“你们想要什么？”

“密码。”

道士淡然答道：“贫道不懂你在说什么。”

“呵呵！”蒙面人冷笑道，“你不懂？是你在《红楼梦》中设计了密码，不是吗？你以为你做得天衣无缝？我看，你最好还是老老实实地告诉我们，免得晚辈在迫不得已的情况下动手。”

道士横下心来：“贫道真不知道什么是密码，你要动手，我也没办法。”

蒙面人的眼里射出一股寒光，手中的剑缓缓刺进道士的前胸。一股殷红的鲜血从道士胸口涌了出来。

道士浑身颤抖，一把抓住剑锋，嘶喊：“你就是杀了我，我也不知道密码。”

蒙面人死死盯着道士，手中的剑使劲往下一挥，刺啦一声，道袍被划破，道士的胸膛皮开肉绽，留下一道深深的剑痕。

“啊！”道士凄厉的嘶喊在空中回荡——

第十章
螳螂捕蝉

黄昏时分，斜阳余晖返照山光水色，交织成一幅飘动着的画面，瑰丽无比。

踏着落日的余晖，关林、方莹和马天龙赶到灵山脚下。关林说："现在天色已晚，我们只能先找个地方住下了，明日再上山去找道士。"

"好，找个农家院，这个地方有很多当地农民开的小旅馆。"马天龙应道。

方莹指着前面的一个农家院说："那家门口挂着食宿的牌子，我们去看看。"

关林说："走，我们去品尝一下这大山里的农家菜，一定是别有一番滋味。"

他们三人刚踏进农家院，西边屋里出来一位30岁出头的女人，热情地招呼道："欢迎光临，三位客人是到灵山来旅游的吧？"

关林说："是啊，我们刚到，现在天快黑了，只好先找个住处。你这里能住宿吗？"

"能，能，我这里吃的、住的都有。"女人殷勤地说，她打量着远道而来的三位客人，问，"三位是从北京来的吧？"

"是啊，到这灵山来沾沾仙气，呵呵呵。"方莹笑道。

"那你们算是来对了，这灵山上就是有仙气。"

关林四下看看，这个农家院收拾得干干净净，院子里有两棵高大的槐树，树下搭着一个藤架，上面布满了绿色的植被。藤架下面摆着两张餐桌，周边摆着十几把藤椅。一条大黄狗卧在树下，它似乎已经习惯了眼前的情景，因此，并未狂叫乱吠，只是瞪着两只机警的眼睛，安静地看着三位客人。

“不错嘛，地地道道的农家特色。”方莹高兴地说。

“我这里还有几间干净的客房，专门接待前来旅游观光的客人。”女人指着北屋和东屋介绍。

“大姐，您是这里的主人？”马天龙问。

“是，是，这院里就我和我老公，”女人说，“他上山搞野味去了，来这里的客人都喜欢吃这灵山上的山榛、山韭菜、野黄花和新鲜的菌类，我们的特产莜面卷也非常受欢迎。”

“汪，汪。”大黄狗冲着院门口叫着。

“我老公回来了。”女人话音未落，一个30多岁健壮的农家汉子，背着一个篓子走进来。

女人迎上去，说：“大壮，这三位是从北京来的客人，今晚上想住在我们家。”

男人笑逐颜开：“欢迎，欢迎，城里来的客人大鱼大肉的吃惯了，尝尝我们这里的山珍野味吧。”

关林：“好，那我们就尝尝这灵山野味。”

“三位先坐，很快就好。”男人匆匆走进西边的厨房。

女人端来一壶茶：“来来来，三位一路辛苦了，先喝杯野菊花茶解解乏，饭菜一会儿就好。”

“谢谢大嫂，我们自己来吧。”方莹接过茶壶，往三个杯子里倒茶。她先端起一杯茶，递给马天龙，脱口而出：“十二爷，请用茶。”

“十二爷，你又叫他十二爷？”关林满腹疑虑地看着方莹，“什么意思呀？”

“这——”方莹感到有些紧张。

“呵呵呵，”马天龙笑道，“在我家族，我这一辈里我排行十二，我家祖上是旗人，这旗人有个习惯，总是将有些地位的人尊称为爷。所以，方莹总是跟我开玩笑，叫我十二爷。”

“是吗？”关林用疑问的眼光注视着方莹。

马天龙为方莹解了围，方莹顿时感到轻松了：“当然是了，哎，关林，你是旗人吗？你排行第几呀？要不我也叫你爷。”

“不敢，不敢，我可担待不起，还是我叫你奶奶吧。”

“哈哈哈！”关林的幽默将马天龙和方莹逗得一阵大笑。

厨房里，男女主人在灶台前忙活着，男人抬头看看窗外，低声说：“翠花，你没问问他们的姓名吗？”

翠花扫了一眼外面的三个客人，说：“怎么问呀？打听得太细了，人家会起疑心的。”

“真笨，随便问一句不就知道了，只要姓氏对上了，那就是了。”

“这三个年轻人看起来都是正经人，我们就放过他们吧？”

“废话，我们放过他们，胡总管会放过我们吗？你没见下午来的那两个杀手，一个比一个凶狠，我们要不按他们的意思办，那我俩还有活路吗？”

“那好，我一会儿出去问一下，但愿不是他们。”翠花的心里涌出一丝担忧。

藤架上装着一根日光灯，照得院子里一片通明。关林、方莹和马天龙一边品着野菊花茶，一边闲聊。关林对方莹说：“这回我算是明白了，这老北京人的规矩就是多，我原来住的那个地方，房东就是老北京人，不知是不是旗人，反正那礼节太多了。我和他的家人一起吃过一次饭，哎哟，那规矩真让人受不了。”

方莹放下手里的茶杯，说：“是啊，清朝那会儿，这北京城里不是皇亲国戚，就是八旗子弟，那些没地位的汉人可不就是奴才了，见了这些主子只有磕头作揖的分。唉！那时，你要是人家的奴才，那你家世世代代都是奴才，即使你当了大官，见了老主子也得下马磕头。”

关林：“幸亏清朝灭亡了，要不然我们没准儿都是人家的奴才哪。”

方莹看了一眼马天龙：“天龙不会是人家的奴才，他只能当主子。”

“当个毫无用处、像个废人似的主子。”马天龙一脸忧郁的表情。

关林瞥了马天龙一眼：“你什么意思呀？好像有一肚子苦水？”

马天龙苦笑一下，没吱声。

翠花端着两盘菜走过来：“来来来，先尝尝我们这里的山韭菜和野黄花，你们城里保证吃不到这些。”

关林看着桌上的菜，抽抽鼻子：“一闻这味，就觉得这菜非同一般。来来来，方莹，天龙，先尝尝。”他拿起筷子招呼道。

翠花扫了一眼方莹，说：“这位姑娘是叫方莹吗？”

“是啊。”方莹回答。

翠花又看看关林和马天龙：“两位先生怎么称呼？”

“我叫关林，他姓马。”关林很痛快地说。

“噢，一听你们的名字，就知道是城里的文化人。”

方莹：“大嫂，您怎么称呼？”

“我叫翠花，我老公叫大壮，唉，山里人，名字土得很。三位慢用，我再去看看其他菜。”

方莹：“谢谢您。”

厨房里，大壮忙活着炒菜，翠花匆匆进来，低声说：“就是那三个人。”

大壮瞥了一眼窗外，把锅里的菜盛在盘子里，说：“你去上菜，我给小丁打电话。”

翠花忧心忡忡地说：“算了，大壮，这三个人都是好人哪，我们不能害了他们，那是要遭报应的。”

“我们要放过他们，明天我们就得死，管不了那么多了。”大壮掏出手机。

“等等，先让他们吃完这顿饭吧。”翠花哀求道，“后半夜再让小丁过来。”大壮想了想：“也好，等他们睡下后，我再打电话。”

餐桌上摆满丰盛的菜肴，大壮把最后一道菜放到桌上，笑容满面地说：“哎呀，山里人不会说话，三位多多包涵，不知几位还需要点什么？”

关林倒了一杯啤酒，说：“不用了，已经很丰盛了，在城里可吃不到这些美味呀。大哥的手艺真不错。”

“都是平常菜，家常做法，你们偶尔尝尝鲜，才觉得和城里的味道不一样。”

翠花端着一盆汤上来：“汤来了，三位慢用。”

汪汪汪，大黄狗突然叫了起来，眼睛盯着大门口。黑暗中两个蓝色的亮点频频闪动，警惕地盯着大壮和翠花。

关林回头看了一眼，一个黑影在门口一闪而过。关林觉得那个黑影十分熟悉，说：“哎，那个人影像是白晓雯的男朋友康玉峰。”

“瞎扯，康玉峰正和晓雯在京城的月光下漫步呢。”方莹的眼神里流露出一种奇怪的寒光。

月色如水，繁星点点，银河朦胧，一颗流星划过天边，留下一截长长的尾巴。农家院里一片静寂。

关林和马天龙的房间里传来阵阵鼾声，隔壁方莹的房间寂静无声，此时，三个人似乎都已进入梦乡。

一缕月光从窗外洒进一间屋里，在月光的映照下，黑黝黝的屋子里仿佛有个黑影在晃动。影子忽而飘到床上躺了下来，忽而又轻飘飘地飞了起来，在不大的房间里来回穿梭，确切地说，那个影子脚不沾地，是悬在半空中飘荡。影子飘到窗前，惨白的月光照在影子的身上，黑影身上的长袍飘然而动，那竟然是清朝时的服装。黑影发出一声长叹："唉！冤孽呀，何时能了啊？"

大壮和翠花的屋里黑着灯，但是，两个人都没有睡下。大壮趴在窗户上，看着院里，翠花紧张地搓着双手："唉！真是作孽呀，好端端的姑娘和小伙，一会儿就成刀下鬼了。"

大壮小声说："你闭嘴，你以为我愿意这么做吗？我这不是为了咱家的安全嘛。唉！现在说什么都晚了，谁让我们摊上这事了。"

翠花一听此话，满脸的愁云袭来，面色忧郁沉重。

大壮又看了一眼窗外："他们来了。"

翠花惶恐地合掌作揖："天哪，老天爷饶恕我们吧。"

两个黑影从院墙上探出头来，观察了一下院里的情况。四周静寂无声，大黄狗已经被大壮关了起来。

两个黑影敏捷地翻进院里，手中的刀寒光闪闪。两人蹑手蹑脚地走到客房门口，侧耳倾听两间屋里的动静，方莹的房间里悄无声息，关林的房间里传来阵阵鼾声。

杀手将刀尖伸进关林房间的门缝里，轻轻拨动房间里的门闩。

"住手！"一声怒吼，一个黑衣大汉蹿了出来，一双锐利的手猛地抓住黑衣人的脖颈，噌地一下，那人的脖子皮开肉绽，行刺者一声惨叫。

方莹的房间门突然打开，方莹飞身跃出，挥起一掌，另一个黑衣人倒地。

黑衣大汉就地一滚，突然变成一个健壮的清朝大内侍卫，手起刀落，将手捂脖子的杀手砍翻在地。被方莹打倒在地的人一个鲤鱼打挺，站了起来，挥刀向方莹扑来。方莹灵巧地一闪，躲过杀手的刀锋，飞起一脚，正中那人腹部。黑衣人一个踉跄，险些摔倒，大内侍卫疾步上前，噗的一下，雪亮的钢刀捅进刺客的胸膛。

两个行刺者眨眼间就命丧黄泉。

大壮和翠花在屋里的窗户上目睹了外面的激烈格斗，吓得浑身像筛糠一样，不住地低声祷告。咣当一声，房门被踹开，大内侍卫提刀闯入，刀锋直指大壮的脑袋。

大壮和翠花扑通一声，跪倒在地："好汉饶命，好汉饶命。"

大内侍卫："密谋害人者，死。"

大壮吓得浑身颤抖，不住地磕头作揖："好汉，我夫妻二人是迫不得已啊，如果我们不按胡总管的命令行事，我夫妻二人都得死啊。"

方莹走进屋里："大哥，不关他俩的事，放过他们吧。"

翠花朝方莹磕头："姑娘菩萨心肠，救命啊。"

大内侍卫收起刀，厉声喝道："今天看在方莹的面上饶过你们，若再起异心，我随时可以取你们的性命。"说罢，大内侍卫转身走了出去。

月光下，大内侍卫向方莹一拱手："前方仍有艰难险阻，姑娘小心。"

方莹拱手："多谢大哥相救，方莹没齿不忘。"

"保重！"大内侍卫身子一闪，蹿上墙头，消失在夜色中——

第十一章
迷　　茫

晨光洒进农家小院，一颗颗晶莹透亮的露珠顺着藤架上的叶子滑下来，欢快地跳跃着。绿油油的大槐树在柔和的晨光爱抚下苏醒了，在雨露的洗刷下显得更加生机勃勃。主人家喂养的几只鸡已经出来觅食了，大黄狗懒洋洋地卧在树下。

关林走出房门，深吸一口气："这大山里的空气真新鲜啊，哪像北京城里，整天是雾气昭昭的，到处是灰蒙蒙的一片。"关林走到大槐树下，伸臂踢腿，活动筋骨。

方莹从房间里出来，看见关林说："起得够早的，昨晚睡得好吗？"

"睡得很好，可能这几天跑得累了，躺下就着了。"

"天龙呢？"

"还在睡懒觉呢。"

"他可能太累了，让这个懒虫多睡会儿吧。"

大壮和翠花端着脸盆从屋里出来，殷勤地招呼："二位起来了？来，先洗把脸吧。"

关林说："您二位太客气了，给你们添麻烦了。"

"伺候好客人是我们的责任，不客气，不麻烦。"大壮的声调里充满了恐慌。

关林和方莹洗漱完后，马天龙也起来了。大壮和翠花端来了早餐，金灿灿的小米粥，暄腾腾的白馒头，还有五六样各色小菜。

"来来来，三位请用早餐。"翠花一边招呼着，一边扫视着方莹，眼神里充满惶惶不安。

大壮在旁边小心翼翼地伺候着，一边给三位盛粥，一边点头哈腰地说着客气话："哎呀，农家食物，条件有限，实在对不起各位，三位多多包涵。"

"哎，大哥大嫂太客气了，我们自己来吧。"关林感到这夫妻俩的态度有些奇怪。

吃过饭后，关林掏出钱来结账："大哥，大嫂，一会儿我们就走了，食宿费总共多少钱？"

大壮慌忙摆手："不用给钱了，三位能够赏光在我这小院里吃住一宿，那是我们两口子的福气。"

"那哪儿行啊，这哪有白吃白住的，你们也不容易啊。"关林执意要结账。

大壮和翠花极力推辞，态度诚惶诚恐，关林越发觉得不可思议。直到方莹出面说话，那两口子才勉强收了钱。关林他们临出门时，大壮和翠花一个劲地赔礼道歉，连说"招待不周，多多原谅"之类的话，关林觉得好生奇怪。

北京西南第一峰灵山，风景独特，景色秀美，山间云雾缭绕，飞流坠下山涧。在朝阳的映照下，起伏的山峦显得更加娇美。

沐浴着温暖的阳光，关林、方莹和马天龙向山上攀登。关林边走边说："昨晚上是不是出什么事了？农家院那小两口招待得太殷勤了，还一个劲地作揖、道歉，好像很害怕的样子。"

"呵呵呵，他们怕你找麻烦呗。"方莹笑道。

"怕我找麻烦？我是找麻烦的人吗？"关林说。

"你找的麻烦还少啊？我们这几天四处奔波，还处处遭人暗算，还不都是你找来的麻烦。"马天龙抱怨说。

"那能怪我吗？都是这《红楼梦》惹的祸。"

马天龙白了关林一眼："这是天意，要不然这些稀奇古怪的事怎么都让你摊上了？我看，是老天爷在找你的麻烦。"

关林仰头向空中大喊："哎呀，老天爷呀，我关林什么地方得罪您了？你干吗这么惩罚我呀。"

"哈哈哈！"方莹大笑，"老天爷是看中你的才能了，派你来破解这桩历史谜案。"

关林的神情一下庄重起来，他沉着脸说：“这桩谜案里的谜团太多了，我都快被逼疯了。”

方莹盯着关林说：“你可不能疯，你要疯了，我们全都完蛋了。”

马天龙问：“关林，你理出个头绪来了吗？”

“没有，不仅没有理出头绪，而且头绪越来越乱了。”关林皱着眉，扫视着马天龙，说，“而且，我觉得这几天发生的这些稀奇古怪的事都和你有关系。”

“和我有关系？好，那就听听你的高见。”马天龙说。

关林深吸一口气，缓缓说道：“第一，是谁要杀马天龙？在天龙没有出现的时候，我和方莹最多是被人跟踪、监视，可是，天龙一出现，那帮人就频频出手，而且手段阴狠，非要置天龙于死地，我不过是跟着天龙一起倒霉罢了。第二，我说要报警，天龙却阻止我，并说警方解决不了 200 多年前的刺杀案，这到底是什么意思？难道这几天发生的事情和 200 多年前的某件刺杀案有关？”

方莹和马天龙停下脚步，神情严肃地看着关林。

关林叹了口气，接着说：“第三，我考证《红楼梦》到底碍着谁的事了？我的考证文章被人删改，我的脑子也被某种神秘的力量干扰，这一切都说明有人在阻止我探明红楼真相，这到底是为什么？是什么人在阻止我？”

“第四，我发现我的论文被删改后，有一个叫青湖山人的网友给我发来一段奇怪的话，应该就是这个青湖山人动了我的电脑。这个青湖山人是谁？另外，当晚，还有一个叫‘屈死鬼’的 QQ 群友跟我也有一段对话，他说我的路子是对的，并说在我需要帮助时，他会提醒我的。后来，当红玉消失后，他果然出现了，在 QQ 上提示我去寻找红玉。在江宁织造府时，他又发来短信，提醒我江宁织造府没有红楼。那么，这个‘屈死鬼’是谁？他为什么要帮我？他和这件事又有什么关系？”

“第五，屈死鬼提示我注意农历八月十三日子夜的月亮，方莹说，屈死鬼是在提醒我注意八月十三这个日子。那么，谁能告诉我，八月十三日，这是个什么日子？”

关林边说边盯着方莹和马天龙的眼睛，仿佛想看穿他们的心事。方莹和马天龙对视一眼，马天龙的目光转向关林：“说下去。”

“第六，方莹说《红楼梦》里隐藏着一个巨大的历史谜案，你是怎么知道的？”

“第七，屈死鬼说，找到红玉就能解开这些谜团，可是，我们寻找红玉好几天了，我现在越来越糊涂了，完全搞不懂这些奇怪的事和《红楼梦》有什么关系。”

“第八，我和方莹在蒜市口大街曹雪芹的故居寻找红玉的线索时，我发现跟踪人里有胡图的身影，胡图为什么要跟踪我们？难道他就是那个青湖山人？他这么做的目的是什么？”

“还有第九吗？”马天龙冷冷地问。

“有，这第九就是，”关林盯着马天龙的眼睛，“你到底是谁？你和方莹究竟是什么关系？别以为昨天你那一番解释就能把我骗过去，我早看出了，你和方莹的关系绝不是一般的关系。你为什么不想让我接近方莹？是你也喜欢她吗？可是，我发现，方莹并不是你的女朋友，那么，你这么做的目的是什么？你能给我一个合理的解释吗？”

“够了，”方莹大喊一声，“关林，你的问题太多了，难道你没发现，我们一直在帮助你吗？”

“是，你们是在帮我，”关林激动地大喊，“可是，那也是在帮你们自己，因为这一切都和你俩的生死有着密切的关系。”

“关林，你越说越过分了，”方莹激动得面色绯红，冲关林喊道，“天龙是我的朋友，你也是我的朋友，我们现在面临着巨大的危险，难道我们就不能携起手来，共闯难关吗？”

“你说得轻巧，”关林吼道，“危险是我带来的吗？不是，我不过是一个没事喜欢瞎琢磨的书呆子，可是，我逐渐发现，你们才是危险的根源。你告诉我，这一切到底是怎么回事？你那一身武功是从哪儿学来的？昨晚上，农家院里究竟发生了什么事？那两口子为什么那么害怕？今天我们要上山寻找那个灵山道士，山上还会发生什么事？是不是还有杀手在等着我们？你说，你说呀！”

马天龙脸色铁青，双手颤抖，默默地垂下了沉重的头颅。

方莹的眼泪涌了出来，她哽咽着说：“关林，我真不知道该怎么跟你说，我只能说，非常抱歉！你是个忠诚善良的好人，我知道，你从来没有害过别人，这件事也许不应该发生在你的身上。可是，上帝就是这么安排的，偏偏让你摊上了这个倒霉的事情。你要害怕危险，那就退出吧，我送你回北京，我保证，以后不会再让这些麻烦事找上你。”

“啊——”关林一声大叫，“方莹啊，你，你就这么看我吗？我是害怕吗？我是贪生怕死的人吗？我是不愿意被蒙在鼓里，我想知道，这一切到底是怎么回事？你应该知道我对你的心，假如你真的有危险，我会撇下你不管吗？那我还算个男人吗？你、你就不能跟我说句实话？你就忍心让我这样稀里糊涂地活着吗？”

方莹痛苦地垂下头，低声抽泣着：“关林，真的很对不起，我，我没法跟你说啊。”

马天龙缓缓走到关林面前，神情格外庄重：“关林，你是我唯一的朋友，我、我真的感到很抱歉。终有一天，我会把这件事的来龙去脉详详细细地告诉你，但是，现在还不是时候。最近发生的这些奇怪的事情，的确和历史上的一桩谜案有关，目前看来，也只有你能解开这个谜团，将那个惨痛的历史谜案大白于天下。我相信，你能完成这个历史重托，我和方莹会全力以赴地协助你。你说得没错，这件事的确关乎我和方莹的生死，其实，不仅仅是我俩，还关乎很多人的生死。刚才你也说了，如果方莹有危险，你绝不会坐视不管。那么，我现在问你，假如你真的爱方莹，那就为了自己心爱的人去奋斗一回吧，你愿意吗？”

马天龙的话，在关林心中激起层层波澜：既然方莹和马天龙现在还不能告诉他事情的真相，那么，他们一定有难言之隐；既然自己深爱方莹，那么，还需要再刨根问底吗？现在自己所爱的人正面临危险，自己岂能袖手旁观。想到此，关林眼含热泪，向马天龙伸出手来：“好吧，我再不多问了，为了我心爱的人，为了我真诚的朋友，不管前面还有什么艰难险阻，我一定会坚定地走下去。我只想提醒你们，一定要多加小心，千万注意安全，我不想失去你们。”

马天龙紧紧握住关林的手，使劲摇了摇。

方莹慢慢走到关林面前，“哇”的一声，扑到关林的怀里。关林伸出双臂，将方莹紧紧地抱在怀里。

第十二章
道士的密语

关林、方莹和马天龙沿着青石板铺就的山道逐级而上，但见山涧流水，川流不息，阵阵山风透过树林发出沙沙的响声，风声、流水声和鸟儿的鸣叫声混合起来，仿佛是天籁之音。环目四周，山林青翠，景色迷人，远处群峰环抱，山上树林茂盛；山路两旁古木参天，浓荫覆地；山腰之处云雾缭绕，风吹云动；自然景物现神秘绮丽，原始秀美如世外桃源。

远远望去，灵山观深藏于枝繁叶茂之间，感觉格外幽深。

灵山观里静悄悄的，山门虚掩，人迹全无。关林、方莹和马天龙提心吊胆地走进道观。院子中间的几棵巨大的柏树似有几百年的历史，树干上的斑驳纹路诉说着沧桑的历史。一座假山旁伏着一只像八仙桌大小的石龟，背上驮着一块巨大的石碑。

“道观里的人都哪儿去了？”方莹望着空荡荡的道观，心里一阵阵莫名地发慌。

“情况有些不对头，大家小心。”关林警觉地说。

三人慢慢走上前殿台基，只见灵官殿里殿宇宏丽，景色幽雅，殿内全用道教图案中的灵芝、仙鹤、八卦、八仙等装饰。殿里寂静无声，沉寂到使人不寒而栗。

穿过灵官殿，他们来到道观的主体建筑三清殿，殿内供奉着三清道祖，元始天尊、灵宝天尊和道德天尊威严肃穆。整个大殿一个人影也没有，关林三人越发觉得毛骨悚然。

三个人警惕地四周张望，慢慢走到最后一层大殿——玉皇殿。殿里光线昏暗，仔细观察，方见四根九龙红柱巍然矗立，雄伟非凡，玉皇大帝头戴帝冠、身着龙袍镇坐正龛之中；左右偏殿分祀玄天上帝及天师爷，两壁并设日月神龛，上塑日神、月娘及风、雷、云、雨四神像。

“这里也没人。”方莹说。

“奇怪，整个道观怎么一个人也没有？是不是出事了？”关林极为不安，说话的声音都有些颤抖。

“快看，那里是什么？”马天龙指着大殿的后门说。

关林和方莹顺着马天龙的手指方向看去，只见大殿后门外面，露出了一条人腿。

三人快步走到大殿后门，往外一看，一个老道士倒在殿外，前胸剑痕累累，血迹斑斑，身边流下一大摊血。道士已气绝身亡。

望着倒在血泊中的道士，三个人俱是万分惊愕，方莹和马天龙对视一眼，面面相觑，作声不得。

关林慢慢走到道士身边观察，只见道士仰面朝天倒在血泊中，右臂弯曲至前胸，右手食指上沾有血迹。关林仔细查看道士身边的痕迹，道士的左侧身体下露出两个字体的下部，显然，道士断气前用手指蘸着自己的鲜血写下了什么，写完后又挣扎着挪动身体，将写下的字盖住了。

关林对马天龙说：“道士身下有字，来，天龙，我们把道士往旁边挪挪。”

两个人将道士抬起，往旁边挪动了一下。道士身下的字立刻显现出来，虽然道士的衣服蹭得字迹有些模糊，但仔细辨认仍能辨别出那几个字的字形：大帝身下见真经。

“这是什么意思？”方莹问。

“大帝肯定是指玉皇大帝，”关林思索着，似有所悟，“身下见真经，应该是玉皇大帝的身下藏有真经。”

“对，这个真经可能就是我们要找的东西。”马天龙说。

关林猛回头看着殿内玉皇大帝的雕像，更加坚定了心中的想法：“东西可能藏在玉帝雕像的下面。”

“肯定是这样。”方莹激动地说。

三个人疾步走进大殿，围着玉皇大帝的雕像前前后后查看、寻找。

关林：“这里的光线太暗了，有手电吗？”

“有，”方莹掏出自己的手机，在手机功能里找到手电筒，按了一下开关，手机射出一道光束。

方莹用手机电筒照着雕像的底座，关林蹲下身子，仔细查看底座上的痕迹。在雕像后面的石座上，他发现几个浅浅的手印。关林在石座上摸索着，在一条石棱下面他的手指触到了一个东西："这应该是个按钮。"说着，关林按了一下那个按钮，啪，一声轻微的响动，一块方石松动了。关林抠住方石的边缘，试着向外拉了拉，方石的一侧动了动。他手抠石块一侧，往外一拉，这个石块竟像个小门似的开了，后面出现一个黑洞。

"这是个密室。"关林将手伸进密室，摸到了一个盒子，他小心翼翼地将那个盒子取了出来，定睛细看：一个长方形的乌木盒子呈现在他们面前。

"秘密就藏在这个盒子里。"方莹面露喜色。

关林抱着盒子站起身来，说："此地不可久留，我们先找个安全的地方，再打开盒子查看里面的东西。"

"对，此地凶多吉少，我们必须速速离去。"马天龙脱下上衣，将盒子包起来，用两只袖子将盒子捆紧，提在手里。

"快走。"马天龙招呼道。

"等等，我们不能就这样走了，应该先把道士的尸体掩埋了。"关林说。

方莹："对，不能让道士暴尸道观。"

三人急忙向大殿后门走去，刚走到门口，就听到一声长长的叹息："唉！开辟鸿蒙，谁为情种？问世间情为何物，直教生死相许！"随着缥缈的声音，倒在地上的道士化作一股青烟，向空中飘起。

关林向空中合掌祷告："多谢大师指点迷津，我辈一定查明事情真相，以安告亡灵。愿大师在天之灵永远安息。"

一辆黑色奥迪开进北京的一个保存完好的王府院内，轿车在一个假山前停下，胡图从车上下来，穿过垂花门，拐进一个暖廊，向后院的花园走去。

一湾水池边有一个八角亭子，亭子里面坐着一个女人。胡图走到女人面前，扑通一下，跪倒在地："主子，奴才办事不力，请主子责罚。"

女人瞥了一眼胡图，冷冷地说："我已经知道了，监视灵山道士的两个人都被杀了，关林、方莹和马天龙下落不明，是这样吗？"

“是，他们肯定去过灵山了，那个道士的尸首不见了，我怀疑道士给他们留下了什么线索或是什么东西。”

“他们肯定会回到北京来的，你们盯着故宫和那个四合院，我把他们都安排到那个院子里住，就是为了在必要的时候将他们一网打尽。”

“是，找到他们怎么办？”

“就算道士给他们留下了线索，他们一时半会儿的也查不到事情真相。你要设法接近关林，搞清楚他到底掌握了什么线索，然后再设法破坏他们的计划。”

“是，那个假太子怎么办？”

“这件事的来龙去脉只有那个假太子知道，所以，必须除掉他。”

“遵命，奴才会办好的。”

女人冷笑一声：“哼，这种屁话我已经听得太多了，等你都办好后，再来和我吹牛吧。”

胡图吓得冷汗直冒。

傍晚时分，一辆白色捷达车行驶在山路上，关林坐在司机身边，马天龙和方莹坐在后面的座位上，天龙紧紧抱着用衣服包起来的盒子。方莹深知，那个乌木盒子里一定有道士留下的破解谜团的线索，那帮暗藏的对手也千方百计想知道这个秘密。如果他们带着这个盒子直接回到北京，就会招来更大的危险。所以，他们必须先找一个安全的地方。好在，灵山脚下有很多拉私活的黑车司机，正好解决了他们的困难。

司机是个30岁出头的小伙子，显得很健谈：“最近几年，来灵山玩的人，大部分都是自己开车来，弄得我们这些黑车司机快没饭吃了。”

关林说：“你今天不就有饭吃了？”

司机说：“唉！这种好事不是天天都有的，我好歹还有一份别的工作，要不然，我们全家就得喝西北风了。”

马天龙问司机：“师傅，下山以后，哪里有比较安全的宾馆？”

“一会儿进了城，我带你们去凯悦宾馆，那个宾馆是公安局局长的弟弟开的，非常安全。”

关林说：“好，那就去凯悦宾馆。”

“好嘞。”

凯悦宾馆205房间，关林推门而入，方莹和马天龙跟在后面。一进屋，马天龙就迫不及待地解开包木盒的衣服，拿出那只乌木盒子，递给关林。关林接过来凑到灯下仔细观看。

木盒沉甸甸的，盒盖上有一个圆形的密码锁，分四层，每层都能转动，上面刻着一些字母。盒盖上刻着一行小字：如强行打开此盒，盒中东西自毁也。

关林饶有兴致地说："这个道士好厉害呀，他设计的这个存放机密文件的盒子，必须知道密码才能打开，如果想锯开或砸碎盒盖，盒子里的东西也许就不复存在了。"

马天龙说："这很像《达·芬奇密码》里的那个密码筒啊。"

关林笑了笑："中国人的智慧一点也不比西方人差，没准儿，达·芬奇设计的那个密码筒还是受我们祖先的启发哪。"他指着盒子上的密码锁说："这是一个密码锁，密码应该是四个字母，只有这四个字母都对上了，盒子才能打开。"

方莹看着密码锁，问："这些字母是英文，还是汉语拼音？"

关林想了想："应该是汉语拼音，这个盒子肯定是灵山道士留下的，道士是中国道教的神职人员，所以，他设置密码时肯定不会使用英文。"

"有道理，可是，密码是什么呢？"马天龙说。

三个人都陷入沉思中。方莹首先打破沉默："从最近发生的事情看，这些奇怪的事都跟《红楼梦》有关系，邙山和尚暗示我们去找灵山道士，如果说，邙山和尚就是茫茫大士，灵山道士就是渺渺真人，那么，道士暗藏的东西一定和《红楼梦》有关，所以——"

"所以，密码也一定和《红楼梦》有关。"关林接着说。

"你分析得好，但是，是《红楼梦》中的什么呢？"马天龙问。

关林双手抱胸，在屋里来回转悠，边走边思考："密码肯定是四个汉字的汉语拼音的头一个字母，既然和《红楼梦》有关系，会不会是小说主人公的雅号？"

方莹想了想，说："如果是主人公的雅号，那肯定是四个字的雅号，宝玉叫怡红公子，黛玉叫潇湘妃子，这两个人是小说的主角，会是他俩的雅号吗？"

"我们试试。"马天龙说。

关林转动密码锁，先将YHGZ四个字母对在一起，这是"怡红公子"的汉语拼音的头一个字母，可是，盒盖纹丝未动。

"不对，不是宝玉的雅号。"

“试试潇湘妃子。”方莹建议。

关林再次转动密码锁，将 XXFZ 四个字母对在一起，盒盖还是没反应。

关林：“看来，这个思路不对。”

马天龙思索着说：“会不会是小说中某句诗词里的四个字？”

“哎呀，小说里的诗词太多了，我想道士不会设置这么难猜的密码的。”方莹显得忧心忡忡，焦急之色溢于言表。

一番深思后，关林缓缓地说：“道士临死前在身下写下密语，暗示盒子的藏匿地点，目的就是要让他希望得到这个盒子的人找到这个盒子，现在看来，我们就是他所希望的人。那么，道士设置密码，就绝不仅仅是为了保密的需要，他一定是想让拿到这个盒子的人能够打开它，所以，他设置的密码难度就不会太大。假如拿到盒子的人能够想到密码和《红楼梦》有关，那么，首先会想到的四个字是什么呢？”

“红楼密码。”方莹脱口而出。

“对，方莹，你真是个才女呀，我首先想到的也是‘红楼密码’。”关林激动不已。

“快试试。”马天龙有点急不可耐了。

关林慢慢转动密码锁，将 HLMM 四个字母对在一起，只听咔嚓一声轻微的响声，盒盖松动了。

“密码对了。”方莹的眼睛里闪着激动的泪花。

关林按住盒盖，屏住呼吸，轻轻地往上一提，盒盖打开了。

“噢！太棒了，我们成功了。”三个人激动地喊了起来。

关林、方莹和马天龙的目光集中到乌木盒子里——

盒子里面放着一个蓝色的油布包，看上去质地比较粗糙。油布包上固定着一个玻璃管子，里面是蓝色的液体。关林小心翼翼地将玻璃管子取下来，说：“这就是能毁掉盒子里的东西的液体，如果强行砸开盒子，这个玻璃管子就碎了，蓝色液体就会瞬间把里面的东西毁掉。”

“嘿，还真跟达·芬奇的密码筒一样。”马天龙的脸上露出惊奇的神色。

关林将油布包取出，放到桌子上，慢慢解开油布包，一摞发黄的手抄书籍呈现在眼前，总共四本，封面上的字体是隶书，笔法苍劲古朴：《红楼梦》三字格外醒目。

关林拿起第一本抄本，翻开第一页，里面夹着一张发黄的纸片，上面写有黑黄色的字迹。关林拿起纸片细看，原来是一封信，字体是楷书，挺拔清秀，信上写道：

此书原名《石头记》，又曰《风月宝鉴》，还有《情僧录》《金陵十二钗》等书名。《红楼梦》是总其全部之名也。

此书至八十回“宝玉烧香”时停笔，共八十回也。

若想识得书中之隐意，需先找到红楼所在地，方能破解谜团。

此书表里皆有喻也，十三、十五、二十二，三秋之关键也。十二、骰子点数；16、5、19、18、9、6、19、20 等数字为红楼密码也。

须知：

画中自有真情事，甲子纳音暗中藏；

鸡鸣犬吠喧闹日，冤孽偿清该散场。

风花雪夜皆是梦，绮栊昼夜困鸳鸯；

反观宝鉴骷髅谜，琅玕节过谨隄防。

书中自有谜底，看官需仔细识得，方为巨眼。

信的署名为：渺渺真人。

望着信上的一连串密语，关林惊奇得像木头般愣愣地戳在那里。

第十三章
初探红楼

清晨，整个城市都是清亮的，阳光透过淡淡的雾气，温柔地洒在一座座高楼大厦上，别有一番赏心悦目的感觉。繁忙的北京人奔走在大街小巷，车流滚滚，人声鼎沸，好一派现代都市的风光。

四合院里却出奇地安静，马天龙提着个皮包从自己的屋里出来，看了看关林的房间，又向后院扫视几眼。白晓雯正在打扫后院，看见马天龙后招呼道："天龙，你去上班啊？"

"是，关林这几天累了，就让他好好休息吧，别打扰他。"

"好的，我知道了。"

马天龙绕过影壁，推开大门走了出去。白晓雯放下扫帚，快步走到大门口，拉开大门向外看去。马天龙快走到胡同口了，一个着灰色风衣的人从旁边的院子里闪出，不紧不慢地跟在马天龙身后。白晓雯顿时紧张起来。

思考了一下，白晓雯关上大门，掏出手机，拨了一个号码，一会儿，对方接了电话。

白晓雯压低声音说："天龙，有个穿灰色风衣的人跟着你，你要小心。"

电话里："好，我知道了，我会小心的。"

"你往人多的地方走，出了胡同后打辆车，直接到单位去，千万别单独行动。"

"明白，放心吧。你留神点关林身边的情况。"

“我知道，你注意自己的安全就行了。好吧，拜拜。”

挂断电话后，白晓雯将大门插上门闩，快步向后院走去。

方莹的房间里的陈设古朴典雅，家具都是清一色的紫檀家具，多宝槅靠墙排放，与房间浑然一体，错落有致地分割成多个矩形隔层，每个隔层的图案互不雷同；家具上的雕饰与镶嵌，刀工细致入微，花样层出不穷。

方莹刚刚洗漱完毕，正对着镜子梳妆。白晓雯疾步走了进来，对方莹说：“刚才天龙出去后，旁边院子里闪出一个人跟在他身后，我已经提醒天龙了。”

方莹的眉头皱了起来：“他们绝不会善罢甘休的。”

白晓雯坐在一张椅子上，问：“你们出去这几天，有什么情况？”

“关林拿到了灵山道士留给他的乌木盒子，里面是八十回的手抄本《红楼梦》。”

白晓雯面露喜色：“太好了，关林见到这个抄本有什么反应？”

“他现在还是一头雾水，不知从何入手。好在渺渺真人还留下一封信，上面是一些重要的数字和密语，这些数字应该就是红楼密码。”

“你们取东西时，那帮人有察觉吗？”

“我们赶到灵山观时，道士已经死了，道观里一个人也没有。前一天晚上，在一个农家院里，有两个人企图行刺天龙，幸亏康大人及时赶到，我和康大人联手，除掉了那两个人。肯定是这两个人杀死了道士，我们取东西时，没人看见，现在他们应该不知道关林手里有什么线索。”

白晓雯想了一下，说：“我们现在尤其要注意关林身边的人，不能让道士留下的抄本落在他们手中。”

“可是，我担心，东西藏在哪里都不安全。我已经提醒关林了，让他随身带着这几本书，不能离开他的视线。”

“这样还不够，要将那几本书拍照，复制，多备几份，可以将原著藏匿起来，只随身带着复印件。我有一个藏东西的好地方。”

“太好了，就这么办。”

“方莹，你重点协助并保护关林，让他静下心来，认真研究道士留下的线索，尽快破解谜底。”

“好，就这么办。”方莹应道。

关林其实早就起来了，他在认真看着道士留下的那封神秘的信。

最近这些日子里，一系列稀奇古怪的事将关林搞得头昏脑涨，筋疲力尽，而这些蹊跷可怕的事情竟然关乎他心爱的人和他的好友的生死，并且和200多年前的某件刺杀案有关，这让关林倍感揪心和迷茫。最让他闹心的是，方莹和马天龙之间也隐藏着什么秘密。关林觉得有一层厚厚的面纱蒙在眼前，他越想看清真相，就越觉得扑朔迷离。不过，有一点他是清楚的，那就是，这一切都跟《红楼梦》有关，只有解开了红楼之谜，这些奇怪的事才会有一个合理的答案。

自从拿到道士留下的《红楼梦》抄本后，关林的心始终没有平静过：道士在临死之前挣扎着写下密语，目的就是要引导他找到《红楼梦》的抄本，他确信这个抄本才是作者的真迹。道士留下的那封信，是解开谜团的关键，信上的那些神秘数字和晦涩难懂的密语究竟是什么意思呢？关林苦苦思索着。

砰砰砰，传来几下敲门声。

“谁呀？”关林问。

“是我，方莹。”

关林起身打开房门，方莹提着一个餐盒走进来。

“你刚起来啊？”方莹将餐盒放到桌上，“还没吃早饭吧？”

“我早起来了，睡不踏实啊。”

方莹打开餐盒，端出一碗豆腐脑和一笼小笼蒸包：“来，先吃早饭吧。”

“唉，没胃口啊。”关林懒洋洋地说。

“那也得吃饭呀，你老这样，身体会吃不消的。”

“那好，吃饭，不能驳你美意呀。”关林拿起筷子，夹了一个包子咬了一口，“嗯，还挺香，谢谢啊。”

方莹笑笑，没吱声。她默默望着关林，心想：“这个书呆子，他还不知道我的真实身份，假如他真的了解了事情的全部真相，他能接受那个结局吗？他对我的感情是真挚的，可是，我又能怎么样呢？唉！关林呀，你千万别把我看得太重，我真的不想伤害你，我是没办法呀。”方莹的心隐隐作痛。

一会儿工夫，关林吃完了早饭，方莹递过来一张餐巾纸，关林接过来擦擦嘴。

“吃饱了？”方莹问。

“嗯，吃得很饱，吃饭从来没这么香过。哎，方莹，你的豆腐脑怎么比别人的好吃呢？”关林没话找话。

“呵呵，”方莹笑道，“这不是我做的豆腐脑，是我买的。”

“你买的就比我买的好吃，这豆腐脑一经你的手，就变味了，变得香味四溢、甘美无比了。呵呵呵。”关林在自己心爱的人面前，说话也是很俏皮的。

“行了，别贫了，吃了碗豆腐脑，就勾出这么多废话。”方莹嗔怪道。

“好好好，那就说点你爱听的。你说吧，你爱听什么？”

方莹叹了口气：“唉！现在还有什么比搞清事情的真相更重要的？我就想听听，你琢磨出点头绪了吗？”

一闻此言，关林立刻收起了笑容，严肃地说：“我已经有点想法了。”

“说来听听。”方莹来了情绪。

关林沉思一下，说：“道士给我们留下的《红楼梦》抄本肯定是作者的真迹，这一点应该是确定无疑的。在这个抄本上，脂砚斋的批语，都是标注在最关键的地方，批语精练、肯定，尽管我现在还不懂这些批语的含义，但是，和其他抄本上的批语比较，我发现，原来一些抄本上那些无关痛痒、模棱两可的批语在这个抄本上一条也没有，这说明，过去我看到的抄本上的批语很多根本不是脂砚斋批的。我仔细核对了道士的抄本和原来抄本的不同之处，发现原来抄本的正文有些地方被人篡改过，批语部分很多地方明显的前后矛盾，大量的批语批在一些无关紧要的地方，有的批语简直就是插科打诨、调侃瞎扯，并且刻意注明了日期，批这些话的人是谁？这么做的目的是什么？是想转移阅读者的视线吗？”

“这就是我们要搞清楚的问题。”方莹插话说。

关林接着说：“道士留下的那封信，是解开红楼谜团的关键。信上说，此书至八十回‘宝玉烧香’时停笔，共八十回也。这说明，这个八十回的抄本是作者最终定稿的完整版本，第八十回回前总批说，‘叙宝玉烧香是停笔’，注意‘停笔’二字，该写的都写完了，所以停笔不写了。这样理解不会有错吧？”

“没错。”

“既然如此，红学专家论证的此书未完，后续遗失无稿的说法就不能成立，后四十回的贾府被抄家，宝玉出家之说就完全是程伟元和高鹗瞎编的，那么，程高这么做究竟是什么目的？是他们没有理解原著的精神，还是另有企图？假如是另有企图的话，那么，他们的目的就是要掩盖

《红楼梦》的真相。这个猜测是否能够成立？”

“从最近发生的事情看，你的猜测是成立的，的确有人在阻止你查明红楼真相，而这个真相就是他们要极力掩盖的。”

“好，我们接着分析。道士的信上说：‘若想识得书中之隐意，需先找到红楼所在地，方能破解谜团也。’前几天，我们去蒜市口曹雪芹故居和江宁织造府都没有找到红楼，这说明《红楼梦》是曹雪芹的自传之说根本没有根据，因为小说中的故事必须是发生在红楼里的故事，而曹家根本没有红楼，那么，小说中所写的故事就和曹家没关系了。”

“对，既然叫《红楼梦》，那么书中贾府的建筑必须是红楼，才能说得通。”

“那么，这个红楼到底在哪里呢？书中一会儿说贾府在‘金陵’‘长安’，一会儿又说‘都中’‘神京’，其实，作者不过是为了避祸，自然不愿读者刨根问底地弄清贾府之准确地点。但是，不管作者如何掩饰，刘姥姥的一句话却泄露了天机，刘姥姥说，贾府是在‘天子脚下’，清朝时的天子脚下是哪里？”

“当然是北京了。”

“那么，天子脚下的北京城哪里有红楼？”关林的眼神里现出奇异的光芒。

方莹疑惑地问：“你是说，紫禁城？”

关林惊异地向前探着身，两眼显出当他对一件事极感兴趣时所特有的炯炯发光的专注的眼神：“对，我们仔细想想，作者为什么将小说定名为《红楼梦》？又明确指出红楼是在天子脚下。那么，天子脚下的红楼是哪里？是紫禁城啊！在大清王朝的天子脚下，只有紫禁城是红色的，只有紫禁城才能称为红楼。紫禁城外的茫茫一片，全是灰色的房子呀。”

“天哪！难道《红楼梦》写的是皇宫里的事？”方莹惊呆了。

哗啦一声，院里传来一声轻微的响动，方莹一愣，随后快步走到门口，猛地拉开房门：一个黑影一闪而过。

第十四章
高文忠的困惑

屋里的窗帘拉得严严实实，使这间本来挺豪华的房间显得昏暗诡异。这间屋子的景象很是奇特，屋子的建筑和陈设似乎不大协调，好像一颗最出色的钻石镶在一个铜托子上。窗帘和地毯华丽考究，墙上古老精美的画框里却是一幅现代油画作品。又厚又软的琥珀色地毯，编织着东方风格的图案，踏在上面非常舒适，好像走在绿草地上一样。在屋角的一个台子上，摆着一只造型奇特的汉白玉狮子雕像，使这个房间更显得富有东方风味的华丽。

胡图手里夹着一支香烟，在屋里来回转悠，那张圆圆的大白脸上一片阴郁的神色。最近几次行动的失利，搞得他心烦意乱，他深知现在主子身边没有更得力的人，所以才一次次地原谅他的失误，要不然他的脑袋恐怕早就不在脖子上了。

自从关林住进故宫那天起，胡图就有一种大祸临头的感觉，他隐隐感到，这个关林就是他的克星。那天晚上，他潜入关林的屋里，盗走关林家的族谱，就是想确认一下关林的祖上是否和这件事有关。当他在关林家的族谱上看到康烈尔的名字时，他就意识到，那个隐藏了 230 多年的秘密很可能就要被揭穿了。虽然他采取了一系列措施，企图阻止关林接近事情的真相，可他深知，这只能延缓真相被揭开的时间。如何才能一劳永逸地免除那个后患，这是最棘手的问题。

胡图把手里的香烟按在烟灰缸里，往沙发上一靠，两只老鼠眼瞪得圆圆的，现出他聚精会神思考问题时的神态。

从目前掌握的情况看，那个道士临死前肯定给关林留下了什么东西，那究竟是什么呢？胡图迫切地想知道关林到底掌握了什么线索，他必须在关林进一步地深入研究之前，把这个线索掐断。“导师”会起一定作用的，但是，仅靠“导师”是不够的，他必须采取更加有效的手段。

一番深思熟虑后，他决定这么办——

一辆出租车停在景山公园门口，关林从出租车上下来，向景山公园走去。

公园里游人如织，一对对情侣，一群群游客，穿梭在绿树花草、亭台楼阁之间，到处是一片欢声笑语。

景山公园已有800多年历史，始建于金，地处北京城中轴线最高点、故宫北侧，是一座环境优美的皇家园林。红墙环绕，松柏葱郁，古树参天；绮望楼、峰亭、寿皇殿、永思殿、观德殿等建筑造型生动，建造华美。景山中峰高44.6米，是旧北京内城的中心，也是当时最高的地方，登峰远眺，可俯瞰全城。景山东麓，原有一株向东倾斜的低矮老槐树，这是明崇祯朱由检自缢的地方。明末，李自成起义军于1644年3月攻入北京，崇祯3月19日逃到景山，自觉有愧于祖先基业，以腰带自尽于观妙亭下的歪脖槐树之上。“文化大革命”期间，老槐树被当作“四旧”砍掉，20世纪80年代初在原址新移栽了一棵古槐。

关林到景山公园来是为了看一看紫禁城的全景，虽然他几乎每天都要出入这座神秘的宫殿，但是，自从他意识到《红楼梦》中的红楼可能就是紫禁城时，他产生了一种从高处俯瞰一下故宫的强烈欲望。

关林登上景山中峰，放眼望去：一座庄严绚丽、气势恢宏的皇家宫殿展现在眼前——

“这才是真正的天子脚下的红楼啊。”关林看着紫禁城的红墙金瓦，感慨万千。

紫禁城，这里曾居住过24个皇帝，是明清两代的皇宫。一条中轴贯通着整个故宫，三大殿、后三宫、御花园都位于这条中轴线上。在中轴宫殿两旁，对称分布着许多殿宇，座座宏伟华丽。这些宫殿可分为外朝和内廷两大部分。太和、中和、保和三大殿为外朝中心，文华、武英殿为两翼。乾清宫、交泰殿、坤宁宫为内廷中心，东西六宫为两翼，布局严谨有序。

看着这座金碧辉煌、宏伟庄严的宫殿，关林想到：**当年，住在这座**

红墙金瓦里的女人们，在心里只会关心着那个九五之尊的吃喝拉撒、喜怒哀乐，在这里生活着的所有人的命运都和那个至高无上的人息息相关。乖巧聪明、容貌姣好、背景深厚的妃嫔们容易得到皇上的青睐，于是可以得到更好的院落，更多的封赏，更殷勤周到的生活服务。但即使这样，这些得宠的女人，在她们人生大部分的时间里，也只是守在这样的院落里，听晨钟暮鼓，看花开花落，最高的奢望就是当夜色深沉的时候，有一份意外的惊喜，得一夜久盼的恩宠。

于是，在这高墙内生活着的女人们，生命的四季只会像那些红墙黄瓦那样渐渐褪色，因年久而日显斑驳。

《红楼梦》中的“千红一窟（哭）”“万艳同杯（悲）”表达的是否就是这个主题呢？

想到此，关林匆匆走下景山中峰，他要到《红楼梦》里寻找答案。

古籍研究所的院子里，吴休玉正在擦拭关林办公室的门窗。

关林提着公文包走进院子，吴休玉一回头看见他，笑嘻嘻地说：“关林，这几天干吗去了？好几天没看见你了。”

“吴阿姨辛苦了，”关林答道，“这几天东奔西跑地找那块红玉呢。”

“红玉，什么意思？”

“噢，没什么，其实我是出去玩了几天。”关林边说边走到办公室门口，掏出钥匙，打开房门。

“有什么事需要我帮忙的话，你就开口，我一定会帮你的。”

“谢谢吴阿姨，我去工作了。”

“快去忙吧。”吴休玉提着水桶走了，关林走进办公室。

关林刚刚坐下，高文忠进来了，说：“关林，红玉有线索了吗？”

“没有。”关林似乎有些漫不经心地说，“只是有了些想法，还谈不上什么线索。”

经过这些天的折磨，关林已经变得十分小心了，他告诫自己，在没有确切的把握下，不能随随便便地把自己辛辛苦苦得来的线索透露出去。也许，那伙企图暗算他的人就在自己的身边，他必须小心提防身边的每一个人。

高文忠碰了个不软不硬的钉子，但是，似乎并未介意。他搬了把椅子坐在关林身边，关切地问：“这次出去，有什么收获？”

“唉！一言难尽，简单说吧，历经艰险，九死一生。”

“什么？还遇到生死问题了？”高文忠惊讶不已，“快说说，怎么回事？”

“其实，也没什么大不了的，”关林满不在乎地说，“就是遇到几个小毛贼，企图暗算我，被我一顿拳脚打得屁滚尿流，落荒而逃。哈哈哈！”

“嘿，长能耐了，我看，是人家把你打得屁滚尿流吧？”

“您这么小看我啊，哪天我给您露几手，让您开开眼。”

“行了吧你，出去几天，别的没见长进，吹牛的本事倒长了不少。”高文忠奚落着关林，又说，“你刚才不是说有些想法了吗？我很想听听。”

关林身体往前一倾，故作神秘地说：“我发现了红楼的位置。”

“红楼的位置？什么意思？”高文忠有些丈二和尚摸不着头脑。

“您研究《红楼梦》那么多年，您没发现那座红楼到底在哪里吗？”

“哦，你是说《红楼梦》里的红楼啊。其实，那不过是作者的比喻，书中的十二钗、副十二钗、又副十二钗都是奇异女子，而女子所居之处称作‘红楼’，有李商隐诗为证：‘红楼隔雨相望冷，珠箔飘灯独自归。’梦者，不实也，那些风光无限的红楼女子，自以为过的是富贵荣华的繁华生活，其实到头来不过是个美丽的梦，所以，书名叫《红楼梦》。”高文忠自有一番见解。

“高见，关某领教了。不过，您不是说《红楼梦》写的是曹雪芹的家事吗？曹家都是女人吗？曹家的那些男人不在那个红楼里吗？”关林的口气中明显带着一种嘲弄。

“你到底想说什么？东一榔头西一棒子的。”高文忠有些不快了，“如果你觉得红楼不是指女子的居所，那是指哪里？”

“我不是也在找嘛，等我找到红楼了，那就找到那块红玉了。”

“嘿，你小子刚才还说发现红楼的位置了，转眼间就不认账了。”

“呵呵呵，我跟您开玩笑呢，我是真的很想找到那座红楼，可是，咱不是运气差，还没找到嘛。”

“得了，你慢慢找去吧，我没工夫和你废话了。”高文忠起身走了。

望着高文忠的背影，关林嘴角泛起一丝微笑：**抱歉了，我的老师，我的领导，现在敌我不辨，我不得不这么做啊。**

愣了一会儿，关林从皮包里拿出道士的《红楼梦》抄本，当然，这是复印件，原件已经交给他的心上人藏起来了。他拿出第一册里夹着的那封信（当然，也是复印件）仔细看着：“‘**十三、十五、二十二，三秋**

之关键也。’这是什么意思？道士说：‘书中自有谜底，看官需仔细识得，方为巨眼。’看来，答案就在小说里。”关林急忙翻开抄本，认真研究起来。

院里，高文忠若无其事地溜达着，见四下无人，他慢慢走到关林办公室窗户旁边，侧身向关林办公室里张望。只见关林从抽屉里找出几本原来看过的抄本，和桌上的抄本反复对照、查看，神情格外专注。

高文忠小心翼翼地退到一边，心想：这小子，搞什么名堂？

傍晚，太阳收敛起刺眼的光芒，变成一个金灿灿的光盘，把故宫护城河的水流照得像金丝一般。北京西面巍峨的山峦，在夕阳映照下，仿佛涂上了一层金黄色，显得格外瑰丽。

关林提着公文包，从故宫北门出来，沿着景山前街向东走去。

“嘿！关林。”身后传来一个女孩子的叫声，关林回头看去，一个女青年向他招手，女孩儿身边站着一个小伙子。关林站住脚，心中疑惑着：“这是谁呀？”

女孩儿快步走到关林面前，满面春风地说：“发什么愣啊，不认识我了？”

“噢——肖雅婷，原来是你呀。”关林热情地伸出手，和肖雅婷紧紧握手。

这个肖雅婷是关林的大学同学，她是一个短发女郎，体态轻盈，衣着简单素雅，相貌算不上国色天香，但是丰采却很温柔可爱，一副高雅和聪敏的面容。上大学时，肖雅婷就一直非常关注关林，但她从未向关林表露过自己的心思，因为她对关林的那份情感是非常复杂的，很难用男女青年的那种暗恋来形容。关林整天浸泡在书堆里，不愿意花太多的时间和人应酬，尤其是在女孩子面前，显得木木呆呆的，所以，对肖雅婷的情感世界也从未留意过。

关林问：“你怎么在这里？”

肖雅婷温柔地注视着关林，笑盈盈地说：“我和我爱人到景山去玩了，刚出门就看见你了。”

“你爱人？这么说，你结婚了？”

“是，三个月前，我等不来心中的白马王子，所以，就把自己嫁了。”

“这么早就结婚了？你好像还没到结婚的年龄吧。”

“我都26了，还不应该结婚吗？谁像你那么薄情寡义呀。”

“我薄情寡义吗？”

“你以为你柔情似水呀？你就是个无义郎君。呵呵呵。”肖雅婷笑起来显得特别可爱。

“那你心中的白马王子是谁呀？你干吗不等等。”

肖雅婷的脸沉了下来，眼睛里充满哀伤：“你觉得问这个让人心碎的问题，心里很舒服吗？”

关林一下愣住了，他好像明白了肖雅婷的意思。

肖雅婷的爱人走过来，向关林伸出手：“关林，你好。”

关林握住小伙子的手，疑惑地问：“咱们认识吗？好像觉得你有些眼熟。”

“你当然眼熟了，他也是咱的同学，历史系的王景瑞。”肖雅婷抢着说。

“噢，瞧我这记性，王景瑞，记得记得。”关林恍然大悟，五年前的记忆，清晰地缓缓复现——

第十五章
不速之客

那是五月的一个上午，北大图书馆像往常一样稀稀拉拉地坐着一些学生，大部分学生是到这里查资料的，但也有少数学生是看中了图书馆安静舒适的环境，躲在这里悄悄看自己喜欢的书。

平日里在课堂上，关林很少发言，他不是那种教师讲什么就全盘接受的人，他一直以客观的态度看待讲课。他知道，即使是最优秀的教授，说出来的话也不见得永远正确。所以，老师们不大喜欢这个沉默寡言的学生。

关林按照惯例，坐在图书馆后面靠窗的第二个位子，这里不仅光线充足，而且很少有人会坐在这里，他不想被人打扰。他通常都很孤独，那天却难得地有人坐在了他身后的位子，不过他并未在意这一点，他的注意力集中到书桌上的线装书上，那是本脂评《红楼梦》的影印本，他正在抄写书上的批语。

“你也是个红学迷吗？”

身后传来一个声音，起先，关林没觉得那个声音是在对自己说话，可他抬起头四下看时，发现身边没有别人，于是，他转头向后看。

一个留着长发，敞着衬衫胸口的男生正托着腮注视着他。关林在图书馆常看到这张脸，但并不知道他的名字。这个男生比关林略矮一些，但人很结实，眉毛浓重，还有一副显得坚强而好斗的面孔，他那沉着的眼神和宁静自信的态度，显现出了良好的心理素质。此时，他的手里也拿着一本线装书，书名是《红楼梦》。

“我稍微瞄到一眼，不是故意要偷看的。”长发男子指指关林桌子上的书和笔记本。

关林扫了一眼自己的笔记本，上面记载着他抄下来的脂砚斋的批语。

“你也喜欢《红楼梦》?”关林问。

长发男子将手中的书放到桌上，脸上浮现出一丝笑容：“我一向认为历史和文学是分不开的，研究历史名著，实际上就是在研究历史，只是每个人的研究方法不同，所以得出来的结论也不同。”

“那你的看法是什么?”关林指指桌上的《红楼梦》。

“红学界把红学研究分为新红学和旧红学，旧红学又分为索隐派、评点派和题咏派；而新红学就是所谓的考证派，你的研究属于哪一派?”长发男子反问。

“在我看来，索隐派和考证派是一个意思，都是在猜谜，考证派的所谓科学考证其实一点也不科学，他们抓住小说第一回中提到的‘曹雪芹’的名字，非要将曹雪芹安到江宁织造府的曹家里，可惜的是，他们翻遍曹家的族谱，也没找到曹雪芹的名字，更没有关于曹雪芹的只言片语的记载。考证派定曹雪芹为曹寅后人的唯一依据就是敦诚《四松堂集》之《寄怀曹雪芹　霑》里的小注‘雪芹曾随其先祖寅织造之任’，但是，这句话并不是敦诚诗中的原文，而是后来的‘笺条’贴上去的，这个笺条是谁贴的？这么搞的目的是什么？谁也说不清楚，因此，把这个极其靠不住的笺条作为学术研究的证据是有严重缺陷的。所以，我不认同考证派的观点。”

“至少我们有了一个相同点。除你刚才所说的小注，那个‘曹霑’的‘霑’字也大有问题。敦诚涉及曹雪芹的诗共五首，短文一则：其余四首均称其友人为‘雪芹’或‘芹圃’，唯独《寄怀曹雪芹　霑》多出了一个小字体的‘霑’。敦敏涉及曹雪芹的诗，计6首，独有《可知野鹤在鸡群》的说明中，多出了一个小字体的‘霑’。据很多学者考证，从敦诚、敦敏的诗来看，曹雪芹和曹芹圃是同一人，敦诚、敦敏均称其友人为曹雪芹或曹芹圃，但从没有“曹霑”这个称谓。敦诚的《四松堂集》中《寄怀曹雪芹　霑》一诗的影印件封面里‘寄怀曹雪芹’五个大字是竖写的，是印刷体，字号大，字色深，而‘霑’字是个小字，是手写的，颜色浅，离那五个大字较远，模模糊糊不清楚。《四松堂集》写本前面有纪昀和敦敏的序，写明是嘉庆元年，可见这个小字体的‘霑’是后人另加上去的，这究竟是何人所为？加此‘霑’字是何用意？无人能解释清楚。”

“还有一点也很重要，”关林补充道，“有一个著名红学大家认真查核《四松堂集》付刻底本后发现，刻本《四松堂集》，除诗题上含纪年的二首，其他所有的纪年或被墨点或被贴条盖住，表示删去纪年，为什么会这样？这只能说明《四松堂集》里各诗的明确纪年根本无法确定，后人根据敦敏删除的纪年考证‘曹雪芹’的卒年岂不成了空中楼阁。”

“你说得不错，从另一个角度说，就算这些考证派能够把曹雪芹的生卒年论述得相当准确，也不能证明《红楼梦》就是曹雪芹写的，乾隆五十六年，《红楼梦》首次排版印行，程伟元在卷首写道：‘《红楼梦》小说本名《石头记》，作者相传不一，究未知出自何人，惟书内记雪芹曹先生删改数过。’程伟元提到了曹雪芹，却不能肯定他就是作者，因为这缺乏真凭实据，曹雪芹顶多是对《石头记》‘删改数过’。程伟元是距《红楼梦》一书写作年代最近的人，并且是续书者之一，连他都搞不清作者是谁，而200多年以后的人却根据一些极其靠不住的线索，认定作者就是曹寅家的后人曹雪芹，这显然说不过去。”长发青年和关林在这个问题上的看法非常一致。

“那你认为曹雪芹究竟是谁？”关林问。

“我认为，曹雪芹就是个笔名，真正的作者应该另有其人。而且，小说中的描写和曹家的事完全对不上，所以，《红楼梦》不可能是曹雪芹的自传。”

“这和我的看法是一致的，考证派完全不顾小说中描写的内容，把精力浪费在挖掘作者身世的研究上，以致无论怎么解释都无法自圆其说。”

“是的，可以这么说，考证派的观点简直是漏洞百出，丝毫谈不上科学考证。”

“那你的观点是什么？”

“现在还没有形成一个完整的观点，只是觉得曹家学的观点肯定站不住脚。”

“和我一样，我觉得，要想真的读懂《红楼梦》，只能在原著的文本上下功夫，脂砚斋的批语是解开红楼谜团的关键所在，所以，我最近一直在研究脂砚斋的批语。”

“我也注意到这个问题，但是，批书人并不止脂砚斋一人。”

“对，畸笏叟、绮园、松斋、梅溪等都是批书人，庚辰本与甲戌本上的批语大都出自畸笏叟之手。但是，我觉得脂砚斋应该是批书第一人，他的批语最有参考价值。”

那天，关林和这个长发青年谈了很长时间，分手时他才知道此人叫王景瑞，是历史系大二的学生。关林虽然觉得此人是个怪胎还是和他握了手，然后突然觉得有点好笑，因为他一直以为被人当成怪胎的永远是自己。

虽然他和王景瑞并没有什么特别的交情，但碰到时一定会聊上几句。王景瑞博学多闻，除了历史和文学，其他领域也多有涉猎。后来两人很少碰面，因为他们各自选择了自己所爱好的专业继续深造，王景瑞结束硕士的发展，关林毫无所悉，没想到分别五年后两人又碰到了一起，而且，他竟然成了一直关注关林的肖雅婷的丈夫。

关林和王景瑞握握手，扭头看看肖雅婷：“怎么，你把雅婷拐跑了？”

“哈哈哈，我这叫后来者居上，你这近水楼台没得着月，那可怨不得兄弟了。”王景瑞风趣地说，“哎，好几年没见了，找个地方喝点，好好聊聊。咱们当年的讨论也该有个结果了吧？”

“这——我现在挺忙的，改天行吗？”关林明显在推辞。

“瞎忙什么呀？老同学好几年没见了，还不应该聚聚呀？在学校你就这德行，一点没改。”肖雅婷的话语中有一种爱恨交加的感觉。

“那，要不到我家去吧，离这里也不远，我不喜欢到餐馆去，乱哄哄的。”关林只好妥协了。

王景瑞满意地笑了：“好，我们买点熟食，到你家边吃边聊。”

“不用买熟食，我叫外卖吧，一会儿就送到家了，菜的品种也不少。”

“那就这样，走吧。”

三个人说说笑笑地走了。

路边的一辆汽车里，胡图看着渐渐远去的关林三人的背影，脸上流露出平时难得一见的喜悦表情。

几杯酒下肚，关林的话多了起来。“哎，咱们几年没见了？”

“有五年多了吧？”肖雅婷说，“那时在学校里，你特高傲，见了我们眼皮都不抬，弄得同学们谁也不敢接近你。”

“我这属于情商特低，和高傲没关系啊。”关林解释道，“我就是喜欢钻在书堆里瞎琢磨，就是一典型的书呆子。”

关林拿起酒瓶给王景瑞斟酒，一边问道：“景瑞，你现在在哪里工作？”

“我毕业后，到一所中学当了一名教书匠，唉！与自己的理想相去甚远。但是，没办法啊，现在能找到个稳定的职业太困难了，再说了，一个学历史的还能干什么？关林，我挺羡慕你的，分配到故宫博物院工作，很适合你。”

“还行吧，我就想找这样一个安静的工作环境，要不我那爱胡思乱想的大脑就该生锈了，呵呵呵。”关林笑了笑，问肖雅婷，“雅婷在哪里工作？”

“我和景瑞在一个学校，我是语文老师。”

“噢，长相守，不分离呀，好好好。”

“你怎么样？关林，还一个人哪，有目标了吗？”王景瑞问。

“目标倒有一个，可是，还不知以后怎么样呢？”

“能被你关林看上的人，一定非常优秀。”肖雅婷用一种异样的目光看着关林。

“唉，怎么说呢，走一步看一步吧。”他端起酒杯和王景瑞碰了一下，“来，喝酒。”显然，关林不想深谈这个问题。

王景瑞环视着关林的房间，说：“关林，你这个地方真不错，古老的四合院，幽雅的环境，宽敞明亮的房间，古香古色的家具，真是神仙住的地方呀。”

“我能找到这么个地方住真是烧高香了，这全是托了我们单位刘主任的福了。这是她家祖上的私宅，所以，就让我们几个同事来给她看房子了，还分文不收。”

“真的？”肖雅婷尖叫一声，“这么好的地方还不收房钱，哎呀，关林，你可是有福之人不用忙啊。”

“呵呵呵，我这叫大难不死，必有后福。”

“什么大难不死呀？好像你还遇到了生死考验？”肖雅婷不解地问。

“不瞒二位，前些天还真是在鬼门关前走了一回。”关林郑重其事的表情，让肖雅婷夫妇颇感吃惊。

王景瑞问：“我怎么听着那么邪乎呀，你详细说说。”

“唉！说来惭愧，都是红楼惹的祸。”

“什么？红楼惹的祸？你的意思是，《红楼梦》给你带来了大祸？”

“是啊。”

“不会吧，研究《红楼梦》还能摊上什么大祸？肯定是你得罪了哪位红学大师，人家对你口诛笔伐了吧？”

关林摆摆手：“比这严重多了，这么说吧，本来，我的考证专著已经快完成了，可是，一场突然的变故，把我的心血全毁了。”

“到底怎么回事啊？”

“唉！一言难尽啊。”关林开始解释事情的原委。

听着关林奇特恐怖的经历，肖雅婷和王景瑞瞪着惊恐的眼睛，明显地表现出十分害怕的表情。关林的声调也在发颤，这说明连他都被亲口说给朋友听的那件奇怪的事所深深地激动了。

“坦白地说，听到这些话，我浑身都起鸡皮疙瘩了。”肖雅婷就像一个惊慌失措的小孩子一样。

“竟然有这样的事，太不可思议了，这、这就是所谓的灵异传说吧。”王景瑞对关林苦笑一下，但是连他自己也知道脸颊在抽搐。

“如果不是我的亲身经历，打死我也不相信会有这样的事。唉！算了，不谈这个问题了，太伤脑筋了。”关林换了个话题，“景瑞，你现在还在研究《红楼梦》吗？”

“已经好久没碰这个问题了。《红楼梦》这个课题太复杂了，恐怕研究一辈子也得不出个结论来，我不想在这个问题上耗费太多的精力。所以，后来就放弃了。”

“那太可惜了，以你的才智，继续研究下去，一定会出成果的。”

“我觉得，还有许多比研究《红楼梦》更重要的事情可做，再说了，我们现在生活在一个高科技的时代，吸引年轻人的东西太多了，还有多少人会去关注一本200多年前的小说呢？恐怕没几个人会像你这样，两耳不闻窗外事，一头钻进红楼里。”

“呵呵呵，”关林一阵苦笑，“你说得没错，像我这样的怪胎已经不多了。”

肖雅婷默默注视着关林，心中涌出无限的感慨：傻瓜，我喜欢的就是你这样的怪胎，可惜，我连有这个想法都觉得很奢侈。唉！命运真会捉弄人，谁能明白我的心啊？

关林哪里知道，肖雅婷之所以匆匆忙忙地把自己嫁了出去，就是想把他彻底忘了，可是，这久别的重逢让肖雅婷心中那个本已模糊的影子一下子又清晰起来，她知道，自己根本就没有资格去向心爱的人表达那份难以启齿的情感。肖雅婷心中一阵阵悲凉。

“关林，我有个事情想请你帮帮忙，不知你——”王景瑞欲言又止。

“有什么事你尽管说，只要我能做到的，我一定帮忙。”

“你看，我和雅婷刚结婚不久，我俩又都是外地人，你也知道，现在北京的房价有多贵，教师的收入又少，我俩到现在还住在地下室哪。我看，你这个院子里还有不少空着的房子，你能不能和你那位领导说说，租给我们一间，至于房租嘛——”

“景瑞，怎么好麻烦关林哪，这让人家多为难呀。”肖雅婷打断王景瑞，脸上现出一种很复杂的表情。

“不不不，我倒没觉得有什么为难之处，不过我们那位刘主任很不喜欢和不认识的人打交道，她之所以让我住到这里，除了我是她的同事这个原因，主要是她比较欣赏我研究《红楼梦》的痴迷态度。我可以跟刘主任说说——”

“对对对，你就跟刘主任说，我也是个红楼迷，我住在这里可以协助你研究《红楼梦》。”王景瑞抓住时机，赶紧接茬。

结果，王景瑞这句话起了关键作用，当关林把王景瑞的请求和他的情况向刘敏汇报之后，刘敏当即就同意了，指示关林把东厢房的套间打扫干净，让肖雅婷夫妇住进去，而且表示，只收一半的房祖，这让肖雅婷和王景瑞深感意外。一阵千恩万谢之后，第二天，小两口就欢天喜地地搬进来了。

从此，这个宁静的院子里开始发生奇妙的变化。

第十六章
方莹的忧虑

方莹坐在桌前，手里捧着一本书，但是，她显然没有看书的兴趣，书页好久都没翻动过了。昨天晚上，为了感谢刘敏的关照，也为了结识院子里的邻居，肖雅婷和王景瑞做东，在东厢房里摆了一桌丰盛的酒席，邀请大家共进晚餐。席间，刘敏对关林说："你知道我为什么同意肖雅婷和王景瑞住到这个院子里来吗？"

关林说："一是他俩是我的同学，您是为了给我一个面子；二是王景瑞也是个红学迷，可以协助我研究《红楼梦》。"

刘敏笑了笑："还有一个很重要的原因，肖雅婷是我的外甥女，你还不知道吧？"

"哦，原来是这么回事啊。"关林大吃一惊，"唉，我说呢，我好像没有这么大面子，这才是真正的原因啊。雅婷怎么没说过呀？"

肖雅婷笑着说："你又没说你那位领导叫什么，我哪儿知道是我姨呀。"

"当然了，"刘敏对关林说，"让王景瑞协助你研究《红楼梦》也是很重要的原因，同学加红学迷凑到一起，很热闹嘛。"

"呵呵呵。"大家一阵哄笑。方莹和白晓雯也感到很惊讶，为了给刘敏一个面子，她俩对肖雅婷和王景瑞一直赔着笑脸。马天龙却没表示出多大热情，好像很不欢迎这小两口。刘敏借口身体不舒服，就早早告辞了。刘敏走后，王景瑞大谈《红楼梦》的研究心得，他认为《红楼梦》与"明亡清兴"的历史有着密切的关系，书中的红楼是指明朝的皇宫紫禁城，小说写的是“明朝的历史”，作者通过小说描写的表面故事，表达了对明亡的反思和对大明的怀念，更表现出对清朝无比愤恨和鄙视的情感。关林不时地插话、询问，脸上现出迷茫、困惑的神态。方莹感觉，王景瑞的观点对关林产生了很大影响，她的心中多了一丝隐忧，她甚至觉得关林在这两个同学的影响下，情绪也发生了明显的变化。以前关林一天到晚沉浸在书堆里，脸上总是一副痴呆、冷漠的表情，有时好几天都不说几句话。可是，他和肖雅婷和王景瑞在一起的时候，不仅话多了，而且，不常见的喜悦之色也频频出现在他那平时僵硬的脸上。今天下班后，关林又没回来，现在已经 8 点多了，还没见他的人影。方莹看着桌上的闹钟，脸上现出焦急的神色。

砰砰砰，有人敲门。

“谁呀？”

“晓雯。”

“进来吧。”

白晓雯推门而入。

方莹问：“关林回来了吗？”

“没有，我刚去前院看了看，关林和马天龙的屋里都黑着灯，他俩干什么去了？”白晓雯也有些焦急。

“下班时，关林给我打了个电话，说直接回这边来。怎么搞的？到现在还没见人影。”方莹显得忧心忡忡。

“肖雅婷和王景瑞也没回来，关林会不会和他们在一起？”

“很有可能。哎，晓雯，你没觉得自从肖雅婷这小两口搬来以后，关林的情绪发生了很大变化吗？”

“是，他和原来是不一样了，和那两口子在一起时，他的话特多，原来我和他说话，他都爱搭不理的，除非是见了你。昨天晚上吃饭时，我发现肖雅婷看关林的眼神特别奇异，有一种含情脉脉的神态，你说，他俩在大学时会不会有一段恋情？”

“很有可能，如果关林与她旧情复燃了，那就糟了，那他还有什么心思研究《红楼梦》啊。”

“我觉得不会的，就算关林和肖雅婷曾经是恋人，可是，雅婷毕竟结婚了，王景瑞也是关林的同学。关林不是那种人，他不会再打肖雅婷主意的，他的心思在你身上。”

“可是，我、我却不能给予关林所想要的那份情感，这个书呆子，爱上谁不好呀，偏偏要爱上我。唉！我该怎么办呀？”方莹心乱如麻，眼里满含泪水。

看着方莹难过的样子，白晓雯心里也阵阵痉挛。

方莹茫然望着窗外，天色早已全黑，院子里一点动静也没有，微风轻拂下的树影悄悄摆动着。要是一切都能这么化为暗黑，世界就此结束，不知该有多轻松。她的思绪又回到马天龙身上：“天龙这两天也不对劲，我发现他看王景瑞的眼神，总是一副很害怕的样子，你说，这到底是怎么回事？”

“我也觉得挺奇怪的，天龙和王景瑞又不认识，他干吗那么害怕？”白晓雯想了想，“要不，你先给关林打个电话，问问什么情况。”

“也好，我打电话问问。”

方莹掏出手机，拨打关林的电话。一阵音乐声后，电话里传来关林的声音：“方莹吗？是我。”

“你在哪儿呢？怎么还不回来？”

“我和雅婷、景瑞一起吃饭哪，有事吗？”

“没事就不能打电话了？关心一下你不行吗？”方莹没好气地说。

“多谢领导挂念，我真是有点受宠若惊了，呵呵呵。”关林显得很兴奋。

“你少贫嘴，我问你，天龙和你们在一起吗？”

“没有，下班时我在他办公室门口碰到他了，他说有点事晚回去一会儿。怎么了？天龙还没回去吗？”

“现在还没回来，你们在什么地方吃饭？”

“什刹海边有一家餐馆叫静月阁，很优雅的，你要来吗？”

“我哪儿敢去打扰你们呀，吃完饭就早点回来吧，别忘了你的重要使命。”

“好的，遵命。”

电话挂断后，方莹愤愤地说：“这个关林，对这些应酬的事从来不感兴趣，今儿是怎么了？还挺兴奋的，莫非是魔鬼附身了吧？”

白晓雯问：“他和谁在一起？”

“就是肖雅婷和王景瑞，一起吃饭呢。”

“果然和他俩在一起，天龙怎么回事？”

“关林说天龙工作上可能有点事，要晚回来一会儿。”方莹焦急地在屋里来回转悠，一种难以言喻的焦虑弥漫心头，“我有一种不好的预感，天龙和关林可能要出事。”

“不会吧。”白晓雯嘴上这样说，其实心里也挺担心的，“要不，我到天龙的办公室去看看，你在家里等关林。”

“好，就这样。”

白晓雯匆匆出了门。

其实，什刹海不是海，而是一个宽而长的湖，元代称海子。明初缩小成为西海、后海、前海，三海水道相通，碧波荡漾，岸边垂柳依依，远山秀色如黛，风光绮丽，为燕京胜景之一。自清代以来，什刹海一直是人们游乐消夏的胜地。如今，晚上这里成为五光十色的霓虹酒吧区，灯光映衬下的湖水格外美丽，湖面倒映着对岸斑斓的彩灯，微风吹动下，湖面泛起了鱼鳞般的涟漪。

静月阁是一家西餐厅，装修风格舒适宜人，富有异国情调。一个格调高雅的包间里，关林和肖雅婷、王景瑞一边品尝着法式菜肴，一边热烈地攀谈着。

肖雅婷问关林：“我听见了，给你打电话的是个女孩子的声音，好像是方莹吧，她就是你的那个目标吗？”

“怎么说呢？”关林不知道该如何回答，“我是把她当作了追求的目标，可是，我到现在也弄不清，她到底算不算我的女朋友。”

“这叫什么话？女朋友就是女朋友，什么叫算不算啊？”肖雅婷有些不解。

“那天，我们在一起吃饭时，我看那个方莹挺傲气的。我估摸着是你喜欢人家，可人家却没看上你，是这样吗？”王景瑞一语中的。

“也许是吧，方莹的眼光挺高的。”关林苦笑一下。

“怎么会呢？你刚出来一会儿，电话就追来了，还问你在哪里吃饭，她要不在乎你，会这么关心你吗？”肖雅婷说得也很有道理。

“呵呵呵，女孩子的看法果然敏锐。”肖雅婷的话让关林格外开心，“景瑞说得没错，原来她是不怎么搭理我，可是最近情况好像有些好转了。不过，我和方莹接触越多，就越觉得困惑，我就是看不懂方莹这个人。她对我的态度非常奇怪，你说她对我没那个意思吧，可是，有时她又对我挺关心的；你说她对我好吧，可又让人觉得很难再进一步接近，总之，她特神秘。”

“这就说明她对你动心了，你应该有点耐心，女人嘛，要想把自己的终身托付给一个男人，总得有个考虑的过程。再说了，方莹长得那么漂亮，人又聪明，追她的人一定不少，你要想得到她，还得下点功夫呀。”肖雅婷拿起啤酒瓶，为关林满满斟了一杯，她端起酒杯说：“祝贺老同学情窦初开，哈哈哈！”

“什么？情窦初开？鬼才信呢。”王景瑞和关林碰了一下杯，“这情窦早就开过了吧？”

“你还别不信，我还真是初尝爱果，真真儿的童男子啊。呵呵呵。”

听了关林的这句话，肖雅婷的眼睛里闪动着泪花：“**你这个无情的公子，当初那未开的情窦，为什么就不能对我开一次呢？**”猛然间，她又意识到另外一个问题：“**假如关林当时情窦初开的对象是我，我有资格去接受这份爱吗？**”想到此，肖雅婷心里阵阵酸痛。

“关林，那天你说，你的考证专著差不多已经完成了，可惜被人毁了，那你的观点到底是什么呀？”王景瑞看着关林微微泛红的脸，把话题转到《红楼梦》上。

“唉！怎么说呢，我原来的思路特清楚，可自从发生了那些奇怪的事以后，我这脑子也不知怎么了，原来的观点怎么也想不起来了。”关林懊恼地说。

“你不是说，那个神秘的道士给你留下了一些线索吗？那个道士的信上是怎么说的？”

王景瑞的这句话让关林一下子警觉起来，虽然王景瑞是他的同学，两人也曾深入探讨过《红楼梦》，但是，方莹对他的告诫也是有道理的，在没有彻底解开那些谜团之前，他必须对所有的无关人员守口如瓶。

想到此，关林缓缓地说：“我最近脑子特别混乱，刚看过的东西转眼就忘了，现在还是一头雾水。”

“既然研究《红楼梦》给你带来这么多麻烦，我看你还是换一个研究课题吧，现在值得付出精力的事情太多了，你干吗非要一棵树上吊死呢？就像一个相声里说的那样，在别的树上也试试，没准真的吊不死哪。呵呵呵。”王景瑞的话语里满含着关心的味道。

“就是，景瑞说得很有道理，关林，你那么聪明，研究什么都会出成果的，换个活法吧，别把自己整得太痛苦了。”肖雅婷这番话确实是肺腑之言。

王景瑞和肖雅婷的话让关林的心颤动不已：自己整天费尽心机、冥思苦想，想从书堆里寻找真实的答案，到底是为了什么呢？过去，他丝毫没有因此而烦恼，探求、追索遥远的秘密反而给他带来无穷的乐趣。可是，他突然发现，到头来除了孤独、烦恼、忧虑、痛苦，甚至还有恐惧，他什么也没得到。他第一次对自己的那个选择动摇了。

关林心烦意乱地点点头："多谢二位美意，我会考虑你们的意见的。"

夜晚的故宫里黑影重重，寂静无声。仿佛无边的浓墨重重地涂抹在天际，连星星的微光也所剩无几。昏暗的灯光下，那一座座宫殿显得异常阴森，一阵呜咽的风刮来，如同怨灵般撕咬着古老的窗棂，发出咯吱、咯吱的恐怖声响，仿佛诉说着这个幽深的皇宫里所发生的一切悲哀的事情。

马天龙提着公文包匆匆走来，走到黔西二所的一个院子门前时，他放慢脚步，这个院子就是当年那个倒霉的那拉皇后被废后住过的院子。马天龙停下脚步，默默注视着夜幕笼罩下漆黑的院落，全然没有留意到身后不远处有一个人影正悄无声息地向他靠拢，跟踪人身形敏捷，踏地无声，如同幽灵一般。

马天龙像个雕塑似的站在朦胧月光映照下的破败的院落门口，神情异常严峻，全然没有一丝恐惧。突然，身后的黑影猛地扑了过来，一下子就把马天龙打倒在地。黑影拔出一把寒光闪闪的尖刀，对准马天龙的脖子扬起手臂。

一个黑衣大汉突然从树丛后跃出，向刺客猛击一掌，刺客一声惨叫，手中的刀子掉在地上。黑衣大汉身子一晃，变成大内侍卫，向那个黑影扑了过去。黑影一个鲤鱼打挺，噌地一下站了起来，左拳虚晃一下，猛地飞起右脚，直向大内侍卫的胸口踹去。大内侍卫身子略闪一闪，躲过那致命的一脚，右手虚照一照，左手一拳，照着黑影人的脸颊打来。黑影灵巧地闪过，刚想出拳，大内侍卫疾步跟上，猛的一掌，拍在那人的胸口上，黑影一下摔出好几米远。大内侍卫腾空跃起，双膝弯曲，向那人的胸口狠狠地撞了下来。刺客的功夫也好生了得，虽吃了一掌，但并无大碍，他就地一滚，躲过大内侍卫的致命攻击，纵身一跃，蹿上院墙，消失在黑暗中。

白晓雯气喘吁吁地跑过来，扶起倒在地上的马天龙："你怎么跑到这里来了？没受伤吧？"

"擦破点皮，不碍事。"

"幸亏康大人及时赶到，要不然你早就魂丧天外了。"

大内侍卫向马天龙一拱手："危险随时都会降临，十二爷要格外小心。"

"我知道了，谢谢你。"马天龙惊魂未定，颤巍巍地向大内侍卫点头致谢。

大内侍卫一闪身，向树丛中蹿去。白晓雯扶着马天龙，慢慢走向故宫后门。

第十七章
彷　　徨

“你太不像话了，”方莹向关林大吼，“整天喝得醉醺醺的，还能干点正经事吗？照这样下去，你就毁了。”

“我、我怎么了？你、你干吗发那、那么大火。”关林晃动着身子，说话都不利落了，“我、我不过是和雅婷、景瑞一起吃顿饭，聊、聊聊天，又没碍你的事，你、你凭什么管我。”

“你以为我愿意管你吗？要不是看你还有点歪才，也许还能解救那些屈死的冤魂，我才懒得搭理你哪。”

“哈哈，方莹，你、你终于说实话了。”关林借着酒劲吼道，“你不过是在利用我，其实，我早就应该看、看清这一点，你心里根本没有我，只不过觉得我还有点用处，才对我虚情假意地关心、问候，是不是？”

“你，你胡说什么？”方莹的眼里涌出泪水，哽咽着说，“关林，也许，我、我不该向你发火，可是，我们还有更重要的事情要做啊。”

“什么重要的事，不、不就是研究那个红、红楼密码吗？有什么大不了的？”

“关林，你到底怎么了？原来你不是这样的啊。”

一间昏暗的房间里，两个人头戴耳机，桌子上放着一台监听设备和一台录音机，他们在监听着什么人的谈话。胡图站在那两人身边。

耳机里传来关林的声音：“我、我没怎么，就是觉得很累，我、我想休息一下，换换脑子，不行吗？”

方莹的声音："关林，你要真觉得累了，那就好好休息吧。可是，你不能这样下去了，你得振作起来呀，你知道，我有多担心你吗？"

"哈哈，你又来了，又开始给我灌迷魂汤了。好好好，我听着，绝对是洗耳恭听，你还有什么高见，一并讲、讲出来。"

"关林，"方莹的声音在颤抖，"你觉得说这些让人撕心裂肺的话，你很开心是吗？"

"你觉得难过了？我、我说错了吗？你不就是想利用我继续研究《红楼梦》吗？好，我、我告诉你，我不想再这样继续下去了，我很烦，我、我想休息，我想睡觉。"

听到这里，胡图那张大白脸上露出一丝得意的笑容。

关林的房间里，方莹默默地注视着关林，泪流满面。

"哎，方莹，你怎么哭了？好好好，我、我说错了，你别介意，假如我刚才的话伤害了你，我、我向你道歉。"

"你用不着道歉，算我眼拙，看错人了。你好好休息吧。"方莹转身欲走。

"等等，方莹，你、你别走，我只想问你一句话，你、你到底是怎么想的？"

方莹转过身来，苍白的脸上流露出难以表述的痛苦："关林，我怎么想的，对你很重要吗？"

"很重要，真的很、很重要。"

"关林，你、你不要逼我。"方莹大声喊着，"我知道你想说什么，你对我的那份情谊我都明白，可是，我、我没法儿跟你说呀。如果你真想知道答案，那就到《红楼梦》里去寻找吧。"

"又是《红楼梦》，这跟那本小说有什么关系？难道我爱的人是《红楼梦》里的人物吗？天哪，这、这到底是怎么回事呀？"关林一头扑倒在床上，使劲捶打着床铺，放声大哭。

方莹的泪水滚滚而下。

寂静的院子里，白晓雯伫立在昏暗的月光下，侧耳倾听着关林屋里的声音，脸颊上挂满泪水。

马天龙在前院低着头躁动不安地来回走着，不时地看看关林的房间，一副担惊受怕的样子。旋即，他将目光投向东厢房，眼睛里充满怨恨。

东厢房里黑着灯，肖雅婷和王景瑞好像睡了。

“你听，关林好像哭了。”肖雅婷推推身边的王景瑞。

王景瑞翻了个身，有些不耐烦地说：“这就撑不住了？有什么好哭的？不就是因为方莹嘛。就冲这点，他也成不了大气候。”

“是不是他和方莹吵架了？”

“哼，吵架的日子还在后面哪。”

“你怎么这么说话？”肖雅婷坐了起来，话音中带着怒意，“好像很幸灾乐祸似的。”

“你别管人家的闲事，好好睡你的觉。”

“你怎么那么冷血呀？关林好歹是咱们的同学，要不是关林帮忙，我们能住到这么好的房子吗？”

“那是老天爷的安排，没他关林，我照样能住到这么好的房子。我知道，在学校时你很欣赏关林，是吧？可惜呀，人家没把你当回事。怎么？这次久别重逢，又旧情复燃了？哼，你也不想想，你是谁呀？还敢动这份心思。”

“你少胡说八道，人家关林比你高尚多了。”

“哼哼，”王景瑞冷笑一声，眼睛里似乎有冰凌花在颤动，“是吗，我倒要看看，他能高尚到哪里？”

“你想干什么？我警告你，你如果对关林使坏，别怪我和你翻脸。”

王景瑞一掀被子坐了起来，一双眼睛冷冷地闪着寒光，似乎是白森森的剑影：“怎么着，你还想威胁我？我告诉你，你可是我老婆，你要是胳膊肘子朝外拐，老子废了你。”

肖雅婷望着王景瑞阴森的目光，不由得打了个寒战。她怎么也不会料到，这个睡在身边的人竟是如此可怕。一阵恐怖袭遍全身，肖雅婷一头倒在枕头上，无声的泪水顺着脸颊淌下。

已经是上午9点了，关林还在蒙头大睡。院子里的人都已经各奔东西了，只有方莹徘徊在关林房间门口。她拖着长长的影子，在宁静的院子中漫步，心中翻滚着万千的思绪，连日来的挫折和磨难让这位美丽的姑娘愁容满面。

昨晚和关林一顿大吵后，她很后悔，为自己的鲁莽和武断而深深自责。她很理解关林此时的心情，他的要求并不过分，而自己却无法回答关林的问题。这些莫名其妙的事情已经达到了关林所能承受的底线，方莹真的是感到万般无奈，手足无措了。她望着关林的窗户，心中阵阵悲凉："关林，真的对不起，我知道你心中的痛苦，但是，这还不是最后的结局，假如真的到了揭开谜底的那一刻，你能承受得起吗？"方莹多么希望，这一切都没有发生过，可是，现实却是那样冰冷残酷。"不管怎么样，还得继续下去，我们只能认命了。关林，希望你能挺住。"

想到此，方莹转身向院门口走去。

还是那座王府里，富丽堂皇的正殿里射入一束阳光，照射在一个面壁而立的女人的后背上，在青砖铺成的地面上留下一道长长的影子。那个女人衣着华丽，只从后面望去，就能判断出她是一个身份高贵的人。女人默默凝视着中堂上挂着的一幅墨龙大画，那条龙栩栩如生，张牙舞爪的像要飞舞下来。

胡图小心翼翼地走进来，细声细语地说："主子。"

"昨晚刺杀马天龙的行动又失败了，是吗？"女人的口气里透露着威严。

"本来马天龙已成瓮中之鳖，可是，那个该死的侍卫突然现身，把他救了。"

"真是一群废物，昨晚马天龙单独行动，本是个绝佳良机，可你们竟然让他轻易地逃脱了。"

"奴才该死，请主子责罚。"

"算了，暂且记下你的过失。还有什么情况？"

"我的那个计划已初见成效，关林开始动摇了。"

"很好，继续对他施压，让他彻底放弃那个可恶的想法。如果这个计划成功了，可以一劳永逸地解决问题。"

"主子放心，他的一举一动都在我的掌控之中。"

"你要当心那个方莹，她不会善罢甘休的。我担心，关林在她的影响下会有反复的。"

"是，我一定倍加小心。"

"好，你去吧。"

胡图低着头退出房间。

那个女人慢慢地转过身来，一张曾经艳丽无比的脸上挂着一种令人不寒而栗的冷峻表情。她是学术研究所主任刘敏——

方莹提着一个餐盒走到关林门前，轻轻地敲敲门，问："起来了吗？"

屋里传来关林的声音：“谁呀？请进吧。”

方莹推门进入关林的屋里，关林坐在桌前，梳着散乱的头发。

“噢，是方莹啊，我以为是肖雅婷呢。”

“你就惦记着雅婷，就不会想到是我吗？”方莹把餐盒放到桌上，笑嘻嘻地看着关林。

“唉！我又说错话了，又惹你不高兴了？”

“没有，我没那么小心眼。来，先吃饭吧。”方莹打开餐盒，端出两盘菜和一碗酸辣汤。

关林以一种奇怪的眼神看着方莹：“我又不是小孩子，你干吗要这样？”

“说什么哪，你不是没吃早饭吗？我心疼你了，这总行了吧。”

“真的假的？我怎么听着不像你说的话。”

“你少来劲，”方莹故意装出生气的样子，“算我给你赔礼道歉吧。”

“你干吗要赔礼道歉，你又没做错什么？”关林有些不解。

“昨天，我不应该跟你发火，惹得你还哭了一场。呵呵呵，一个大男人，真没出息。”

“我哭了吗？我怎么不记得，哼，我这辈子就不知道‘哭’字怎么写。”

“好好好，你没哭，是我哭了，行了吧。”方莹显得格外柔情，“来，吃饭吧，都快凉了，吃完了再贫。”

“那我就不客气了。”关林端起酸辣汤喝了一口，“哇，味道好极了，真开胃呀。”

方莹又从餐盒里端出两个馒头，放到关林面前，满怀深情地注视着关林。

关林的胃口在酸辣汤的刺激下，食欲大增，津津有味地吃着盘中的蒜苗炒肉丝。“嗯，不错，很对我的胃口。哎，你也一块儿吃啊。”

“我早上吃过了，你慢慢享受吧。”

一阵狼吞虎咽，关林将桌上的饭菜一扫而光。

“真是个吃货。”看着关林恢复了往日的样子，方莹的脸上露出了笑容。

关林放下筷子，方莹又递过一杯水，关林喝了几口，说：“好酒。”

“呵呵呵。”方莹笑了。

“哎，方莹，昨晚我喝醉了，是不是说了好多不该说的话？”

“没有啊，你说的话都是该说的。”

“那你没生气吧？”

“我干吗要生气啊？我知道，最近，你太累了，发泄一下也有好处。不过，你那句话，让我挺闹心的。”

“哪句话？”

“你说不想再研究红楼密码了，我听了真的很难过。关林，我们一起经历了那么多磨难和危险，不就是为了揭开《红楼梦》的真相吗？你知道吗？昨天晚上，马天龙又险遭毒手。”

“啊！”关林大吃一惊，“天龙没事吧？”

“幸亏白晓雯及时赶到，要不然他真的完了。”

“是谁要害他？”

“就是那帮企图阻止你的人。关林，你下了那么大功夫，付出了那么多心血，就这么放弃了，你不觉得可惜吗？”

“谁说我要放弃了？我只是觉得找不到一个正确的方向。”

“我觉得你原来的方向就挺正确的，你只是受了王景瑞的影响。”

“王景瑞的观点也有道理，上次我们意识到，红楼可能是指紫禁城，那么，明朝的皇宫也在紫禁城啊？难道《红楼梦》写的不可以是明朝的事吗？”

方莹刚想说话，关林的手机发出一声铃响，他掏出手机一看，一条短信出现在手机屏幕上：“你为什么对自己的观点产生怀疑？小说第六十七回凤姐提到贾琏是五品顶戴，‘顶戴’二字是清朝特有的。所以《红楼梦》描写的肯定是清朝的事情。你原来的观点没有错。”署名是：屈死鬼。

“谁来的短信？”方莹问。

“是那个屈死鬼。”关林将短信给方莹看了看，突然恍然大悟，“屈死鬼说得对呀，我这脑子进了水了？这么重要的线索怎么就忘了？”关林懊恼地捶打着自己的头。

“别着急，你肯定能想起来。”看到关林终于回到了原来的状态，方莹激动万分。

“让我想想，还有什么能证明是清朝的证据？”关林站起身来，在屋里徘徊着，“我想起来了，《红楼梦》的戏曲‘文化基因’就来自清代，书中上演的《长生殿》的戏康熙二十七年才问世；贾母提到的戏《续琵琶》是曹寅写的；戏子的名字后面都带个官字，这是清朝特有的。”

“再查查道士留下的抄本，看看还有什么重要线索？”

关林立刻找出道士的抄本，迅速查看着，棱角分明的脸上又现出了那种专心致志的神态，那双眼睛，时而如同白昼睁得大大的，充满快乐，时而如黑夜，被睫毛半遮着，深邃而乌黑。

方莹见到关林进入了聚精会神的工作状态，悄悄地退了出去。

关林的眼睛一刻也没离开那个令他着迷的线装书复制本，不停地在笔记本上记下书中的重点线索，他的全部心思都用在了如何查找线索之中，那种痴迷亢奋的劲头正是一个探秘者所必须具备的。

监听关林的屋子里，胡图摘下耳机，狠狠地甩在桌上，骂道："这个该死的方莹，把我的计划全搅了。"

第十八章
再探红楼

关林穿一件蓝色的夹克衫，和身着淡黄色风衣的方莹并肩走在北海公园的一条小路上。枯黄的树叶纷纷扬扬地落在地上，像铺上了一层金色的地毯，唯有鸡冠花不忍谢去，颇有独立寒秋的执着。碧绿的湖水泛着柔柔的微光，石桥、亭台、楼阁的影子，静静地荡漾在湖面上。

关林把一个优盘递给方莹，轻声说："这里面是我这两天查找到的重要线索，我担心，存在我的电脑里不安全，还是交给你来保管吧。"

方莹接过优盘，笑着说："这回学聪明了？"

"吃一堑长一智嘛，我知道有人一直惦记着我，小心无大错。"

"我们是得多加小心，那帮人时时在盯着我们，说不定现在就有人在关照我们哪。"

关林四下看了看，说："哼，让他们枉费心机去吧，无论他们要什么花招，也阻挡不了我们。我就是觉得咱那个院子里不安全，所以才约你到这里来谈谈。"

"现在，你有了明确的目标了？"

"是，这几天详细看了道士的抄本，又查了不少资料，收获不小。书中说，'无朝代可考'，其实，这是作者为避祸而故意在模糊朝代，因为当时的文字狱非常可怕，作者是不得已而为之。从小说所描写的各种人物风情、生活习惯以及礼仪制度、服饰穿着等方面来看，大部分红学专家都认为描写的应该是清朝中期的事情。书中在风俗、服饰等方面虽然将各个朝代的特色糅合在一起，但仍然透露出一些清朝的重要信息。"

方莹扭头看看关林，问："除了书中提到的'顶戴'和'戏曲文化'的基因，还有什么证据能证明小说写的是清朝的事？"

"这方面的证据很多，比如：小说第十六回，王熙凤、贾琏和奶母赵嬷嬷谈起当年'太祖皇帝仿舜巡'的故事，太祖皇帝南巡六次，贾府王府各接驾一次，独江南甄家接驾四次，这是一个最重要的证据。历史上，很多皇帝都进行过南巡，但是，那都与《红楼梦》无关。明朝的武宗正德皇帝朱厚照，号称'花花天子'，他也曾数次到宣府、塞北、江南等地巡游，但他的目的是为了游玩而不是巡视，而且，宣府和塞北在京城的北边，所以，太祖皇帝的南巡故事说的不是朱厚照。那么，进行过六次南巡的只有清朝的康熙和乾隆皇帝。'太祖皇帝仿舜巡'的故事足以证明《红楼梦》写的是清朝的事。"关林边走边侃侃而谈。

两个人走到五龙亭前，但见五亭之间汉白玉石围栏曲桥相连，曲折跨水，在太液池北岸一字排开，远看形如游龙。

方莹说："我们到亭子里坐坐吧。"

"好。"关林和方莹走到中亭里坐下，远远望着对面的琼华岛上参差错落的楼台亭阁和巍峨的白塔，在层层绿树的环抱下显得格外秀美。

"你刚才讲的观点有理有据，我很感兴趣。"方莹饶有兴致地说，"你说过，小说中的红楼就是指紫禁城，那么，除了贾府位于'天子脚下'这个证据，还有哪些证据能够证明贾府就在北京？"

"按古代习惯，朝廷所在的地方，叫'京城''京师''京都'，或者简称'京里''京'。而作为陪都的城市为了跟京城区别，才加上方位词，比如'南京''东都'之类的。小说中说'京里''上京去'非常符合历史的真实情况。小说中提到了北京的很多地名，比如：兴隆街、鼓楼西大街、苇子坑、关厢、西廊下、小花枝巷、水月庵、清虚观、天齐庙等。另外，书中还有很多地道的北京方言。"

"如果说，《红楼梦》写的是清朝的事，那么，你认为，是哪个皇帝统治期间的事？"方莹明亮的眸子凝视着关林，喜悦之情溢于言表。

"这个问题我原来一直很疑惑，可是，最近几天我好像突然开窍了。你看啊，小说第十六回回前总批写道：'借省亲事写南巡，出脱心中多少忆昔感今。'脂批证明，作者借元春省亲表现的是南巡期间的事，但是，清代乾隆朝前并无'省亲'制度，直至乾隆即位，才允准分府诸王的母妃，在岁时节日出宫与子（诸王、贝勒）相见，'其余仍在宫中'。这说明什么？"

“你的意思是，《红楼梦》写的是乾隆朝的事？”

“对，小说第十六回借贾琏之口明确提到了太上皇和皇太后，清代并无太上皇与皇太后并存的情况，而且，只有乾隆做过太上皇，这是其一；其二，‘太祖皇帝仿舜巡’这七个字非常玄妙。‘仿’字的字义是：效法，照其他的样子做，如仿效、仿古、仿冒等。在中国历史上只有乾隆皇帝是效仿圣祖康熙皇帝进行了六次南巡。为避祸，作者故意将乾隆说成是‘太祖皇帝’，但是，‘仿舜巡’三字却暗透玄机。小说作者将乾隆的庙号推得很远，但是，将康熙的庙号推得更远，直接推到‘舜帝’身上了。‘仿舜巡’三字，是在暗示读者，乾隆是效仿圣祖康熙皇帝南巡。”

“你终于走上正路了，太好了。”

“其三，”关林接着说，“还是第十六回，赵嬷嬷道：‘阿弥陀佛！原来如此，这样说，咱们家也要预备接咱们大小姐了！’此处有一条批语：‘文忠公之嬷’，意思是，赵嬷嬷是文忠公的奶妈。这条脂批的时间肯定是乾隆三十五年七月之后，理由是：《清史稿》记载，清代至乾隆朝只有两个‘文忠公’：一个是康熙朝的索尼，另一个是乾隆朝的傅恒。索尼卒于康熙六年四月，死的时候66岁，而康熙首次南巡的时间是康熙二十三年九月，因此，索尼肯定与《红楼梦》毫不相干。傅恒是孝贤纯皇后富察氏的弟弟，卒于乾隆三十五年七月，未满50岁，乾隆赐谥号‘文忠’。所以，这条脂批必是傅恒去世之后批上去的。”

“这条脂批可以证明《红楼梦》的成书时间比现存抄本上注明的时间要晚得多，是这样吗？”方莹插话说。

“是的，傅恒生于康熙六十一年，而康熙帝第六次南巡的时间在康熙四十六年。康熙帝最后一次南巡时，傅恒尚未出生。那么，傅恒的乳母，怎么会看到康熙帝南巡‘文忠公之嬷’，即傅恒的乳母，只有依附于傅恒家，才有机会看到皇帝南巡的场面。因此，傅恒的乳母能看到的南巡，只能是乾隆年间的乾隆帝南巡。”关林的眼中，正闪烁出每次专心推理时的那种敏锐光芒。

“还有其四吗？”

“有，其四就是元春省亲时仪仗队里有一个‘曲柄七凤金黄伞’，这也是一条重要的证据。‘曲柄七凤黄金伞’出现在乾隆年间。《雍正会典》记载，当时皇贵妃、贵妃所用者为‘红缎七凤曲柄伞’。皇贵妃使用的伞盖改为金黄色，是乾隆十年以后的事情。这在《清高宗实录》里有明确的记载。‘曲柄七凤黄金伞’，无可争辩地证明元春是乾隆朝的贵妃。”

“我也想起一个问题，”方莹补充道，“小说中提到了‘元旦朝贺’，而‘元旦朝贺’是从清朝乾隆三年始才有的，这也可以证明《红楼梦》的朝代问题。”

“对，”关林兴致勃勃地说，“既然省亲制度、曲柄七凤金黄伞和元旦朝贺都始于乾隆朝，那么，《红楼梦》中描写的故事必是乾隆朝的事，‘借省亲写南巡’也就与曹家毫无关系。因此，‘太祖皇帝仿舜巡’当然是指乾隆南巡。江南甄家四次接驾指的是浙江海宁的陈家接驾，乾隆六次南巡时四次住于陈家的安澜园。乾隆南巡后，在圆明园仿照安澜园的结构、样式建了一个园子，也赐名‘安澜园’。”

方莹问：“《红楼梦》里描写了大量的生活用具，有什么东西可以证明和乾隆朝有关？”

“王熙凤的玻璃炕屏可以证明小说的朝代。第六回中，贾蓉来向王熙凤借玻璃炕屏，王熙凤先是不肯借，后来经不住贾蓉的软磨硬泡，勉强答应了，传了几个妥当人给抬去。这里所说的玻璃炕屏，是一架玻璃屏风。所谓玻璃围屏，就是用上等硬木，如紫檀花梨等，制作一个木头架子，精雕细琢，把进口的玻璃片镶嵌起来，这就成了一幅围屏。然后再请高明的画匠，在玻璃上面画上山水人物，栩栩如生。另外，宝玉和李纨的屋里还有玻璃窗，雍正元年，养心殿雍正的寝宫装上了玻璃窗，这是中国住宅的第一个玻璃窗。在此之前，皇上的卧室里都没有玻璃窗，可是，李纨和宝玉的屋里却有玻璃窗，宝玉比皇帝还牛！”

“中国什么时候开始使用玻璃的？”

“中国社会科学出版社出版的《雍正十年：那条瑞典船的故事》，回答了这个问题。据清宫档案记载，雍正九年，粤海关监督祖秉圭送往宫中‘大玻璃片一块，长五尺、宽三尺四寸，随白羊绒套木板箱’。时在雍正七年至十年之际，皇宫之中开始使用这种进口的洋玻璃，结束了中国历史上几千年一直用纸糊窗户的历史。”

“我记得，康熙年间，好像就有玻璃厂。”方莹提出疑问。

“没错，档案记载，康熙三十五年敕命建造的玻璃厂，在传教士协助下开始筹建，康熙三十九年建成。玻璃厂集中了以山东和广州为主的各地能工巧匠，同时外国传教士也参加和指导玻璃生产。玻璃厂是造办处内众多作坊之一，是专门为皇室制作御用玻璃的地方。但是这个大内作坊技术很不过关，做出来的玻璃质脆，不易保存，故能够留存至今的康熙玻璃器具寥若晨星。中国第一历史档案馆现存的《造办处各作成做活计清档》起于雍正元年，迄于宣统三年，唯独没有康熙朝的记录。现存于世的几件康熙年间的玻璃制品，目前仅知比较准确的只有三件，都是水盛、套杯等小件制品，而且是宫中皇家用品，像王熙凤家的玻璃炕屏、宝玉和李纨屋里的玻璃窗，康熙年间的玻璃厂根本制作不出来。皇宫中真正使用玻璃，并且在北京富贵人家流行用玻璃制作的精致围屏，是粤海关监督祖秉圭一手推动，使用的乃是广州进口的西洋玻璃。乾隆曾写诗称赞：西洋奇货无不有，玻璃皎洁修且厚。”

“这是一条铁证，证明《红楼梦》描写的是乾隆年间皇宫里的事，和江宁的曹家毫无关系。”

“对，康熙年间皇帝家都还没有玻璃炕屏和玻璃窗，曹家怎么会有做工精良的、价值昂贵的玻璃炕屏？小说中还提到，大观园满园子玻璃灯具，这一情景只有乾隆中期的皇宫里才可能出现。宫廷玻璃厂直到乾隆中期，才研制出中国文化特色的玻璃灯具，乾隆赏赐给很多王公大臣和外国使节。大观园和宁国府的玻璃芙蓉彩穗灯和玻璃绣球灯，清楚地表明是中国文化元素的玻璃灯具。乾隆时期玻璃灯具的制造价格相当惊人，造四对西洋玻璃灯就需价银三千六百二十两一钱零，可是大观园里竟然是一片玻璃灯的世界，加上宁国府的玻璃灯具足有上千盏，那得花多少银子？除了皇帝家，谁家会有这样大的实力和排场？”

“你的分析既严谨又合理，看来，《红楼梦》的朝代问题，可以确定无疑了。”方莹脸上兴奋得泛起一丝红晕。

关林又抛出一条铁证：“还有，第三十七回：宝钗诗：‘珍重芳姿昼掩门’这句诗旁边有条批语：[最恨近日小说中一百美人诗词语气只得一个艳稿]，有学者考证，批语提到的‘一百美人诗词’就是清乾隆年间，益阳人士曾嗣楠写的《南窗百美人词》，写作时间是‘乾隆三十四年己丑孟秋上浣’。”

“太好了，这一条铁证，将彻底颠覆所有的红学观点，无可争辩地证明，《红楼梦》写的是乾隆朝的事。”方莹兴奋至极。

“我觉得，学术研究、考证工作很像寻宝，必须看清该从哪一点进攻，先找到一条通往答案的正确路径，然后按照计划逐步拟订探寻期间的方案，仔细地查找线索，在求证过程中不放过任何一个疑点。如果什么都没得到，就得更改线路。只要这样锲而不舍、埋头苦干，有耐心、大胆地走下去，最后就能找到从未被人发掘过的宝藏——也就是正确的答案。在探寻研究一个历史谜案时，应根据已知的各种线索来判断这个历史谜案所发生的年代。假如说，在这个谜案里出现了很多朝代的物证，那么，应该如何断定它的最终朝代呢？当然是根据最晚出现的那个物证来断定它的朝代。后朝可以看到前朝的东西，而前朝却不可以看见后朝的东西，因为，前朝没有这个东西，这是一个基本常识。所以，《红楼梦》中的'顶戴'和戏曲文化就把小说描写的朝代定位在清朝，而'元旦朝贺''省亲制度''曲柄七凤金黄伞''太祖皇帝仿舜巡'、玻璃炕屏、《南窗百美人词》以及'文忠公之嬷'等，一下子就把朝代定位在乾隆朝。否则的话，这些现象该如何解释呢？"关林对自己的观点充满信心。

"你说得很有道理。既然《红楼梦》写的是乾隆朝的事，那么，小说中的那些人物都与乾隆皇帝有关系了？"

听到方莹这句话，关林猛地一下站了起来，好像突然察觉什么似的瞪大了眼睛。"对呀，既然红楼是指紫禁城，而紫禁城是清朝时的皇宫，那么，小说中的人物必定是生活在皇宫里的人，这样才符合逻辑。"他激动地来回转悠，"难道说，小说中的主人公就是乾隆皇帝？"

"你是说，贾宝玉是乾隆皇帝？"

关林拍拍脑袋，脸上露出惊异的表情："我的天，这可能吗？"

方莹从关林的语气中，察觉到那个答案离真相越来越近了。她提示关林："你要想证明这个问题，首先得证明贾府就是清皇宫，光有一个红楼的名词是不够的。"

"对对对，我必须找到贾府就是清皇宫的证据。"关林拉起方莹，"走，回去。"

在五龙亭对面琼华岛上，一片树丛后面，有个人拿着望远镜，密切观察着关林和方莹的一举一动，胡图站在那人身后。

拿望远镜的人说："他们从亭子里出来了，可能要回去。"

胡图说："通知外面，做好准备。"

"是。"那人放下望远镜，掏出手机拨打电话。

傍晚的风光恬静幽美，那种说不出的和谐使九月里的夕照韵味格外深长。

关林和方莹从北海公园里出来，沿着林荫道向东走去。路过一个小餐馆，方莹说："我们吃完饭再回去吧。"

关林犹豫了一下："也好，简单吃点吧，别耽误太多时间。"

"呵呵呵，你一进入工作状态，就茶饭不思了。这样可不行，吃得饱，睡得好，才有精力工作啊。你别太着急了，我们有的是时间。"

"一万年太久，只争朝夕呀。"两个人边说边走进餐馆。

一辆黑色桑塔纳驶来，停在餐馆对面的马路边，两个人透过车窗上的纱帘，监视着餐馆里的关林和方莹。

天渐渐黑了，街道上的路灯、商店里的各色彩灯、广告牌上的霓虹灯、道路上行驶的汽车车灯，争先恐后地亮了起来，把这个夜幕下的城市装点得五彩缤纷，绚丽夺目。

关林和方莹从餐馆里出来，挥手拦了一辆出租车，两人上车走了。那辆黑色桑塔纳紧紧跟在出租车后面。出租车在车流中穿梭，拐向皇城路。在一个商场门口出租车停下，拐进前面的胡同就是关林他们住的四合院了。方莹进商场买了点东西，关林站在商场门口，满脑子都是《红楼梦》的各种情景。他木呆呆地站着，丝毫没注意黑色桑塔纳已慢慢逼近他。

突然，桑塔纳猛然加速，飞快地向关林冲来。方莹从商场里蹿了出来，大喊一声："小心！"猛地一把，将关林推开。

桑塔纳向方莹撞来，方莹纵身一跃，腾空而起，轻飘飘地跃到汽车后面。那辆汽车疾驰而去，消失在车流中。

关林跑过来，诧异地看着方莹："你太厉害了，轻功如此了得！"

第十九章
隐形人

关林在四合院里徘徊着，不时地看看方莹的房间，心里像翻江倒海似的一刻也不能平静。稍后，白晓雯和马天龙急匆匆地走进院里。

白晓雯问：“怎么？出什么事了？”

“一辆黑色桑塔纳故意肇事，要不是方莹把我推开，我这会儿就躺在医院里了。这是蓄意谋杀。”

“这帮王八蛋，简直是不择手段。”马天龙恨恨地骂道。

白晓雯看了一眼方莹的房间，问关林：“方莹没事吧？”

“她没事，在屋里换衣服哪。”关林一脸惊诧的表情，“我真没想到，她居然能腾空飞跃。那辆车眼看就要撞上她了，可是，她忽然轻飘飘地飞了起来，就像杂技团的空中飞人一样，嗖的一下，就跳到汽车的后面了。”

白晓雯诡异地一笑：“你没见过的事还多着哪。”

“报警吧。”关林掏出手机。马天龙上去按住关林的手：“你不能报警。”

“为什么？”关林盯着马天龙，面露怒意，“你又想说，警察解决不了200多年前的谋杀案，是吗？”

“既然你知道原因，那就别问了。”

“唉！”关林一声长叹，“真是荒唐至极，难道我们被魔鬼缠身了？”

“不错，我们是被魔鬼缠身了，要想摆脱这场厄运，只能靠我们自己。以后你会明白的。”

“天龙！”关林大吼，“我问你，他们到底是什么人？为什么要这么做？你非常清楚，是吧？你早就知道他们的底细，对吧？你说，你说呀！”

“是的，我知道他们是谁，我也知道他们想干什么，可是，我不能跟你说。”马天龙激动地举起颤抖的手，指着关林吼道，“你走上这条路算你倒霉，你没有退路，你只能走下去，你必须走下去！最终，你会看到那个结果的。”

“你们不要吵了！是福不是祸，是祸躲不过，这场大祸早晚要来的。”白晓雯的眼神里闪动着冰凌花似的光泽，黑葡萄似的一对眸子凝结着一种哀怨。

关林转身扑在墙上，“啊！”的一声大叫，狠狠一拳捶在墙面上。

白晓雯拉拉关林的胳膊，轻声说：“唉！你着急也没用，事情总会有水落石出的那一天。”

方莹的房间里传出清脆的声音：“你们三个在外面吵什么？都进来吧。”

关林、白晓雯和马天龙走进方莹的房间，屋里弥漫着一股淡淡的清香。方莹身着淡黄色的睡衣，乌黑的长发垂在肩头，洁白娇美的脸上洋溢着动人的微笑。

“你们瞎吵吵什么，不就是几个小毛贼想算计我们嘛，我是吉人自有天相，只要关林平安就好。”方莹的话里满含着温情和关怀。

“这是什么话？什么叫我平安就好，你平安了我才会好。”关林感激地握住方莹的右手，方莹的手一哆嗦，脸上现出难以名状的表情。

“哎哟，”方莹轻声叫道，“拉拉扯扯的干什么呀？”

“唉，真抱歉。”关林手一松，方莹乘机把手抽了出来。

“谢天谢地，幸亏你有那么高强的腾空之术，要不然，我可怎么办啊？”关林感慨万分。

“瞧你那点出息，我要有个三长两短，你还不活了？”

“可别说这种不吉利的话，你命大着哪，阎王爷都耗不过你。”关林的话里透着真挚。

“这句话我爱听，阎王爷我早见过了，呵呵呵。”方莹情不自禁地笑了。

“你这叫生死有命，富贵在天。咱们都好好活着，让那帮王八蛋好好看看，最后谁能斗过谁？我就不信，我们总会输给他们。”白晓雯话里有话。

“你这话是什么意思？好像你也知道很多事情？”关林充满疑虑的眼光从白晓雯的脸上扫过。

白晓雯淡然一笑，没有吭声。

前院东厢房里亮着灯，王景瑞和肖雅婷刚吃过晚饭。

肖雅婷瞥了一眼王景瑞，说：“听说方莹差点被车撞了，我们去看看她吧。”

“噢，她怎么那么不小心？”王景瑞慢条斯理地说，“关林没事吧？”

“他没事。”肖雅婷突然觉得王景瑞的话非常奇怪，她扭头看着他，疑惑地问，“你什么意思呀？好像你特希望关林出事似的。”

“你怎么说话哪？我是那个意思吗？我是关心他，我希望他平平安安的，我还要和他讨论《红楼梦》哪。真是的，什么话到你嘴里怎么就变味了？”王景瑞显得很不高兴。

“好好好，算我说错了，对不起，这总行了吧？”

肖雅婷和王景瑞下班回来后，见关林、马天龙和白晓雯的屋里都黑着灯，肖雅婷感觉很奇怪，就给白晓雯打了个电话，这才知道方莹刚从鬼门关前走了一回。肖雅婷急着想去看看方莹，可是，王景瑞却磨磨蹭蹭的，好像很不愿意去。他觉得现在关林、马天龙和白晓雯肯定都在方莹的房间里，他俩再去了，会影响方莹休息的，还是明天找个机会问候一下吧。肖雅婷想了想，王景瑞的话也有道理，只好作罢。

过了一会儿，王景瑞的手机响了，他拿起手机看了一眼来电显示，立刻起身走到院里。肖雅婷蹑手蹑脚地走到窗前，看着站在树下低声接听着电话的王景瑞。

王景瑞进屋后，肖雅婷问：“谁来的电话？干吗跑到院里去接？”

“噢，没什么事，是老家的一个朋友。”

“老家的人？他找你干吗？”

“我俩是小学同学，他想到北京来寻求发展，让我帮帮他。我一个当老师的，哪有那个能力，所以，我回绝了。”

肖雅婷无语了。

晚上10点多，肖雅婷和王景瑞听到院里的说话声，知道关林和马天龙回来了，他俩赶紧从屋里出来，迎了上去。

肖雅婷问：“关林、天龙，你们回来了。方莹没事吧？”

马天龙以一种奇怪的眼神扫视着王景瑞，问："你们知道了？"

"噢，雅婷给晓雯打过电话，听晓雯说的。"王景瑞答道。

"刚才想去看看方莹，可是，又怕影响她休息，所以，没过去。"肖雅婷解释了一番。

关林把刚才街头遇险的情况简单地介绍了一下，几个人就分别回屋休息了。

关林进屋后，脱下夹克衫挂到衣架上，平定了一下情绪，坐到桌前，打开锁着的抽屉，拿出道士的抄本和那封信的复印件，在台灯下聚精会神地看起来。

砰砰砰，有人敲门。

"谁呀？"

"我，王景瑞。"

关林用报纸将桌上的书盖住，说："请进吧。"

王景瑞推门进来，一手提着一个暖瓶一手拿着一包茶叶，说："雅婷让我给你送壶水来，你屋里肯定没开水了吧？"

"哎哟，雅婷想得真周到，我这儿还真没开水了，正想去烧一壶哪。"

王景瑞把暖瓶放到桌前的地上，扫了一眼桌上的报纸："怎么，不研究《红楼梦》了？看起报纸来了。"

"我想换换脑子，老集中到一个问题上，脑子会出错的。"

王景瑞把茶叶包放到桌上："来，尝尝我老家的名茶，西湖龙井。"

关林拿起茶叶包闻了闻："嗯，一闻这清香味，就知道是名茶。"

"我给你泡一杯，你品一品，绝对是满口清香。"王景瑞拿起关林的茶杯。

"我自己来吧，怎么好麻烦你。"

"这泡茶有很多讲究哪，你是个书虫，哪懂这个呀，还是我来吧。"王景瑞一通忙活，温杯、置茶、冲泡、倒茶，动作娴熟，一看就是个品茶高手。

"来，尝尝吧。"王景瑞将茶杯递给关林。

"你还挺懂茶道。"关林接过茶杯，品了一口，"嗯，不愧是名茶，果然清香四溢。"

"呵呵呵，所谓茶道，就是品赏茶的美感之道，被誉为是道家的修行之道。喝茶能静心、静神，有助于陶冶情操、去除杂念。这里面的学问多了。"

“我对吃喝都没有研究，平时就是胡吃海塞。”

“好了，你慢慢品茶吧，我回去睡觉了，明天还有好几节课哪。”王景瑞起身告辞。

“多谢你的美意。”

王景瑞笑笑，拉开门出去了。

关林将桌上的报纸掀开，一边品着茶，一边继续在书中寻找线索。两杯茶下肚后，关林哈欠连天，感到阵阵困意袭来，眼皮越来越沉重。

“今天怎么这么困啊？这西湖龙井也没有提神醒脑的功能啊。”

关林揉揉眼睛，拍拍脑门，想坚持一下，无奈瞌睡虫来了，怎么也阻挡不住，只好上床睡了。

暗沉的天空，倾吐着烦闷的气息，整个城市都沉睡在漆黑的夜色里。四合院里一片静寂，惨淡的月光洒在地上，草丛中偶尔传来几声蟋蟀的凄切叫声。

一个黑影闪过，蹑手蹑脚地走到关林的房间门口，侧耳倾听屋里的动静。房间里传来阵阵鼾声。

黑影轻轻拨开房间的门闩，闪身进了屋。

关林一向很少打鼾，但今晚不知是西湖龙井的作用，还是过于疲劳了，他的鼾声格外响亮。显然，他已经进入了深度睡眠。

漆黑的屋里亮起一束光，那是关林桌上的台灯亮了。在台灯的映照下，勉强看清那个黑影身着一身黑衣，脸上蒙着一块黑布。他掏出一个微型照相机，将桌上的线装书和那封信逐页拍照，几分钟后，拍照完成。那人将相机装进衣兜里，关掉台灯，轻轻退出房间，慢慢地将房门关上。

那人刚一转身，猛然看到，一个彪形大汉站在他的面前，这个彪形大汉正是白晓雯的男朋友康玉峰。

“你到关林的房间里干什么？”康玉峰声音不大，但在黑衣人听来却如晴天霹雳。

黑衣人略一愣神，突然一拳向康玉峰脸上打来。康玉峰略一闪身，躲过那人的拳头，猛地飞起一脚，正中黑衣人的胸口。那人摔出去好几米远，兜里的相机滚落在地上。黑衣人顾不得捡相机，就地一滚，手腕一翻，一把飞镖脱手而出，化为一道流光，直奔康玉峰的脑门。康玉峰腾空而起，在空中旋身，一个神龙摆尾，将飞镖踢飞。黑衣人见康玉峰武功高强，自知不是对手，身子一纵蹿上墙头，逃之夭夭。

康玉峰也不追赶，捡起地上的相机，走到关林的房间门口，轻轻推门而入，将相机放到关林的桌子上。

关林一觉醒来，已经是日照三竿。他爬起身来，揉揉麻木的头皮和酸胀的双眼，嘟囔道："昨晚上怎么了？睡得这么死。"他舒展了一下身体，穿衣起床。

洗漱完毕后，关林坐在桌前，突然看到桌上的相机。"哎，这是谁的相机，怎么放到我的桌上了？"

他打开相机，按了一下照片存储键，相机屏幕上显示出一张张竖排版的书页和那封信的照片，正是道士的抄本和信。

"天哪，谁偷拍了我的书？"关林惊愕地张开了嘴巴，不禁愣在那里。

第二十章
关林的智慧

傍晚时分，关林骑着一辆自行车由东向西驶来，在立新医院大门口下了车，他将自行车锁好，提着两袋礼品走进医院大门。肖雅婷和王景瑞迎面走来。

“嘿，关林，你来看病啊？”肖雅婷招呼道。

“不是，这家医院有个医生是我的朋友，我来看看他。你俩谁病了？”

“我们的一个同事生病了，我俩来探视一下。”王景瑞说。

“噢，是这样。”

三个人寒暄一阵后，肖雅婷和王景瑞告别关林，向医院大门口走去。关林走进医院大厅，回头看了看肖雅婷和王景瑞的背影，脸上现出深思的表情。

昨晚发生的事让关林疑窦丛生：往日里，夜间零点之前都是关林最兴奋的时间段，由于他那些喜欢思考、分析、推理的细胞极不安分，越是夜深人静的时候，脑细胞就越活跃，常常是在寂静无声的夜里，他那纷繁复杂的思维活动会突然间灵光闪现，一个奇妙的想法就会因此而诞生。可是，昨晚是怎么了？从来没有这么困过，而且，刚一躺下，就立刻进入了深度睡眠。以至于夜间发生了什么事，他竟然毫无所知。“昨晚，肯定有人潜入了自己的房间，偷拍了我的书和资料，但是，偷拍的人为什么会将相机遗落在书桌上？难道是有人阻止了他的行为？偷拍人是谁？阻止他的人又是谁？昨晚，我是喝了王景瑞的西湖龙井后才导致昏睡的，是西湖龙井或者那壶水有问题吗？如果真是这样，那王景瑞和肖雅婷就十分可疑了。自己的老同学，会是那个暗藏的对手吗？”

一想到这些问题，关林就不寒而栗，他决心将这些疑问查个水落石出。

这家医院的化验室有个叫丁伟的化验员，他的弟弟和关林是同学，关林找到丁伟，递给他一个小纸包、一个小瓶子和一个茶杯；纸包里是一小撮龙井茶叶，瓶子里装的是半瓶白开水，茶杯是昨晚关林喝茶用过的，里面残留着一些剩茶。关林让丁伟帮忙化验一下茶叶、白开水和剩茶的成分。丁伟不解其意，随口问了几句，被关林搪塞过去了。

两天后，丁伟给关林打来电话，告诉他茶叶和白开水都没问题，但茶杯里的剩茶里含有高浓度的催眠药物。听到这个消息，关林全身的神经紧紧地绷了起来，沉重的心像是灌满了冷铅。他一遍遍地问自己：“雅婷和景瑞为什么要这么做？他们到底想干什么？”

关林意识到，自己的宿舍已经极不安全了——

一个街心花园的藤架上布满了绿色的植物，藤架下面的长椅上坐着一个穿黑色风衣的男人，他头上戴着一顶遮阳帽，帽檐压得很低，遮住了他的眉眼。那人手里拿着一张报纸，低着头看着上面的新闻。一会儿，一个穿西装的男人走过来，坐在那人身边，这个人是胡图。

胡图低声问：“这几天有什么情况？”

那人说：“没什么情况，那天晚上我已经把关林搞定了，可你派去的人太笨了，不仅失了手，还把相机丢了，我的努力白费了。”

“本来，我派去的人已经得手了，可是，不知从哪里蹿出个彪形大汉，把我们的计划全毁了。我估计，又是那个该死的侍卫。”

“现在怎么办？”

“你继续在关林身上下功夫，争取搞到那个抄本和信。”

“关林现在已经很警觉了，恐怕很难再接近他了。”

“再难也得想办法，这次你再完不成任务，你和你那新婚的娇妻会是什么下场，你自己难道不清楚吗？”

“好，我，我尽力吧。”

“不是尽力，是必须完成，否则，你可别怪我翻脸无情。”

“是，奴才明白！”那人垂下头去，低沉的声音里满含着无奈和悲哀。

胡图起身走了。那人艰难地抬起头来，他是王景瑞。

王景瑞的眼神里充满了凄凉，不久前的一幕重现在眼前——

那是一个星期天，王景瑞从一个商场里出来，手里提着给新婚妻子买的几件衣服，兴致勃勃地向公交车站走去。忽然，背后有个人拍了拍他的肩膀，王景瑞回头一看，立刻惊恐地僵在那里。

“胡总管。”

“呵呵呵，”胡图冷笑一声，“好久不见了，听说你的小日子过得不错呀，最近还娶了个如花似玉的大美人，还是从前的那个吧？”

“胡总管，我，我……”过度的紧张，使王景瑞脖颈发硬，两眼发直，“您找我有什么事？”

胡图将王景瑞拉到路边无人的地方，低声说：“你不会忘了当年的使命吧？”

“是，我、我没忘，当年奴才无能，未能完成任务，辜负了圣上的厚望。可是，那、那不能全怪奴才，我……”

“好啦，过去的事就不提了，现在，你有一个赎罪的机会，就看你愿不愿意了。”

“只要圣上给我赎罪的机会，奴才一定效力。”

“那好，我知道，你有一个同学叫关林，你和他还是红学学友，是吗？”

“是，可是，这件事和他有什么关系？”

“这个关林现在是我们的大麻烦，我需要你的帮助。”

“只要奴才能做到的，我一定全力以赴。您要我做什么？”

“好，你这么办……”

胡图把王景瑞需要完成的任务详细交代了一下：“明白了吗？”

“明白。”

“好，我等着你的好消息。”

王景瑞茫然地看着胡图的背影，感到一阵阵的头晕目眩，心中涌出一种被迫吞下毒酒般的苍凉和悲哀：生生世世深陷轮回，好可怕啊，红尘万丈，何时才是尽头啊——

藏书阁里弥漫着浓浓的书香味，方莹坐在办公室里，看着手机屏幕，爱奇艺视频里正在播放连续剧《甄嬛传》。

关林出现在门口。

方莹一扭头，看见关林：“哎，关林来了，有何指示？”

“你看什么呢？”关林看了看方莹的手机，“上班时间看《甄嬛传》，当心罚款。”

“这不是清宫剧嘛，找找皇上后宫的感觉。”方莹举着手机笑道，“瞧瞧，里面的后妃、宫女个个美貌如花，如天女下凡一般。现在的年轻人就爱看这些，以为皇上的后宫像天堂一样，其实，他们哪里知道，那是人间地狱。慈宁宫的先皇后妃们还吃残汤剩羹呢。”方莹的笑容消失了，一脸凝重的表情。

关林冲她做了个手势，阻止她继续说下去。方莹愣了一下，问：“你跑来干吗？”

“在办公室里闷得慌，过来和你聊聊天。”关林边说边递给方莹一张字条，对她使了个眼色。

方莹展开字条扫了一眼，上面写着：我们已经被人监控了，我担心你这里有窃听器。

方莹脸色骤变，立刻意识到问题的严重性。但她很快就反应过来，漫不经心地说：“你不好好研究那个重要的问题，胡琢磨什么呢？”边说边把手机的音量调大了，起身走到更衣柜前，拿出了一个小皮包。

关林嘴里嘟囔道：“那个问题搞得我晕头转向的，到你这儿换换脑子。”

方莹从包里取出一个小型探测器，递给关林，对他示意了一下。一边假意回答着关林的问题：“你可能是最近太累了，休息一下也好。”

“给我张纸，我给你出个字谜，你猜猜是什么字，这个字暗藏在这几句诗里。”关林边说边拿着探测器，在方莹办公室的前后左右来回扫动，嘀嘀、嘀嘀，探测器移动到书桌左侧时发出了轻微的声响，关林蹲下来向桌下望去，桌子底下的侧板上有一个黄豆大小的黑色的东西。在旁边的书柜后面，也发现了同样的东西。

关林指指书桌和书柜，做了个“二”的手势，两个人都惊得面面相觑。

还是关林反应迅速，很快就恢复了常态。他一边假意说：“这个字谜至今还没人猜出来呢。”一边在纸上写道：这几天谁来借过书？

“让我想想，这句诗是什么意思？”方莹边说边在纸上写道：王景瑞。

方莹看了看关林，写道：是他干的吗？

关林肯定地点点头。

方莹又写道：你办公室里有吗？

关林摇头。

方莹再写：你宿舍里肯定有。

关林点头。

方莹写：怎么办？

关林接过笔，在纸上写道：因势利导，为我所用。

方莹扭头看着关林，扑哧一声笑了："哈哈哈，聪明，你太有才了。"

"我这也是被逼无奈呀，"关林故意大声说，"在学校里，他们出了很多难题来考我，我都一一解答正确，只有一个问题我答错了，受到那帮人的嘲笑。所以，我就想出了这样一个字谜，结果，他们谁也没猜出来。呵呵呵。"

关林伏在方莹耳边耳语几句。

"哈哈哈，"方莹情不自禁地大笑，"你逗死我了，这个字还真不好猜，好好好，我又学了一招。"

就在关林和方莹在藏书阁谈话的时候，王景瑞却出现在关林的宿舍里。

今天下午两点多，王景瑞就回来了，他先在院子里转了一圈，前后院各个房间里都没有人。之后，他回到自己的房间，掏出手机，发出了一条短信，稍后，他的手机上出现了一条回复：关林在藏书阁。

王景瑞立即起身出屋，快步走到关林的房间门口，很熟练地打开了关林房间的门锁，悄无声息地进入了关林的房间。

王景瑞站在屋子中间环视了一下整个房间，然后开始仔细检查关林屋中的物品。他首先打开了书桌上的电脑，仔细检查电脑里的文件，没有发现有关红学研究的任何内容，"我的文档"里有一封信，记载着关林研究《红楼梦》的心路历程，信的结尾写道：为了研究《红楼梦》付出这么大的代价，值得吗？我太累了，我决定结束这种让人痛苦不堪的研究。

王景瑞将这封信拷贝下来。又开始检查上着锁的书桌抽屉，里面是几本历史书和几个笔记本，笔记本是关林上大学时用过的，都是大学课程的笔记，没有关于红学研究的任何内容。一阵搜查后，王景瑞一无所获。他直起身，再次扫视着屋内，凝眉思索了一阵，目光落到一个柜子上，那个柜子没有上锁。他走到柜子前，轻轻拉开柜门，柜子里都是关林的衣物，一番检查后，没有发现他所要找的东西。

王景瑞目测了一下柜子的高度，感觉柜子里的空间明显短了一截。他用手轻轻敲了几下柜子的底板，下面传出空洞的声音。仔细观察后，终于发现底板下有一个隐蔽的暗格。他小心翼翼地拉开暗格，里面有一个绿色的塑料袋，袋子里装着几本线装书，正是手抄本《红楼梦》，在第一本的书页里夹着一封发黄的信纸，上面写着几行字。

王景瑞欣喜若狂，先将那封信拍了几张，然后将手抄本逐页拍照。

监听室里，胡图双臂抱胸，右手习惯性地捂住那张他自己也觉得不太雅观的嘴巴，皱着眉倾听着监听器里传出的声音，旁边的两个年轻人头戴耳机，监听着关林和方莹的谈话声。

方莹的声音："你这几天又发现什么新线索了吗？"

"没有，不仅没有发现新的线索，连前些天是怎么论证的也想不起来了。"关林的声音显得很丧气，"最近不知怎么搞的，脑子总是昏昏沉沉的，一会儿清楚，一会儿糊涂，刚看过的东西，转眼间就忘了。唉！真没办法。"

"道士留下的那封信上，不是有些提示吗？"

"那叫什么提示？简直就是天书，我真的看不懂。"

"就没别的办法了吗？"

"唉！我是无能为力了。也许王景瑞说得对，《红楼梦》可能真的是写的明朝的事，他说有个叫陈子龙的抗清志士写过这样的诗句：'独起凭栏对晓风，满溪春水小桥东；始知昨夜红楼梦，身在桃花万树中。'据某些红学专家推测，《红楼梦》的名称，就来源于这位明末清初的大诗人的这首诗。"

"这首诗表达的是什么意思呢？"

"明崇祯八年，风华正茂的陈子龙与晃若天仙的江南名妓杨影怜，在松江城南门外的'小红楼'同居了，杨影怜就是那个四大名妓之首的柳如是。后来，陈子龙迫于妻子和家庭的压力，与杨影怜无奈地分手了。这段短暂的'小红楼'生活，对二人来说，都是一段刻骨铭心的美好而又酸楚的'红楼梦'。陈子龙为抵抗清兵牺牲后，杨影怜对他的思念之情更加深刻强烈，一连写了十五首怀念陈子龙的词，词中意蕴缠绵感伤，十分动人。由此，红学界有人推测，《红楼梦》的创作本意，是要写陈子龙与杨影怜的'红楼梦'，写他们的缠绵相恋和刻骨相思。由于他们的爱情是没有结果的悲剧，所以，也正是《红楼梦》中的所谓'木石前盟'。"

"如果你找不到有力的证据推翻王景瑞的观点，那就只能认可了吗？"

"唉，从本意上讲，我不想认可王景瑞的观点，可是我又无法反驳他，真的是很无奈呀。"

听到这里，胡图咧开了他那张极其难看的大嘴巴。

方莹的办公室里，关林和方莹相视一笑。方莹故意说："你别泄气，再想想办法嘛。"

"唉！"关林叹道，"最近，我一想到这个问题就头疼，真的是无从下手啊。"

"你可能真的累了，先好好休息一段时间吧，过些日子，可能就有新的想法了。"

"我想休假，找个风景秀丽的地方散散心，你能陪我去吗？"关林这句话可是真心的。

"能，正好我也该休假了，咱们找个地方好好玩玩。"方莹说的也是心里话。

"太好了，你准备一下，咱们后天动身。怎么样？"

"行，这两天你先好好休息休息。"

两个人都开心地笑了。

第二十一章
清皇宫的线索

关林的屋里黑着灯，他侧身站在窗前，透过窗帘边的缝隙观察着对面屋里的动静。东厢房里亮着灯，肖雅婷和王景瑞正在吃饭。

在肖雅婷和王景瑞回来之前，关林已经用方莹的探测器把自己的宿舍仔仔细细地检查了一遍，结果在书桌下，墙上的镜框后面发现了两个窃听器，关林没有动它们，他非常清楚，监听者或许就在附近。当关林检查自己的衣柜下面的暗格时，他发现自己留下的微小记号不见了，他的嘴角泛起一丝微笑。现在，他觉得该干些自己喜欢做的事情了。

关林打开灯，故意弄出一些响声，一番折腾后，他打开电脑音箱，调出音乐的文档，一阵优美的轻音乐声在屋里飘然而起。有时关林在连续的思考和研究之后，会放上一段音乐让自己疲劳的大脑休息一下。

关林仰面朝天躺在床上，手里拿着手机，点开署名“阿黄”的微信群友聊天界面，快速地按动着文字键，一条短信出现在屏幕上：“回来后一番检查，很有收获。看来，我的确人缘很好，备受关注。”他按了一下发送键，短信发了出去。

一会儿，阿黄回复：“这是好事，省得你寂寞。怎么样，谈谈你新的感想吧。”

关林：“你想听什么？”

阿黄：“红楼就是紫禁城的证据。”

关林熟练地打字，回复：“第一回：写到甄士隐‘家中虽不甚富贵，然本地便也推他为望族了’。批语：［本地推为望族，宁、荣则天下推为望族。］试想：除了皇帝家族，谁家敢称‘天下望族？’”

阿黄回复：“嗯，不错，只有爱新觉罗家族才能称得上‘天下望族’。”

关林：“第二回：贾雨村对冷子兴说：宁荣二府‘二宅相连，竟将大半条街占了’。这是明显的逾制。”

阿黄：“对，《钦定大清会典》对王公府邸的建置有严格的规定，一品官的官邸只有20间，就是三进的大四合院，叫作‘大宅门’。贾府怎么可能建那么大的宅子？”

关林：“第三回写道：宁国府大门的匾额上有‘敕造宁国府’五个大字。敕造，指奉皇帝的诏令建造。可见，宁国府是按照皇帝的旨意建造的。宁国府有三间兽头大门，但‘正门却不开，只有东西两角门有人出入’。注意：三间兽头大门加两个角门，一共五个门。只有紫禁城里才有五个门的建筑，比如天安门。清制：亲王府、郡王府和亲王世子府都是正门五间，启门三；贝勒府以下，都是一个门，可那贾府居然有五个门。”

阿黄：“对，清醇王府大门，门阔五开间，中间三间井门。这贾府比醇王府厉害多了。呵呵呵，你真聪明，竟然看出了这里隐藏的名堂。”

关林：“不是我聪明，是作者太聪明了，他稍微玩了个文字游戏，就把天安门隐写到小说里了。”

阿黄：“还看出什么了？”

关林：“第五十三回：‘宁国府从大门、仪门、大厅、暖阁、内厅、内三门、内仪门并内塞门，直到正堂，一路正门大开，两边阶下一色朱红大高照，点的两条金龙一般……’看出来了吗？这与紫禁城中轴线上的九座建筑一一对应；大门——天安门，仪门——端门，大厅——午门，暖阁——太和门，内厅——太和殿，内三门——中和殿，内仪门——保和殿，内塞门——乾清门，正堂——乾清宫。”

阿黄：“我的天，宁国府竟然和皇宫一样有九座建筑，而且，还在一条直线上，君门九重历来是指皇宫啊！亲王府邸也只能有正门、正殿、后殿、后寝、后楼共屋五重。”

关林：“还有哪，贾府有很多龙的徽志，比如：赤金九龙青地大匾、九龙金匾、闹龙填青匾、墨龙大画；王夫人的炕上设着‘秋香色金钱蟒大条褥’，金钱蟒是指金线绣的金龙，只有帝王的被褥才是秋香色绣金龙。宝玉‘眉勒二龙戏珠金抹额’，湘云穿‘秋香色盘金五色绣龙’的衣服，贾母用彩绣云龙捧寿靠背引枕，大观园内各处，帐舞龙盘，帘飞彩凤等，这说明什么？”

稍后，阿黄回复：“在中国文化中，‘龙’是帝王的象征，历代皇帝都自比为真龙天子。故宫里有数不清的龙，太和殿是龙最多的一个殿，太和殿的龙象征着至高无上的皇权。贾府的‘九龙青地大匾’的寓意是：九龙代表着九五之尊的皇帝，青地是清帝的隐写。我的理解对吗？”

关林回复：“非常正确。雍正年间的年羹尧，官至抚远大将军、一等公，权倾一世。可是，年羹尧在西安总督府时，辕门鼓厅、公馆墙壁俱画上四爪龙，吹鼓手着蟒袍，为僭越死罪。那贾府是什么人？家里竟然有这么多龙。如果说，贾府就是曹家，那曹家不过是个五品官，敢用那些龙的徽志的东西吗？那不是找死吗？”

阿黄：“所以，年羹尧被雍正赐死了。”

关林：“《红楼梦》里还有很多‘螭’的描写，第三回：王熙凤‘项上带着赤金盘螭璎珞圈’，贾宝玉‘项上金螭璎珞’‘大紫檀雕螭案上设着三尺多高青绿古铜鼎’，第十七回：贾政率众清客游览大观园，‘行不多远，则见崇阁巍峨，层楼高起，面面琳宫合抱，迢迢复道萦纡，青松拂檐，玉兰绕砌，金辉兽面，彩焕螭头’。螭或螭首，是传说中的龙生九子之一，一种没有角的龙。明代已经对龙螭的使用有严格的等级限制，螭首为皇家建筑专用，清代的螭首使用等级和形象沿袭了明代的形制。故宫内保存了大量的螭首。”

阿黄回复：“《红楼梦》中的‘螭’的描写，隐喻的贾府就是清皇宫。”

“对，你知道古文里‘殿’字的解释是什么吗？”

“我不知道。”

关林的手指一阵紧忙活，回复：“殿：特指皇帝居住、办事或寺庙里供奉神佛的地方。《说文古本考》也有解释，‘古代泛指高大的房屋，后专指供奉神佛或帝王受朝理事的大厅殿，堂之高大者也’。‘殿’字除皇家外是不能用的，《乾隆钦定大清会典》规定，亲王府应有正殿七间，郡王府五间，而王以下，自贝勒起不能有殿。但是，荣国府却多处出现‘殿’，这还不能说明问题吗？”

“这只能说明，贾府隐写的就是清皇宫。”

关林和“阿黄”在微信上正聊得起劲，忽然传来了敲门声。关林先回复阿黄："稍候，有人来了。"然后高声问："谁呀？"

"我，王景瑞。"

"又来给我下套了。"关林心里骂了一句，把手机装进兜里，起身过去开了门。

王景瑞走进来，说："你挺自在的，还有音乐伴奏，呵呵，悠然自得啊。"

"这几天烦得很，听听音乐，换换脑子。"关林把音乐声调小，若无其事地说，"坐吧。"

王景瑞坐下后，扫了一眼书桌，桌上放着几张报纸和小说《基督山伯爵》。"看起小说来了，怎么，不研究《红楼梦》了？"

"找不着感觉，研究也是白搭。哎呀，最近看了些红学方面的文章，说什么的都有，好像谁的观点都有道理，我是搞不懂了。就像你说的，这《红楼梦》里的学问太深了，越研究越糊涂。"

"那你就准备放弃了？"

"先休息一段时间，让脑子彻底放松一下，以后再说。要是有了感觉，再研究不迟。"

"这好像不大像你呀，怎么了？遇到什么麻烦了？"王景瑞以一种怀疑的眼神看着关林。

"没有，我想休假一段时间，和方莹一起出去玩玩，借机拉近和她的距离，增加点感情吧。也许，对我来说这才是最重要的。"

王景瑞笑笑："你想金盆洗手啊，恐怕没那么容易吧？不过，休息一下也好，调整一下状态没准儿就找到感觉了。你说得没错，现在方莹对你才是最重要的。哎呀，我最近倒是对《红楼梦》来了情绪，想和你探讨一下。"

关林赶紧摆手："别别别，千万别提《红楼梦》，我刚平静一些，你别再给我添堵了。"

"呵呵呵，还真想迷途知返呀？好，既然你现在没情绪，那以后再说。你早点休息吧，我走了。"王景瑞起身告别。

关林也不挽留，送王景瑞出门。关上门后，关林对着门做了个鬼脸，心里冒出一句："你少来这套，以为我是傻子哪。早晚有一天，我让你看看我是谁。"

关林躺在床上，掏出手机，又给阿黄发了一条："在吗？"

阿黄回复："在，刚才谁来了？"

“老朋友，又想给我下套，可惜，今天的关林不是那个书呆子了。”

“呵呵呵，长本事了。好了，接着亮你的观点。”

“贾府的衣食住行里处处透露出清皇宫的信息，我整理了一个小文件，发过去你自己看吧。”关林调出一个文件，点了一下发送键，文件发走了。

监听的人戴着耳机，一刻不停地监听着关林屋里的动静，耳机里传来阵阵音乐声。

胡图推门进来，问：“有什么情况？”

监听人：“刚才王景瑞到他房间去了，两人聊了几句。关林好像对研究《红楼梦》丧失信心了。”

胡图听了一下关林和王景瑞的谈话录音，微微点头：“这是个好兆头，但愿关林从此从红学界里消失。”

方莹宿舍里的顶灯已经熄灭，只有床头上的小灯发出微弱的亮光。方莹靠在床头上，手里拿着手机，正在微信上和一个叫“大灰狼”的群友聊天。“大灰狼”发来一个文件，方莹点开文件，仔细看着：

贾府的衣食住行里处处透露出清皇宫的信息：

1. 衣：贾府的衣饰主要采用上用内造的。

上用：御用；内造与皇室相关，清代在京城设有内织染局，掌管染造皇帝及宫廷所用缎匹。另外在江宁、苏州、杭州各设织造局，由内务府拨员监管，所以，称为内造。上用内造是皇帝、皇室人员和宫廷的专用物品，不在市面流通。

刘姥姥二进荣府时，贾母打开府库让她欣赏了“软烟罗”等织品。贾母还炫耀，“软烟罗”属于皇帝专用品，现今“上用”的质量远不如家中存货。荣府为何藏有皇帝用品？

刻丝：王熙凤身穿“五彩刻丝银鼠石青褂”，还将“石青刻丝八团天马皮褂子”给了袭人，袭人回家探母时“穿着桃红百子刻丝银鼠袄子”，江南甄家送给贾府“大红缎子缂丝满床笏”。

刻丝又称缂丝，是中国传统丝绸艺术品中的精华。宋元以来一直是皇家御用织物之一，常用以织造帝后服饰。清朝的康乾时期，江南的丝织业被皇家牢牢地控制着，龙袍衮服、宫闱之内的日用品等，无不是缂丝中的上品佳作，缂丝也成了皇权的象征。

宫绦：王熙凤“裙边系着豆绿宫绦”，史湘云“腰里紧紧束着一条蝴蝶结子长穗五色宫绦”，宝玉“束着五彩丝攒花结长穗宫绦”。宫绦是皇宫中特制的丝带，是皇宫里的专用品。

贾府有哆罗呢和洋绉裙等衣物，哆罗呢和洋绉裙均为西洋贡品，那贾府的人如何敢穿？

尤氏房间里有黑狐皮的袱子，清朝规定，亲王郡王之外的官员一律不准穿用黑狐皮。

2. 食：贾府吃的是御田粳米、御田胭脂米和内造点心。御田是专为皇帝种植粮食的田地，御田生产出来的稻米是皇帝的专用米，只有御膳房才有。“内造点心”就是大内御膳房做的点心，也叫饽饽。

乌进孝呈献给贾珍的物品竟有大清国明列的贡品。如：御田胭脂米两石；榛、松、桃、杏穰各两口袋；鲟鳇鱼两个；蛏干二十斤等，这些贡品都是清朝贡品目录上标明的，只能进贡，绝对不可自留，否则要杀头，甚至要满门抄斩。那贾府是何许人家？竟然敢擅自享用皇帝的贡品，难道作者不知道贾府犯下的是死罪吗？

宝玉吃的玫瑰露是进贡之物，瓶子上的鹅黄签字明示是“进上”的。宝玉喝的酒是西洋葡萄酒，也是国外的贡品。

3. 住：宁荣二府的宅院“竟将大半条街占了”，这明显逾制。大观园建成后，光大小幔子就一百二十架，各种帘子一千挂，椅搭、桌围、床裙、桌套，每份一千二百件，那大观园里到底有多少房子？谁家的园子会有这么大排场？

清制：亲王府正殿七间，郡王府正殿五间，而王以下，自贝勒起不能有殿。可贾府不仅敢建殿，还敢建帝王的专用建筑“宫”。

书中明确写道：宁荣二府厅殿楼阁；大观园层楼高起，琳宫合抱，琳宫绰约，桂殿巍峨，贾政道“这是正殿了”；元春省亲时，进入行宫。

古文中“宫”字的解释：

（1）房屋（封建时代专指帝王的住所）：宫室、宫廷、宫殿、宫观（a. 供帝王游乐的离宫；b. 道教的庙宇）、宫禁、宫苑、宫刑等。

（2）神话中神仙居住的房屋：天宫、龙宫、蟾宫。

“行宫”的解释：

古代京城以外供帝王出行时居住的宫室，也指帝王出京后临时寓居的官署或住宅。

小说中的大观园既不是道教庙宇，也不是神仙住的地方，而是“天下第一望族”贾府的生活之地。元春在大观园“进入行宫”，这还不清楚吗？元春进入的是皇帝出行时居住的宫室。

大观园“琳宫合抱”“琳宫绰约”“桂殿兰宫”，作者已经告诉读者，此处是帝后居住的地方。只有皇帝、皇后居住的地方才能称为“宫”，如紫禁城里的乾清宫、长春宫、坤宁宫等。

4. 行：贾母出门乘坐八抬大轿，宝钗、黛玉二人共坐一辆翠盖珠缨八宝车。

清制：在京城内三品以上大官只能坐四个人抬的轿子，只有皇后和皇太后才能坐八人大轿，贾母是什么身份还不清楚吗？

“翠盖珠缨八宝车”影射的是皇后的凤车，只有皇后的凤车上才绘有八宝。

5. 贾府的人生病了，都是御医前往诊治。清制：王公、贝勒、公主额驸及内大臣要请御医看病，须奏请皇上恩准，太医院才奉旨差官前往。而贾府上至贾母下至宝玉的丫头，有病都是传太医诊治。那御医进了贾府“不敢走甬路，只走旁阶”，何等小心翼翼；见了贾母，头也不敢抬，如此诚惶诚恐。贾母还说：宝玉的病若耽误了，就打发人去拆了太医院的大堂。谁不知太医院是专为皇家治病的御用医院，那贾母何许人也？竟如此肆无忌惮，胆大包天。

6. 鹅黄、秋香两色都是皇帝和皇太子的专用服装色，载明于实录，臣民不许僭用。雍正赐年羹尧自裁的九十二条大罪中：不仅家中墙壁画四爪龙，而且，擅用“鹅黄小刀荷包，衣服具用黄包袱”。“弘皙大逆案”中，乾隆指责弘皙的罪状之一为：“（弘皙）乃制鹅黄肩舆一乘以进，朕若不受，伊即将留以自用矣。”弘皙是正宗的皇室宗亲，连他使用鹅黄色都是大罪。可是，贾府中竟然有鹅黄缎子和贴有鹅黄签子的玫瑰露；元春仪仗队里有金顶鹅黄绣凤銮舆；宝玉“身上穿着秋香色立蟒白狐腋箭袖”；湘云穿着“秋香色盘金五色绣龙”的衣服，头上戴着一顶挖云鹅黄片金里大红猩猩毡昭君套；王夫人的炕上设着“秋香色金钱蟒大条褥”。那贾府是什么人家还不清楚吗？

7. 王夫人的屋里几上设着“文王鼎”。文王鼎是指纪念周文王的鼎，是康熙、雍正、乾隆三代的传国之器，全世界仅此一件。在乾隆四十四年之前文王鼎一直在皇宫内府所藏，乾隆四十四年献与热河文庙。可是，却堂而皇之地摆在了王夫人的屋里。可见王夫人是什么身份？王夫人，即“王”的夫人，胤禛继位前是雍亲王，他的福晋当然是“王夫人”。

“鼎”在古代视为立国的重器，是政权的象征，常借指王位、帝业。例如定鼎、问鼎等。“鼎”是国家权力的标志，历来是传国之宝。

《红楼梦》一书中，“鼎”共出现19次。不仅王夫人的屋里有“文王鼎”，荣禧堂大紫檀雕螭案上设着三尺多高青绿古铜鼎，贾府祠堂门阶两旁也摆放着鼎彝；黛玉祭奠母亲时用的是“龙纹鼎”；宝玉房中的大鼎；等等。为什么这么多皇权象征的“鼎”频繁出现在贾府？这里表达的意思非常明确，作者就是要用“鼎”，来突出和衬托贾府的帝王身份。

8. 贾政的正室里“地下两溜十六张楠木交椅”。历史上楠木专用于皇宫宫殿、少数寺庙的建筑，民间如有人擅自使用，会因逾越礼制而获罪。和珅当年定罪的二十大罪状中就有关于内檐装修的“潜侈逾制”问题，如其中的第十三款“查得和珅房屋竟有楠木厅堂，其多宝槅及隔断门窗皆仿照宁寿宫制度”。

贾政屋里的几件楠木家具摆设，足见贾府是何等人家。

9. 宝玉屋里的西洋自行船，书里提到的“汪恰洋烟”“依弗哪”，均为西方国家向清朝皇帝进贡的贡品。

10. 第六十三回：“忽见东府里几个人，慌慌张张跑来，说：‘老爷宾天了！’”宾天：原意是做天帝的上宾，指帝王之死。在《二十四史》和《清史稿》里，“宾天”出现21次，专指帝王或皇太子、皇后之死。可《红楼梦》里的贾敬死了，居然说是“宾天”，可想贾敬是什么人？贾敬影射的是雍正。

11. 第七回：“尤氏出送至大厅，只见灯烛辉煌，众小厮都在丹墀侍立。”第五十三回：“左昭右穆，男东女西；俟贾母拈香下拜，众人方一齐跪下，将五间大厅，三间抱厦，内外廊檐，阶上阶下两丹墀内，花轩锦簇，塞得无一些空地。”

丹墀：是指宫殿前的台阶及台阶上的空地：因其以红色涂饰，故名丹墀。贾府的堂前台阶居然称“丹墀”，可见，贾府就是皇宫。

这方面的信息还有很多，不一一列举。

方莹看着“大灰狼”发来的文件，脸上的笑容格外灿烂。她快速按动打字键，给大灰狼回复：“你太厉害了，恭喜！今晚上我能睡个好觉了。”

大灰狼：“那就好好睡吧，记得清理聊天记录。”

“知道了，你也早点休息吧，晚安。”

“晚安，做个好梦。”

屋里的灯灭了，方莹躺在床上，心里舒畅极了，多日来的担忧、困惑和恐慌一扫而光。她在心里默默为关林祝福：加油，关林，你一定能成功的。

第二十二章
暗度陈仓

胡图坐在公寓的沙发上，翻看着手里的一本线装书的影印本，茶几上还放着几本，封面上写着《红楼梦》。他抬起头来，对坐在对面的王景瑞说："这件事办得不错，主子对你很满意。"

"多谢主子抬爱，奴才理当效力。"王景瑞态度极为谦卑。

"导师看过了，他认为这个抄本的年代应是乾隆五十年至六十年期间，书中很多关键地方的描述与原来流传的抄本略有不同，有些地方似有篡改的痕迹。经过鉴别字迹，确定是两个人的笔迹，这应该是茫茫大士和渺渺真人的手笔。"胡图这番话说得四平八稳，王景瑞报以微笑，那既非演戏也非职业技巧，看着很像是发自内心的。

"我想再看看那封信。"王景瑞说。

胡图把一张纸递给王景瑞，这是根据王景瑞拍摄的照片打印出来的。"你能看出些名堂吗？"

王景瑞接过来细看，只见上面写道：

此书原名《石头记》，又曰《风月宝鉴》，还有《情僧录》《金陵十二钗》等书名。《红楼梦》是总其全部之名也。

此书至八十回"宝玉烧香"时停笔，共八十回也。

若想识得书中之隐意，需三思五想，方能破解谜团。

此书表里皆有喻也，三七三、五五五、二四六、九九四，三春之关键也。14、4、17、25、8、5 等数字为红楼密码也。

须知：

劝君莫再谈红楼，愈究根由愈多愁；
三春三秋皆是梦，富贵荣华付东流。
踏青归来不识春，却叫枫叶覆晚秋；
一朝好梦初醒时，泪洒衣襟任我忧。
书中自有谜底，看官需仔细识得，方为巨眼。

信的署名为：渺渺真人。

“我琢磨好几天了，始终搞不清这些都是什么意思。”王景瑞大惑不解。

“我们一定要搞清这些问题。这个道士太厉害了，正像关林说的，这一连串的密语简直就像天书一样，怪不得他想打退堂鼓了。不过，有一点可以肯定，《红楼梦》的真相就隐藏在这些神秘数字和这首小诗之中。你回去好好研究一下，争取赶在关林之前破解它，这样，我们就主动了。”

王景瑞为难地挠挠头：“凭我的智慧，恐怕很难破解。”

“你还没有好好研究，怎么就知道自己不行？我看，你的智商比关林一点也不差，关键是要有信心。你放心大胆地干吧，如果你破解不了，那关林也好不到哪儿去。”

“好，我一定全力以赴。”

嵯峨黛绿的群山，郁郁葱葱的树木与湛蓝辽阔的天空、缥缈神奇的云朵恰好构成了一幅雅趣盎然的淡墨山水画。

关林一身紧身的运动装，脚踏耐克旅游鞋，背着一个旅行包，和方莹一起向妙峰山上攀登。方莹的装束也与以往不同，淡绿的翠烟运动衫，黑色的弹力紧身裤，脚下一双深灰色的骆驼牌轻便运动鞋；一头飘逸的长发拢在脑后，用一个蝴蝶结扎成马尾形；一条白色绣花丝巾围在脖子上，装扮秀雅绝俗，自有一股轻灵之气。

半山腰中，一股清泉飞流直下，水流汹涌奔腾，泡沫喷溅，在灰色的乱石之间怒吼而过。曲折的山路盘旋在矮小的橡树和高大的松柏之间，沿着山谷迂回地蜿蜒而上。

关林站在一块大石前，回头看着方莹，问：“怎么样，累了吧？”

方莹擦擦额头的汗水，双目犹似一泓清水，在关林脸上打转。“不累，我们在这里歇会儿吧。”

“好，休息一会儿。”关林摘下背包，取出两瓶矿泉水，递给方莹一瓶。两人坐在一块石头上，眺望着山下的秀丽景色。

方莹吃了几片面包，喝了几口矿泉水，体力恢复了许多。她兴致勃勃地问关林："现在，你已经找到了宁荣二府就是清皇宫的许多证据，那么，是否可以认定《红楼梦》写的就是清朝皇宫里的事？"

"这个问题是确定无疑的。因为贾府的生活环境中有很多只有皇宫里才可能有的景物。我认为，作者对贾府宏伟富丽的建筑、华贵考究的陈设、尊卑有序的等级、吃穿用度的排场等的描写，绝不仅仅是为了显示贾府是声势赫赫的豪门贵族，而是暗示贾府实际上就是皇帝之家。"

"那么，大观园是指哪里？"方莹问。

"这个问题我已经彻底搞清了，幸亏上次你提醒了我。薛宝钗为大观园所作的《凝晖钟瑞匾额》题诗第一句说'芳园筑向帝城西'，明确指出大观园建在皇帝城的西边，帝城当然是指紫禁城，紫禁城的西面有什么园子？"

方莹略一思索："圆明园，离紫禁城最近的就是圆明园。"

"完全正确，宝钗题诗中还有一句重要的话，'修篁时待凤来仪'，意思是，这座园子建好后，等待着'凤'来到这里栖息。'凤'是一种美丽异常的神鸟，常借喻帝王，小说中，宝玉就被称为凤凰。凤也用以比帝王的后妃。宝钗诗中的凤有双重含义，既指帝王也指后妃。可见，住在大观园里的是皇帝，那一大堆'钗'则是皇帝的后妃。"

"是啊，这哪里是江宁织造府的西花园啊？"

"还有，小说第十六回回前总批写道：'细思大观园一事，若从如何奉旨起造，又如何分派众人，从头细细直写将来，几千样细事，如何能顺笔一气写清？'你注意到了吗？大观园是奉旨建造的，'奉旨'即遵从皇帝旨命。那曹家的西花园是奉皇上的旨意建造的吗？"

"小说中其他姑娘的题诗里有什么重要的暗示？"方莹问。

"林黛玉的题诗有两句重要的提示，她的题诗最后两句是：'何幸邀恩宠，宫车过往频？'宫车是指皇宫里的车，黛玉这两句诗的意思是：有幸被邀请入园是园主人的恩宠，皇宫里的车马来往频繁。黛玉的诗明确指出，大观园是皇家的园林。"

"我也想起一点，"方莹补充道，"贾政、宝玉和众清客游览大观园时，宝玉曾提到'天然图画'四字，而圆明园四十景中有一景就叫《天然图画》。"

"对，乾隆为《天然图画》的题诗中有'我闻大块有文章，岂必天然无图画’之句。乾隆将圆明园称作‘天然画图’，宝玉在游园时说‘古人云“天然图画”……’正是乾隆诗境的再现。宝玉不仅直接点出了圆明园‘天然图画’景区的名字，而且和乾隆的题诗巧妙地吻合。”

方莹想了一下，说：“我好像记得，乾隆皇帝曾给圆明园题字为‘大观’？记不清什么地方有此记载。”

“呵呵呵，你果然不同凡响。”关林笑道，“《钦定日下旧闻考》卷八十《圆明园一》有如下记载：清晖阁北壁悬《圆明园全图》。乾隆二年，命画院郎世宁、唐岱、孙祜、沈源、张万邦、丁观鹏恭绘，乾隆御题‘大观’二字。”

“太好了，”方莹激动地说，“乾隆题《圆明园全图》为‘大观’，这一条铁证足以证明《红楼梦》中的大观园就是圆明园。圆明园是康熙赐名，有康熙、雍正两帝御书的‘圆明’匾额挂在殿内，乾隆当然不会去更改这个名字。如果让乾隆另起园名的话，他一定会用他所题的‘大观’二字。”

“对，据档案所载：御题‘大观’二字的《圆明园全图》是乾隆三年挂在清晖阁墙壁上的，何以题‘大观’二字？乾隆在《圆明园后记》中说：‘规模之宏敞，丘壑之幽深，风土草木之清佳，高楼邃室之具备，亦可称观止。’这和贾元春题名大观园时所咏‘天上人间诸景备，芳园应锡大观名’的意思完全吻合。”

方莹问：“大观园中有个稻香村，‘里面数楹茅屋，外面却是桑榆槿柘’，这一派田园风光和大观园的景色很不协调，稻香村指的是哪里？”

关林喝了口水，解释道：“这正是圆明园的写实。圆明园中的‘杏花春馆’‘北远山村’‘多稼如云’都是农村景致。清朝以农为本，皇家园囿中设置这样的景点，表示皇帝‘劝农’‘观耕’的意思，曹家的西花园里有这些景色吗？”

关林的解释启发了方莹的思路，她沉思地说：“一般花园中很少建置庙宇，可是，大观园中却有妙玉居住的栊翠庵，还有玉皇庙和达摩庵，书中还说‘山下得幽尼佛寺，林中藏女道丹房’，圆明园里有这些修行的庙宇吗？”

“有，圆明园四十景中的‘慈云普护’‘日天琳宇’‘鸿慈永祜’，就是庙宇，或供神佛，或奉祖宗，这是皇家园林的特点，在园林中建庙宇的目的是用以求福祈寿。皇家园林的宗教建筑特别多，如清漪园内的大报恩延寿寺，香山的实胜寺、宝谛寺、宝相寺，北海的永安寺、阐福寺、小西天等均建于乾隆年间。大观园里的庙宇正是圆明园的写照。”

“太好了，你终于走上正路了。”方莹兴奋地说。

“既然宁荣二府隐写的是清皇宫，那么，生活在贾府里的人就是皇宫里的人，这样才能说得通。生活在皇宫里的都是什么人？”

“当然是皇帝、皇子、皇后和那一大堆妃嫔，还有许多宫女和太监。”方莹秀美的脸颊上闪动着兴奋的光泽。

“所以，贾府才有上千人，其中光女孩子就有几百人，这还不算黑山村乌进孝田庄上的人。那黑山村田庄共有八九个庄子，会有多少人为宁荣二府耕种？乌进孝到宁府进贡，对贾珍说：‘九月里一场碗大的雹子，方近一千三百里地，连人带房并牲口粮食，打伤了上千上万的，小的并不敢说谎。’好家伙，光被冰雹打伤了的人就成千上万，那八九个庄子的人会有多少？作者借乌进孝之口，道出宁荣二府的田庄之大竟达‘方近一千三百里地’，可想而知，为其耕作的壮丁奴仆会有多少人？几万人不止吧。当然，也许‘方近一千三百里地’并不都是宁府的庄园，按十分之一计算，也得有几千人吧。除了皇帝家，谁家会有这么多人口？”

“好，按照你的分析，”方莹接上话茬，“《红楼梦》既然写的是乾隆朝皇宫里的事，那么，小说的主人公贾宝玉就是乾隆皇帝或者皇子了，林黛玉、薛宝钗、史湘云、‘四春’等一大堆‘十二钗’‘二十四钗’们应该是皇后和妃嫔们了，那些丫鬟、小厮、婆子等就是宫女和太监了，是这样吗？”

“从逻辑上讲应该是这样，但是，仅凭分析是不行的，我们必须找到确切的证据。”

“你这次出来也没带书和那封信，怎么继续研究啊？”

关林掏出手机晃了晃：“都在这里哪，在高科技时代，一切都变得简单了。我已经把那个抄本和那封信的复印件销毁了，省得他们惦记。”

“王景瑞不是搜查过你的房间吗？他肯定密拍了抄本和那封信。”

“呵呵呵，放心吧，那几本书不是道士的那个抄本，还有那封信，我略加修改，就成了天书，让他们慢慢琢磨去吧，哈哈哈！”

“你真聪明，这回让我刮目相看了。呵呵呵。”方莹脸上露出灿烂的笑容。

“这叫明修栈道、暗度陈仓。”关林站起身来，“走，继续攀登高峰。”

漫天的飞絮中，几棵高大的梧桐树拔地而起，挺立在一片低矮的柳树之间。树影婆娑，凉风习习，繁枝密叶纵横交错，竟是自成一处天地。

关林和方莹登上峰顶，极目远眺，远处的群山连绵起伏，白云环绕。关林指着坡前的一片花丛说："那个地方是玫瑰花圃，春天时千亩玫瑰花此开彼落，形成了'四面有山皆如画，一年无日不看花'的特有景致。如果春天来这里会更美的。"

方莹看看不远处的一座庙宇，说："我们到那里面歇歇吧，我有点饿了。"

"那是观音殿，走，我们去拜拜观音菩萨。"

两个人拜过观音菩萨后，来到殿前的一棵大槐树下，坐在长椅上，一边吃着面包火腿肠，一边欣赏着殿前池塘里的景色。池塘里盛开着许多莲花，妖娆绽放，争相吐艳，或卷或舒的莲叶幽然出水，圆润的水珠儿滚在碧绿的莲叶上，缓缓滑落到清澈的水面，荡漾起小小的涟漪。

"总在那个深宫大院里待着，人都变傻了，以为天底下就是皇宫里最好，其实，大自然才是人间天堂啊。"关林感慨地说。

"是啊，过去那些俏丽佳人，以为进了皇宫就是仙女了，其实，那里才是国色天香的人间地狱。"方莹的眼神里流露出一丝忧郁。

"你是说那些妃嫔和宫女？"

"是啊，皇上后宫里佳丽三千，粉黛无数，表面上看着光鲜无比，其实哪个不是命运凄惨、寂寞潦倒，最终只能在慈宁宫的'寡妇院'里为先皇帝守着活寡，'伴青灯叩古罄，依经孤守'。即使当朝皇帝的妃嫔们，一年到头能见着皇上几面？就像《红楼梦》里写的那样，'千红一窟（哭），万艳同杯（悲）'，这就是她们的命运写照。"

"'千红一窟，万艳同杯'也可理解为'千红'同入一个魔窟，'万艳'共为一个人举杯，这是中国千年以来皇宫中女性的共同悲哀。大观园里的栊翠庵其实就是一座尼姑庵，院内种有七叶树等佛家圣地的专有植物，整个院落颇有'深山何处钟''禅房花木深'的佛家意境。妙玉在此带发修行，隐喻的就是慈宁宫里的女人的生活情景。"关林那一双似乎要飞翔的眼睛，闪着能够看得很远的光，眺望着在灰色的雾气中屹立的雄伟山岭。

"小说中的太虚幻境是清一色的女儿之境，隐喻的是皇帝的后宫，是吗？"

"是。书中描写：太虚幻境有痴情司、结怨司、朝啼司、夜怨司、春感司、秋悲司。在这里有一条批语［虚陪六个］。‘虚陪六个’是什么意思？”

方莹想了想，说：“‘六个’是虚数，还应该有其他‘司’。”

“正是。警幻仙姑又带宝玉进入一司，宝玉抬头看这司的匾上，乃是‘薄命司’，果然还有其他司。太虚幻境中共有多少司？书中未交代，但却有‘金陵十二钗正册’，在这个地方有［正文题］三字批语，这无疑告诉读者，这十二钗就是本书的正文。十二钗分别住在不同的司里，那么太虚幻境肯定就有十二个司，影射的就是皇帝的后宫。清朝皇帝的后宫分东西六宫，共十二宫。金陵十二钗是指皇后、皇贵妃和贵妃，副十二钗是指妃和嫔，又副十二钗则是贵人和常在。你听听太虚幻境那些司的名字，就知道生活在那些司里的女人是多么悲哀。”

“难道道士那封信里的‘十二’，就是指皇帝后宫里的十二宫？”

“确切地说，是指十二宫里的女人。小说中有很多‘十二’的神秘数字。不仅有正十二钗、副十二钗、又副十二钗；大荒山中石头高十二丈；贾家原籍十二房，王家十二房；而且黛玉生日是十二日，花袭人的生日也是十二日；《菊花咏》有十二首；宝钗的冷香丸由春白牡丹、夏白荷花、秋白芙蓉、冬白梅花各花蕊十二两和雨露霜雪的十二钱及十二钱黄柏汤送服；还有‘红楼十二官’；等等。小说中的神秘数字‘十二’，均是指皇帝后宫十二宫中的女人，第七回脂批已给出明确答案：［凡用‘十二’字样，皆照应十二钗。］‘十二钗’隐喻皇后、妃嫔和皇宫里的所有女人，其命运是千红一窟（哭），万艳同杯（悲）。宝钗的‘冷香丸’就暗示了这一点，因为‘冷香丸’全是用白花做成的，按照中国的传统风俗，白花象征着死亡，常用白花以表示悼念。小说中无论是‘十二钗’还是‘十二官’，最终都是命运多舛，如柳絮随风荡，似飞花逐水流。佛教中对于轮回的解释称作十二因缘论，那些皇宫里的女孩子的命运，正应了佛教的十二因缘论。因此，《红楼梦》中的神秘数字‘十二’，就是皇宫中的女人悲惨命运的象征。”

关林的思维越来越活跃，头脑也随之变得灵异而清晰起来，一波一波的思潮汹涌而来。

“你的这个解释和‘红楼’真正对上了。那么，道士信上的其他数字是什么意思呢？”方莹问。

“目前，我只悟出了‘十二’这个数字的含义，其他神秘数字究竟是什么意思，我还没有搞清。”

"凭你的聪明才智，一定能搞清。"

关林意想不到的新发现，让方莹的心情处在一种难以名状的快乐中。这是一种登天揽月般的快乐，就像迷航的水手刹那间遥望到久违的陆地线一样。

观音殿里走出一男一女两个青年。男青年扫视着关林和方莹，掏出手机拨打电话："喂，胡总管，我们一直在监视着他们，现在没什么情况，他俩一直在游山玩水。"

电话里说了几句什么，男青年连连点头："是，我知道了。"

第二十三章
暗　　算

书桌上散乱地放着几本竖排版的书，王景瑞坐在书桌前，在几张纸上随手写下一串数字，三七三、五五五、二四六、九九四，14、4、17、25、8、5，他在这些数字下画了两条横线，又画了一个大大的问号。

已经好几天了，王景瑞一直在琢磨：这些数字究竟是什么意思呢？大写的数字是“三春之关键”，“三春”是指小说中的人名吗？可是，小说中有元春、迎春、探春和惜春，这是四春啊。噢，也许是这样，大姐元春是贵妃，不在贾府中居住，那么，住在大观园里的就是迎春、探春和惜春了，这就是“三春”的含义吗？那么，那些大写的数字和这“三春”姑娘有什么联系呢？

王景瑞急忙在书里查找有关迎春、探春和惜春的描写，偶尔在纸上记下几个数字，三，六，七，九，五，等等。整整一个下午，他都在查找关于“三春”姑娘的描写，把含有大写数字的句子都摘抄下来，可是，含有这些数字的句子里完全看不出有什么特殊含义。

傍晚时分，肖雅婷回来了，问：“你中午就回来了？”

“嗯，下午没我的课，所以就早早回来了。”王景瑞头也不抬。

肖雅婷把提兜放到餐桌上，脱下外罩挂在衣架上。她回头看看王景瑞，问：“你在干吗呢？”

王景瑞没有吭声，肖雅婷走到桌前，看了看桌上的书：“你在研究《红楼梦》哪？”

“嗯。”

“这些书怎么都是打印出来的？”肖雅婷随手拿起一本书翻看。

“别乱动。”王景瑞严厉的声音让肖雅婷吓了一跳。

“不就是几本书嘛，我看看怎么了？”肖雅婷语气中透露着不满。

王景瑞夺下肖雅婷手中的书，严厉地说：“没我同意，以后我的东西你不许乱动。去做饭吧，别在这里添乱。”

“哼，瞧你那德行。”肖雅婷转身气哼哼地走了。

王景瑞继续沉浸在思考中，两道目光时而闪亮，时而慌乱，透露出他内心的焦急和矛盾：**看来“三春”不是指人名，那么，“三春”是指季节吗？小说描写了三个春季，这三个春季里有什么名堂？**他又急忙查找三个春天里的有关数字，偶尔看到一两句描写中出现过那几个大写的数字，但是，王景瑞看不出来这些句子里隐藏着什么意思。他心绪烦乱地站起身来，在屋里来回踱步，脑子一刻不停地思考着：**那些阿拉伯数字会不会是书的页码？是不是先查到这些页码，再查找大写的数字？对，也许是这样。**

王景瑞急忙走到书桌前坐下，核查那些阿拉伯数字。一阵忙活后，还是一无所获。**这简直就是天文数字，到底是什么意思呢？我怎么一点头绪也没有，关林会看出什么名堂吗？如果我破解不了这些密码，关林能破解吗？**

王景瑞一头雾水，满面愁容。

黄昏，是夕阳拉下夜幕的一刻，不知为何，似乎总会给人一种落寞的感觉。

马天龙和白晓雯并肩漫步在街头。马天龙还是一样，穿着时髦洗练，若是关林，恐怕连该去哪里才能买到这种衣服都不知道。白晓雯的打扮总是那么素雅，浑身散发着天生丽质的气息。

“关林和方莹到了哪里？”马天龙问。

“他俩今天到了妙峰山，玩得挺开心。”白晓雯笑盈盈地说。

“别光顾玩儿了，耽误了大事。”

“不会的，方莹发来短信，说关林的研究很有收获。他们之所以到妙峰山去，就是想避开那帮人。”

“恐怕到哪里也避不开，那帮家伙不会轻易放过他们的。”

“你放心吧，关林鬼得很，有办法对付他们。我倒是很担心你的安全。”

“没事，他们想算计我，也没那么容易。我还有你们几个保镖哪。”

两人一边说着话，一边向地铁站走去。不远处，有两个人若隐若现地跟在他们身后。

在一个商场门前，白晓雯放慢脚步，借着商场橱窗上的玻璃整理了一下衣装，她是借机观察一下身后的情况。一个人急速地闪到路边的广告牌后面。白晓雯拉了一下马天龙的衣袖，低声说：“有人跟踪我们，咱们先到商场去。”

马天龙的神情顿时紧张起来。

商场里的人熙熙攘攘，琳琅满目的货品柜台，五彩缤纷的服装货摊，吸引了不少顾客光顾。马天龙和白晓雯混迹于摩肩接踵的人群中，在各个柜台之间来回穿梭，企图甩掉跟踪人。但是，跟踪者始终离他们不远不近，一会儿好像看不见那两人的身影了，可是转眼之间，那两人又出现在他们身后。

“我们坐电梯到二楼去。”白晓雯拉着马天龙踏上自动扶梯，快到二楼时，白晓雯回头看了一眼，那两个人也踏上了自动扶梯。

乘扶梯到二楼后，白晓雯悄声说：“快，我们再下去。”两个人快步绕到自动扶梯的另一侧，在这边的扶梯刚到二楼时，他们已经在另一侧的扶梯上向下运行了。

“他们往下走了。”一个人喊了一声，两个跟踪者快步跑来。

“快下去。”白晓雯拉着马天龙，顺着向下运行的扶梯向下跑。刚到扶梯口，马天龙一个踉跄，摔倒在地。白晓雯急忙拉起马天龙：“快跑。”

两人向商场门口奔去。

出了商场，马天龙和白晓雯沿着人行道向东猛跑，马天龙跑着跑着，脑海中突然闪出一个遥远的画面——

一阵急促的嗒嗒嗒嗒的马蹄声打破了宁静的原野，十几匹气势雄壮、剽悍威猛的骏马四蹄飞腾，奔驰在一条土路上，强劲的铁蹄后面一片尘土飞扬。马背上是十几个清廷的大内侍卫，其中四个侍卫身着黄马褂，头戴一眼花翎顶戴，腰间挂着一等侍卫的佩刀。疾风掀起黄马褂的一角，露出宽宽的束腰上的一块金色的牌子，这是清朝皇帝御前侍卫的标志。其余几位均为蓝翎侍卫。十几匹骏马中间，四匹马拉着一辆金黄色龙蟠车篷的马车极速奔驰，车帘掀起一角，一个衣着华丽的少年向外张望，隐约可见车内银紫色的花边，里面还坐着一个少年宫女。

拐过一个山坡，前面是一片茂密的树林，十几匹骏马四蹄生风，飞也似的闯进密林。一个穿黄马褂的御前侍卫高喝一声：“此处凶险，大家要格外小心。”

话音刚落，密林中突然射出一片箭雨，两个侍卫肩部中箭。

“有刺客，保护十二爷。”领头的黄马褂大喊一声，拔出腰刀。几个侍卫策马跃到马车旁，手中的刀高速旋转，飞箭纷纷被击落在地。

密林中冲出一群身着黑衣的蒙面骑马人，催马挥刀杀向大内侍卫的马队。一场血腥的搏杀惊得密林中的野兽四处奔逃，群鸟也纷纷向空中闪躲。

领头的黄马褂大喊：“普泰琛，你带几个人护送十二爷速速离去，我挡住他们。”

“你们几个跟我来。”穿黄马褂的普泰琛带几个蓝翎侍卫杀开一条血路，马车车夫扬鞭催马，四匹马蹄下生烟，风驰电掣般地冲出包围圈。

“康烈尔，你小心啊！”普泰琛高喊着，挥刀砍倒两个刺客，催马追赶马车。

领头的康烈尔带领两个黄马褂和侍卫们拼死挡住追杀者，刀光剑影之下，血肉横飞，一片惨叫，追杀者纷纷倒下，蓝翎侍卫也倒下几人。

马车里的少年掀开车帘往外看了看，苍白的脸上布满了恐惧。

跟踪人紧紧追赶马天龙和白晓雯，一个人掏出一个通话器说了几句什么。

前面是一个地下通道，穿过这个地下通道，就到了地铁站厅。马天龙和白晓雯跑下地下通道，通道里空无一人，两人向另一侧的出口奔去。

马天龙神情恍惚，脚步踉跄，脑海中又闪出几个破碎的画面——

月光下，一条胡同里，两个大内侍卫和一个宫女护送着一个少年，向不远处的一座院落走去。突然，两边的房顶上跃下几个蒙面人，挥刀直向那个少年扑去。两个大内侍卫急速拔刀在手，刀光闪闪，连绵不绝，犹似行云流水一般，瞬息之间，将那个少年罩在一道光幕之中。刺客手中的刀纷纷断裂，化为寸许长短，飞上半空。转眼之间，几个刺客就魂飞天外。

“快走。”宫女拉着少年的手快速离去，两个侍卫提刀紧随其后。

一队送葬归来的人群走在一处山坡下，那个少年骑在一匹马上，两边跟着几个大内侍卫和宫女太监。坡上跃出几个蒙面人，手持钢刀杀向少年。侍卫们纷纷拔出刀来，与蒙面人激烈厮杀。少年吓得浑身发抖，两个宫女护着他，催马飞奔，逃离现场。

马天龙和白晓雯拼命往前跑，快到出口时，突然闪出两个人，堵住他们的去路。两人一回身，后面追赶的人也赶到了，前后夹击，白晓雯和马天龙已无路可逃。白晓雯握紧双拳，将马天龙护在身后。一个人猛地冲了过来，白晓雯一声怪叫，纵身跃起，一个凌空飞脚将那人踹了出去。其他三人手持短剑，一起扑了过来，白晓雯和马天龙身处绝境。

就在这千钧一发之际，康玉峰如梭而至，身子急旋，手中剑光一闪，当啷啷，三个刺客的短剑全部掉在地上。康玉峰剑招多变，东趋西走，连削数剑，剑剑生风。四名刺客知道对手厉害，不敢对攻，当即斜身闪开，身子一纵，转眼间没了踪影。

康玉峰向马天龙一拱手："臣下来迟，十二爷受惊了。"

马天龙浑身颤抖，满脑门冷汗："幸亏你及时赶到，要不然我和晓雯就成他们的刀下之鬼了。"

康玉峰看了一眼白晓雯，说："你要格外小心，危险随时都会降临。"

白晓雯点点头："我知道，你去吧。"

康玉峰收剑转身，身子一纵，忽的一下，消失得无影无踪。

白晓雯拉着马天龙，奔向地铁站厅。

关林和方莹在妙峰山上游玩了一天，当晚就住在山上的福临宾舍酒店里了。这个酒店的外观设计和山上古老建筑的风格非常近似，浓重活泼的色调、奔放大气的布局、自然优美的风格，和周围的环境浑然一体，远远看去还以为是一处风景区。

吃过晚饭后，关林和方莹各自回屋休息了。

关林领着方莹到妙峰山来，并不是为了游山玩水，他是为了找个没有人监视的清静的地方，好好研究一下下一个主攻方向。现在他已经确定了《红楼梦》的朝代，找到了红楼的位置和宁荣二府就是清皇宫的证据，破解了红楼密码"十二"的含义，下一步，就是如何证明生活在贾府里的人就是乾隆皇帝后宫里的人。而要证明这一点，必须首先证明贾宝玉就是乾隆皇帝这个猜想是否成立。自从他意识到这个问题后，他的心一刻也没有平静过，他知道，仅靠猜测、推理是不够的，他必须寻找到确切的证据，来证明自己的观点。

关林从背包里取出手提电脑，把手机和电脑连通，打开手机里储存的抄本拍摄照片，在电脑里放大后，逐页查看着。

丁零零，手机发出一声悦耳的响声，一条短信出现在手机屏幕上：“注意第九回、第十九回、第二十五回和第四十三回的内容。屈死鬼。”

“这个神秘的朋友又来提示我了，太好了。”关林急忙打开第九回，一段描写引起了他的注意：

第九回：宝玉和秦钟到贾府学堂上学，“原来这学中虽都是本族人丁与些亲戚家的子弟，俗语说得好，‘一龙生九种，种种各别’。未免人多了，就有龙蛇混杂，下流人物在内。[批语：伏一笔。]”关林兴奋地想到：作者巧借俗语，点出“学中”子弟都是“龙种”，那宝玉也是龙种无疑。批语“伏一笔”点出其中奥秘，所谓“龙种”，就是皇帝的“种”，那学中的一窝子子弟都是皇帝之“种”。

关林再查第十九回，书中描写：宝玉的奶母李嬷嬷去看望宝玉，见宝玉不在家，丫鬟们只顾玩闹，十分看不过。李嬷嬷责怪了几句，“又问道：‘这盖碗里是酥酪，怎不送与我去？我就吃了罢。’说毕，拿匙就吃。”双行夹批：[写龙钟奶母，便是龙种奶母。]

“龙钟奶母？”关林思索着，“‘龙钟’这个词本意是指年老体衰、行动不便的样子，也指潦倒不得志的样子。可是，李嬷嬷是宝玉的奶母，宝玉正值风华正茂，富贵荣华之时，所以，‘龙钟’肯定不是指宝玉。那么，‘龙钟’是指李嬷嬷吗？宝玉的母亲王夫人年近五十，宝玉前面还有贾珠和元春，元春比宝玉大十几岁，那么，王夫人生宝玉时至少三十岁以上。没有理由给宝玉找个三十多岁的奶妈，他的奶妈当年也就二十岁左右。宝玉时年十三岁，他的奶妈最多也就三十五岁，三十五岁的妇女怎么能称‘龙钟奶母’？因此，‘龙钟’在这里表达的不是这个意思。那么，脂砚斋要表达的是什么意思呢？‘钟’，‘种’，谐音！”

关林脑子里灵光一闪：“龙钟奶母”，就是“龙种奶母”，李嬷嬷是龙种的奶母，那宝玉就是龙种了。龙种就是皇帝之子，宝玉是皇子！

“这个屈死鬼真是太厉害了，我终于发现最重要的证据了。”关林激动得双手颤抖，“别着急，再查查第二十五回和第四十三回，肯定还有证据。”

关林快速地浏览着这两回的内容，又有了惊人的发现：

第二十五回：马道婆和赵姨娘聊天说起贾环，“赵姨娘听说，鼻子里笑了一声，说道：‘罢，罢，再别说起。如今就是个样儿，我们娘儿们跟得上这屋里那一个儿，也不是有了宝玉，竟是得了活龙。’侧批：[赵妪数语，可知玉兄之身份。]”

第四十三回：王熙凤过生日，宝玉却溜出府去，带着茗烟到水仙庵去上香，“那老姑子见宝玉来了，事出意外，竟像天上掉下个活龙来的一般，忙上来问好，命老道来接马”。

“活龙，宝玉是活龙！所谓活龙，就是活着的龙。其实，脂砚斋的批语已经说得非常明确了，宝玉是何身份？他是皇帝啊，而且是活着的皇帝。《红楼梦》问世时，只有乾隆是活着的龙。”

关林激动地站起身来，向空中狠狠地挥了一下手臂：“宝玉是活龙、龙种，作者和脂砚斋的批语暗示他的身份是皇帝。”他按捺住激动的心情，缓缓走到窗前，向北京方向眺望。漆黑的夜色下，远方的城市里如星光点缀，城市中心故宫那个位置泛起一片金光。仿佛有一架电影摄像机，将远方的建筑缓缓拉近，那是故宫的太和殿。咔啦啦，半空中响起一声炸雷，一道闪电划破夜空。电闪雷鸣之中，一条金龙从太和殿里呼啸而出，腾空飞起，直冲云霄。

望着璀璨的夜空中翻滚飞腾的金龙，关林的心狂跳着：“这就是我苦苦寻觅的那个答案吗？”他转身快步走到门前：“对，把这个重要的发现立刻告诉方莹。”

刚一出门，关林清楚地看到：昏暗的走廊里，一个清朝宫女的背影飘然而过，消失在拐弯处。

刹那间，关林仿佛浑身都没了知觉，眼前阵阵发黑——

第二十四章
遥远的影子

“昨晚你看到什么了吗?”关林坐在床上，望着坐在沙发上的方莹，神色格外严峻。

“什么也没看到啊。晚饭后，我洗了个澡，就早早睡了。”方莹往沙发上靠了靠，问道，“你指的是什么?”

“你没听见打雷的声音吗?”

“打雷?没有啊。昨天爬了一天山，可能是太累了，所以，睡得很死。”方莹望着愣呆呆的关林，问，“你怎么了?好像你看见什么了?”

关林庄重地说:“我看见太和殿里飞出一条金龙，在空中翻腾着。”

“金龙?太和殿?你做梦了吧，太和殿离这里有多远，你能看见吗?”

“真的。”关林叙述着昨晚的情景，声音明显有些颤抖。

“真的?哎哟，我怎么没看见?太可惜了。”

“还有呢，我还看见——”关林欲言又止。

“什么呀?你说啊。”方莹似乎也紧张起来。

“我看见，”关林身子前倾，压低声音说，“一个清朝宫女的背影，朝你房间的方向走过去了。”

“清朝宫女?你瞎扯哪吧。”方莹闪烁的目光变得深不可测，每一次闪动，就像一道闪电，仿佛带着唰唰的声音。

“真的，我看得清清楚楚，那个宫女轻飘飘的，走路一点声音也没有，就像个——鬼魂。”关林的声调仿佛被空气之中隐含着的某种神秘力量所压制，几近恐怖的情绪在他的心中开始扩散。

方莹微笑着看着关林："你可能是太累了，所以精神有些恍惚。那句话怎么说的？幻觉，对，人在极度疲劳的时候，又全神贯注地思考着一个问题，就容易产生幻觉。"

关林摇摇头："我自己很清楚，那不是幻觉，那是清清楚楚的视觉。"

"呵呵呵，"方莹笑道，"好啦，也许你真的看到了。人家说，心诚则灵，你现在的心很诚啊，一心想破解红楼之谜，所以，就看见清朝时的人了。这也很正常嘛。"

"这句话还比较中听，心诚则灵，对，只要心诚，就没有不灵的。"关林的情绪平静了许多。

一座古老的佛堂里香烟缭绕，大雄宝殿中央莲花座上的观世音菩萨坐像，双睑微垂，浅笑盈唇，一副大慈大悲，救助众生的样子。

一个女人谦恭地在香炉上插上三炷香，先合掌向观音菩萨祷告，之后双膝跪地，重重地磕了几个头。拜佛之心，极为虔诚。

这个女人是刘敏。

刘敏跪在地上，双手合掌，虔诚地望着观音菩萨，默念：大慈大悲的观世音菩萨，请宽恕我的罪孽吧，我也是迫不得已呀，为了争夺那个至高无上的皇位，我不得不痛下杀手，害死了个可怜的孩子。我知道，那个孩子是无辜的，可是，如果我不这样做，我的儿子或许就是他那样的下场啊。"最是无情帝王家"，千百年来，哪个王朝不是如此？为了争夺那顶至高无上的皇冠，皇室成员之间、兄弟姐妹之间上演了多少祸起萧墙、血溅宫闱的惨剧呀？历史啊，就是那么残忍，一颗颗至亲手足的人头落地，一幕幕骨肉相残的悲剧不断地重演，更为这部鸿篇巨著投下了一层厚重的阴影，平添了几分冷酷和血腥。但是，历史无法更改，如果我不这样做，别人也会这样做啊。

刘敏抬起头来，透过泪水模糊的双眼，200多年前的一幕又重现在眼前——

秋风过处，树林间积着的半尺深的枯叶，旋转着飞扬起来，又均匀地铺散下去，掩盖了那一条倾斜着盘旋到坡顶的小径。几匹骏马风驰电掣般地穿过树林，马背上的人一身清朝武士的装扮，跃马扬鞭，奔驰在木兰围场广袤的草原上。

木兰围场皇帝行宫前戒备森严，几十个手持长矛的清兵守卫在行宫大门前。几匹骏马飞驰而至，一武士在大门前滚鞍下马，单膝跪地，双手抱拳，向站立在门前的一个武将禀报："安抚使司副使求见皇贵妃，有要事禀告。"

"副使稍后，容末将禀报。"武将进了行宫。过了一阵，武将出来对副使说："副使请随末将进宫。"

副使随武将走到行宫后院，武将指着侧殿说："那就是皇贵妃的寝宫。"

副使谢过武将，向寝宫大门走去。一个太监迎上来，问："所来何人？"

副使拱手道："安抚使司副使求见皇贵妃，京城胡总管传来急件。"

"副使稍后，容奴才禀告皇贵妃。"太监尖厉的嗓音十分刺耳。他小心翼翼地推开殿门，躬身进了寝宫。

一会儿，寝宫里传来那个太监的声音："副使觐见！"

寝宫里端坐着一位身着明黄龙袍、绣着五爪金龙八团云纹的女人，冷峻的脸上，一双明亮的眸子顾盼生辉，似乎有着似有若无的哀愁。但是，哀愁之后，隐藏着一层常人看不懂的坚强。这个女人与刘敏长得一模一样，只是比刘敏显得年轻了十岁左右。

副使进殿，跪地禀报："胡总管急件。"他将一个木盒高举过头。太监接过木盒，呈给皇贵妃。

皇贵妃从木盒里取出一封信，展开细看，脸色突变。她噌地一下站了起来，厉声对身边的太监和宫女说："你们都下去。"

几个宫女和太监低着头，退出殿外。

皇贵妃走到副使面前："你起来回话。"

副使站起身来，仍低垂着头。皇贵妃低声问："还有谁知道这件事？"

副使双手抱拳，垂头回话："奴才不知，可能皇上也知道了。"

皇贵妃来回踱了几步，凝眉思考了一阵，转身对副使说："你立刻秘密回京，密告胡总管，让他派可靠的人，除掉那个丫鬟和老十二。"

"喳。"

"此事一定要做得干净利落，决不能走漏半点风声。"

"喳！"

刘敏抬起头来，望着神圣庄严、慈眉善目的观音菩萨，默默祷告：菩萨啊，我自知罪孽深重，200 多年来灵魂始终不得超脱。但是，上苍若要惩罚，就惩罚我一个人吧，不要让那个血淋淋的惨痛的场面再重现人间啊！

妙峰山的绮丽风光吸引着无数的游客，白天，山上的福临宾舍酒店里除了服务员几乎没什么客人，没有人会为了享受酒店的优质服务而跑到山上来的。所以，此时酒店里安静得很。

一楼103房间的窗前，有个男人拿着一个望远镜，观察着对面的山顶。望远镜里，关林和方莹正向山顶上的玉皇顶走去。

男人说："看见他们了，方莹提着个手包，关林背上没有那个背包，背包肯定在房间里。"

一个女人说："到他房间里检查一下，看看包里有什么东西。"

"等服务员打扫完卫生后，我再进去。你先上去看看。"

"好。"

女人出去有10分钟左右就回来了，说："小陈，可以去了。"

小陈和那个女人从103房间出来，观察了一下四周的情况，向二楼走去。

楼道里静悄悄的，一个人影也没有。小陈走到215房间门口停下脚步，女人留在楼梯口向楼下望着。小陈回头看看女人，女人冲他点点头。小陈掏出一根细铁丝，插到锁眼里捅咕了几下，房门开了，他闪身进了房间。

服务员已经将房间打扫干净，洁白的床单铺得平平整整，百叶窗上挂着一层薄薄的窗纱，暗红色的桌椅，清秀的梳妆台擦拭得干干净净。除了酒店客房的设施，房间里没有其他物品。

小陈走到卫生间对面的柜子旁，拉开柜门，里面是关林的背包。他把背包拿出来放到桌上，小心翼翼地拉开背包的拉链，仔细检查背包里的东西。包里除了衣物，还有一台手提电脑。

小陈打开电脑，检查了所有的文件夹，没有发现要找的内容。在"我的文档"里，他看到关林写的两篇《妙峰山游记》。

一番检查后，毫无所获。他把背包里的东西复原后放回原处，掏出一个小盒子，从里面拿出一个微型窃听器，粘到书桌下面的一角。消除了一切痕迹后，小陈退出房间。之后，他又用同样的方法将方莹的203房间也检查了一遍，同样一无所获，同样安装了一个窃听器。

妙峰山玉皇顶供奉着天界人间的最高主宰，被誉为万神之王的玉皇大帝。

绕过回香阁，沿着百级石阶攀登向上，就到了玉皇顶。这是妙峰山的最后一组建筑，三间正殿，供奉着玉皇大帝的神像，红墙灰瓦，高居山顶，俯视下方，颇有高高在上的神圣之感。

大殿两侧有一副楹联：妙顶泛金辉九天彩仗开阊阖；霞宫临紫盖万姓熏香叩玉清。

关林和方莹踏进玉皇殿，恭恭敬敬地给玉皇大帝上香、叩头，态度极为虔诚。从玉皇庙出来后，关林拉拉方莹的衣角，小声说："后面的殿就别去了，到哪个殿都得烧香磕头，我可不是来拜神的。"

方莹笑了笑："那你为什么拜玉皇大帝？"

"玉皇大帝官大呀，他统领三界十方诸神与四生六道芸芸众生，并统御神人仙佛，是三清之下，四御之上的大神。他又称'玉皇上帝''玉皇大天尊''昊天通明宫玉皇大帝''玄穹高上帝'，是中国最大的神衹，为众神之皇。比皇上的官大多了，皇上见了他也得下跪磕头。拜拜他，就能找到乾隆皇帝的证据。"关林这番话说得神神秘秘。

"呵呵呵，你可真逗。"方莹笑道，"那，咱们走吧，到外面去说，小心玉皇大帝听见了惩罚你。"

两个人出了玉皇殿，向一片林木葱茏的景区走去。方莹边走边说："你昨晚除了发现宝玉是活龙、龙种的描写，还发现什么证据能证明宝玉是皇帝吗？"

关林清清嗓子，说："宝玉不仅是活龙、龙种，他还是龙头。第二十二回，贾环作的谜语是：'大哥有角只八个，二哥有角只两根。大哥只在床上坐，二哥爱在屋上蹲。'谜底是：'一个枕头，一个兽头。'什么是兽头？"

方莹想了想，说："是不是太和殿屋檐上的小兽？"

"对，太和殿重脊上最前面的是一个骑着凤凰的仙人，其后是十个小兽，这十个小兽统称兽头，其中，'有角只两根'的是龙头。'二哥有角只两根'指的就是太和殿重脊上的龙头。小说中，贾珠是大哥，宝玉是二哥，贾珠是个枕头，只能在床上坐；宝玉是龙头，所以在'屋上蹲'。镇守太和殿的龙头，除了皇帝，还能是谁？作者运用巧妙的手段，又一次暗示了宝玉的身份。"

"嗯，说得很有道理。还有吗？"

“书中还称宝玉为凤凰。第四十三回，宝玉从水仙庵返回家后换上华服，刚至穿堂那边，只见玉钏儿独坐在廊檐下垂泪，一见他来，便收泪说道：‘凤凰来了，快进去吧。再一会子不来，都反了。’这里有条批语：[是平常言语，却是无限文章，无限情理。看至后文再细思此言，则可知矣。]……‘宝玉忙进厅里，见了贾母王夫人等，众人真如得了凤凰一般。’在这段描述中，两次提到宝玉是凤凰，而且，脂批暗示此话有深刻含义。”关林眨动着浓眉下面的一对炯灼的眼睛，那里面饱含着无边的智慧。

“上次你说过，凤凰是用来形容帝后的。”方莹说。

“对，凤凰也是中国皇权的象征，常和龙一起使用。如：帝王居住的楼阁叫凤阁龙楼；古代帝王登位前所居住的宅第叫凤邸；帝王诏敕用纸叫凤纸；天子的诏书叫凤诏；帝王所乘坐的车驾叫凤驾，等等。凤凰分雄雌，凤为雄，凰为雌；如果使用凤凰一词，则‘凤’是皇帝‘凰’是皇后；如果使用‘龙凤’一词，则龙比作帝王，凤则用于皇后。宝玉被称为‘凤凰’，是作者暗示宝玉的身份是皇帝。”

“作者为了让读者明白宝玉的身份，真是煞费苦心啊。”

“还有哪，宝玉还被称为‘宝天王’‘宝皇帝’‘天下官’，宝亲王做了皇帝，当然可以叫宝皇帝。秦钟临死前，鬼判听说‘宝玉来了’，个个慌了手脚，都判说：‘天下官管天下事，自古人鬼之道却是一般，阴阳并无二理。还是把他放回没有错了的。’什么人能管理全天下的事？只有皇帝。作者借都判之口告诉读者，宝玉就是管天下事的‘天下官’——皇帝。”

关林的这番解释让方莹心服口服，她笑眯眯地看着关林，说：“没想到你的知识这么丰富，真让我大开眼界呀。”

“平时看的书多了，脑子里的东西也就多了，有些东西当时看的时候没把它当回事，也没刻意去记它。可是，当你要用这些知识的时候，这些知识一下子就会从脑子里冒出来。所谓灵光闪现，其实就是过去看过的东西在你脑子里突然冒出来了。”

方莹感叹道：“学海无涯苦作舟，读书人其实很苦的。”

“是啊，埋在书堆里，你会失去很多东西。但是，你所得到的也是别人得不到的。”

“还有什么发现？一并说来听听。”

关林指着峰峦起伏的群山说：“就像那些雄峻的山峰一样，缥缈的白云遮住了它们的真面貌，只露出了峻峭的峰顶。我现在也只是看到了皇帝的一个脑袋，下面究竟还有什么，我还没看清楚。”

“只要继续走下去，你一定能看清皇帝的真身。”

“我想在这里住几天，这山上如仙境一般，会给我带来很多灵感的。”

“好，我来给你保驾护航。”

“哈哈哈！”关林开心地大笑，“有美女保镖护驾，我其乐无穷也。”

第二十五章
王者显形

关林刚打开他的背包，就发现有人动过他的手提电脑了。关林是个非常细心的人，早晨，他把手提电脑装进背包里时，电脑的开口是朝上的，现在，开口却朝下了。他立刻打开电脑查看，发现所有文件夹的访问时间都是上午 10 点左右。

"果然不出我所料，幸亏我提前做了防范措施。"

关林早就料到对手会偷查他的电脑，所以，将电脑里所有关于《红楼梦》的内容全部删除了，有关资料只存在手机里。这部手机一刻也不会离开他的视线，即使手机丢了，其他人也无法打开他的手机。如果输入的密码错误超过两次，手机里的所有信息就会全部自行删除。

关林仔细检查了房间的每一个角落，在书桌下发现了窃听器。他冷笑了一下，拿起手机给方莹发了一条短信："又有人关照我了，还在桌子下面留下了东西。我估计，也会有人关照你的。"

一会儿，方莹回了短信："是的，我也被关照了。很好呀，又可以因势利导了。"

"是得好好引导引导他们，否则，他们会走偏的。呵呵呵。"

"你安安静静地干你的事吧，给他们放点音乐，要不然他们会很寂寞的。"

"好主意，给他们来一段《打虎上山》，让他们领教一下革命现代京剧的魅力。"

方莹发来一个笑脸和一个大拇指。

关林舒心地笑了，那双有神的眼睛.炯炯发亮，满溢着自信、刚毅和乐观。

他从电脑里调出《智取威虎山》中杨子荣《打虎上山》的唱段，按下播放键，伴随着亢劲激昂的音乐和唱腔，他把手机和电脑联通，继续他的红楼之旅。

月光如流水一般，静静地泻在窗外的一片秋叶上。

关林盯着电脑屏幕，浏览着一页页竖排版的抄本照片，紧蹙的双眉流露出他那特有的全神贯注的神态。

叮咚，手机悦耳的声音提示，有人发来了短信。关林拿起手机查看，脸上瞬间露出惊喜的微笑。

短信是屈死鬼发来的："你为什么不关注一下开篇的神话故事？那个神瑛侍者可是大有来头啊。"

"神瑛侍者是什么来头？屈死鬼的提示一定极为重要。"关林立刻调出小说的第一回，只见书中写道：

道人问道："你携了这蠢物，意欲何往？"那僧笑道："你放心，如今现有一段风流公案正该了结，这一干风流冤家，尚未投胎入世。趁此机会，就将此蠢物夹带于中，使他去经历经历。"那道人道："原来近日风流冤孽又将造劫历世去不成？［批语：苦恼是'造劫历世'，又不能不'造劫历世'，悲夫！］但不知落于何方何处？"

那僧笑道："此事说来好笑，竟是千古未闻的罕事。只因西方灵河岸上三生石畔，［批语：妙！所谓'三生石上旧精魂'也。］有绛［批语：点'红'字。］珠［批语：细思'绛珠'二字岂非血泪乎。］草一株，时有赤瑕［批语：点'红'字'玉'字二。眉批：按'瑕'字本注：'玉小赤也，又玉有病也。'以此命名恰极。］宫神瑛［批语：单点'玉'字二。］侍者，日以甘灌溉，这绛珠草便得久延岁月。"那僧又道："……恰近日这神瑛侍者凡心偶炽，乘此昌明太平朝世，意欲下凡造历幻缘，已在警幻仙子案前挂了号。"

关林反复地查看、琢磨这一段神话故事和脂砚斋的批语：绛珠，绛：大红色，赤瑕宫，赤：红色，批语：点"红"字，点"红"字"玉"字二，"玉小赤也"，又一次点出"红"字；"细思绛珠二字岂非血泪乎"，绛：红色，血：红色；再次点出"红"字。

关林再看上面那段描写：难怪呀，无数阅者只注意到了作者和批者明点的"红"和"玉"字，却忽略了作者暗点的"历"字。

经历经历，造劫历世，苦恼是“造劫历世”，又不能不“造劫历世”，造历幻缘，短短几句话里竟然有六个“历”字。关林终于明白了，作者和批者的目的就是要点出这个“历”字。

关林把“红”和“历”连在一起，一个惊人的发现犹如重锤一般，猛烈地撞击着他的心扉：“红历”——“弘历”。

“乾隆爷，您老人家隐藏得够深的。”

这个重要发现，让关林激动得彻夜难眠。随后的几天里，他反复地在书中搜寻、查找，“贾宝玉就是乾隆皇帝”的证据不断地涌现出来。

这天早晨，当太阳从山脊后面缓缓升起，把白白的雾气蒸散在天空中的时候，关林的心情就像这早晨清新的空气，一片纯净。

在餐厅吃早餐时，他悄悄地对方莹说：“吃完饭后，到山上找个安静的地方换换脑子。”

方莹瞥了关林一眼，看到他的脸上露出意有所指的笑容。“你又有新的发现了？”

关林点点头。方莹心里顿时涌出一种甜蜜的感觉。

关林和方莹登上峰顶，放眼望去，眼前出现了一幅奇景。漫山遍野的苍松翠柏，高傲地挺立在野草中，山风扑来，松涛声阵阵。起伏重叠的山峦，像是绵延的绿色浪潮；参差不齐的花岗岩山巅，好像是被浪涛激起的奇形怪状的水花，壮丽无比。一块巨石雷鸣般滚落下来，隆隆之声在这静静的峡谷里回荡着，林中的飞禽走兽都惊奔起来。

方莹指着一块横卧在草丛中的青石板说：“来，我们在这里坐会儿吧。”

“好，这个地方不错，真是神仙待的地方。”

两个人坐在青石板上，尽情吸吮着大自然甜甜的空气，宛如痛饮了一杯浓浓的葡萄酒，使畅快的心情随着微风飘忽其中。

“说说你的新发现吧，这里可不会有窃听器。”方莹说。

关林整理了一下思路，语调轻松地说：“你已经知道了，小说开篇的神话故事里，作者和批者五次三番地明点‘红’，暗点‘历’，就是要告诉各位看官：神瑛侍者，就是宝亲王弘历。”

“作者和批书人极其巧妙地点出了乾隆的名字。高，实在是高！”方莹竖起了大拇指。

“宝玉有个书童名‘双寿’，道士的抄本上写作‘寿儿’，贾珍也有一个小厮叫寿儿，这样一来，小说中就有两个‘寿儿’。其实，‘双寿’就是两个‘寿儿’的意思。”关林看着方莹的眼睛，问，“作者为什么将两个小童命名为‘寿儿’呢？”

方莹摇摇头：“我不知道。”

“其实，这里面大有玄机。你知道乾隆的小名叫什么吗？”

方莹想了想：“好像是叫元寿？”

“对，乾隆名弘历，幼名‘元寿’。小说中两个‘寿儿’的意思就是二儿名‘寿’，二儿不就是‘元’吗？作者借小童的名字，巧妙地点出了乾隆的小名‘元寿’，这就是作者将两个书童命名为‘寿儿’的深刻用意。”

“呵呵呵，这么深奥的隐意也就是你能琢磨出来。”

关林接着说：“弘历登基后，年号‘乾隆’，寓意‘天道昌隆’。《红楼梦》中多次点出‘乾’字和‘隆’字。第十八回：元春省亲，但见园中‘诸灯上下争辉，真系玻璃世界，珠宝乾坤’，此处点出‘乾’字。贾政觐见，含泪启道：‘惟朝乾夕惕，忠于厥职外，愿我君万寿千秋，乃天下苍生之同幸也。’此处再次点出‘乾’字。第四十回，湘云说‘双悬日月照乾坤’，又一次点出乾字。薛宝钗题诗中有‘孝化应隆归省时’之句，点出‘隆’字，贾琏的小厮名叫隆儿，贾雨村是‘兴隆街的大爷’。小说中作者不断地点出‘乾’字、‘隆’字，其用意显而易见，就是要点出‘乾隆’这两个字。‘隆儿’，暗示乾隆就是雍正的那个儿。”

“你的这些解释虽很有道理，但是，若据此就认定贾宝玉就是乾隆皇帝，还缺乏直接的根据。”方莹提出疑问。

“当然有直接的证据。”关林似乎信心满满，“还是第一回，那僧笑道：‘此事说来好笑，竟是千古未闻的罕事。只因西方灵河岸上三生石畔，［批语：妙！所谓“三生石上旧精魂”也。］有绛珠草一株……，’这个‘三生石上旧精魂’指的是谁？”

“当然是指贾宝玉了。你的意思是乾隆就是‘三生石上旧精魂’？”

“正是。”

“有什么根据？”

“你知道，在乾隆众多的后妃中，他最爱的人是谁吗？”

“这个我知道，虽然乾隆是个风流天子，一生中不知有多少嫔妃。但是，他唯一真心爱过的女人就是孝贤纯皇后富察氏。”

“对，乾隆与富察皇后生前感情挚笃，皇后的去世让乾隆痛不欲生。

之后数十年中，乾隆对痛失皇后之悲始终不能释怀。富察皇后去世十年之际，乾隆又一次来到泰山，他想起富察皇后曾与他同登岱顶如今却染疾而逝，伤心不已，便写了一首诗，命人制成碑置于碧霞祠西碑亭内。这首诗是这么写的：‘瞬息十春岩电影，年来忧乐忆从头；谁能石上三生认，且看烟中九点浮。幻矣仙踪谢蓬海，悯哉民瘼指徐州；云巢若问前巡事，泪洒空庭不忍留。’并在结句自注：‘岱顶行宫名，戊辰三月孝贤皇后得病实于此。’且看，乾隆皇帝说：茫茫人烟中，‘谁能石上三生认’啊？只有我这个帝王呀。乾隆自己以三生石作为肝胆相照的依据，与富察皇后缘定三生。”关林抛出了一条过硬的证据。

方莹不得不信服关林的观点：“难怪脂砚斋批道：‘所谓三生石上旧精魂也。’乾隆的一句‘谁能石上三生认’，和脂砚斋的批语完全吻合了，这足以证明他就是那三生石畔的旧精魂。”

“还有，从宝玉的服装、饰物上，就能看出他是什么身份。”关林又提出新的证据，“书中描写：宝玉头戴嵌宝紫金冠，眉勒二龙抢珠金抹额，身穿秋香色立蟒白狐腋箭袖的褂子，束着五彩丝攒花结长穗宫绦，项上戴着金螭璎珞。我们先说紫金冠：紫金冠又名太子盔，多用于王子及年少的将领。宝玉的紫金冠嵌着珠宝，清朝帝后的冠上都嵌着珠宝。”

“再说抹额：宝玉第一次戴的是‘二龙抢珠金抹额’，第二次是‘勒着双龙出海抹额’。清朝的王冠，有一种在额上有二龙捧珠的标志，宝玉的二龙抢珠抹额，影射的是清朝帝王冠。除了皇帝、皇子谁敢戴呀？”

“那，秋香色怎么解释？”方莹问。

“上次给你发的那篇短文中提到了，秋香色是清廷皇帝、皇子专用的颜色，载明于实录，臣民不许僭用。《清史舆服志》二注，皇帝‘礼服用黄色秋香色’。《清史稿》卷一百三，志七十八中载：康熙二十三年，定……‘礼服用黄色、秋香色、蓝色五爪、三爪龙缎’‘初制，皇子冠服，凡庆贺大典，冠用东珠十三颗镶顶，礼服用秋香等色，五爪、三爪龙缎……’《大清会典》中规定：秋香色是皇贵妃以下，除了皇子，不许任何人穿戴的服色！”

方莹说：“宝玉‘束着五彩丝攒花结长穗宫绦，项上戴着金螭璎珞’。上次你说过了，宫绦是皇宫中特制的丝带，‘金螭’是没有角的龙，这些都是皇宫里的专用品。对吗？”

“对。宝玉的服装上还有很多奥妙。”关林接着说，“第四十九回，宝玉见下雪了，欢喜非常，忙唤人起来，盥漱已毕，只穿一件茄色哆罗呢狐皮袄子，罩一件海龙皮小小鹰膀褂，束了腰，披了玉针蓑，戴上金藤笠，登上沙棠屐，忙忙的往芦雪广来。据《清史舆服志》一二六二页记载：‘皇帝朝冠……夏织玉草或黄藤竹丝为之。’金藤即指黄藤，正是清朝帝王的衣帽。”

“还有吗？”

“有，宝玉首次亮相时穿的是‘青缎粉底小朝靴’，朝靴，指皇帝上朝时所穿的靴子。按书中的描写，宝玉的父亲贾政是工部员外郎，升郎中，是从五品的官职。一个从五品官的孩子，无论如何也没有资格穿朝靴。那么，作者为什么要这么写呢？如果你了解了‘五品官’的含义就明白了作者的用意。‘五’的谐音是‘无’，所谓‘五品官’，就是‘无品官’，在封建社会里官最大，又没有品的人是谁？是皇帝啊！”

“所以，宝玉才敢穿朝靴，因为他是皇太子弘历，后来又做了大清朝的皇帝，当然要穿朝靴。”

“你真聪明。宝玉有一件雀金裘袍，是俄罗斯裁缝用孔雀金线织的御寒衣物，光华灿烂。有大量的资料证明，‘雀金裘’自唐以来一直作为皇帝的专用品。”

“妙极了，宝玉的服装、饰物，再次印证了他的皇太子和帝王身份。”方莹愉快的脸上泛起微红，明亮的眼睛里闪动着兴奋的光泽。

关林又补充了一段重要证据：“清朝的服装制度是非常严格的，绝不是随随便便可以穿的。清顺治九年四月上谕：‘凡违禁衣服，如：三爪、五爪满水缎圆补子，黄色、秋香色、黑狐皮，俱不许存留在家。馀越品衣服，如御赐许穿用，若非御赐，听其变卖不许穿用……’康熙九年议政王等议定服制：‘民公以下，有顶戴官员以上，禁止穿五爪、三爪蟒缎满翠缎圆补服，黑狐皮、黄色、秋香色衣……’总之，人们不小心触犯到这些服饰制度就有可能是掉脑袋的大事。《清实录》记载：乾隆四十七年九月丙午，上御依清旷勾到，秋审官犯、服制及云南、贵州情实罪犯。停决官犯斩犯六人、绞犯四人、服制斩犯四十二人、云南绞犯七人、贵州斩犯一人，绞犯八人……所谓服制斩犯，就是违反服装制度被斩首的犯人。在那个年代中，因服制被斩首的犯人，在当时的死刑犯中占有相当大的比例。由此可见，清朝对‘服制斩犯’的严厉和残酷。”

方莹正想说话，关林衣兜里的手机突然响了，他掏出电话，看了一眼来电显示，扭头对方莹说：“是王景瑞。”

方莹警觉起来：“听听他说什么。”

关林按下通话键："喂，景瑞，我是关林。"

胡图的公寓里，王景瑞拿着手机通话，胡图站在王景瑞身边，胆战心惊地看着坐在沙发上的刘敏。

王景瑞对着电话说："关林，你在哪儿呢？"

电话里传来关林的声音："我在妙峰山上，这里山川雄伟，风光秀丽，令人心旷神怡啊。"

王景瑞："你小子玩得挺开心啊，是和方莹在一起吗？"

电话里："是啊，没有她我能这么踏实吗？"

"你什么时候回来？"

"还没定，这山上清静幽雅，正好修身养性，我想多玩几天。怎么，有事吗？"

"有美女陪伴，你就乐不思蜀了。我最近又反复研究了《红楼梦》的几个抄本，有些想法，想和你探讨一下。"

"哎哟哟，可别提《红楼梦》，一提它我就头疼。我好不容易才从这个烂泥坑里拔出脚来，你可别再把我拉进去。"

"你真的放弃了？"

"这不就是你希望的吗？那次你是怎么跟我说的，这个世界上值得付出精力的事情太多了，我不能一棵树上吊死，对吧？"

"我现在来情绪了，你反而退出了，真没劲。"

"我也不能说完全退出了，我只是觉得找不到方向，想休息一下，让这个紧张的大脑放松放松，没准儿就能来灵感了。"

"好吧，等你来灵感时，我们再讨论吧。"

"好啊，等我回去后，再跟你讨教。"

挂断电话后，王景瑞看着刘敏，小心翼翼地说："关林好像对《红楼梦》真的没什么兴趣了。"

刘敏扫了一眼胡图，问："监视他的人怎么说？"

胡图赶紧赔上笑脸："主子放心，小陈每天都向我汇报，关林这次出去没有带书，只带了一个手提电脑，电脑里也没有关于《红楼梦》的任何资料，他只是写了几篇游记。通过监听，也没发现任何情况。我认为，道士的那封信是挫伤关林信心的关键因素，王景瑞研究那封信好多天了，没有得出任何结论，我估计，关林也不会得出什么结论。"

刘敏带着无法释然的表情点点头。从目前掌握的情况看，关林似乎真的要放弃那个对她来说是致命威胁的做法了，这应该对她非常有利，可是，刘敏却怎么也高兴不起来。从关林的性格上看，他应该不是那种轻言放弃的人，可是，为什么这次就这么轻易地放弃了，这似乎不大像是关林的风格。道士的那封信的确是很难破译，王景瑞是束手无策了，关林也是这种想法吗？难道，真的是观音菩萨显灵了吗？

刘敏决定再试探一下，她低声向胡图交代——

第二十六章
呼之欲出

关林挂断电话后，对方莹说：“王景瑞对我的行踪很感兴趣呀，还说要跟我探讨《红楼梦》，哼哼，他是在火力侦察。”

“这说明他们依然对你不放心。不过，你的迷魂阵还在起作用，他们一时半会儿的还拿你没办法。”

“呵呵呵，”关林笑道，“让他们慢慢猜去吧。”

“我们接着说，”方莹忽然想到一个问题，“我提个问题，小说中贾宝玉被称为宝二爷，另外还有链二爷、芸二爷、蔷二爷、柳二爷、傅二爷、林二爷等一大堆二爷，这众多的二爷是什么意思？”

关林解释说：“如果你把宝玉和弘历联系起来，就真相大白了。弘历是胤禛第四子，但是皇长子弘晖和皇二子弘昀幼年时就去世了，这样，皇三子弘时就是老大了，而弘历实际上成了老二。康熙皇帝曾对阁老马齐说：‘我的第四子最贤，我死后立为嗣皇。胤禛第二子弘历有英雄气象，必封为太子。’且看，康熙称弘历为胤禛第二子。《红楼梦》里之所以有众多的二爷，作者的目的就是要让读者对此产生疑问，最终联想到四皇子宝亲王弘历，他是现实中真正的宝二爷。”

“贾府有个贾宝玉，江南甄家有个甄宝玉。贾宝玉得知在甄家有一个和他长得一模一样连名字也一样的甄宝玉，回到房中睡午觉时竟然梦见自己到了甄府花园中，见到了甄宝玉，而梦中的甄宝玉竟也是去找这个贾宝玉。这甄宝玉和贾宝玉是怎么回事？”方莹的眼神里带着疑问。

“甄宝玉和贾宝玉隐写的是乾隆的身世之谜。乾隆身世之谜的传播历时已久，乾隆在位时期，民间就已经对他的出生地众说纷纭，它是清朝最有趣、传闻最多的历史疑案。小说作者将乾隆的身世之谜‘海宁换子’和‘秀女生子’两种传说，隐写于小说之中。”

“是吗？《红楼梦》里还隐写了乾隆的身世？你快说说。”方莹对这个问题极感兴趣。

“你知道‘海宁换子’是怎么回事吗？”关林问。

“这个我知道，传说雍亲王和陈阁老两家夫人同年同月同日分别生了孩子，雍亲王让陈家把孩子抱入王府看看。可是，等孩子再送出来时，陈家老小个个目瞪口呆，自家的胖小子竟变成了小丫头，陈家只得忍气吞声。那换入皇宫的胖小子，就是后来的乾隆皇帝。可是，《红楼梦》中是如何表现‘海宁换子’的。”

“第一回：写甄士隐丢失女儿，就是暗喻‘海宁换子’，只不过把儿子、女儿调了个。”

“此说有何根据？”

“第二回中脂砚斋给出了明确的答案。贾雨村考中进士，做了知府，到姑苏城上任。到任伊始，便派人到甄府提亲，送去金银锦缎，以答谢甄家娘子，‘令其好生养赡，以待寻访女儿下落’。在这句话旁有条批语：[所谓真不去假焉来也！]脂砚斋告诉我们：丢了一个真的，来了一个假的。而丢了的那个真的，作者把他安插在甄士隐的同族、江南的甄家（真家）里，那个甄宝玉，就是被调包的儿子，他才是乾隆皇帝的真身，贾府里的‘假宝玉’只不过是‘真宝玉’的影子。”

方莹点点头：“有道理，那‘秀女生子说’呢？”

“尽管‘海宁换子’的说法纯属戏说，但是，乾隆的生母是江南汉姓女子且出身卑微，仍然是一种广为流传的说法，此说亦隐写于《红楼梦》中。”关林详细解释这一观点，“作者用贾雨村影射登基前的胤禛，在第一回里，贾雨村初进甄士隐家，见到士隐家的丫鬟娇杏，见娇杏两次回头张望，‘自为这女子心中有意于他，便狂喜不尽，自为此女子必是个巨眼英雄，风尘中之知己也’。[批语：在此处已把种点出。]书中不是称宝玉为龙种吗，脂批暗示，在此处已把‘龙种’宝玉的由来点出。”

“第二回，贾雨村在姑苏城做了知府，次日便娶了娇杏做二房，这娇杏也真侥幸，只一年便生了一子，又半载，雨村嫡妻忽染疾下世，雨村便将他扶册作正室夫人了。正是：‘偶因一着错，便为人上人。’娇杏的经历和乾隆生母钮祜禄氏完全吻合。钮祜禄氏一生只生了弘历一子，雍正元年封为熹妃。随着弘历被密立为太子，钮祜禄氏的地位也随之提高，雍正八年晋熹贵妃。雍正九年九月二十九日，雍正帝第一任皇后孝敬宪皇后乌喇那拉氏崩逝，熹贵妃成为雍正朝后宫统摄者，这就如同正宫娘娘了。乾隆即位后，尊封为崇庆皇太后，移居慈宁宫。”

方莹感叹道：“你的论证有理有据。上次你说过，‘太祖皇帝仿舜巡’是指乾隆南巡，江南甄家四次接驾指的是浙江海宁的陈家接驾，这就和乾隆的身世之谜对上了。野史传说，乾隆是被调了包的假皇帝，就是你刚才说的‘海宁换子’，后来，乾隆借南巡之机，到江南的真家（甄家）探望生身父母，甄家四次接驾，暗示的是乾隆南巡时四次住于陈家安澜园和父母相聚。可以这样理解吗？”

“你的理解完全正确。当然，据后人考证，‘海宁换子’的说法，全是无稽之谈，那个茫茫大士和渺渺真人抑或是此说的始作俑者。乾隆为什么六下江南，有四次到海宁并住在陈家私人花园，是因为海宁再无适合皇帝居住的地方。”

方莹又问：“元春省亲时，在大观园里点了四出戏：第一出《豪宴》，我记得这里有一条批语：[《一捧雪》中伏贾家之败。] 这是什么意思？”

“《一捧雪》是明末清初戏曲作家李玉的作品，取材于莫怀古的故事，《豪宴》是《一捧雪》的第五出。‘一捧雪’是一个玉杯的名称，就是一个像白雪一样的玉器，拿到手里面像一捧雪一样，非常珍贵。《一捧雪》主要讲的是莫怀古两次造假：第一次造假是舍不得将传世玉杯给权臣严世蕃，叫家仆莫成着人仿制，以赝品献给严世蕃，被莫怀古收留的一个裱糊匠汤勤识破，结果莫怀古遭严世蕃追杀。第二次造假是莫府仆人莫成与其主人莫怀古长相极似，愿舍身救主，莫怀古因而得机逃往古北口。戚继光将莫成斩首后，将人头送到京城，但又被汤勤识破。”

“从基本格局上看，真假问题是《一捧雪》故事的表层矛盾，这和《红楼梦》中的‘假作真时真亦假，无为有处有还无’的叠诗是契合的。《红楼梦》作者之所以设计元春点了《豪宴》这出戏，突出的也是一个‘假’字。作者在小说中塑造了一个与贾宝玉极其相似的甄宝玉，之后又用《一捧雪》来暗示这个贾宝玉是个冒牌货，那个甄宝玉才是真正的主角。作者将乾隆身世的‘海宁换子’和‘秀女生子’两种传说隐写于小说之中，正是《一捧雪》两次造假在《红楼梦》中的体现。作者唯恐读者看不明白，借元春点戏之机，点出《一捧雪》中的《豪宴》，暗示乾隆是个假皇帝。脂砚斋不失时机地批道：‘《一捧雪》中伏贾家之败。’隐喻的是乾隆是个被调了包的假皇帝，这个‘赝品’做了大清的皇帝，大清朝必败无疑。这就是元春点《豪宴》和脂批的真正寓意。”

方莹竖起大拇指，表示赞叹。稍做思考，方莹又提出一个问题：“贾宝玉的名字有什么特殊含义吗？”

“小说中，贾家男人的名字都是两个字，如：贾政、贾敬、贾赦、贾珍、贾琏、贾芸、贾蔷等，唯独贾宝玉的名字是三个字，跟同族的人根本不搭界。作者之所以将贾宝玉之名设计得与众不同，就是借此来显示宝玉独特的身份。因为宝玉是皇帝，本来就与众不同。就像皇帝自称‘朕’一样，这个字只能属于皇帝，其他人谁敢用？‘宝’：指宝亲王，‘玉’：指皇帝之玉玺，宝亲王当了皇帝，故曰宝玉。但这个宝玉是假的，从小就被人调了包，所以叫贾宝玉。这就是贾宝玉名字的深刻含义。”

“我也想起了一个问题，”方莹在关林的智慧启发下，思维也变得活跃起来，“宝玉身边有一大堆丫鬟、小厮、奶妈和仆人，这也可以证明他的帝王身份。”

“是的。宝玉曾对王熙凤说：‘我屋里的人也多得很，姐姐喜欢谁，只管叫了来，何必问我。’宝玉身边的四大丫鬟是袭人、晴雯、麝月、秋纹，这四人是一等大丫鬟，花袭人是四大丫鬟之首，既是贾母借调给宝玉的一等大丫鬟，又是宝玉房里的通房丫鬟。绮霰、碧痕、茜雪、檀云是二等大丫鬟，听四大丫鬟差遣。”

方莹接上话茬：“我知道宝玉身边的小丫鬟，她们是媚人、紫绡、良儿、小红、春燕、芳官、四儿（就是蕙香），还有佳蕙、坠儿、篆儿、五儿。”

关林笑道：“你的记性不错嘛。宝玉屋里的大小丫鬟有名有姓的就有21个，但有去有来，先后撵出去6个，其中一个死了，调走一个；另有几个不知名的小丫鬟。还有赵嬷嬷等四个奶妈，宋妈等至少10个老嬷嬷；李贵、茗烟、锄药、扫红、墨雨等几个大仆人，园外还有10个小厮及书童。贾宝玉的衣食住行，身边的这一支服务大军则争先恐后地忙碌着。除了皇帝、太子，谁家的公子能有这么大排场？清朝建立之初就有皇子、公主生养、教育的规定，到康熙皇帝正式确立为正规的制度，称为祖制，直至清朝灭亡都严格遵守这个制度。一位皇子按照定例，有40人为他服务。保姆8人，乳母8人，此外还有所谓服侍皇子衣服被褥的针线上人、负责洗刷的浆洗上人、负责照明的灯火上人、服侍饮食的锅灶上人等。服侍宝玉的丫鬟、奶妈、老嬷嬷、大仆人、小厮、书童，还有婆子共有40多人，对比一下清朝皇帝和皇子身边宫女、仆人的规定，你就知道贾宝玉是什么身份了。”

“是啊，这么多人除了皇帝家谁养得起呀？”方莹感叹道，她又问，“还有，宝玉的房间陈设有什么名堂？”

“书中描写宝玉怀中揣着核桃大的金西洋表，屋里摆着金西洋自行船和大穿衣镜，墙上挂着西洋油画，经常饮用玫瑰露、葡萄酒等，什么人能享用那么多宫中之物、舶来品及贡品？宝玉的吃穿用度不是正符合宝亲王弘历的身份吗？宝玉整日厮混于姐妹丫鬟之中，喜欢亲近女孩，见一个爱一个，被称为‘绛洞花王’‘富贵闲人’，那是多情皇子弘历的行为；大观园里的生活环境和种种故事，正是风流皇帝乾隆青少年时期在圆明园里的生活写照。”

方莹站起身来，兴奋地说：“功夫不负有心人啊，看来，你已经把隐藏在《红楼梦》里的乾隆皇帝请出来了。”

关林眺望着远方，乌黑的眸子里闪动着睿智的光亮。一阵沉默后，他的脸上忽然显出困惑的表情：“有一个问题，我一直没搞清楚，小说中描写了很多人过生日的情景，每个人的生日日期交代得都很清楚。奇怪的是，唯独主人公宝玉过生日时，虽用了近两回的篇幅详尽描述，不胜烦琐，但始终没有说出是几月几日，原因何在？作者为什么不敢写出宝玉的生日？”

方莹思索了一下：“因为宝玉是皇帝，清朝皇帝的生日称为万寿节，凡是与皇帝生日相同的人，要么提前两天过生日，要么推后两天，皇帝的生日，是全天下独有的。”

关林凝神思索着，猛地，一个画面出现在他的脑海中——

那是屈死鬼提醒关林注意八月十三日子夜的那天晚上，关林向空中望去，只见一轮圆月挂在空中，无数的小星星眨着眼睛。而这一天，正是农历八月十三日。

“我终于明白屈死鬼的意思了。”关林猛回身望着方莹，“你曾经说过，屈死鬼提醒我注意八月十三日子夜时的月亮，是在暗示我注意这个日子，那么，八月十三日子夜是什么日子？”

方莹定定地看着关林，流露出她平时难得一见的冷峻表情，目光炯炯有神：“那是乾隆皇帝的生日，他出生于康熙五十年八月十三日子时。”

“我的天！原来是这样。”如同雷轰电掣一般，关林呆住了。

傍晚，微妙的暗紫色渐渐从天际漫来，融入西天辉煌的落霞中。

肖雅婷站在故宫后门门口，向故宫里张望，她在等候马天龙。下午的时候，她给马天龙打了一个电话，说下班后想见见他。马天龙没有表示出多大热情，他和肖雅婷并不熟悉，只是关林介绍她和王景瑞住到四合院后，在一起吃过一次饭，以后见面不过是客气地打个招呼。马天龙并不想和这小两口过多来往，他总感觉一见到王景瑞就有一种莫名的恐惧，他自己也说不清楚这种恐惧的感觉从何而来，只是觉得在很久以前似乎就认识这小两口，而且，是很不愉快的记忆。所以，当肖雅婷给他打电话时，马天龙感到有些莫名其妙，很想拒绝她。但肖雅婷说有点事想请马天龙帮帮忙，所以，马天龙很不情愿地答应了。

过了一会儿，马天龙从故宫里出来了，肖雅婷迎上去，脸上露出矜持的笑容："天龙，你下班了？"

"是啊，你找我有什么事？"马天龙直入主题。

"我们找个地方坐坐吧，我有些话想跟你说。"肖雅婷望着马天龙，流露出一种奇怪的眼神。

"你不是有事想让我帮忙吗？你就直说吧，什么事？如果我能帮上忙，我一定尽力。"马天龙并不想和肖雅婷纠缠。

"其实，也没什么事，我就想和你说说话。"

"和我有什么好说的？如果王景瑞看到我俩单独在一起会很不高兴的。"

"十二爷，您真的不想和我说说话吗？"肖雅婷突然冒出这么一句。

肖雅婷的话让马天龙大吃一惊，他的面色一刹那变成了死灰色："你，你叫我什么？"

"十二爷，难道您不是十二爷吗？"肖雅婷的眼光变得异常尖锐。

"你，你到底是谁？你怎么知道我是十二爷？"马天龙全身紧张得像一块石头，连他自己也觉得出脸上的肌肉在颤抖。

"所以，我才希望找个安静的地方好好跟您解释一下。"肖雅婷不高的声调在马天龙看来根本就无法拒绝。

马天龙惶恐不安地点点头。

什刹海边上一家酒吧的包间里，马天龙和肖雅婷对面坐着，桌上摆着几盘菜，肖雅婷给马天龙斟满一杯啤酒，笑吟吟地说："十二爷，请。"

马天龙的大脑里已经没什么反应了，木头一般地坐在那里不动，愣着两只眼睛痴痴地看着肖雅婷："有什么话你就直说吧，你，你怎么——"

"十二爷，您仔细看看，您真的认不出我了吗？"肖雅婷说这话时的表情，罕见的苦涩，还带着一种悲凉。

马天龙茫然地摇摇头："我，我真的想不起来了，我只是觉得好像在很久的时候就、就认识你们两口子。"

"是啊，那时，您也就十岁吧？在御花园的绛雪轩，想起来了吗？"

马天龙的视线逐渐模糊了，一个遥远的场景浮现在眼前——

春天的一个上午，紫禁城御花园在春风的轻抚下，一簇簇迎春花的枝头上缀满了黄色的花蕾，在交错的枝条下面，长出了嫩绿的野草，随着微风，轻轻地晃着头。绛雪轩前一座琉璃花坛五彩琉璃的须弥座上，饰有行龙及缠枝西番莲图案，翠绿色栏板、绛紫色望柱环绕，坛内叠石为山，牡丹、菊花、玉兰和玫瑰等名贵花木争奇斗艳。

草丛中传来几声蛐蛐的叫声，一个十岁左右穿金黄色绣四爪龙袍的小皇子弯着腰在草丛中搜索着，旁边的几个太监和宫女也都跟着忙活着。小皇子轻手轻脚地拨开草丛，一只黑黑的健壮的蛐蛐露了出来，小皇子伸出双手比画了一下，突然扑了上去，双手按在草丛中。

"抓住了，抓住了，十二爷果然厉害。"太监宫女们都欢呼起来。

小皇子慢慢抬起一只手，露出一个缝隙，噌的一下，蛐蛐蹿了出来，消失在草丛中。

"哎呀，又让它跑了。"小皇子懊恼地站起身来，冲着太监宫女吼道，"你们都愣着干什么，还不快去抓蛐蛐。"

"喳！"太监宫女们个个奋勇争先，在草丛中一阵紧忙活。

这时，假山后面传来一个清脆的声音："十二爷，奴婢抓住一只。"

小皇子急忙跑过去："我看看。"只见一个八九岁的小丫鬟双手紧紧捂着，清秀的脸上沾着几块泥土。

"快拿罐子来。"小皇子喊了一声。

一个太监拿着一个蛐蛐罐跑过来，小丫鬟小心翼翼地将手里的蛐蛐放到罐子里。太监将罐子盖上，小皇子接过罐子放到耳边听着，里面传来蛐蛐啾啾的叫声。

"太好了，终于抓到一只。"小皇子高兴得手舞足蹈，他指着太监和宫女说，"你们就是一群废物，还不如个小丫鬟。"

小丫鬟露出了开心的笑容。

这时，一个太监端着一个盘子蹑手蹑脚地走过来，盘子上有一个茶杯。小丫鬟没听见身后的动静，一转身和太监撞了个满怀，太监手里的盘子咣当一声掉在地上，茶杯摔得粉碎。

太监骂道：“你这个死蹄子，怎么这么不小心，把十二爷的茶杯都给摔碎了。”他抬手一巴掌，将小丫鬟打倒在地。小丫鬟爬起来，扑通一下，跪倒在小皇子面前，哭道：“奴婢该死，请十二爷治罪。”

小皇子指着太监骂道：“浑蛋，你这个阉货，自己不小心摔了茶杯，打她做什么？还不跪下。”

太监吓得扑倒在地，以头触地：“奴才该死，奴才该死。”

“自己掌嘴！”

太监两只手啪啪地扇着自己的脸。

小皇子对小丫鬟说：“你起来吧，不关你的事。”

“是奴婢不小心，十二爷开恩，饶过李公公吧。”小丫鬟替太监求起情来。

“你还挺有善心的。”小皇子对太监说，“看在这个小丫鬟的面上，就饶你一回，都起来吧。”

小丫鬟起来后，小皇子问：“你叫什么名字？”

“奴婢贱名思雨。”

“你，你是思雨？”马天龙呆呆地望着肖雅婷，声音低抑而沉重。

肖雅婷眼含热泪，点点头。

第二十七章
宝玉的生日之谜

马天龙泣不成声："思雨，真没想到还能见到你，当年是我害了你呀。"

肖雅婷已是满脸泪痕，哽咽着说："十二爷，我、我不怪你。都是我不好，没能阻止那个丧尽天良的阴谋，当时，我、我是没办法呀。"

"我知道，那不是你的错，错就错在我不该生在那个看似辉煌无比、其实是最无情的家里。"

马天龙的心情久久不能平静，他不愿意去回忆那个惨痛的往事，他深知，历史不可能从头再来，谁也无法改变那个历史的结局。他只希望那个被重重迷雾掩盖的历史谜案能早一点现出它的原形，使天下所有的人能够了解事情的真相，这样，那些屈死的、抱憾而死的、愧疚而死的和负罪而死的所有灵魂才能得以解脱，得以安息。

"十二爷，你现在还得当心啊，那帮杀手的灵魂都苏醒了，正在执行当年没有完成的任务。"肖雅婷关切地说。

"我已经领教过了，幸亏有康大人、方莹和白晓雯，要不然我早死好几回了。现在，我就寄希望于关林了，希望他能尽快揭开那个谜底，这样，我的灵魂才能得以解脱啊。"马天龙那张脸痛苦地扭曲着。

"我就是为这件事来找你的，"肖雅婷心情沉重地说，"胡总管奉皇贵妃之命找到我，让我设法探听关林的真实情况。"

马天龙用心存疑虑的眼神凝视着肖雅婷忧郁的面孔，思忖着该怎么回答她的问题。要不要把真实的情况告诉她呢？

"你不用担心，我知道关林没有放弃对《红楼梦》的研究，我也希望他能成功。"肖雅婷打消了马天龙的顾虑，"请你转告关林，我会尽自己的所能来帮助他。"

马天龙顿时释然了，心中充满了感激之情："谢谢你，思雨，我们永远是好朋友。"

肖雅婷笑了，线条俏丽的脸庞上彰显着月亮般的皎洁。

月牙爬上了树梢，在寂静的院子里洒下一片银光。秋天夜色的香气弥漫在空中，织成了一个柔软的网，把所有的景物都罩在里面。

关林的房间里拉着厚厚的窗帘，要想从外面窥视到屋里的情况还真的不大容易。关林明白，监视他的人不会闲着的，他不得不小心应付。

在妙峰山上已经住了五天了，他和方莹几乎游遍了山上所有的景点。白天游玩的时候，不便查看手机上的资料，他就戴上一个耳塞，在旁人看来他是在听音乐。实际上，上山之前，在一个秘密的录音室里，关林把道士的抄本和有关资料全部录了音。借着游玩的机会，听着《红楼梦》文本的朗读，需要查阅参考资料时，也随时可以调出录音来听。所以，他的研究工作丝毫没有受到影响。

现在，他的思路集中到贾宝玉的生日之谜上。

在方莹的提示下，关林意识到，屈死鬼提醒他注意八月十三日子时的月亮，是在提醒他注意这个日子，而八月十三日子时，恰恰是乾隆皇帝的生日。因为宝玉就是乾隆皇帝，皇帝的生日，那是全天下人的节日，妇孺皆知啊！作者一旦写出宝玉的生日，全天下的人立刻就会明白这个宝玉是何许人也。所以，作者不敢写出宝玉的生日。

那么，宝玉的生日真的是无迹可寻吗？关林相信，作者一定会采取特殊的方法，将乾隆的生日隐写在小说里。所以，他一直在查找宝玉生日的线索。这天晚上，当他在电脑里反复查看第一回的内容后，终于有了一个重大发现。

关林激动地拿起手机，给阿黄发了一条短信："我终于发现了贾宝玉生日的秘密。"

稍后，阿黄回复："让我分享一下。"

关林快速地按动打字键，发送："宝玉的生日日期隐藏在第一回贾雨村的中秋咏月诗里。"

阿黄回复："那首诗是怎么写的？"

“时逢三五便团圆，满把晴光护玉栏。天上一轮才捧出，人间万姓仰头看。你看出什么名堂了吗？”

“我可没你那个聪明的脑壳，看不出来这里面是如何体现乾隆的生日的。”

“‘时逢三五便团圆’，[批语：是将发之机。] 这一刻将发生什么事情？你把这个‘时’换成‘十’就明白了。”

“谐音？”

“对，奥妙就在这儿。‘十逢三’就是十三，过了八月十三之后才是八月十五。弘历的诞辰之日是康熙五十年八月十三日，至此，‘时（十）逢三五便团圆’的意思不是很清楚了吗？”

“哇，果然玄妙。那么，‘满把晴光护玉栏’是什么意思？”

“清澈的月光洒下，遮护着白玉栏杆。贾雨村吟这首诗时是在士隐家的书院之中，而书中士隐家和街上并无白玉栏杆，那么，‘满把晴光护玉栏’指的是哪里？”

阿黄好像思考了一阵，回复道：“我记得，有的史书上记载，乾隆出生于雍亲王府，就是现在的雍和宫，‘满把晴光护玉栏’是指雍和宫吗？”

关林看着阿黄的回复，露出欣喜的神色，回复：“聪明。清史档案中的《玉牒》和乾隆时期的《实录》及《圣训》上清楚地写着：‘康熙五十年辛卯八月十三日子夜，孝圣宪皇后钮祜禄氏诞乾隆于雍和宫。’雍和宫里才有白玉栏杆。在这句诗的旁边有一条批语，[奸雄心事，不觉露出。] 脂批告诉我们：贾雨村——胤禛这个奸雄的心事是，八月十三日子夜，他的第四个儿子宝亲王弘历在雍王府诞生了。”

“后两句的意思我明白了，‘天上一轮才捧出，人间万姓仰头看’。这两句诗的表面意思是咏月，但它真正的含义是：胤禛的第四子弘历，一代天子降生了，天下臣民仰慕朝拜。是这个意思吗？”方莹的回复显示出她的聪明才智。

“才女！”关林发出一个赞叹的图片，又回复道，“作者借贾雨村这首咏月诗，极其巧妙地告诉了读者，贾宝玉的生日就是八月十三日，而这一天，正是宝亲王弘历的诞生之日。”

阵阵轻音乐的声音飘荡在203房间里，方莹靠在床头上，捧着手机看着大灰狼的短信，脸上洋溢着赏心悦目的表情。她发出一条质疑的短信：“仅凭你的分析，不足以证明贾雨村的这首诗里隐含着乾隆的生日，我总觉得有些牵强。”

一会儿，大灰狼回复：“我们接着看：雨村吟罢咏月诗，士隐听了，大叫：‘妙哉！吾每谓兄必非久居人下者，今所吟之句，飞腾之兆已见，不日可接履于云霓之上矣。可贺，可贺！’于是，亲斟一斗为贺。[批语：这个‘斗’字莫作升斗之斗看。]脂批是什么意思？为什么这个‘斗’字不能作‘升斗之斗’看？”

方莹回复：“我不知道，还是听你的高见吧。”

大灰狼回复：“如果我们了解了弘历的星命就明白脂批的意思了。乾隆的星相是‘斗’，即‘斗宿’。”

“斗宿又称斗木獬，汉族神话和天文学中的二十八宿之一，北方七宿第一宿。对吗？”方莹发出自己的看法。

“对，斗宿因其星群组合状如斗而得名，古人又称‘天庙’，是属于天子的星。天子之星常人是不可轻易冒犯的，故多凶。乾隆是天子之星‘斗’，所以，脂砚斋说：‘这个斗字莫作升斗之斗看。’”

“很有道理，还有吗？”

“第一回，甄士隐梦中醒来后，抱着英莲到街上‘看那过会的热闹’。这里提到了一个特殊的时间：‘过会’，‘过会’是什么意思？”

方莹回复：“过会是汉族民间习俗之一，城隍出巡、庙会等汉族民间节日的一种集体游艺活动。过会主要是在每年的岁时节令进行，比如农历正月初一的春节、正月十五的元宵节、四月的清明节、五月初五的端午节、八月十五的中秋节等。”

“对，清朝时，每年的中秋庙会是在八月十三至八月十五日举行。士隐抱着女儿正‘看那过会的热闹’，碰见僧道二人，对他说了一番疯话后离去，接着，贾雨村出场，到士隐家做客。‘一日，早又中秋佳节。’据此，士隐抱着女儿‘看那过会的热闹’就是指八月十三日的中秋庙会，这一日正是乾隆的生日。”

方莹想了一下，回复：“不对吧？我记得，书中描写宝玉过生日时正是芍药花纷纷飘落的夏季呀。”

“没错，按照书中的描写，宝玉过生日时是在夏季，但是，脂砚斋透露出宝玉生日的玄机。熙凤、宝钗、贾母等人过生日时，脂砚斋都有不少批语，奇怪的是，小说写宝玉过生日的过程用了将近两回的篇幅，描写得极其详细，脂砚斋在宝玉白天过生日时始终保持沉默，而在‘寿怡红群芳开夜宴’中，却有一句奇怪的批语。第六十三回，白天，众姐妹为宝玉祝寿，在园子里的红香圃中开怀痛饮，热闹非凡。到了夜间，宝玉觉得仍未尽兴，又邀众姐妹在自己的住处怡红院夜饮，当时芳官满口嚷热，此处［批语：余此时亦太热了，恨不得一冷。既冷时思此热，果然一梦矣。］意思是，当中秋时节天气转冷时，再回想宝玉生日时的热，就会明白，那时宝玉是在梦中过生日啊。作者写宝玉过生日，正是‘明修栈道、暗度陈仓’之笔。”

方莹回复：“还有什么证据？”

“书中描写宝玉‘面若中秋之月’，［批语：此非套‘满月’，用‘满月’者不知此意。］脂砚斋明确告诉读者，宝玉虽‘面若中秋之月’，但不是‘满月’。弘历生于八月十三日子夜，当然不是满月之时。”

看着大灰狼的回复，方莹疑云尽释。默想：**一月，一斗，又非满月，过会的热闹，既冷时思此热，果然一梦矣，这些证据已足以证明宝玉的生日就是乾隆皇帝的生日**。

但是，她还有一个疑问，于是，又发出一条短信：“贾宝玉不读四书五经，不学八股文，成天在女孩堆里混，不愿会见达官贵人，却与戏子、侠士等社会边缘人物为伍。他厌恶仕宦道路，尖锐地讽刺那些热衷功名的人是‘沽名钓誉之徒’‘国贼禄鬼之流’；宝钗、湘云等人劝他留心于‘仕途经济学问’，遭到他的申斥，被他骂为‘混账话’。宝玉的这些行为该如何解释？”

一会儿，大灰狼发来一个文件，附言：“关于这个问题，我写了一篇短文，你自己看看吧。”

方莹打开那篇文章，看到：

人们之所以对宝玉的性格品性作出如此评价，是因为不知宝玉是何许人也。如果我们把宝玉与弘历联系起来，就会明白宝玉的种种怪癖的行为了。

小说中有两首描写贾宝玉的《西江月》词，其中第二首中“可怜辜负好韶光，于国于家无望”一句，已经透露出宝玉的身份。在封建帝王统治的社会里，能使这个国家无望的人只能是皇帝，其他任何王侯、将相、达官贵族之子，其不学无术，不求上进，辜负大好时光，只能使自己的家族无望，与国家毫无关系。况且，谁敢说自己的儿子“潦倒不通世务，愚顽怕读文章”“行为偏僻性乖张”“可怜辜负好韶光”，那这个国家就没有希望了？那是谋逆之罪，是要被灭九族的。“于国于家无望”，明白无误地告诉读者，宝玉就是储君——皇太子。

从雍正登基之时，弘历就已经成为太子的第一人选，这是不争的事实。康熙皇帝正是基于对弘历的喜爱和“弘历必封为太子”的信心，才在最后一刻决定皇位由雍正继承。雍正即位后恪遵康熙遗嘱，于雍正元年（1723）八月亲御乾清宫，郑重地举行了密立皇储的仪式，他亲书立弘历为皇太子的密旨，封固于铁匣之中，敬藏“正大光明”匾额之上。按清朝规定，弘历为雍正庶出之子，根本没有资格立为皇储。

康熙帝周年忌辰，雍正帝并不亲至景陵致祭，而是派年仅 13 岁的弘历代其前往。这是一个意味深长之举：在位皇帝特遣未来的皇帝向升天的皇帝致祭，奏告王朝百年大计已定，储位已有所属，并祈求先帝在天之灵的佑护。雍正二年底，康熙帝“再期忌辰”，弘历第二次“祭景陵”。

弘历智商极高，绝顶聪明，他从父亲的几次行为中已经知道自己被父亲默定为太子了。所以，他已经不需要像一些胸怀野心的人那样，一心攻读圣贤书，走仕途经济的道路，以求取功名、光宗耀祖。只要他没有忤逆不道的重大失德行为，他就可以顺顺当当地登上皇帝的宝座，权倾天下，威震四海。到那时，才是他一展宏图、大显身手的时候。而且，他的父辈们，因为争夺皇位继承人而上演的一幕幕惨剧，对少年的弘历也有着极深的影响。康熙年间“九子夺嫡”，互相倾轧、骨肉相残的种种惨剧，不可能不影响到弘历，登基后的雍正也会把自己成功的经验传达给下一代的继位者。所以，弘历深谙其道，故此才会有潇洒自如、“胜似闲庭信步”的表现。

弘历是雍正十一年（1733）被封为和硕宝亲王并开始参与一些政事，在此之前，他的确是一个“富贵闲人”，只能在脂粉堆里厮混，做个“绛洞花王”。小说中湘云和宝钗劝宝玉留心仕途经济，暗喻的是，弘历的侧福晋们撺掇弘历去讨好雍正，结交一些外臣，以便为争夺皇位打些基础。但弘历早已知晓他已经是太子了，这些妇人之见只能坏了他的大事。极力讨好雍正会使雍正觉得他野心太大，想早点登基；而结交外臣，更会引起雍正的疑心，此乃大忌也。他的伯父胤礽的教训已深深印在弘历的心里。所以，湘云、宝钗才会遭到宝玉的痛斥。如果小说里的这些描述是暗喻弘历登基之后的事情，那更会遭到严斥。因为这是后宫干政，宝玉就是皇帝，皇帝要怎么做，用不着后宫的嫔妃们教他。而宝玉对那些热衷功名、追求仕途经济的人的嘲讽，则是乾隆皇帝对那些碌碌无为的庸臣的斥责。乾隆在位期间，多少个能臣干将遭到乾隆皇帝的申饬，就连纪晓岚、刘墉、陈世倌这类的朝廷重臣，也被乾隆骂得狗血喷头，最后罢官的罢官，革职的革职，发配的发配，没几个有好下场的。

小说中的贾宝玉并非碌碌无为之辈，第十七回“大观园试才题对额”时，宝玉所题对额，每每突发奇想，新雅别致，众清客皆甘拜下风。当然，清客们不乏拍贾政马屁之嫌，但宝玉确有奇情歪才。贾政虽表面上申饬宝玉，其实内心是欢喜的，严父慈母是古之正理，父亲对儿子就算慈爱、赞赏也不能表现出来。最后的结果是，宝玉所题对额诗词被全部采纳。元春只对其中的一两处稍做修改。宝玉的才情与乾隆是一致的，乾隆不仅身体强壮，而且智商极高，颇具艺术气质，是中国古代文化史上诗作最多的诗人。他的《御制诗五集》，共41863首，诗量可谓诗坛之冠。宋代陆游诗作万首，但与乾隆相比，差距甚远。乾隆的诗作，虽不能算是佳品，但作为一代帝王，能有这样的艺术成果，也的确令人惊叹！

“神瑛侍者”思凡下界，投胎于雍亲王府，名曰弘历。因其生辰八字极佳，颇受爷爷康熙帝的欣赏，被雍正秘密立为太子，最后成为乾隆皇帝。书中的宝玉神采飘逸，秀色夺人，极具闺阁风貌，表里都透着脂粉气，整天不习文也不习武，“周旋在姐妹中表及伺儿之间”，其实他是个“孽根祸胎，混世魔王”“顽劣异常，内帏厮混”“放荡驰纵，最不喜务业”的“富贵闲人”，最多算是个“情痴情种”。这一切，其实是作者对乾隆的嘲讽：“天下无能第一，古今不肖无双”“潦倒不通世务，愚顽怕读文章”，整天在脂粉堆里厮混，不过是个“绛洞花王”，“纵然生得好皮囊，腹内原来草莽”；他根本不配做皇帝，最终只能是“可怜辜负好韶光，于国于家无望”。

贾宝玉之所以行为怪癖，异于常人，因为他是皇帝，本来就异于常人。他这“囫囵不解之人”，又是“囫囵不解中实可解”，关键是看你如何去解。

关林的这篇短文，让方莹所有的疑问都烟消云散，她满怀激动的心情回复道：“恭喜，你终于找到乾隆皇帝了。”

关林躺在床上，看着方莹的回复，好像有一股甜滋滋清凉凉的风，掠过他的心头。凝望着茫茫夜空，一个清晰的画面出现在他的脑海中——

第二十八章 初露端倪

姑苏城里，繁闹的十里长街人来人往，街道两边茶楼、酒肆、当铺、作坊、庙宇等鳞次栉比，一家新开业的酒楼门首扎着“彩楼欢门”，悬挂着旗帜，招揽生意。街上车马行人，川流不息。

街旁是一家当铺，门前摆着一个卦摊儿，幡杆上挂着一面竖幅，幅上大大地写着个“算”字，下面四个小字：“诸葛神机。”一个四十多岁的算命先生坐在八仙桌旁，正在给儒雅文静的乡绅甄士隐看手相。看了一阵后，算命先生紧闭双目，捋须不语。甄士隐见状，心中慌乱起来，小心翼翼地问道：“先生，吉凶如何？但说无妨。”

算命先生睁开眼，拿起毛笔，在一张纸上写了一个字：“祸！”

甄士隐大惊失色，愣怔了一会儿，问：“先生，可有破解之法？”

算命先生缓缓道：“我观先生面相，眼下虽有祸事临门，但若有贵人相助，可逢凶化吉。先生可向东方行走，或可遇贵人也。”

甄士隐听罢，从袖里摸出五两纹银放到桌上，起身拱手：“多谢先生指点迷津，告辞。”言毕，转身向东走去。边走边想：“算命先生的话可信否？真能遇到贵人帮我化解祸事吗？”

一个敝巾旧服的年轻儒生迎面走来，手里握着几张卷起的字幅和斗方。

年轻儒生看见甄士隐，拱手道：“士隐先生。”

甄士隐正低头想着心事，猛不防听到儒生的招呼，不免一愣。定睛细看，大喜：“噢，原来是雨村兄。幸会，幸会。”

这个年轻儒生姓贾，名化，表字时飞，别号雨村，是寄居在葫芦庙内的一个穷儒。甄士隐与他有过几次交往，感到这个贾雨村虽然显得有些落魄潦倒，但器宇不凡，胸怀大志，似有不可限量的前程。士隐对他颇有好感。

“士隐先生意欲何往？”雨村问道。

“噢，我闲来无事，随便逛逛。”甄士隐打量着贾雨村，问，“雨村兄所往何处？”

“我写了几张字幅和斗方，想在街市上卖了，换取点盘缠。”

“雨村兄的墨宝可否与我一饱眼福？”

“哪里，哪里，先生取笑了。鄙人的拙字岂敢在先生面前卖弄。”雨村嘴里客气着，手里却把字递了过去。

甄士隐接过字幅细看，果见笔力苍劲，字迹挺拔，浓浓的墨香里透着一股豪气。“好字，雨村先生真乃大手笔也。”

“先生谬奖，实不敢当。”雨村谦卑地拱拱手。

甄士隐默想：“此人是诗书仕宦之族，虽家业凋零，穷困潦倒，暂居庙宇，但他目光深远，胸怀大志，绝非等闲之辈。莫非他就是我的贵人？”想到此，甄士隐开口道：“正是无聊之甚，兄来得正妙，您这几幅字我收藏了。请先生移步，到舍下一聚，彼此皆可消此永昼，如何？”

贾雨村大喜过望，拱手道：“承蒙先生抬爱，雨村受宠若惊，敢不从命。”

“雨村先生请。”两人向西走去。

十里街西面的仁清巷里，巷口不远处有一个小巧精致的门楼，两扇黝黑的宅门上，锃亮的门钹闪着金光；门楼一侧的灰墙上镶着一块青石板，上面刻着两个隶字：甄宅。巷子深处的老槐树下坐着几个扯闲篇儿的老人，几个追逐玩耍的孩子在巷子里跑来跑去，嘻嘻哈哈的喧闹声在巷子里回响。

甄士隐引贾雨村走进甄家的院子。院中绿柳周垂，花香四溢；蕉叶冉冉，山石点缀；佳木葱茏，雅致清幽。

雨村随士隐步入书房，举目四顾。书房古朴典雅、整洁清新，墙角的花架上摆着两盆吊兰，翠嫩欲滴的茎叶直垂地面。挨窗一张摆满文房四宝的书案，旁边两个水曲柳制成的书架上，挤满了各种颜色的书籍，显然主人常在这里阅读写作。墙上挂着一幅水墨清水荷花图，画风飘逸，别具一格。靠墙的一张小桌上摆着一架古琴，旁边的方桌上还摆着一盘未下完的围棋，显示着主人的兴趣爱好。

“士隐兄好雅兴，琴棋书画无所不能啊。”雨村赞叹道。

“哪里，哪里，不过是用以消磨时光，并无可赞之处。”

宾主落座，小童献茶。方谈得三五句话，忽家人飞报：“严老爷来拜。”

士隐慌忙起身谢罪道：“恕诳驾之罪，请兄略坐，弟即来陪。”

雨村忙起身亦让道：“先生请便。晚生乃常造之客，稍候何妨。”

说着，士隐已出前厅去了。

贾雨村起身，扫视着书房里的陈设，走到古琴边拨弄了几下，又看了看那盘未下完的围棋，中腹黑白双方绞杀在一起，黑棋似无活路了。雨村拿起一颗黑子，在一颗白子旁边一靠，绞杀的双方将形成“劫活”。雨村微笑着点点头。他溜达到书架前，随手抽出一本书来翻看。

忽然，窗外传来几声女子的咳嗽声，远远的一个声音喊：“娇杏，夫人唤你。”

“哎，我就来。”一个女孩子应道。

这娇嫩甜美的声音让雨村心中一动，遂起身往窗外看去，原来是甄家丫鬟娇杏在那里摘花。这娇杏生得仪容不俗，眉目清明，虽无十分姿色，却亦有动人之处。雨村顿觉心驰神往，痴呆呆地盯着娇杏，愣在那里。

那娇杏摘了花，方欲走时，猛抬头看见窗内的雨村，见此人敝巾旧服，虽是贫窘，然生得腰圆背厚，面阔口方，更兼剑眉星眼，直鼻权腮，气度潇洒，品貌不凡。不由得也被雨村的目光所吸引。

娇杏暗自思量：“这人生得这样雄壮，却又这样褴褛，想他定是我家主人常说的什么贾雨村了，每有意帮助周济，只是没甚机会。我家并无这样贫窘亲友，想必定是此人无疑了。主人说他必非久困之人，看其样子，果有英雄气象。”

窗内的雨村见娇杏瞥视自己，微笑着向娇杏点点头，娇杏也含笑点头回应。

雨村正待开口，娇杏面色微红，忙转身回避。走了几步，娇杏又两次回头张望，双眸闪闪发光。雨村见娇杏回头张望自己，狂喜不尽，自以为此女子必是个女中豪杰，风尘中之知己也。

光阴似箭，转眼两年过去了。这一日，甄家大丫鬟娇杏正在门前的一个摊位上买线，忽听得街面上传来一阵鸣锣声，遂放眼望去，只见一个军牢手提着一面大铜锣鸣锣喝道，后面两个军牢举着“回避”“肃静”的木牌，两队手执藤棍、钢叉的军牢过去，中间一顶装饰豪华的官轿里，端端正正地坐着一个乌帽猩袍的本府新任太爷，这个知府正是贾雨村。两队手执长矛的军牢跟在轿子后面，场面好不威风。

娇杏望着雨村，心中思忖：“这个官好生面熟，倒像是在哪里见过？”

贾雨村往街边一瞥，正与娇杏四目相对，心头一震，脸上露出惊喜的笑容。

那娇杏也认出贾雨村，嫣然一笑，转身跑进门去。

两日后，贾雨村差人上门提亲，送了两封银子、四匹锦缎，以答谢往日甄家的关照之恩。另书一封密信与甄士隐的丈人封肃，转托问问甄家娘子，可否愿意将那娇杏嫁与自己做二房。封肃喜得屁滚尿流，巴不得去奉承，便在女儿面前极力撺掇成了，乘夜只用一乘小轿，便把娇杏送进知府里去。

却说娇杏这丫鬟，那年偶然两次回头张望，便弄出这段事来，亦是自己意料不到之奇缘。谁想她命运两济，不承望自到雨村身边，只一年便生了一子，又半载，雨村嫡妻忽染疾下世，雨村便将她扶册做正室夫人了。

一阵微风刮过，半空中响起一个神秘的声音：“八字足矣。在此处已把种点出也。”

这番情景逐渐模糊，演变成另一种景象——

两个衣着简洁质朴的男人行走在喧闹的街市上，四五个健壮警觉的随从牵着几匹马跟在身后。

走在前面的人，一人穿着造型简练，立领直身，下摆两开衩的石青色马蹄袖长袍，外罩一件浅蓝色镶金边的马甲。一根粗黑油亮的大辫子垂在脑后，手里摇着一把精致的折扇。另一人身着紧身束腰的紫色马蹄袖箭衣，脚蹬黑色深筒靴，辫子缠在脖子上，显得身材健壮，精明干练，一看就是个习武之人。

穿箭衣的男子看着街上繁华的景象，对穿马蹄袖长袍的人说：“四哥，这嘉兴不愧是历史古城，果然有盛唐气象。”

四哥背阔腰圆、气宇轩昂，眉宇间透着一股豪气。他摇着扇子说：“这嘉兴建制始于秦，自古为繁华富庶之地，素有‘鱼米之乡’‘丝绸之府’之美誉。春秋时，此地名长水，又称槜李，吴越两国在此风云角逐，战国时，划入楚境。孙权于赤乌五年改称嘉兴。至唐代时，嘉兴已成为东南重要产粮区，有‘嘉禾一穰，江淮为之康；嘉禾一歉，江淮为之俭’的说法。这地方的五芳斋粽子历史悠久，传说是为祭投江的屈原而发明的，糯而不烂、肥而不腻、肉嫩味美、咸甜适中，十三弟，我们得好好饱饱口福。”

十三弟笑道：“跟着四哥，到哪儿都有口福，今晚上我们就来个一醉方休。”

“哎，”四哥小声说，“这次皇阿玛派我们出来，可不是让咱们游山玩水、吃喝玩乐的。美食可以品尝，酒可得少喝，当心醉酒后泄露了身份。要是我们的差事办砸了，回去后老八他们又有话说了。”

“四哥言之有理，一切以差事为重。”

两个人说说笑笑地走着。街边传来一阵热闹的喧嚷声，一群人围成一个圆圈，不时地传来叫好声。四哥和十三弟挤进人群一看，一个十几岁的女孩子正在空地上翻跟头，一连几个后手翻后，高高跃起，身子在空中旋转 180 度，稳稳地落在地上。

“好！”人群中爆发出一阵热烈的掌声。

四哥拉拉十三弟的衣角，示意他离去。十三弟摸出几两碎银子，扔到场子中一个男人手里的盆子里，两人转身挤出人群，继续向东走，几个随从牵着马跟在身后。

一个二十多岁、书生模样的年轻人迎面走来，看见四哥后停下脚步，怔怔地看着四哥和十三弟走过去。

“此人好生面熟，莫不是……”他凝眉想了一下，忽然想起了那人的名姓。书生拔腿追了过去，赶到四哥面前，突然单膝跪地，垂头拱手道：“小生给四爷请安了。”

四爷猛地一愣，惊问：“你是谁？”

“嘉兴书生钱宇光。”

“钱宇光？”四爷上下打量着书生，说，“你起来说话。”

钱宇光站起身来，四爷这才看清眼前的人：“噢，我想起来了，原来是你。”

这个钱宇光出生于嘉兴的一个书香门第，父钱晨鸣曾是国子监太学生，钱宇光于康熙四十一年以优贡生资格考入国子监。在京城时，他到一些富户人家帮人抄书，以赚取微薄的费用。寒冬腊月，无棉衣御寒，双手冻裂，他便以三百钱买一皮袖罩手，并用绳束身以御寒。钱宇光也曾到四爷家抄过书，而这个四爷就是四皇子雍亲王胤禛。胤禛见钱宇光学识渊博，发奋刻苦，很是喜爱，经常赐他些银钱和衣物。康熙四十四年，康熙帝南巡，钱宇光赴吴江献五言诗，康熙帝赏识其才华，命他回跸召试，但钱宇光因母病未赴，此后一直在家以教书为生。不承想，今日竟在街上遇见了恩人雍亲王。

“京城一别，竟是三年未见恩人，今日得见，真是三生有幸。”钱宇光感慨地说，“四爷因何到此地?”

“此事切莫声张。”胤禛挥手制止了他，指着十三弟说，“见过十三爷。”

这个十三爷正是十三皇子胤祥。

“给十三爷请安。”

钱宇光正要下跪，胤祥急忙扶住他：“免了，免了，大街上说话不便。四哥，我们找个地方说话吧。”

“那到小的家里去吧，离这里不远。请四爷赏光，到寒舍小憩，也给小生一个报恩的机会。”钱宇光殷勤地邀请。

“好吧，到你家歇歇脚。”胤禛爽快地答应了。

钱宇光喜上眉梢。

钱家的院落不大，但收拾得非常整洁。院子西面，一个竹竿搭起的藤架上，爬满了花藤，稠密的绿叶衬着紫红色的花朵，娇嫩鲜艳，郁郁葱葱，远远望去，好似一匹美丽的彩缎。宅后一片竹林，鞭子似的多节竹根从墙垣间垂下来，给这个宁静的院落增添了几分生气。

钱宇光一进院就大声喊：“娘，来贵客了。”

一个五十多岁的妇人从堂屋里出来，钱宇光迎上去，指着胤禛介绍说：“娘，这位就是我常跟您提起的京城的四爷。”

钱母望着胤禛，吃惊得张大嘴巴。

日落西山，云蒸霞蔚。

钱家正屋大堂摆着一桌酒席，钱宇光和母亲及两位丫鬟手忙脚乱地招呼着胤禛和胤祥，神情格外激动。几位随从在另一间屋里就餐。

钱宇光举着酒杯，虔诚地说：“四爷、十三爷能屈尊光临寒舍，真乃我钱家之大幸，小生借此一杯薄酒，给二位爷洗尘，同时也表达小生对二位爷的一片感激之情。来，四爷、十三爷满饮此杯。”

“哎呀，宇光，你太客气了。”胤禛说着，端起了酒杯，“那我们就客随主便吧，来，十三弟，别驳了宇光的面子。”

胤禛和胤祥喝下杯中酒。

“阿娇，快给四爷和十三爷斟酒。”钱宇光向里屋喊了一声。

里屋闪出一个身着粉色裙子的丫鬟，腰系淡绿色花边腰带，皮肤细润，白里透红，算不上国色天香，但也是楚楚动人。阿娇面含微笑，扫视胤禛一眼，颤抖着把着酒壶，满满地给胤禛斟了一杯。阿娇知道，这位四爷是京城里的大官，心中不免慌乱，一不小心，几滴酒溅在胤禛的衣袖上。

阿娇慌忙跪倒在地：“奴婢该死，四爷恕罪。”

“不碍事，你起来吧。”胤禛大度地说。

阿娇站起身来，摘下胸前的手帕擦拭着胤禛的衣袖，纤纤玉手碰到了胤禛的手。

胤禛怦然心动，痴痴地望着含羞带笑的阿娇，见她两腮绯红，几缕发丝轻柔拂面，平添几分诱人的风情，灵活眼眸慧黠地转动。胤禛不觉得呆了。

两个月后，雍亲王府多了一名丫鬟，姓钱，名阿娇。

半年后的一天，雍亲王府花灯招展，布满红绸，后院的一间堂屋门上贴着大大的喜字。阿娇穿着大红的结婚礼服，头上盖着红色的盖头，上面以金线绣着龙凤花纹。

胤禛走进婚房，揭开阿娇的盖头，望着面色娇媚的阿娇，胤禛心花怒放。

康熙五十年八月十三日子时，雍亲王府东书院的一个房间里，一个婴儿的啼哭声打破了宁静的夜晚。

“生了，生了。”院子里的福晋、丫鬟们高兴地叫了起来。一会儿，一个接生婆满面春风地走出房门，对站在院子里的雍亲王胤禛说：“恭喜四爷，是个白胖小子。”

“太好了！”胤禛兴奋地一挥手，冲着产房大喊，“阿娇，本王早已禀呈皇阿玛，若是男孩，赐名弘历。”

“谢天谢地，我终身有靠了。”产房里的阿娇，激动地淌下眼泪。

胤禛发话：“李总管，赏。”

李总管端着一盘银子走过来，递给接生婆。

接生婆忙跪倒谢恩：“谢四爷赏赐。”

“起来吧。”胤禛转身快步向书房走去。

书房里，胤禛从书柜里抽出一本线装书快速翻看，翻到一页后停下了，书上写道：八月十三日子时，星相，“斗”，天子之星。

“我的天，‘天子之星’！”胤禛脸上露出万分惊奇的表情。

空中响起神秘的声音：时逢三五便团圆，满把晴光护玉栏；天上一轮才捧出，人间万姓仰头看。

十一年后，雍亲王府前院里跪着几位尊贵的妇人，一个太监宣读圣旨：“奉上谕：遵太后圣母谕旨，侧福晋年氏封为贵妃，侧福晋李氏封为齐妃，格格钱氏封为熹妃，格格宋氏封为裕嫔，格格耿氏封为懋嫔。钦此！雍正元年二月十四日。”

“谢皇上隆恩！”几位妃嫔齐声谢恩。

钱氏熹妃慢慢抬起头来，眼里满含泪水，她正是弘历的生母阿娇。

雍正元年八月十七日，雍正秘密立储，立弘历为皇太子。熹妃钱氏拜巴图鲁额亦都之后四品典仪凌柱为义父，改汉姓钱氏为满姓钮祜禄。雍正八年晋熹贵妃。雍正九年九月二十九日，雍正帝第一任皇后孝敬宪皇后乌喇那拉氏崩逝，熹贵妃成为雍正朝后宫统摄者。正是“偶因一着错，便为人上人”。

第二十九章
三探红楼

金黄的琉璃瓦在朝阳的辉映下闪烁着耀眼的光芒，故宫里的一座座宫殿显得更加宏伟庄严。

关林踏着晨曦的露水，从故宫的后门进入这座神圣的宫殿。

十几天的妙峰山之旅，使关林对这座红墙金瓦的皇宫产生了一种别样的感情，当他从《红楼梦》中找到了贾宝玉就是乾隆皇帝的证据后，他意识到，小说中的十二钗、副十二钗、又副十二钗一定是乾隆皇帝身边的女人。贾宝玉和林黛玉是小说中的主人公，既然宝玉是皇帝，那么，黛玉应该就是皇后，那些钗肯定就是乾隆身边的那一大堆妃嫔。这样的解释逻辑上是成立的，但是需要证据的支持。关林相信，小说中既然隐藏着那么多乾隆皇帝的证据，一定也有皇后的证据。他很想知道，是什么原因让这座神秘的皇宫和《红楼梦》产生了紧密的联系？作者将乾隆皇帝隐写在贾宝玉身上，到底想表达什么主题？是想揭露乾隆皇帝的风流韵事和皇宫里的种种丑事吗？如果是这样，那马天龙为什么会被人追杀？胡图为什么会跟踪监视他？王景瑞又为什么会对他暗下黑手？还有方莹，为什么说他们只能做个朋友？他俩之间根本不会有任何结果，这一切该如何解释？马天龙说这些奇怪的事都和200多年前的一桩惨案有关，并且只有在《红楼梦》里才能找到答案，这让关林倍感疑惑和揪心。从他遇到的种种诡异的事情上看，他隐隐感到《红楼梦》中一定隐藏着一个巨大的阴谋，只有解答了小说中所有的疑问，才能找到最后的答案。那个答案是什么呢？乾隆年间这座宫殿里到底发生了什么事？以致他和身边的人都莫名其妙地深陷其中。关林迫切地想知道那个答案。

穿过月亮门，关林走进古籍研究所的院子，刘敏拿着几本书迎面走来。

“哟，这不是关林嘛，好多天没见了，听说你休假了？”刘敏笑呵呵地问。

“刘主任好，是，我休假一周，出去旅游了。”

“是和方莹一起去的吧？”

“是，我俩到妙峰山玩了几天。”

“有美女陪伴，心情一定很爽，呵呵呵。”刘敏笑道，“哎，我想今天晚上请你和肖雅婷两口子到我家去做客。”

“您太客气了，应该是我请您吃饭才是正理。”关林嘴里应付着，心里却多了一份警觉。那个王景瑞不是良善之辈，肖雅婷呢？会是王景瑞的帮凶吗？这个刘敏又是肖雅婷的姨妈，他们是一伙的吗？关林本能地对刘敏有了戒心，可刘敏热情地邀请关林到她家里做客，还说让肖雅婷和王景瑞也一起去，以增进同学之间的感情。关林很想拒绝，但又找不到合适的借口，只好勉强答应了。他暗想，也好，借机摸摸他们的底，看看刘敏的葫芦里到底卖的什么药？

告别刘敏后，关林走进办公室，处理了一些工作上的事情后，他的思路又回到《红楼梦》上。

小说中，宝玉虽然喜欢亲近女孩子，但他真正爱的人是林黛玉，他和黛玉前生都是仙界里的人物。宝玉前生是神瑛侍者，黛玉前生是绛珠仙子，神瑛侍者每日以甘露灌溉绛珠仙草，才使绛珠草脱胎为人形。绛珠仙子随神瑛侍者下界投胎是为了以泪水报答神瑛侍者的雨露之恩，所以，黛玉总是动不动就泪流满面。宝玉和黛玉有“木石前盟”，他俩才是真正的有缘千里来相会。方莹的解释是对的，乾隆皇帝是著名的风流皇帝，一生中身边的女人无数，但他真正爱的人是富察皇后。难道林黛玉就是富察皇后？

想到此，关林将手机和桌上的台式电脑联通，在《红楼梦》里寻找线索。

关林正聚精会神地看着电脑里的抄本照片，一声轻微的开门声传来，高文忠走了进来，“你回来了。”关林立刻将电脑切换成另一个画面。

“昨晚刚回来，”关林起身让座，“所长，您坐。”

高文忠坐下后问：“这次出去玩得很开心吧？”

“是，非常开心，这不写了几篇《妙峰山游记》，正修改哪。”

“出去放松一下挺好，换换脑子，没准儿就找到《红楼梦》的感觉了。”

“还是没感觉呀，”关林露出一种无奈的表情，“《红楼梦》里的学问太深了，我实在是看不出里面到底有什么隐情。”

“你原来是怎么论证的？想起来了吗？”高文忠关切地问。

“没想起来，只是些破碎的记忆，形不成完整的思路。”关林瞥了一眼高文忠，让一种悲哀的情绪在脸上浮现，“唉！看来我这脑子算是废了。”

“真是可惜呀，要不然你会出成果的。”高文忠摘下眼镜擦了擦，问，“那你准备怎么办？放弃研究吗？”

“我是不想放弃，可是，没办法呀。我现在觉得，也许我的同学王景瑞的观点是正确的，《红楼梦》写的是明朝末年皇宫里的事。”

“呵呵呵，”高文忠笑道，“我不认可你这个同学的观点，我还是坚持我的看法，《红楼梦》写的是曹雪芹的家事。”

“贾宝玉就是曹雪芹的化身？这是您的观点吗？”

“是的，贾府最后被抄家，贾政被革职，贾赦被发配充军，这正是曹家的最后结局。”

“《红楼梦》的结局好像是高鹗、程伟元续书里写到的，红学界很多人不认可高鹗的后四十回，认为他的续书是狗尾续貂，歪曲了原著的精神。”

“不不不，”高文忠连连摆手，“高鹗的续书虽比不上前八十回的文采，但基本遵循了原著的精神。其实，小说第二十二回中已经透露出贾府结局的信息。算盘打动乱如麻，风筝乃飘飘浮荡之物，爆竹暗喻荣华富贵昙花一现，所有的谜语都流露出悲观的气象。欢庆之日，却句句凄凉，句句不祥。书中借贾政之感预示贾家大厦将倾，树倒猢狲散的败落悲剧已经不远了。”

“也许您的观点是正确的，反正我现在是无能为力了，总觉得公说公有理，婆说婆有理，就是我没理。呵呵呵。”关林一脸无辜的样子。

“那你准备怎么办？”高文忠再次问道。

“还能怎么办？继续休息，等找到感觉再说。”

高文忠微笑着点点头，若无其事地瞥了一眼关林桌上的手机。

一座斑驳点点、惨淡孤独的庭院掩映在幽深的绿叶之后，院子里杂草丛生，落叶满地。胡图躲在院子中间的假山后面，拿着手机低声说："好，知道了，我马上想办法。"

西厢房的窗后，闪动着一双警惕的眼睛，死死盯着胡图。

高文忠走后，关林继续在电脑上寻求答案。他想到：小说第一回神瑛侍者和绛珠仙子的神话故事里，巧妙地隐写了乾隆的名字"弘历"，作者的目的就是要告诉读者神瑛侍者就是弘历，那么，这个神话故事里会不会也有富察皇后的线索呢？

关林将第一回的神话故事和脂砚斋的批语反复看了几遍，终于看出了其中的名堂。

书中写道：只因西方灵河岸上三生石畔，有绛珠草一株，时有赤瑕宫神瑛侍者，日以甘灌溉，这绛珠草便得久延岁月……

神瑛侍者就是宝亲王弘历，那棵长在西方灵河岸上三生石畔的绛珠仙草隐喻的应该就是富察皇后，脂砚斋的批语说：[妙！所谓"三生石上旧精魂"也。]乾隆诗"谁能石上三生认"正好和脂砚斋的批语相吻合，这绝不是巧合，而是作者的精心设计。那么，乾隆的那首诗里有没有透露出"绛珠仙子"的信息呢？

关林调出了乾隆的那首诗查看：瞬息十春岩电影，年来忧乐忆从头；谁能石上三生认，且看烟中九点浮。幻矣仙踪谢蓬海，悯哉民瘼指徐州；云巢若问前巡事，泪洒空庭不忍留。

关林逐字逐句地推敲乾隆诗的含义：前四句表达了乾隆对富察皇后的深切怀念之情。茫茫人烟中，谁能做到"石上三生认"呢？只有我这个帝王呀。乾隆作为一代皇帝，在中国历史的舞台上，叱咤风云，大显神威。然而，他在情感方面也异于常人。虽说他是个"风流天子"，但他对富察皇后的那份情感，非常人可比。"谁能石上三生认？"乾隆以三生石为信物，与富察皇后缘定三生，不正是"木石前盟"吗？

幻矣仙踪谢蓬海，悯哉民瘼指徐州。

幻：空虚的，不真实的，如幻想、幻影、幻境、亦真亦幻、虚幻、梦幻等。

仙踪：仙人的踪迹。这里乾隆把富察皇后比作仙人。

蓬海：指蓬莱仙阁，位于山东蓬莱城北丹崖山。素有仙境之称，广为流传的"八仙过海"的传说便源于此。蓬莱历史上曾是秦、汉等数代帝王巡游的地方，而且因有海市蜃楼之胜，给世人惟妙惟肖地描绘出一个令人向往的神仙世界，更为它平添了几分神秘色彩，遂被历代文人墨客视为“人间仙境”。

悯：哀怜的意思，如怜悯、悯恤、悯惜等。

民瘼：瘼：疾，疾苦。人民的疾苦。

乾隆这两句诗的意思是：在东巡徐州悯恤人民的疾苦期间，富察皇后化作仙人，幻影飞逝于蓬海仙阁，追随八仙而去。

批语：[点“幻”字]、[又出一警幻，皆大关键处]，太虚幻境、警幻仙子的“幻”字，皆出自乾隆“幻矣仙踪谢蓬海”之诗句。

云巢若问前巡事，泪洒空庭不忍留。

云巢：一是指高处的鸟窠，二是指仙人隐居修道之处。乾隆诗中的“云巢”当指仙人修道之处。

这两句诗的意思是：富察皇后仙逝后，幻化成仙人去隐居修道了。那些隐居的仙人听说了她与乾隆的挚爱真情，纷纷洒泪，不忍再留她，劝她回到乾隆身边。

关林领悟到，小说里的绛珠仙子随神瑛侍者下界投胎还泪的神话故事，就是乾隆诗境的再现。“幻矣仙踪谢蓬海”，富察皇后死后，幻化成“绛珠仙子”，追随八仙隐居修道去了。她终日游离在离恨天、灌愁海之外，并且，已在警幻仙子案前挂了号。警幻知她未偿甘露灌溉之恩，故不忍留她，允她随神瑛侍者一起下凡偿还泪债，正是“云巢若问前巡事，泪洒空庭不忍留”啊！

乾隆怀念富察皇后的诗作，足以证明神瑛侍者贾宝玉就是乾隆皇帝，绛珠仙草林黛玉就是富察皇后。

那么，“西方灵河”暗示的是哪里？

关林查阅了乾隆和富察皇后的有关资料。

史书记载：乾隆十三年（1748）正月，孝贤纯皇后富察氏随乾隆皇帝首次巡幸齐鲁，在回銮的途中，龙舟在运河上行至山东德州舟次时，富察氏撒手人寰。舟次的解释为：一是船停泊之所，即码头。二是行船途中，船上。据此，富察氏皇后是死于德州的行船上，亦即运河里，仙逝的日期是乾隆十三年三月十一日。据此，关林认定：“西方灵河”暗喻的是运河，绛珠仙草林黛玉就是富察皇后的化身。

关林又在乾隆的其他诗里查到了相关证据。

乾隆怀念富察皇后之诗《七月朔日作》：“鹊桥节已近，愁望绛河旁。”《七夕感事》：“天不知情海，谁教设绛河。”绛珠草生长在灵河岸边，“绛”字正是出自乾隆诗的“绛河”：那绛珠仙子“终日游于离恨天外，饥则食蜜青果为膳，渴则饮灌愁海水为汤”，难道不是富察皇后在天之灵吗？

一阵手机的音乐声打断了关林的思路，他拿起电话：“您好，我是关林。哪位？”

“关林，我是刘敏。”电话里传来刘敏的声音，“别忘了今天晚上的约定啊。”

“噢，刘主任，我没忘，不是7点吗？一会儿我就赶过去。”关林看了一下表，现在已经是下午5点20分了。

“好吧，我们等着你。”刘敏挂断了电话。

“刘敏急着让我到她家去和肖雅婷、王景瑞见面，是什么用意呢？”关林决定去一探究竟。

第三十章
陷阱

一辆出租车在一个气势恢宏的王府门口停下。关林从车上下来，望着灰墙碧瓦，富丽堂皇的三间垂花门楼，不觉呆住了。

隔墙望去，一个飞檐斗拱的绿色琉璃瓦大屋顶，在落日余晖的照射下熠熠生辉，镶嵌着黄色门钉的朱红大门，使人猜想着院落里的静谧和深幽，门口的一对儿张着大口的石狮子，使这个硕大的王府又透出几分神秘和威严。

关林心想：“不会是这个地方吧？刘敏不过是个学术研究所的主任，怎么可能住在这么气派的深宅大院里，太不可思议了。”

台阶上站着一个女青年，看见关林后快步走下台阶，问：“是关林先生吧？”

“是，你是——”

“我是刘敏的侄女，你就叫我小刘吧。”

“噢，小刘你好。”关林和小刘握握手。他指指大门，疑惑地问：“刘主任住在这里？”

小刘笑了：“您可能觉得有些奇怪，是吧？其实，我姑姑只是暂时住在这里，她原来的房子拆迁了，新房还没建好，所以，暂居此地。”

“拆迁？那也不可能住到这王府里吧？”关林更觉得奇怪了。

“呵呵呵，”小刘笑道，“您有所不知，我姑父是这座王府的管理部主任，所以，暂时借住一段时间。”

“噢，我明白了，以权谋私，呵呵呵。”关林的笑声中带着一种嘲讽。

“走吧，我姑姑和雅婷、景瑞都等着你哪。”

关林怀着极其复杂的心情走进王府的大门。

一进院门，迎面是一座造型奇异的假山，山后栽着几棵冠型端正，树形俏丽的银杏树，看上去已有几百年的历史了。关林随着小刘拐进一个曲折的游廊，阶下是石子漫成的甬路。迎面一座巍然而立的重檐九脊顶的庞大建筑，斗拱交错，黄瓦盖顶，颇有王者之气。亭台楼阁，池馆水榭，映在青松翠柏之中；假山怪石，花坛盆景，藤萝翠竹，点缀其间。院中只觉异香扑鼻，奇花异草愈显斑斓，牵藤引蔓，着灾可爱。

关林边走边欣赏着暮色中的奇景，感叹道：“刘主任生活在这样幽雅的环境中，可以长命百岁了。”

“你们生活在皇宫中，没沾点皇帝的光吗？那可是万岁爷生活的地方呀。”小刘笑道。

“没沾到万岁爷的光，冤魂恶鬼的光倒是沾了不少。”

两人说说笑笑地走到后院的五开间的正屋前，刘敏、肖雅婷和王景瑞迎了出来，刘敏笑容满面地说：“哎哟，关林，你终于来了，快请进屋。”

“刘主任，真没想到，您住在这么豪华的王府里。”

“唉，我这不是没地方住嘛，先在这里凑合几天，要不是我先生在这里管点事，我哪儿有资格住王府呀。”

“那您怎么不住到自家的四合院里？那个院里还有很多空房子哪。”

“唉，我喜欢清静，你们一大帮年轻人，整天嘻嘻哈哈的，我还是躲远一点好。再说了，我是不想让你们太拘谨，我在那里你们也许会感到别扭的。”刘敏笑着说。

“刘主任想得真周到。”关林对肖雅婷和王景瑞说，“雅婷、景瑞，你们早到了？”

“我俩也刚到一会儿。”肖雅婷说。

关林走进堂屋，映入眼帘的是清一色的楠木家具，尽显雍容华贵。靠墙的一张大案子上摆着几个清代的青花瓷瓶和几件天然名贵玉石精雕摆件，堂屋的一角有一个青铜大鼎，鼎上深重的花纹诉说着它的古老和沧桑。

关林各个屋里转了一圈，欣赏着各屋古朴典雅的装饰和各类古玩，感叹道：“哇，好气派呀，不愧是王爷府。刘主任，看来您发大财了？”

“这都不是我家的东西，我最多算是个保管员。”刘敏解释说。

一个用人走进来，说："刘姨，菜都齐了，吃饭吧。"

"走，先吃饭去。"刘敏招呼道。

几个人步入西厢房的餐厅里，关林望着圆桌上丰盛的菜肴，说："刘主任，您太客气了，弄这么多菜干吗，咱们几个人吃得了吗？"

"你好不容易来一趟，我怎么也得替雅婷和景瑞尽尽地主之谊。来，坐吧，关林。"

几个人围着圆桌坐下，肖雅婷坐在关林的旁边。小刘拿起酒瓶给各位斟酒。

刘敏端起酒杯，对关林说："小关，我得先谢谢你，雅婷和景瑞能和你这个老同学住在一起，可以互相关照嘛。来，这杯酒先敬你。"

"刘主任，应该是我谢谢您，那处宅院是您的私产，您要租出去可赚了大钱了。可您对我却分文不收，您对我比对您的外甥女还关照，我都不知该如何感谢您。"关林的话发自内心。

酒桌上的气氛并不热烈，肖雅婷和王景瑞除了说了几句客气话，基本上就不怎么说话了，倒是刘敏和小刘不断地问东问西，没话找话。关林注意到，王景瑞和肖雅婷显得非常拘谨，不时地扫视着刘敏，目光中闪烁着一丝不安和恐惧。

关林从步入这个王府的那一刻起，就感觉到这个刘敏绝非等闲之辈。就算她家的房子拆迁，也不可能住到这个王府里，她自己的那个四合院里还有很多空房子，她为什么不住到自己的房子里？她那一番解释显然说不过去。而且，把那么多价值昂贵的文物摆在自己的屋里，这与她的身份极不相称。她到底是什么人？请我来吃饭是什么目的？为什么肖雅婷和王景瑞总是一副很害怕的样子？关林告诫自己，要小心，这很可能是"鸿门宴"。

酒过三巡后，刘敏的话题转到《红楼梦》上："关林，我知道，你是个红学迷，景瑞也喜欢研究《红楼梦》的，你们两个既是老同学，又有共同的爱好，应该好好切磋一下。"

"终于扯到正题上了。"关林心里已经有了准备，随口应道，"我和景瑞已经切磋很久了，我现在觉得，他的观点是正确的，《红楼梦》写的就是明朝末年皇宫里的事。"

刘敏问："那你原来的观点是什么？"

"哎呀，这个问题雅婷和景瑞都知道，他俩没跟您介绍我荒诞的经历吗？"

“他俩说了一些，但我觉得你不会把原来的观点忘得一干二净吧？”刘敏盯着关林的眼睛，极力想看穿他的心事。

关林揉揉前额，语调沉重地说：“我的脑子乱得很，原来的很多东西都想不起来了，我真的不想再碰《红楼梦》了。算了，不谈这个问题了，一提《红楼梦》我就头疼。”

“你真的要放弃吗？”

“放弃什么？我没太明白您的意思。”

刘敏觉得关林很清楚她的意思，只是故意装作不解其意。她笑了一下，故作轻松地说：“既然你不想谈这个问题，那我们就换个话题吧。”

关林心中一阵轻松。

几个人又聊了一些家长里短的问题，文物呀，气候呀，北京的房价等，反正是话不投机的感觉。

刘敏给王景瑞使了个眼色，王景瑞立刻掏出手机，说：“对不起，我得打个电话。”说着，他拨动电话号码，可是，电话刚一接通就断了。

“哎呀，手机没电了，雅婷，把你的手机给我用一下。”

“我出来的时候太着急了，没带手机。”

“关林，把你的手机借我用一下。”王景瑞向关林提出了请求。

关林犹豫了一下，很不情愿地掏出手机，递给王景瑞。

“我出去打电话，你们接着聊。”王景瑞拿着关林的手机匆匆出去了。

关林的心里一阵阵发紧，不祥的预感更加强烈。

天已经完全黑了，王景瑞拿着关林的手机走到院里的树影黑处，回头看看餐厅。确信安全后，他仔细查看关林的手机：这是“蓝狐”最新款的手机，里面可以存储大量的文字和图片资料。但是，手机的主人若在开启文档的功能中设置了密码，如果不知道密码，即使得到了这部手机，也只能拨打电话，无法查阅手机里的信息。王景瑞非常清楚，如果输入密码的错误超过两次，文档里的所有文件就将全部消失。他小心翼翼地点了一下“开启文档”的功能键，屏幕上弹出一个对话框，上面写着：“请输入密码。”

“果然设置了密码。”王景瑞凝眉想了一下，“密码会不会是他的生日？”

王景瑞在对话框里输入了一组数字：198867，他知道会有现在的这一幕，所以，事先已经查到了关林的生日。对话框上面弹出一行字：密码错误，请再输入最后一次。提示：密码错误超过两次，文档将自动删除。

王景瑞不敢再输入密码了，只好给一个同事拨打了一个无关紧要的电话。

王景瑞回到餐厅里，把手机还给关林："谢谢，这'蓝狐'手机还挺好用，功能挺全的，能存不少东西吧？"

"是，这手机顶一个小电脑了。"关林嘴角上挂着冷笑。

王景瑞扫了一眼刘敏，微微地摇了一下头。

刘敏对小刘说："快给关大哥斟酒啊。"

小刘拿起酒杯，关林摆摆手："我已经喝了好几杯了，不能再喝了。"

"哎，这是红酒，跟糖水似的，喝个十杯八杯的也没事。再说了，你们老同学好不容易聚到一起，你就放量喝吧。"刘敏边说边用眼神暗示王景瑞和肖雅婷。

"再喝点吧，关林，咱们今天来个一醉方休，喝多了今天就不回去了。"王景瑞也殷勤地劝着。

"对对，我这里有的是地方住，你就放心吧。来，小刘，倒酒。"

小刘再次举起酒瓶，给关林满满斟了一杯。趁着刘敏和关林说话的机会，小刘将手指上的戒指掰了一下，戒指上竟然开了一个小盖子，里面是一些白色的粉末，小刘迅速将粉末倒进关林的酒杯里。

肖雅婷一直用眼角的余光扫视着小刘的动作。

小刘将关林的酒杯递到他面前，自己也端起一杯，恭敬地说："来，关大哥，小妹敬你一杯。"

关林无奈，只好接过酒杯。肖雅婷站起来，举着酒杯说："我来陪一杯。"

三个人碰杯，关林刚要喝下杯中酒。突然，一声尖叫，"哎哟！"肖雅婷身子一歪，一下撞到关林身上，关林的杯中酒洒了一身，酒杯掉在地上，摔得粉碎。

关林扶住肖雅婷："雅婷，你怎么了？"

"我的脚忽然崴了一下，真对不起，把你的衣服都弄湿了。"肖雅婷握住关林的胳膊，使劲捏了几下。关林看了一眼肖雅婷，发现她的眼神里有一种奇异的光泽。

刘敏的脸色格外阴沉，冷峻的目光扫视着肖雅婷。

肖雅婷用手绢给关林擦拭着衣服，佣人过来清扫了地上的玻璃碴，又送过来一个酒杯。

“对不起，我去一下卫生间。”肖雅婷起身出去了。

方莹心神不定地坐在桌前发呆，不时地看看桌上的闹钟。下班前，她接到关林的电话，说要到刘敏家去做客，并说肖雅婷和王景瑞也要去。肖雅婷居然是刘敏的外甥女，这是真的吗？关林和这几个心怀鬼胎的人物在一起，这让方莹格外担心。

丁零一声，方莹的手机发出悦耳的响声，一条短信出现在手机屏幕上：“关林现在有危险，立刻给他打电话。”署名：花未落。

方莹噌的一下站了起来，顿时惊得花容失色。她立刻拨打关林的电话，一阵手机音乐声后，关林接了电话：“喂，我是关林。”

“你在哪里？”

“在刘主任家吃饭，还有雅婷和景瑞。”

“你现在有危险，立刻找个借口离开那里，我去接你。”

“好，我在大门口等你。”

电话挂断后，方莹快步走出房门。

刘敏家的餐厅里，关林收起电话，说：“我有点急事，必须马上走，实在抱歉，不能陪你们尽兴了。”

刘敏几个人挽留一阵，无奈关林执意要走，小刘只好送关林走了。刚出大门，一辆出租车疾驰而来，嘎的一声，在王府大门口停下。方莹在车里喊了一声：“关林，上车。”

关林和小刘握手道别后，转身上了出租车，汽车疾驰而去。

汽车里，方莹急切地问：“你没事吧。”

“没事，司机，去立新医院。”

“去医院干吗？你怎么了？”方莹着急了。

“我没事，到医院有点别的事。”说着，关林掏出手机，拨了一个电话号码。

“喂，丁医生吗？我是关林，我有点急事找您，您在医院吗？”

电话里：“噢，关林，你好，我在医院里，你来吧。”

“好，我马上就到。”

挂断电话后，关林的神色格外紧张，方莹担心地问：“到底怎么了？”

“一会儿你就知道了。”

出租车在立新医院大门口停住，关林和方莹下了车，急匆匆地向医院二楼走去。在化验室门口，关林敲了敲门，里面应道：“请进。”

关林推门进了化验室，急急地说：“丁医生，有件事您现在务必帮我一下。”

一个30多岁的医生站起来说：“关林，什么事这么急？”

关林脱下西服上衣，指着几块红酒浸湿过的斑痕说：“您帮我化验一下，这斑痕里面是什么成分。”

丁医生接过西服，疑惑地问：“怎么回事？为什么要化验？”

“哎呀，您别问那么多了，您就帮我化验一下就行了。”

丁医生拿着西服，带着满腹疑问进了化验室。

一小时后，丁医生从化验室出来，对关林说：“这斑痕是红酒造成的，里面含有高浓度的致幻药物，人服用之后，大脑就会产生幻觉，在他人的引导下，会不知不觉说出隐藏在心中的秘密。”

“原来是这样。”关林感到心跳剧烈，喘不过气，惊愕得几乎要昏倒。

在回家的路上，关林将自己的遭遇告诉方莹，沉痛地说：“真没想到，这个和蔼可亲的刘主任居然如此可怕。”

方莹说：“我接到一个署名为‘花未落’的人发来的短信，说你有危险，让我立刻给你打电话。看来，有人在掩护你。”

关林脑海中闪出肖雅婷撞翻他的酒杯，使劲捏他的胳膊的动作和她那奇异的眼神。

“肖雅婷——”

第三十一章
皇后现身

夜空似藏青色的帷幕，点缀着闪闪繁星，惨淡的月光下，一座幽深的大宅院里一片宁静，这宁静有如死神带给受难者的一种漫无边际的安宁。

这是一个三进院的富贵人家的深宅大院，中院堂屋边上的书房里闪动着一丝微弱的灯光，像是一盏油灯发出的无精打采的光亮。一个人影在窗户上晃动了几下，那是一个人在屋里来回走动。一会儿，那个影子好像坐下了，从窗户上映出的影像上看，他似乎是手持毛笔，低头写着什么。

漆黑的后院里有亮光闪动，那一抹亮光在慢慢移动，渐渐地照亮了一个垂花门，一个提着灯笼的女孩子穿过垂花门走进中院，手里提着一个餐盒。灯笼里的烛光随着女孩的脚步跳跃着，映照着女孩身上的淡绿色长裙，裙上点缀着素雅的图案，腰间扎着一根粉白色的腰带，突出匀称的身段，宽大的袖口仿佛是素色线绣成的淡雅花纹。这是一个清朝时期的丫鬟，她步履轻盈，轻飘飘地走进亮着灯的堂屋。

屋里传来女孩甜甜的声音："十二爷，福晋让奴婢给您送夜宵来了。"

男人的声音："好，放到桌上吧，一会儿我饿了再吃。"

"夜深了，福晋叮嘱奴婢，让十二爷早点歇息。"

"我知道了，你去吧。"

一会儿，丫鬟从屋里出来，提着灯笼向后院走去。

院子里草丛中蛐蛐的叫声此起彼伏，月光照不到的阴暗处，一点萤火忽明忽暗，犹如一只眨动着的微绿的小眼睛。

已经是夜半三更了，堂屋书房的烛火还亮着，影子站起身来，似乎是摘下了灯罩，屋里的光忽然比原先亮了许多。影子就着烛光点亮了手里的一支长长的东西，那应该是支蜡烛。原来的那个光亮熄灭了，那支长长的蜡烛插在了原来的位置上。这人是换了一支蜡烛，看样子还没有要睡觉的意思。

一个黑影出现在中院西厢房的屋顶上。月光下，那人黑布蒙面裹头，一身黑衣，蹲在屋顶上观察着院子里的动静。三个院子里所有的屋子都黑着灯，人们都已进入了梦乡，唯有中院的书房还亮着灯。

黑影纵身一跃，轻轻地落在院子里，动作轻得像只猫。他手持钢刀，脚尖点地，迅疾无声，转眼间就到了堂屋门口，侧耳倾听屋里的动静，屋里传来几声男人的咳嗽声。黑影轻轻推了一下堂屋的房门，那扇门竟毫无声息地开了。黑影身子一闪，悠然地进了屋子。

十二爷披着一件深色的披风，正在灯下全神贯注地写着什么，脑后垂着一根大辫子。他的神情太专注了，全然没有发现身后有个黑影正慢慢向他靠拢。黑影手中的钢刀已经举了起来。十二爷一抬头，忽然看到对面墙上有一个巨大的影子向他压了过来，他猛一回头，万分的惊恐扭曲了本来很英俊的脸，那张脸和马天龙一模一样。他刚要张嘴喊叫，却被一只大手捂住了嘴，一把钢刀横在了他的脖子上。

一个阴森的声音响起："十二爷，奴才是奉命行事，您到了阴曹地府可别来找我算账啊。"

"呜——呜——"马天龙在床上拼命扭动着身子，嘴里发出低沉的、含混不清的叫声。

"哈哈哈，十二爷，奴才给您拜寿来了。"一个响亮的声音打破了漆黑的夜，屋子里一片金光，十二爷置身于一间明亮宽敞的堂屋里。一个穿长袍马褂，戴瓜皮帽的男人向他一拱手，随后双膝跪地，向他叩头拜寿，脑后的大辫子甩动着。

"起来吧，卢玉光。你卢大人的大礼，我可承受不起。"

"十二爷取笑奴才了，这可要折我的寿啊。"那个叫卢玉光的人站起身来，回身一招手，"把献十二爷的寿礼呈上来。"

这个卢玉光是王景瑞。

几个丫鬟手捧礼盒款款上前，微蹲身子："给十二爷请安了。"

十二爷盯着一个丫鬟呆住了："思雨，你、你怎么在这里？"

那个身着丫鬟服装的思雨正是肖雅婷。

卢玉光捧上一杯茶递到马天龙的面前："十二爷请用茶。"

十二爷接过茶杯，神情呆滞。他木然地端起茶杯，揭开杯盖，送到嘴边。

"十二爷，不要喝。"思雨突然一声尖叫，十二爷手一哆嗦，茶杯咣当一声掉在地上，摔得粉碎。

大堂里闪出一个武士，跃到思雨面前，噗的一下，一把钢刀插进思雨的胸口。"啊——"思雨一声惨叫，鲜血飞溅。

"思雨——"

"啊——"漆黑的屋里发出一声恐怖的尖叫，马天龙忽的一下从床上坐起来，大口地喘着粗气，稍后，他拉开床前的台灯，只见他满头大汗，睡衣已浸湿一片。

刚才的惊魂一幕是他的一个噩梦。

马天龙有气无力地靠在床头上，目光呆滞，喃喃自语："思雨，卢、卢玉光，命运就是这么安排的吗？老天爷为什么又让我遇到了他们？这、这什么时候是个头啊？"

他捂住脸，低声抽泣起来。

夜色深沉，满天繁星，月亮不时地在云层里躲闪。

关林躺在床上，翻来覆去地睡不着，他索性坐了起来，靠在床头上，思绪像潮水般涌来："从昨天刘敏和王景瑞诡异的行为上看，他们是为了查看我手机里的秘密，给我下迷幻药，无非是想套出手机的密码，看来他们已经觉察到我并没有停止《红楼梦》的研究。他们的行为更加证明《红楼梦》里的确隐藏着一个巨大的秘密，而我就是他们潜在的威胁。肖雅婷为什么要帮我？刘敏、王景瑞，还有那个小刘，他们到底是什么人？为什么要阻止我研究《红楼梦》？"

关林意识到，他的手机已经不安全了，必须采取更严密的防范措施。

"我一定要揭开这个谜底，你们想要阻止我，做梦去吧。"关林带着一种无畏、挑战的决心打开了手机，查询《红楼梦》中有关富察皇后的线索。整整两天两夜，关林几乎没合眼，当第三天清晨东方露出鱼肚白时，关林已经在小说中找到了富察皇后的相关证据。

第三回：脂砚斋的批语说：[黛玉为正十二钗之冠，反用暗笔。] 正十二钗暗喻皇后、皇贵妃和贵妃，那么，“正十二钗之冠”当然就是皇后了。

黛玉诗号为“潇湘妃子”。“潇湘妃子”是古代传说中的舜妃娥皇、女英，也叫湘妃。小说作者将林黛玉的雅号命为“潇湘妃子”，不仅仅是因为黛玉爱哭，更重要的是借“潇湘妃子”这一诗号，暗示黛玉是帝王之妃。乾隆继位前是宝亲王，富察氏 16 岁嫁给弘历，她的确做过帝王之妃。

潇湘馆“依山傍水”“翠竹遮映”“满眼绿色”“桃杏树”一株也没有、不见一点红色，这正是富察皇后不喜奢华，偏爱清新淡雅的象征。

第三十回：宝玉见龄官蹲在花下，手里拿着根绾头的簪子在地下画字，一面悄悄地流泪。“宝玉用眼随着簪子的起落，一直一画一点一勾的看了去，数一数，十八笔。自己又在手心里用指头按着他方才下笔的规矩写了，猜是个什么字。写成一想，原来就是个蔷薇花的‘蔷’字。”

“蔷薇花”出现在怡红院里。怡红院中满架蔷薇、宝相等植物，因此，“蔷”字指向怡红院，贾蔷代表怡红公子贾宝玉。“痴及局外”的是宝玉，作者借贾蔷写的是局外的宝玉。龄官对贾蔷的痴情，就是黛玉对宝玉的痴情，也就是富察氏对乾隆的痴情。

龄官是个长得很像林妹妹的女孩子，有着黛玉的气质，连“病”都和林妹妹病得一样。作者塑造龄官是为了映衬黛玉，黛玉是富察皇后的化身，这个“长得很像林妹妹”的龄官，则是富察皇后的一个影子。那么，这个“十八”必然和富察皇后有关。史书记载：雍正五年七月十八日，雍正帝在紫禁城西二所（弘历即位后改名为重华宫）为皇四子弘历和富察氏举行了隆重的结婚典礼。龄官流着眼泪画“十八”笔，暗示的正是“十八日”，表达的是富察皇后对乾隆的一片深情。“十八日”，这是富察氏一生中最为重大的日子，她成为弘历的嫡福晋，后来又成为大清朝的国母——皇后。

第二十三回，元春命宝玉和众姐妹搬进大观园里住，贾政遣人来回贾母说：“二月二十二日子好，哥儿姐儿们好搬进去的。这几日内遣人进去分派收拾。”

为什么二月二十二日是好日子？关林想起了道士的那封信提到的红楼密码的数字中就有二十二，难道二十二与富察皇后有关？

关林迅速查看富察皇后的资料：孝贤纯皇后富察氏生于康熙五十一年（1712）二月二十二日，原来，二月二十二日是富察皇后的生日。所以，这一天，林黛玉住进了潇湘馆，黛玉是皇后，皇后住进大观园了，其他姑娘当然也得搬进去。“登时园内花招绣带，柳拂香风，不似前番那等寂寞了。”

潇湘馆初名“有凤来仪”，宝玉为“有凤来仪”题诗中有“秀玉初成实，堪宜待凤凰”之句。皇上为龙，皇后、皇贵妃为凤。小说作者在书中不仅点出富察皇后的生日，还借宝玉之诗，明确指出住在潇湘馆里的人是“凤凰”，暗示黛玉的身份是皇后。

第二十六回：宝玉顺着脚一径来至一个院门前，只见凤尾森森，龙吟细细。举目望门上一看，只见匾上写着“潇湘馆”三字。

关林想到：宝玉是皇上，黛玉是皇后，皇上来看皇后了，所以，潇湘馆是“凤尾森森，龙吟细细”。可他转念一想：从古至今，龙在前凤在后，这是永远不变的。不对，这个解释不对。

关林马上查阅资料：康熙五十一年是龙年，富察皇后属相是：龙，乾隆十三年八月晋为皇后。所以，潇湘馆是“凤尾森森，龙吟细细”。这个解释才说得通。

这八个字进一步证明黛玉就是富察皇后，关林兴奋不已。

随着不断地研究，关林又有一个重大发现。

第二十七回：黛玉在《葬花吟》中吟诵道：

三月香巢已垒成，梁间燕子太无情！

明年花发虽可啄，却不道人去梁空巢也倾。

上句说“梁间燕子太无情”，可下句却说“人去梁空巢也倾”，而不是“燕去梁空巢也倾”。可见，黛玉说的燕子只是一个比喻，那梁间燕子指的是人。

那么，谁是那个梁间燕子？

关林查到：富察皇后的最后一个儿子永琮，出生于乾隆十一年四月初八，在永琮降生前，富察皇后在春天三月里已经为自己的宝贝儿子垒成了温暖的窝巢，那“梁间燕子”就是永琮。可惜的是，永琮未满两岁就夭折了，梁间燕子无情地飞走了。明年还有花发的时候吗？最后一个儿子的逝去，已经彻底摧垮了富察皇后，真的是“人去梁空巢也倾”！

这在乾隆写的怀念富察皇后的诗《仲夏御园间咏》中得到印证：“巢梁乳燕呼儿切，濩水文鸳命侣频。揽结寻常怡性处，云何长遣两眉颦。”

乾隆把自己的儿子比作“巢梁乳燕”，和黛玉诗中的“梁间燕子”完全吻合在一起。黛玉之所以说“人去梁空巢也倾”，是因为她就是富察皇后。小说中宝玉称黛玉为“颦颦”，正是出自乾隆诗“云何长遣两眉颦”；“两眉颦”，不就是“颦颦”嘛。乾隆诗再次证明林黛玉就是富察皇后。

富察皇后表面上贵为皇后，风光无限，然而，她却是个不幸的女人。富察氏一生中生了4个孩子，其中3个早亡。皇长女只活了14个月，嫡长子永琏9岁时病故。永琏曾被乾隆秘立为太子，永琏的去世，几乎摧垮了富察氏。乾隆十一年四月，已经35岁的富察皇后在千盼万盼之后，生下了皇七子永琮，即悼敏皇子。乾隆大喜过望，并作诗庆贺。可惜永琮未满两岁，又因出痘而亡。富察皇后遭此重创，悲恸欲绝，终至一病不起。

一次次的丧子之痛，恰如风刀霜剑，割裂了富察皇后的心。小说中黛玉两次葬花，暗喻的正是富察皇后两次葬子。

关林又看了一下道士的密信：十三、十五、二十二，三秋之关键也。

小说中共写了三个中秋节，“三秋”肯定是指这三个中秋节，“二十二”就是三秋的关键之一。

关林反复查看小说中三个中秋节的描写，第三个中秋节的一个情节引起了他的注意。

第七十六回：第三个中秋节时，贾府里已现一派衰败的景象，在“社也散了，诗也不做了”的情况下，黛玉对景感怀、倚栏垂泪，湘云前来相慰，深夜里硬拉她到水边联句。

月光下，林黛玉和史湘云月下联诗。林黛玉指着池中黑影说：“你看那河里，好像是个人往黑影里去了，是个鬼吧？”湘云道：“我可不怕鬼。”她弯腰拾了一块小石片向池中打去，只听那片黑影里戛然一声，飞起一只大白鹤来，直往藕香榭去了。黛玉笑道：“原来是只白鹤，吓我一跳。”湘云笑道：“这个鹤有趣，倒助了我了。”联道“寒塘渡鹤影”，黛玉看着天上的月亮，对出下联：“冷月葬花魂。”

这是湘云和黛玉联诗的第二十二韵，这时，妙玉在这夜深人静时突然诡异地出现在黛湘面前并打断其联诗。妙玉不让两人继续往下联的理由是：“有几句虽好，只是过于颓败凄楚，此亦关人之气数而有，所以我出来止住。”

“妙玉的话什么意思？到‘二十二’停住是谁的颓败气数？难道也与富察皇后有关？”关林查阅资料，一个令他欣喜万分的重要发现浮现出来。

富察皇后生于康熙五十一年二月二十二日，她与乾隆皇帝结发二十二年，本来“在天愿作比翼鸟，在地愿为连理枝”的恩爱夫妻，在二十二年时好梦戛然而止，不正是“颓败凄楚”吗？乾隆怀念富察皇后的诗中写道：“素心二十二年存，属纩何须握手言。诗谶自尤临祖道，梦祥翻恨始添盆。……”《大行皇后挽诗》中写道：“恩情廿二载，内治十三年。忽作春风梦，偏于旅岸边。……”

黛玉和湘云联诗到“二十二韵”时正是富察皇后的颓败气数，生也二十二，死也二十二，所以妙玉才出来止住。但“恨无常又到”，死神来了，谁能阻挡？

“寒塘渡鹤影，冷月葬花魂。”富察皇后在春三月死于运河之上，三月的天气还很凉，那运河之水岂不是“寒塘”；黛玉说那河里的黑影是个鬼，富察皇后深夜命丧运河的龙舟之上，做了水中鬼，正是“渡鹤影”。冷月是指乾隆皇帝，他含悲忍痛，埋葬了花魂富察皇后。

关林又破解了一个红楼密码“二十二”，心中畅快至极。

火红的太阳在云层中露出半个笑脸，满天的云霞，把东方的天际装点得绚丽妖娆。一座座高楼大厦像镶了一道金色的花边，在晨曦中渐渐地冒了出来。

关林站在窗口，眺望着东边的漫天红霞，心潮起伏，思绪万千。

在乾隆怀念富察皇后的诗里，关林看到了另一个真实的皇帝：自从结发妻子富察皇后去世后，乾隆永远失去了富有柔情的婚姻生活。在他一生的大部分时间里，尽管六宫粉黛如云，却没有一个成为他所钟爱的女人来抚慰他那颗孤寂的心。富察皇后刚刚去世之时，皇帝感到更多的是震惊，真正摧心彻骨的悲痛，是在以后的岁月中一次比一次猛烈地袭来。在今后千千万万的夏日冬夜里，他只能在梦幻中与富察皇后相见。乾隆皇帝一生写了100多首怀念富察皇后的诗作，这上百首诗堪称最见真情的上乘佳作。只有在这些诗中，乾隆才真正放下了帝王的尊严，尽情地抒发了内心深处对异性的眷恋。

关林感叹道：叱咤风云的一代帝王，一生中写了那么多柔情似水的诗句，并且把这些袒露个人胸中隐秘的作品收入《御制诗》出版，让后世子孙和天下文人去评说，对皇帝而言，无疑是一件需要勇气的事。

跛足道人的《好了歌》中唱道："世人都晓神仙好，只有娇妻忘不了！"正是对乾隆的痴情的描述。乾隆身为帝王，可谓神仙了，但他几十年如一日地怀念着自己的娇妻，其用情之真、之深、之痴令人慨叹。这才真正是"多情公子空牵念"啊，难怪宝玉被称为"情痴"。如果富察皇后地下有知，也该感到满足和幸福吧。

那"神瑛侍者"日以甘露灌溉"绛珠仙草"，难道不是乾隆皇帝对富察皇后几十年如一日的思念之情吗？作者让那棵"绛珠仙草"即富察皇后之魂化身林黛玉，重降人间，以泪水偿还乾隆对她的深情厚谊，这难道不是木石前盟吗？

透过薄薄的晨雾，关林仿佛看到了神奇的一幕——

第三十二章
隐情初现

西方灵河的河水静悄悄地流淌，闪烁着粼粼的波光，好似明亮的眼波眨动，凝视着远山的秀色。岸边一块高大的石头上刻着三个篆体大字：三生石。在这三生石边长着一棵奇异的绛珠仙草，繁茂的叶子似仙女飘逸的纱裙。

一个少年公子飘然而至，一袭绣绿纹的紫长袍，白玉腰带束身，脚上白鹿皮靴绣着精美的花纹；乌黑的头发在头顶梳着整齐的发髻，套在一个精致的白玉发冠之中，玉冠两边垂下淡绿色丝质冠带，在下颌系成一个流花结。

公子手里提着一个形状奇美的玉浆壶，将壶中清纯的甘露轻轻地浇灌在绛珠草上。他慈爱地注视着绛珠仙草，草叶上凝结着一颗颗晶莹的露珠，在温和的晨风吹拂下，露珠在宽大的叶片上来回滚动。绛珠草欢快地抖动着，隐隐现出一个女体的形状。

忽然，绛珠仙草发出甜美的声音："你是谁?"

公子开心地笑了："我是赤瑕宫的神瑛侍者。"

绛珠草问："你为何日日以这甘露来浇灌我?"

"我喜欢你，希望你脱去草胎木质，幻化成人形，与我长久相伴。"神瑛侍者的声音里满含着期待和莫名的哀怨。

日复一日，神瑛侍者每日都以甘露灌溉绛珠仙草。终于有一天，当神瑛侍者把最后一壶甘露浇在绛珠草上时，奇迹出现了：一道霞光闪过，一个风情万种的绝色仙女浮现在神瑛侍者面前。绛珠仙子身披翠水薄烟纱，一袭紫裙临风而飘，一头长发倾泻而下，肌若凝脂，面如桃花。她满含深情地凝望着神瑛侍者，双目泪光点点，娇媚入艳三分。

绛珠草幻化成人形后，终日游于离恨天外，饥则食蜜青果为膳，渴则饮灌愁海水为汤。只因尚未酬报神瑛侍者的灌溉之恩，故其五内郁结着一段缠绵不尽的情义。

白云缥缈的离恨天上有一座神奇的宫殿，名曰太虚幻境，司人间之风情月债，掌尘世之女怨男痴的是警幻仙姑。

这一日，警幻仙姑指着身边的神瑛侍者对绛珠仙子说：“神瑛侍者近日思凡下界，乘此昌明太平朝世，意欲下凡造历幻缘，已在我这案前挂了号。我知你尚未偿还神瑛侍者的甘露灌溉之恩，趁此机会倒可以了却这一心愿。你愿意随他去吗？”

“我愿意，”绛珠仙子激动万分，“神瑛侍者对我是甘露之惠，我并无此水可还。他既下世为人，我也去下世为人，但把我一生所有的眼泪还他，也偿还得过他了。”

“好，那你就随他去吧，就此了结这段千古未闻的情案。不过，在你们投胎之际，要夹带一个东西。”

神瑛侍者问：“什么东西？”

警幻仙姑从案上拿起一块红玉，说：“这是茫茫大士和渺渺真人到我这里挂了号的一块红玉，是女娲补天时剩下的一块石头所化，这石头也颇有灵性，且是个女性之身，她亦想到红尘中享受一番。趁你二人下界投胎之际，将她也一并带去投胎吧。”

“好吧，如何夹带？”神瑛侍者说。

“张嘴。”

神瑛侍者张开嘴，警幻仙姑将那块红玉塞到他嘴里，然后轻轻挥动羽扇，神瑛侍者和绛珠仙子夹带着红玉随着缥缈的云霞飞去，到尘世间投胎去了。

金色的阳光淡淡地泼洒在金黄色的琉璃瓦和造型生动的琼阁飞檐之上，给盛大的皇宫增添了几分朦胧和诗意。

乾清宫门东台阶下，一位身穿蟒袍补褂的官员面北而跪，赞礼大臣面西站立宣读圣旨：“奉天承运，皇帝诏曰：今以察哈尔总管李荣保之女富察氏作配四皇子弘历为嫡福晋，于雍正五年七月十八日完婚。钦此！”

“谢皇上隆恩！奴才小女能嫁与四皇子为嫡福晋，实乃我富察氏家族莫大之荣耀，我等之辈实当鞠躬尽瘁，肝脑涂地，以报皇恩啊！”李荣保言毕，行三跪九叩大礼，双手高举接过圣旨，躬身退下。

鼓乐齐鸣，鞭炮震天，彩带飞舞，一队迎亲的队伍浩浩荡荡地走在大街上，街道两旁挤满了看热闹的人。前列仪仗里有灯笼十六、火炬二十和多名女官随从，八名内监抬着围着红缎的豪华八抬彩轿走在中间，后面四辆皇家马车上装满了皇帝赐给皇子福晋的仪币和新娘的嫁妆，马车后面是銮仪卫队，一个内务府总管率领属官二十人，护军参领率领护军四十人，前后导护。迎亲场面极其壮观。

16 岁的富察氏身着绣金龙的红色婚服，端端正正地坐在轿子中，红色的盖头遮住了她那张高贵、秀美的脸。在喧闹的鼓乐声中，她的思绪如狂潮般奔涌，亢奋激动之后，更多的是恐惧和忧虑：“从今天起，我就是大清王朝的皇子之妃了，那个红色高墙之内的幽深而神秘的皇宫，曾是多少碧玉年华的女子向往的地方，可有谁知道那里的女人在一片灯红酒绿、荣华富贵生活里面，饱含着多少辛酸和悲哀。一旦跨进那个威严的大门，我将终身失去自由，这是多么可怕的事情。唉！可是，这由不得我啊，皇上的旨意谁敢违抗啊？那个四皇子弘历，听说是个风流阿哥，他身边已经有好几个女人了，他会真心喜欢我吗？昨天，李总管悄悄跟我说，弘历的八字批语中有‘命中看得妻星最贤最能’之句，还说我俩是前世有缘，天设地造的一对儿；而我的星相恰好是‘星’，难道我就是他命中注定的妻星吗？如果真是这样，那我们就真的是前世有缘了。唉！既然命运就是这样安排的，那我就做个最贤最能的王妃吧。”

轿子外面传来大内总管的高喊声：“进宫了……”鞭炮声停止，鼓乐声变得悠扬而欢快。富察氏忽然萌发出一种冲动，想看看这迎亲的队伍是如何进入皇宫的，虽然她曾经多次远远地看见过这座令人崇拜、令人胆寒的神圣的皇宫，但从来没有进去过。她悄悄掀起盖头，揭开轿帘一角向外窥视：汉白玉基座上的神武门红墙金瓦，斗拱飞檐，气势恢宏；三间方形门洞高大雄伟，红色大门上密布黄色门钉；四周围廊，环以汉白玉石栏杆。楼为重檐庑殿顶，下层单翘单昂五彩斗拱，上层单翘重昂七彩斗拱，梁枋间饰墨线大点金旋子彩画，上檐悬蓝底鎏金铜字华带大匾，上面用满汉文写着三个大字：“神武门”。二楼上张灯结彩，丝绸红带漫天飘舞，正中大门两侧站着几排衣着华丽的宫女，皆身披红带，手执鲜花。庞大的鼓乐队奏响激昂的乐曲，楼上飞下漫天的彩片。

富察氏急忙缩回头，盖好盖头，整整衣衫，双手按住胸口，极力想让通通乱跳的心平静下来。“天哪！如此恢宏场面，奴家如何消受得起？”

轿子在西二所的正殿前停下，八个轿夫轻轻放下轿子，后面四个轿夫将轿杆举高，轿子微微前倾。两个宫女一左一右打起轿帘，又上来两个宫女搀扶着富察氏下了轿子。

正殿前站满了皇亲国戚，两边的宫女、太监挥舞着手中的鲜花彩带，鼓乐队奏响欢快的婚礼曲。

一个身着金黄色龙袍的皇子，胸前挂着一朵大红花，两条红色丝带左右交叉披在身上，面如秋月般清澈，神似彩虹般飞扬，高挺的鼻梁下两瓣骄傲的薄唇微微上翘，凛冽桀骜的眼神闪着犀利的光芒。正是四皇子宝亲王——现实中的宝二爷弘历。

弘历缓步上前，拉住富察氏的手，周围一片欢呼声。

当日，西二所四皇子弘历的府邸张灯结彩，恢宏壮观，弘历和富察氏的盛大婚礼在此举行。皇室宗亲、公侯世爵、文武内大臣、侍卫和二品以上的官员及命妇，齐集西二所，庆贺四皇子的婚礼大典。钦天监官员报时：“佳时已到，新郎新娘入场。”

在欢快的婚礼进行曲中，鸿胪寺官员引导新郎新娘入场。一条红绸带中间结成一个大红绣球，两端连着新郎新娘。身着大红龙袍玉带的新郎官弘历，拉着富察氏款款走在红地毯上；富察氏一身大红色绣金龙的结婚礼服，足蹬绣履，腰系流苏飘带，头戴用绒球、东珠、翡翠、玉石和丝坠等装饰物连缀编织成的凤冠，肩上披一条绣龙描凤的锦缎“霞帔”，娇羞含媚，神采飞扬。

鼓乐齐鸣，鞭炮阵阵，五颜六色的彩纸在空中曼舞，飘落在弘历和富察氏的头上和身上。

鸿胪寺官员一声高喊：“一拜天地！”

弘历和富察氏跪倒在地，拜天拜地拜列祖列宗神位。

“二拜高堂！”

新郎新娘到雍正皇帝和孝敬宪皇后乌喇那拉氏面前行三跪九叩礼，之后又到弘历生母钮祜禄氏——钱氏熹妃面前行二跪六叩礼。熹妃望着端庄秀丽、温文淑德的富察氏，脸上露出满意的微笑。

“夫妻对拜！”

新郎新娘互行屈膝礼。富察氏偷偷看了一眼弘历，心想：这一拜，奴家就永远是他的人了，是福是祸？天知地知，唯我不知。一种前程吉凶未卜的担忧在她心头蔓延。

大殿广场上设宴六十席，席面上羊四十五只，饽饽五十桌，黄酒五十瓶，各式精美菜肴不胜枚举。弘历引着福晋富察氏，一一介绍各位妃嫔，皇兄皇弟，公主格格和皇室宗亲，富察氏一一奉茶、奉果、奉酒，伶工乐队奏乐助兴。富察氏第一次领教了皇家里烦琐而严格的规矩，令她身心疲惫，惶恐不安。

众人齐声高贺："恭贺四皇子喜结良缘，愿夫妻恩爱，早得贵子，携手白头。"

大殿内外一片欢声笑语，富察氏脸上的微笑复杂而茫然。

洞房门前吊着一盏双喜字大宫灯，大红门上贴着粘金沥粉的双喜字，门的两侧墙上一长副对联直落地面。洞房内富丽堂皇，奇石宝玉，紫檀雕龙。金丝楠木长案上陈设一对双喜桌灯，西北角安放龙凤喜床，雪白夏帐上挂着龙凤呈祥的帐帘，喜床上铺着厚厚实实的红缎龙凤双喜字大炕褥，金黄缎和朱红彩缎的喜被、喜枕上龙飞凤舞，绣工精细。墙上挂有一副喜庆对联，正中是一幅牡丹花卉图。楠木桌上的红烛把新房照得如梦幻般香艳。

富察氏头上盖着红色的盖头，安静地端坐在炕上。弘历进屋，走到富察氏面前，慢慢揭去她的盖头，凝视着那张端庄秀丽的脸。

富察氏终于可以大大方方地端详自己的夫君了，她看着弘历英俊潇洒的面容，忽然觉得有似曾相识之感，暗思："他怎么如此面熟，好像在哪里见过？"

弘历觉察出富察氏的异样，问："怎么，想说什么吗？"

"妾身觉得好像很久以前就认识你。"富察氏低声道。

"呵呵呵，"弘历笑道，"当然，你小时候见过我。"

"是吗？妾身怎么不记得？"

"那你总该记得，很久以前，皇阿玛曾到你家府上造访过，还与你攀谈一番。"

富察氏猛然想起小时候的一幕——

富察氏九岁那年，有一日，雍亲王胤禛突然到李荣保府上造访，李荣保和夫人、小女富察氏回避不及，赶紧施礼请安。雍亲王环视整洁俭朴的书房，目光落在书案上，只见满桌皆是抄写的经文。胤禛信手拿起一张看罢，称赞道："此字写得精楷，笔力刚劲，笔锋大有欧阳询之韵，柳公权之骨。是出自谁笔？”

李荣保指着格格说：“是拙女习字。”

雍亲王看着站在夫人旁边的富察格格，稚嫩的脸上带着几分羞涩，一双纯情的大眼睛里闪烁着聪慧的光泽。雍亲王惊奇地点点头，问：“格格今年几岁，师从何人？”

格格答道：“奴婢今年九岁，师从福敏先生。”

“福敏？”雍亲王回过头问李荣保，“是康熙三十六年进士，选庶吉士吗？”

李荣保答：“是。现赋闲在家，他又是我族兄，故此请教本族子侄授业。”

雍亲王又问格格，读什么书，格格对答如流，声如学簧，谈吐大方。雍亲王大喜，便让格格当面写来。李荣保说：“雍亲王乃书法大家，连皇上都赞亲王之楷笔，此童稚幼笔力怎敢在亲王面前卖弄。”

雍亲王说：“你乃富察家贤人，怎么也俗套起来了。”

“那就让小女献丑了。”李荣保便命格格写来。

格格略加思索，提笔敬录圣祖康熙一首五言绝句，《古北口》：断山逾古北，石壁开峻远。形胜固难凭，在德不在险。

雍亲王站在旁边仔细看着，见格格挥笔娴熟，字字流畅，结构严整，赞道：“好，写得好。”又问格格：“可能解圣祖诗意？”

格格说：“师傅已讲过，自己才知道‘在德不在险’一句，是出自《史记·孙子吴起列传》。长城虽险固，没有德政，没有明政，再好的天险也挡不住我满族巴图鲁。只有事理洞明，修仁、修德、修明，才能治理天下。”

雍亲王端详着富察格格稚嫩的笑脸，喜爱之情溢于言表，连声夸赞：“你太聪明了，小小年纪竟有这般见识和才华，日后必成大器也。”

雍亲王回府后，福晋过来与他说话。这时三阿哥弘时、四阿哥弘历、五阿哥弘昼也过来请安。雍亲王便把刚才富察格格敬录圣祖康熙的字幅拿出来让三位阿哥看，对他们说：“此字乃是一位九岁的格格所写，你们如不用心上进，可连女童都不如了。”

弘历认真看着富察格格写的字，萌发出想见见这位奇女的强烈念头，于是，有一日趁胤禛外出之机，带着几个太监跑到李荣保府上，终于见到了这位才华横溢的富察格格。

“我想起来了，皇上是到我家去过。几天后，有一个四公子也跑到我家去了，难道那个四公子就是你？”富察氏问。

“哈哈哈，”弘历笑容满面地看着富察氏，说，“对，就是我，我记得，那天你还手忙脚乱地打碎了一个茶杯，还记得吗？”

“当然记得。那天，阿玛说，来了一个四公子，要看我的字，我虽然不知道你的身份，但看到阿玛对你毕恭毕敬的，就知道你来头不小。况且，你还那么调皮，一副毫无顾忌的样子，所以，心里慌乱，一时手足无措了。真没想到，那个四公子就是你。”富察氏微笑着说。

“哈哈哈，这就叫有缘千里来相会。”弘历开心地大笑。

“无缘对面不相识。”富察氏心里默念，脸上第一次露出坦然的笑容。

第三十三章
往事如烟

雍正六年，富察氏为弘历生了他的皇长女，可惜的是，这个女孩只活了十四个月。

紫禁城西二所院内，富察氏望着女儿的棺椁，泪流满面。弘历搀扶着富察氏，低声劝慰：“福晋，你已经有了身孕，不可伤了胎儿呀。”

几个宫女太监跪倒在富察氏面前：“节哀呀，福晋。”

富察氏强忍悲痛，对乾隆说：“王爷安心，奴家自有分寸。”

弘历挥挥手，棺椁抬出院外。

雍正八年六月二十六日，西二所的一个房间里传来一声婴儿响亮的啼哭声，弘历的嫡长子出生了。

乾清宫的暖阁里，雍正皇帝正在批阅奏折，太监李总管蹑手蹑脚地进来，细声说：“皇上，四阿哥来了，说是四福晋生了。”

雍正抬起头来，说，“让他进来吧。”

“喳。”李总管退出。

一会儿，弘历喜气洋洋地进来，跪地拜道：“儿臣拜见皇阿玛。”

“起来吧，”雍正说，“听说四福晋生了？”

弘历站起来，兴奋地说：“生了，是个白胖小子。”

“哦，这是一件特大喜事啊。”雍正皇帝喜形于色，放下手中的笔，说，“朕得去看看这个大孙子。”

“皇阿玛请。”

弘历陪同雍正来到自己的府邸西二所。

雍正端详着襁褓中的婴儿，大喜过望："看面相，这孩子长得贵重端庄，将来前途不可限量。朕赐名为永琏。琏者，宗庙之器也。古代祭祀时盛黍稷的尊贵器皿，夏朝叫'瑚'，殷朝叫'琏'。"

"永琏！这个名字太好了，谢皇阿玛赐名。"弘历看看雍正，又看看富察氏，会意地笑了。在敏感的弘历看来，这显然暗寓承继宗庙之意。

随着永琏一天天长大，他的聪明可爱也越来越引人注目，才三四岁，弘历就开始教他读书识字，他居然过目不忘，不到五岁，就认识了数百个字。

雍正十三年八月二十三日，雍正皇帝在圆明园驾崩。大学士张廷玉宣读朱笔谕旨，宝亲王弘历即位。乾隆登基之后，第一件事情就是遵照雍正帝首创的秘密立储的方法，把永琏密定为皇太子。乾隆元年（1736），他把谕旨用一个精致的匣子锁起来，放到乾清宫"正大光明"匾的后面。

乾隆元年四月，在天坛举行的孟夏常雩（祈雨）的仪式结束后，乾隆皇帝的法驾卤簿起驾回宫，浩大的仪仗队向皇宫走去。走在最前面的八个太监拿着静鞭，后面是几十个青铜制的品级山，旌旗、幡幢、伞扇、乐器、兵仗等一一闪过。

一面面绣着龙凤、青龙、白虎、玄武、朱雀、日月五星、五岳、四渎、瑞禽、瑞兽、风云雷雨、二十八宿等旗帜色彩斑斓，交相辉映。象征清朝八旗的骁骑、前锋和护军的大旗杆顶上伸出龙头，下挑垂缎或悬挂圆筒状的彩纱，底垂流苏；信幡、绛引幡、豹尾幡、龙头竿幡、羽葆幢、青龙幢、白虎幢等幡幢依次排列。浩荡的旗队之后是伞扇、麾金节、华盖和刻有龙纹的"金八件"。

仪仗队中间一个象征天圆地方的圆顶方形玉辇之上，端坐着当朝天子乾隆皇帝，三十六个彪悍的轿夫拉着玉辇徐徐前行；一顶巨大的明黄色的九龙直柄伞盖罩在玉辇之上，上绣金龙重叠三层。

十六个人抬着皇后的凤舆，富察皇后端坐其上，上面罩着一顶九凤曲柄黄盖，十面五色龙凤旗前引，凤舆后面是四把次赤、黄龙、凤扇和八雉尾扇，还有四把次赤、素方、黄缎绣四季花伞，十把五色九凤伞等皇后仪仗物品。皇贵妃、贵妃、妃嫔的翟舆跟在后面。

天子御驾的后面排列着两行乐器，包括大铜角、小铜角、蒙古角、金钲、画角、云锣、铜钹、铜点、龙鼓、铜鼓等，乐器统称为"铙歌乐"，但是并不演奏，只是起到增强皇帝仪仗队伍威严气势的作用。寿扇、双龙扇、单龙扇、孔雀扇、雉尾扇等名色扇子排列其后。仪仗里的五色华盖上绣满了莲花、灵芝、菊花、梅、竹子等；紫色的紫芝盖，犹如一把大伞，撑起后犹如一朵紫色祥云；另外还有翠色的翠华盖、五色龙盖；等等。跟在皇帝大驾卤簿后面的王公、大臣、官员、侍卫、亲军校、护军校，亲军、护军、头尉、旂尉、民尉、署史、执事等共两千多人，队伍庞大，盛况空前。

仪仗队行进到紫禁城的正门前停下，卫队护卫着乾隆皇帝的玉辇、皇后的凤舆和皇贵妃、贵妃、妃嫔的翟舆经天安门、端门、午门、太和门、太和殿、中和殿、保和殿、乾清门，直达乾清宫歇驾，这九座重要的宫殿，都在一条中轴线上。

这是一个龙的世界，精雕细刻的龙之形象，呈现在皇宫里的每个角落：九龙壁上的九条金龙栩栩如生，在海面飞腾；无论是琉璃瓦当中的团龙，还是雕梁画栋上的彩龙，也无论是御道间的雕龙，还是太和殿藻井里的蟠龙，它们都象征着神圣的、不可撼动的皇权。后三宫凤凰逐渐增多，显示皇后和那一大堆妃嫔都是凤的化身。

几十个宫女、太监搀扶着乾隆皇帝、富察皇后和妃嫔们走下辇舆。

富察皇后回首望着辉煌宏大的九座宫殿，感慨万千：*君门九重深似海呀，如今，我已经是大清的国母了，这辉煌的皇后凤冠，曾是多少女人渴求追寻的目标。皇后娘娘母仪天下，亿兆臣民皆仰慕朝拜，这是何等的崇高之荣耀。若不是和皇上前世有缘、八字绝配，我又如何能有今天这般风光？*

一场蒙蒙细雨后，空气变得清新了许多。一片片梧桐树的枯叶在秋风中纷纷扬扬地飘落下来，像是满天飞舞的彩蝶。

披着柔媚的春光，乾隆和富察皇后漫步在圆明园的湖畔，让略带甜意的风，从身边掠过，领悟着春的气息。

圆明园的长春仙馆四面环水，进出由木桥与其他景区相连接，岛上由四个院落组成，其中东院为正院，是一个完整的小四合院，由倒座房、垂花门、东西厢房、正房组成。正房外檐下挂乾隆御书“长春仙馆”。正北跨溪建有亭桥一座，名曰“鸣玉溪”。

乾隆指着长春仙馆说：“此处初名莲花馆，雍正七年，皇阿玛将这个府邸赐予朕为起居之处。皇阿玛在宫中大办法会，招集全国道行高深僧侣参加，亲自开坛讲说佛法，并收亲王、大臣、僧侣等 14 人为徒，合称十四大门徒。其中就包括朕，皇阿玛赐号‘长春居士’，故此，朕即位后，将此处赐名‘长春仙馆’。”

富察皇后环顾四周的美景，感叹道：“这可真是个神仙住的地方啊。”

“还记得宫里的西二所吗？”乾隆问。

“当然记得，”富察皇后说，“臣妾进宫后的第一夜就是在西二所里度过的，从那天起，臣妾就成了宝亲王的福晋。那天是雍正五年七月十八日。”

“现在你是大清朝尊贵的皇后了，原来想过会有这一天吗？”

“没想过，原来觉得做个王妃就很好了。皇阿玛驾崩的那天晚上，太后懿旨，着臣妾即刻晋为皇后，统领后宫。臣妾当时都蒙了，完全不知是怎么回事。幸亏皇上及时提醒，才从噩梦中惊醒过来。”

“是啊，事发突然，当时连朕都有点手忙脚乱了。”

“皇上，有个问题臣妾一直想问您，不知皇上能否直言相告？”

“有什么问题但说无妨，朕一定坦言。”

“记得我们成婚那一天，臣妾说过好像很早就认识皇上，当时皇上说臣妾九岁那年您曾跑到臣妾家看过臣妾的拙字，除此之外，还有其他原因吗？”

“呵呵呵，”乾隆笑道，“当然有其他原因，我们前世见过。”

“前世？”

“是啊，你知道朕的生辰八字吗？”

“臣妾不知。”

乾隆说：“朕的生日是康熙五十年八月十三日，生肖：兔。干支：辛卯年，丁酉月，庚午日，丙子时，星相：斗。生辰中的甲子纳音是：辛卯：松柏木；丁酉：山下火；庚午：路旁土。你的生日是，康熙五十一年二月二十二日，生肖：龙；干支：壬辰年，癸卯月，乙亥日；星相：星。甲子纳音：壬辰：常流水，癸卯：金箔金，己亥：平地木。”

“臣妾的生辰八字皇上如何这般清楚？”富察氏感到非常吃惊。

“呵呵呵，先皇之所以选你做朕的福晋，不仅是看中了你的品性和才华，更重要的是你的八字和朕是绝配。你知道，皇阿玛精通佛学，对命相学也有很深的研究，事先早已将你的八字查得一清二楚了。”

“臣妾不懂命相学，请皇上赐教。”

“朕的生年是辛卯松柏木，松柏木最喜欢山做根基，水来滋润。皇后的生年是常流水，正好滋润松柏木。朕是丁酉月山下火，酉为日入之门，日至此时而无光亮，故为夜晚的太阳，那就是月亮了。山下火最喜平地木，遇之最吉，而你恰是己亥平地木；朕生辰日为庚午路旁土，路旁土得水滋润灌溉，可以回归大地，滋生万物，如果得金资助，也可以建宫修殿，富贵一时。而你生辰月恰是癸卯金箔金，命中又有水，与朕遇之，大吉，不仅可以建宫修殿，而且会权倾天下、威震四方。”

乾隆的一番解释让富察氏激动不已，她含情脉脉地望着乾隆，说：“这么说，臣妾和皇上的姻缘是前世注定的？”

“当然，你想听听朕的八字批语是怎么说的吗？”

“臣妾愿闻其详。”

乾隆娓娓道来：“庚金生于仲秋，阳刃之格，金遇旺乡，重重带劫，用火为奇最美，时干透煞，乃为火焰秋金，铸作剑锋之器。格局清奇，生成富贵福禄天然。地支子午卯酉，身居沐浴，最喜逢冲，又美伤官，驾煞反成大格。书云：子午酉卯成大格，文武经邦，为人聪秀，作事能为。连运行乙未。甲午，癸巳身旺，泄制为奇，俱以为美。此命贵富天然。占得性情异常，聪明秀气出众，为人仁孝，学必文武精微。幼岁总见浮灾，并不妨碍。运交十六岁为之得运，该当身健，诸事遂心，志向更佳。命中看得妻星最贤最能，子息极多，寿元高厚。这是圣祖请的算命先生的批语。”

“果然有‘命中看得妻星最贤最能’之句，李总管未骗臣妾。”富察氏的眼神里波光闪闪，两腮微微泛红。

乾隆问：“怎么？李总管跟你提起过朕的八字？”

“正是，在迎亲那日说的。”

乾隆微微一笑：“朕是斗，你是星，朕是松柏木，你是常流水，朕是山下火，你是平地木，朕是路旁土，你是金箔金，命中绝配呀。这就叫前世有缘。”

富察氏心潮起伏，泪眼蒙眬：“既然是前世有缘，命中注定，臣妾一定做个最贤最能的妻子。”

天道忌全，过于美满的幸福往往伴随着灾难。

乾隆三年十月十二日，暗沉的天空，倾吐着烦闷的气息，整个皇宫里流淌着潮湿的压抑。乾隆皇帝在长春宫里焦急地来回踱步，面上布满焦虑和悲愁。永琏因“偶感风寒”，一病不起。

一会儿，暖阁里传来富察皇后撕心裂肺的哭声：“永琏，我的儿啊，你、你才九岁呀，就这么去了。天哪！我的命运怎么……这么惨啊！”

乾隆双眉紧锁、目瞪口呆，两行热泪滚过脸颊。

两个太医颤颤巍巍地从暖阁里出来，扑通一声跪倒在地，声泪俱下：“皇上，奴才无能，永琏他、他归天了。”

乾隆怒吼：“永琏不过是偶感风寒，你们连这点小病都治不了，废物，全是废物。”乾隆一脚将太医踹倒在地，转身出去了。所有的太医和宫女太监都吓得浑身颤抖。

乾隆站在宫外的台阶上，对大内总管吼道：“传旨，辍朝五日，朕要为永琏守灵。”

“喳。”

乾清门前，文武百官身着白色孝服，齐刷刷地跪在青砖地上，乾隆神色严峻，目光里充满悲伤。

李总管展开乾隆的密旨宣读：“谕曰：永琏乃皇后所生，朕之嫡子，聪明贵重，气宇不凡。皇考命名，隐示承宗器之意。朕御极后，恪守成式，亲书密旨，召诸大臣藏于乾清宫‘正大光明’匾后，是虽未册立，已命为皇太子矣。今既薨逝，一切典礼用皇太子仪注行。旋册赠皇太子，谥号端慧 。钦此！”

第一个女儿去世时，乾隆和富察氏虽然悲痛，却并不致命。永琏的去世，却几乎摧垮了富察氏。她大病一场，体重骤减，几天之内，形销骨立。乾隆十分担心，天天过来探视。然而富察氏的与众不同就在此时显露出来，在皇帝面前，她从不流露内心的悲伤，反而没话找话，和皇帝聊东聊西，以减轻皇帝内心的痛苦。为了不让太后担心，刚刚能下床，她就一如往日，日日到婆婆处问安。体力刚刚恢复，她又担当起管理后宫的大任。

第三十四章
消逝的辉煌

故宫御花园以钦安殿为中心，两边对称分布了20座不同样式的建筑。每一座建筑都玲珑有致，体现出它独特的魅力。两座对亭造型最具特色，纤巧秀丽，为御花园增色不少。浮碧亭和澄瑞亭为横跨于水池之上的方亭，映衬着湖光，显得更加秀丽；万春亭和千秋亭造型奇特，上圆下方，组成十字形平面的多角亭。园内奇石罗布，绿树成荫，青翠的松、柏、竹间点缀着山石，形成四季常青的园林景观。其古柏藤萝，皆数百年物，将花园装点得情趣盎然。

关林和方莹漫步在御花园的彩石铺成的甬路上，欣赏着以不同颜色的卵石精心铺砌而成的精美图案，900余幅不同的人物、花卉、景物、戏剧、典故等图案生动活泼，妙趣无穷。

方莹环视着园内的风景，心情格外畅快："这御花园的面积虽然不大，无法跟颐和园、圆明园相比，但毕竟顶着'御'字招牌，自然有它的过人之处。"

"是啊，这里是帝后、妃嫔们茶余饭后休息游乐的地方。"关林说，"那些百无聊赖的妃嫔，可以在这里吹吹风、喝喝茶，看看风景、下下围棋，借以消磨时光。另外，每年登高、赏月活动也在这里进行。"

方莹指着一座大殿问："那是钦安殿吗？"

"是，钦安殿的殿基是以汉白玉石为材的须弥座，殿内供奉道教的真武大帝。真武大帝是水神，所以每年立春、立夏、立秋、立冬等节令，皇帝到此拈香行礼，祈祷水神保佑皇宫，消灭火灾。"

“这里，不知留下了多少乾隆皇帝和富察皇后的足迹。你带我到这里来，是想告诉我一些乾隆皇帝和富察皇后的故事吗？”方莹问。

“是的。如果圆明园不被毁掉的话，我会带你去那里的，《红楼梦》的大观园里，隐含着多少这对‘情痴’帝后的故事啊。乾隆虽然是个风流天子，但是，他与富察皇后感情深厚，互敬互爱是不争的事实。他俩结发22年，如同两棵相互依靠交织成长的大树，彼此早已长成了对方的一部分。小说中的黛玉对宝玉关怀备至，她为宝玉精心绣制的荷包，宝玉视为珍品，一直藏于衣内。乾隆有次秋季去关外对皇后谈起关外旧俗，提及祖上刚刚创建帝业的时候，衣物的装饰都是用鹿尾绒毛搓成线缝在袖口，而不是像现在皇宫中那样用金线银线精工细绣而成。乾隆当时不过是随口说说而已，但孝贤皇后却将乾隆的一席话深深记在心里，后来还特地做了一个用鹿尾绒毛搓成线缝制而成的燧囊献给乾隆，以示不忘满洲本色。”

关林凝望着御花园的美景，仿佛看到了当年的情景——

承德避暑山庄的宫殿与天然景观和谐地融为一体，山峦起伏，沟壑纵横，众多楼堂殿阁、寺庙点缀其间。青砖灰瓦的殿宇和围墙，原木本色，淡雅庄重，简朴适度，与京城紫禁城的黄瓦红墙，描金彩绘，堂皇耀目形成明显对照。

乾隆皇帝和富察皇后站在“万壑松风”大殿的栏杆前，眺望着山庄的秀丽风光。

乾隆说：“这个殿为圣祖皇帝所题三十六景之第六景，建成于康熙四十七年，北临湖水，主殿与五座单体建筑建在高岗上，彼此有游廊相通。景区内有松树数百株，阵风吹过，松涛骤起，故名‘万壑松风’。”

“果然涛声阵阵，真是名副其实。”富察皇后应道。

乾隆指着宫殿区北面的湖泊说：“那片湖泊上有8个小岛屿，将湖面分割成大小不同的区域，层次分明，洲岛错落，碧波荡漾，富有江南鱼米之乡的特色。”

“真是湖光山色美如画啊。”富察皇后感叹道，又关切地说，“这里风大，皇上当心着凉。翠珠，拿件披风来。”

丫鬟翠珠拿着一件黑狐皮领、石青色绣金龙的披风过来，富察皇后将披风披到乾隆肩上。乾隆拉拉披风，看了看袖口的金线绣花，转身向殿里走去，边走边说：“我大清王朝的奠基者太祖和太宗皇帝刚刚创建帝业的时候，是极艰苦的，不仅宫殿不似这般豪华宏大，就连衣物亦很简朴。那时衣物的装饰都是用鹿尾绒毛搓成线缝在袖口，不似现在宫中这般用金线银线精工细绣而成。我等之辈能有今日之辉煌伟业和奢侈生活，全是先辈们含辛茹苦换来的，我们不能忘了本啊。”

乾隆的一席话，富察皇后铭记在心。

一个月后的一天，长春宫的暖阁里，富察皇后坐在炕上，手里拿着一个鹿尾绒毛缝制而成的燧囊端详着，脸上露出满意的笑容。

外面传来太监的声音：“皇上驾到！”

富察皇后赶紧起身迎到门口，乾隆皇帝跨进门来。

“臣妾见过皇上。”富察皇后双膝微微弯曲，双手交叉放在腰部施了一个屈膝礼。

“皇后免礼。”乾隆走过来坐在椅子上。

“朝政都处理完了？”富察皇后问。

“哪有个完啊，昨晚批折子到三更，今天朝会后处理了一些事情，到你这里散散心。”

“皇上要保重龙体，不可过晚休息。”

“不妨事，皇后在干什么？”乾隆问。

富察皇后微微一笑，转身拿起炕上的燧囊递给乾隆，说：“臣妾用鹿尾绒毛搓成线，给皇上缝制了一个燧囊，不知皇上可喜欢？”

乾隆接过燧囊仔细看着，面露喜色：“你如何想起做这个？”

“上次在承德避暑山庄时，皇上说起先祖创业时的艰辛，臣妾很是感动，故特做此燧囊，以示不忘我大清的满洲本色。”

乾隆听罢，感慨地说：“上次朕不过是随口说说，没想到皇后竟如此上心。好好好，我喜欢得很，难得你这一片真心啊。如果朝廷官员都似你这般，何愁吏治不清。”

乾隆非常珍爱孝贤皇后亲手缝制的燧囊，一直带在身边。

在经受七年折磨之后，上天终于再次降恩，富察皇后又一次怀孕了。

乾隆十一年正月，紫禁城保和殿里一片欢声笑语，乾隆在主持各种典礼祭祀活动后，又在大殿里筵宴宗室王公大臣。

乾隆毫不掩饰地颁旨：“祭祀活动后，本该移居圆明园，于山高水长处庆上元节、观看烟火，丙寅年亦曾于宫中庆元宵，盖彼时以皇后将有弄璋之庆，朕不忍让皇后和未出生的皇儿经受车马劳苦，故此年上元节将在紫禁城度过。”

参加元宵宴会的宗室、外藩王、贝勒、公等及一品武大臣、南书房、上书房、军机大臣和外国使臣无不领悟到乾隆对未出生的孩子的疼爱，齐声赞道：“恭喜皇上将得龙子，我大清江山社稷得以龙脉延续，后继有人，真乃天降大喜也。”

“哈哈哈，”乾隆笑声朗朗，举杯道，“列位宗室皇亲、藩王和臣公，满饮此杯，为朕即将诞生的七皇子祝福吧。”

“为龙子祝福，为皇上、皇后祝福。”

几个王公、大臣窃窃私语：“皇后若生了儿子，必是皇太子。”

“李大人所言极是，将来继承大统的非皇后的嫡子莫属。”

阳春三月，满目色彩斑斓、新红嫩绿。粉红色的桃花和木棉、芙蓉争奇斗艳，将皇宫装点得格外艳丽。长春宫里一片春意盎然，喜庆祥和的气氛。

两个宫女扶着挺着大肚子的富察皇后，在院子里慢慢溜达着。贵妃苏佳氏看着皇后的肚子，喜盈盈地说：“恭喜皇后，这次一定是个龙子。”

“对，臣妾看着也是个龙子。”嘉妃金氏也随声附和。

富察皇后的笑容格外灿烂：“如果真是皇儿，本宫一定到泰山去还愿。”

娴贵妃那拉氏说：“皇后，过几天就该生了，还有什么要准备的？皇后吩咐一声，臣妾等一定效力。”

“对，请皇后示下，一切都会准备妥当的。”嘉妃金氏也殷勤地说。

“苏贵妃、娴贵妃和嘉妃就不用操心了，王嬷嬷等把一切都准备妥当了。”皇后微笑着摸摸肚子，“本宫已经给宝贝儿子垒起了一个温暖的香巢，只等他来享受了。”

“呵呵呵。”所有的人都笑逐颜开。

四月初八，天降喜雨，已经35岁的富察皇后生下了皇七子。

太和殿里，文武百官喜形于色，高贺：“恭喜皇上，贺喜皇上，皇后又诞龙子，乃天下苍生之幸也。”

“哈哈哈！”乾隆开怀大笑，“上苍不负朕也，今日亢旱之后大沛甘霖，又值‘佛诞’，这吉祥的日子里，皇后又诞龙子，真是三喜临门，可喜可贺。”

“吾皇万岁、万岁、万万岁！”百官齐声祝贺。

当夜，乾隆激动的心情难以平静，提笔赋诗一首：

浴佛日复雨因题

九龙喷水梵函传，疑似今思信有焉。
已看黍田沾沃若，更欣树壁庆居然。
人情静验成和豫，天意钦承倍惕乾。
额手但知丰是瑞，颙祈岁岁结为缘。

写毕，怕别人不懂，乾隆又在前两句诗下面加了“是日中宫有弄璋之喜”这样的注释。

“弄璋”典出《诗经》“乃生男子，载寝之床，载衣之裳，载弄之璋”，于是后人把生男孩文雅地称“弄璋”。佛诞日民间有结缘之俗，乾隆祈盼年年浴佛日能结喜缘。

第二天，养心殿里，乾隆因喜得皇七子心情格外畅快，处理完朝政后，他对李总管说：“你去把明代书画家董其昌抄写的观音经咒《白衣大悲五印陀罗尼》找来，朕要御临。”

“喳。”

李总管找来经文后，乾隆认真将经文御临一遍，随后便将这件饱含自己喜悦心情的经文特赐爱臣张廷玉之子张若霭以同贺。

董其昌手抄的这部短短的经咒在明末特别流行，这是因为一些士大夫对它有信心，为了求子，彼此推荐奉行。乾隆亲自御临此经书，可见当时喜得皇七子的愉悦心情。

张若霭受此皇恩，自是诚惶诚恐。得此圣卷，其沐手记之曰：“乾隆十一年四月十五日，御临此本以赐臣霭，臣拜捧天书，宠惊异数，恩光永佑，花雨常新，臣拜手敬书以记岁日。”

皇恩浩荡，群臣共敬。董邦达、梁诗正、沈德潜、丁观鹏等二十余位当朝重臣及名仕，或依观音或临经文而完成《白衣大悲五印心陀罗尼经》卷，同贺圣皇得子，亦唱和张若霭得此皇恩，令观者无不惊目吐舌、拍案叫绝。

第二年佛诞，皇七子周岁，苍天不负乾隆所望，绵绵细雨再次降临。乾清宫里，乾隆望着窗外的蒙蒙丝雨，心旷神怡，乘着大好心情叠去岁韵再赋诗一首：

廉纤夜雨枕边传，天眷常承独厚焉；
饶有对时增惕若，那无抚节庆油然。

写到此处，乾隆凝眉思索一阵，接着写道：

啐盘嘉祉徵图策，佛钵良因自竺乾。

恰忆去年得句日，果然岁岁结为缘。

写毕，又觉得“啐盘”这个词似乎冷僻了些，于是，将“啐盘”改为“醉盘”，又在诗句下加上一条自注：“去岁中宫生子，今日适逢周醉。”

乾隆放下毛笔，起身漫步到窗前，仰望星空，心驰神往。

第三十五章
逝者的悲声

月光好像是炫耀自身的光泽一样，在硕大的皇宫里洒下一片银白。

长春宫里烛光高照，满屋通明。乾隆皇帝看着牙牙学语的皇七子，喜爱、快乐的表情毫无遮拦地显现出来。他对富察皇后说：“在朕所有的儿子中，皇七子是最聪明，最漂亮的；且出自正嫡，聪颖殊常也。”

皇后笑道：“皇上洪福齐天，龙御天下，臣妾岂可让皇上断后。”

乾隆对门外高喊一声：“胡世杰。”

侍立在门外的传旨太监胡世杰闪进门里：“奴才在。”

“传旨宗人府，皇七子赐名永琮。”乾隆下旨。

“喳。”

“皇上，按照宫中皇子适龄后才命名的传统，很多皇子都好几岁了才取名，可我们的儿子才刚满周岁呀。”富察皇后说。

“朕的固伦皇子，自然要和和硕皇子有所不同，‘琮’者，祭祀所用之玉杯，秉承宗业之意也。”乾隆皇帝胸有成竹。

“皇上，”太监胡世杰细声细语地说，“宗室中已经有一位永琮了。”

“是谁？”乾隆感到有些意外。

“庄亲王允禄之孙，弘普的第一子。”

“他没资格叫此名。”乾隆思索一阵后，说，“传旨，弘普第一子赐名永瑺，皇七子赐名永琮。”

“喳。”胡世杰退出。

灿烂的笑容又一次出现在富察氏脸上。这个孩子所得到的关心照顾，可谓无以复加。富察皇后几乎把全部心血都放在他身上，日日不离左右。乾隆已把承继大统的希望完全寄托在富察皇后这个嫡出的婴儿身上。

乾隆十二年腊月，寒风凛冽，万物萧疏。

乾隆正在养心殿批阅奏折，胡世杰慌慌张张地跑进来，苍白的脸上满是恐怖："皇上，不好了，七爷他……"

乾隆猛地抬起头，惊问："永琮怎么了？"

"七爷他、他出痘了。"

"什么？"乾隆惊愕万分，手中的笔掉在桌上，"传太医，快传太医。"

"喳。"胡世杰刚要转身。

"等等，"乾隆又下一道旨意，"传旨，宫中所有未出痘的阿哥全部出宫避痘。"

"喳！"胡世杰匆匆离去。

乾隆眉头紧锁，脸色苍白，双手微微颤抖。愣怔了一会儿，他起身快步走出殿外，几个大内侍卫和宫女紧紧跟在身后。

佛堂里香烟缭绕，富察皇后双手合掌，跪倒在庄严神圣的大佛脚下，泪眼蒙眬，默默祷告："佛祖开恩啊，保佑本宫的儿子永琮能闯过这一关，如果永琮平安无事，本宫将为佛祖再塑金身，阿弥陀佛。"

富察皇后极为虔诚地给佛祖叩头，她慢慢抬起头来，已是满脸泪痕。神秘的大佛永远是那一副平静而威严的表情，似乎并无半点慈悲之心。

长春宫院内燃着香炉，大殿前挂满祈福的佛家画符，几十个和尚身披袈裟，手敲木鱼，嘴里低声念着谁也听不懂的祈福词，院里一片木鱼和咏颂佛经的嗡嗡声。

东暖阁的炕上，永琮眉头紧锁，双目紧闭，面色发青，呼吸困难；干裂的嘴唇上满是血泡，额头、脖子和胳膊上现出一粒粒水泡。

乾隆望着昏迷不醒的永琮，心似刀绞。几个太医束手无策，跪在地上，宫女和太监也浑身不停地颤抖。

乾隆起身，焦急地在地上来回转悠，猛回头看见跪在地上的太医和宫女，怒不可遏，大吼："滚，一群废物，都给朕滚出去。"

太医、宫女和太监连滚带爬地退了出去。

乾隆合掌，仰天长叹："唉！苍天呀，保佑朕的儿子吧。"

腊月二十九日除夕，当千家万户沉浸在辞旧迎新的欢乐之中时，皇宫里却沉浸在一片死寂之中。

“皇上，永琮他……他归西了。”胡世杰一声哭喊。

长春宫的院子里，一大堆妃嫔、文武大臣、太医、宫女和太监齐刷刷地在乾隆面前跪倒一片。

乾隆眼前一黑，一个踉跄，险些摔倒。身后的几个侍卫赶紧扶住他。

“皇上节哀，保重龙体呀。”

乾隆定定神，推开侍卫的手，慢慢向东暖阁走去。

富察皇后呆呆地坐在炕上，手里紧紧握着永琮的衣冠，脸色苍白得可怕。

乾隆抚摸着皇后的肩头，低声劝慰：“皇后，事已至此，回天无力，节哀呀。”

富察皇后欲哭无泪，喃喃自语：“苍天待我不公啊，为何如此残忍，让我一再忍受丧子之痛，难道我前世有何孽债吗？”她慢慢抬起头，木木地看着乾隆：“臣妾和皇上不是前世有缘吗？不是星相极相配、命中注定的姻缘吗？可是，上苍为何如此惩罚臣妾，是臣妾不够诚心吗？是臣妾这个皇后不够称职吗？皇上，为何这般？为何呀？”

乾隆牙关紧咬，无言以对。

“皇后，你要哭，就痛痛快快哭一场吧，憋在心里会坐下病的。”苏贵妃劝道。

突然，一声撕心裂肺的嘶喊：“啊——”富察皇后一头栽倒在炕上。

“皇后——”屋里乱作一团，一片惊恐的喊声。

娴贵妃那拉氏的眼神却与别人不同，那是一种令人难以琢磨的兴奋的光泽。

乾隆十二年正月初二，狂风肆虐，阴云密布，皇宫里一片肃穆，悲哀的气氛压抑得人们喘不过气来。

皇七子遗体盛入外髹朱漆施绘云龙图案的“金棺”之中，梓宫供奉于景山观德殿。殿内挂起层层白幡，灵堂的正中摆放着永琮的灵柩，灵桌上设着牌位、香案、蜡烛、三牲及供品，内务府所有官员和宫女太监等均着白衣麻布，九步一叩，以儆孝之。宫乐者齐鸣乐，白纸漫天，一片悲哭哀号声。诸王大臣官员及公主、福晋等齐集致哀。

传旨太监宣读乾隆皇帝的谕旨：“皇七子永琮，乃中宫皇后所生嫡子，自幼聪慧过人，天生异相。太后因其乃正嫡，且聪颖殊常，钟爱最笃。朕亦深望教养成立，以继大统。如今突然出痘夭折，朕十分悲痛。朕建储之意，虽默认之太子，但未似端慧太子之书旨封贮，又尚在襁褓，非其兄可比。虽皇后所诞，亦无夭折既追封太子之例。但念皇后富察氏出身名门，虽未久侍先皇，然十几年来精心侍奉皇太后，承欢致孝，备极恭顺，竭力辅佐朕，足称一代贤后。其所生皇子再次夭折，难以抚其所受之痛，皇七子之丧仪理应比其他皇子更为隆重，故特赐谥号‘悼敏皇子’。朕即位以来，敬天勤民，自问并未得罪天地祖宗，然何故正嫡子嗣一再早亡？难道是因大清自定鼎中原以来，历代皇帝都非正嫡继统，而朕必欲以嫡子继统，获得先人未获之福分，故一线妄求之心，遂起如此之祸？此朕悲悼之余，寻思所及，一并谕王大臣等知之。”

永琮的“丧仪应视皇子为优”，礼部等衙门奉旨，拟定丧仪，为“悼敏皇子”举办了盛大的丧事。

乾隆皇帝辍朝五日，宫中所有人员都身穿孝服，亲王以下奉恩将军以上的皇室贵族，公侯伯以下骑都尉品级以上官员，公主、福晋以下二品夫人以上命妇都腰系白带，集于观德殿，每日两次向永琮灵柩贡献祭品。

四月十七日，行“奉移礼”。是日亲王以下，四品衣以上官员都集于祭所大门外，公主、福晋、命妇等则集于二门以内。80 个抬棺杠夫抬着“金棺”棺车经过各门，内务府官员奠酒行礼，王公大臣官员和命妇等哀号送行。棺车起行后，前后仪卫和太监、护军等随行，又有礼部、工部官员和八旗官兵护送。从京城到葬地朱华山沿途共设 4 站，各塔路祭棚，每两站之间备抬棺夫役 30 班，每班 80 人，各有关员任领班，分段抬行，至每站都要设酒筵祭奠。在朱华山附近，有事先到达的贝勒、大臣等候迎。此后又经过了几番祭奠行礼，将“金棺”安置在葬地所设的板房之内。

九月二十五日，行“奉安礼”，正式下葬。永琮同他的哥哥端慧皇太子永琏一起安葬在了朱华山太子陵园内。

太子陵园地宫里，富察皇后望着两个儿子的“金棺”，肝胆欲碎，哭倒在地。周围的妃嫔、宫女、太监皆悲号不止。

“我的……苦命的儿呀，你们就这样……撇下皇额娘，永远地……去了，皇额娘……今天来葬你们，来日……谁来葬皇额娘啊？本宫的命……好苦啊！苍天啊，你为何……如此残忍？让本宫屡遭……丧子之痛啊！”

富察皇后肝肠寸断，哭声变得颤抖，忽断忽续。模模糊糊的话音、缠缠绵绵的情思、悲悲切切的伤痛，让苍天洒泪，使万物垂首。

半空中响起林黛玉悲切的歌声：

三月香巢已垒成，梁间燕子太无情！

明年花发虽可啄，却不道人去梁空巢也倾。

……

尔今死去侬收葬，未卜侬身何日丧？

侬今葬花人笑痴，他年葬侬知是谁？

时隔15年后好容易孕育的一个儿子又一次不幸夭折，使本来美满的婚姻在反复失去爱子的打击下，蒙上一层悲哀的色彩。一次次的丧子之痛，恰如风刀霜剑，割裂了富察皇后的心，她无法理解上天为什么会一而再、再而三地给她以如此残酷的打击。她再也承受不起如此重创，悲恸欲绝，终至一病不起。

这一日，乾隆处理完朝政后，对李总管说：“备轿，朕要到长春宫去。”

“喳。”李总管赶紧去安排。

乾隆坐了轿子，直往长春宫而去，十几个侍卫、宫女和太监跟在轿后。

在长春宫大殿前，两个宫女扶乾隆下轿，乾隆走上台阶，在丹墀上肃立的宫女们急忙跪倒：“奴婢给皇上请安。”

“皇后今天进食如何？”乾隆问一个宫女。

“回皇上，皇后早上进了半碗莲子羹，午膳进了一小碗粳米饭和些许牛肉、参汤。”

“药膳都按时服用了吗？”乾隆又问。

“回皇上，都是王太医亲自服侍皇后服用的。”

乾隆点点头，跨进东暖阁的房门。

富察皇后躺在炕上，身边站着两个宫女。见乾隆进来，皇后挣扎着要爬起来，乾隆赶紧上前扶住她：“莫动，躺下，躺下。”

富察皇后躺下，眼巴巴地看着乾隆，说：“臣妾真不中用，让皇上操心了。后宫里还有很多事情需要料理，可臣妾这身子骨却不争气。”

“皇后安心静养吧，后宫的事就别操心了，朕已安排贵妃那拉氏暂为代理了。”

“皇上，这几日，好几次梦见碧霞元君在召唤臣妾，臣妾已经许下心愿，病好后定亲往泰山还愿。”

“朕知道，碧霞元君是传说中泰山的神女。朕答应皇后的要求，等你病体痊愈后，朕一定陪同皇后亲往泰山碧霞宫拈香，为皇后祈福，日后皇后定能身体康健，早诞龙子。”

富察皇后惨淡地一笑：“臣妾谢皇上隆恩，怕是臣妾再没那个福气了。”

“哪里话，皇后年纪尚轻，日后必能再生龙子。”

乾隆十三年正月，乾隆供奉皇太后东巡，皇后随驾出巡。三月初，富察皇后随同乾隆登上泰山，拜见碧霞元君。乾隆亲自为碧霞元君上香祷告，为皇后祈福。回銮途中，富察氏因爱子夭折，悲悼成疾，加上车马劳顿，遂于济南一病不起。皇帝闻讯，立即决定停止按程赶路，就近在济南府驻跸，以便皇后调养。

是夜，济南府的一个厅堂里，富察皇后躺在床上，气息微弱。一个宫女端着药碗，用小勺小心翼翼地给皇后喂药。

乾隆进屋，关切地问：“皇后感觉如何？”

“劳皇上惦记。皇上，因何驻跸济南府？”

“皇后身体欠安，凤体要紧，故在此歇息几日，等皇后康复后再回京。”

“臣妾并无大碍，皇上切不可因臣妾贻误朝廷政务，更不可让皇太后为臣妾担忧，还是及早旋辔北还。”

皇帝沉吟良久，喊：“来人。”

胡世杰闪进门里：“奴才在，皇上有何旨意？”

“传旨，三月初八起驾回京。”

“喳。”胡世杰退出。

运河上行驶着无数只旌旗飘扬的船只，浩荡的回銮船队由水路向京城行驶。

天气阴沉，浓浓的迷雾笼罩了德州的码头，空中低悬着令人抑郁的卷卷黑云。

龙舟上一片哭喊声：“皇后，皇后——”

乾隆十三年三月十一日，当船队行驶到山东德州舟次时，富察皇后在龙舟上撒手人寰，年仅37岁。

乾隆默立在龙舟船头，仿佛浑身的血液都凝固了，万分的悲哀让这位叱咤风云的天子失去了所有的感觉，他无法接受皇后逝去这个惨痛的事实。

夜色如雾一样聚拢，从运河上吹来的风，夹杂着夜晚的冷意和湿润的泥土味。惨白的月光洒在地上，到处都有蟋蟀凄切的叫声。夜已经很深了，乾隆在停泊在运河旁边的青雀舫上辗转反侧，无法入睡。

“来人。”

胡世杰进舱来：“皇上，奴才在。”

“掌灯。”

“皇上，现在已经三更了，您要保重龙体呀。”

“你想抗旨吗？”

“奴才不敢。”胡世杰急忙点亮灯。

“出去。”

“喳。”胡世杰低头退出。

乾隆颤颤悠悠地爬起来，踱到书案前，拿起案上的毛笔，满怀悲愤之情，写下了《痛悼大行皇后的挽诗》：

恩情廿二载，内治十三年；忽作春风梦，偏于旅岸边。
圣慈深忆孝，宫壶尽钦贤；忍诵关雎什，朱琴已断弦。
夏日冬之夜，归于纵有期；半生成永诀，一见定何时？
棉服惊空设，兰帷此尚垂；回思想对坐，忍泪惜娇儿。
愁喜惟予共，寒暄无刻忘；绝伦轶巾帼，遗泽感嫔嫱。
一女悲何恃，双男痛早亡。不堪重忆旧，掷笔黯神伤！

当东方的天际泛起一丝红霞的时候，乾隆放下手中的毛笔，脸上已是泪痕点点。

同日，乾隆向全国公布了皇后去世的噩耗，谕旨曰：“皇后同朕奉皇太后东巡，诸礼已毕，忽在济南微感寒疾，将息数天，已觉渐愈，诚恐久驻劳众，重廑圣母之念，劝朕回銮；朕亦以朕病已痊，途次亦可将息，因命车驾还京。今至德州水程，忽遭变故。言念大行皇后乃皇考恩命作配朕躬，二十二年以来，诚敬皇考，孝奉圣母，事朕尽礼，待下极仁，此亦宫中府中所尽知者。今在舟行，值此事故，永失内佐，痛何忍言！昔古帝王尚有因巡方而殂落在外者，况皇后随朕事圣母膝下，仙逝于此，亦所愉快。一应典礼，至京举行。布告天下，咸使闻知。”

浩荡的船队载着富察皇后的遗体沿着运河向京城驶去。一路上，整个船队被哀伤悲愤的浓云所笼罩。乾隆神思恍惚，茶饭不思。

“臣妾拜见皇上。”龙舟舱外传来一声清脆而熟悉的声音。

“皇后？”乾隆猛地站起身来，愣愣地望着龙舟舱口，“是皇后的声音。”

他疾步跨出舱口，只见一个身着孝服的女人垂手立在龙舟舱外。

乾隆泪眼蒙眬，分明看到富察皇后微笑着站在那里。他大喊一声：“皇后！”猛地扑了过去，一把将那个女人抱在怀里：“皇后，你去了哪里？你不能撇下朕啊！没有了皇后，朕怎么活下去呀。”

“皇上，”女人慢慢抬起头来，悲怆地说，“皇上，臣妾是贵妃那拉氏。”

“那拉氏？”乾隆一把推开那拉氏，四下望着，“怎么是你？皇后呢？皇后在哪里？”

那拉氏扑通一下跪倒在地，哭诉：“皇上，皇后已经仙逝了，您要保重龙体啊！”

“你胡说，”乾隆大吼一声，“皇后不会死，她不会死的，该死的是你们这群废物。”乾隆此时已处于疯迷的状态里。

“皇上，皇上——”宫女太监纷纷跪倒在乾隆脚下。

“滚，去死吧，你们都该去死。”乾隆疯狂地嘶喊。

“皇帝！”乾隆身后传来一声怒喝，他慢慢回过头来，太后钮祜禄氏拄着龙头拐杖，在两个宫女的搀扶下慢慢走来。

“皇额娘。”乾隆神志稍稍清醒。

“皇帝，富察氏是个好孩子，也是个好皇后。她去了，额娘心里何尝不是乱箭穿心。可你是大清国的皇帝，你要冷静啊，朝廷上下有多少重要的事情等着你去处理，你不能一味地沉浸在悲伤之中。照这样下去，你就毁了，大清国也会因你而毁掉。皇帝，你清醒清醒啊。”

皇太后的一席话，让乾隆顿时清醒过来，他一下跪倒在太后脚下，失声痛哭：“皇额娘，儿臣知错了。可皇后去了，儿臣心里堵得慌啊。”

太后抚摸着乾隆的后背，柔声道：“那你就痛痛快快地哭一场吧，哭出来心里就敞亮了。”

“啊——”乾隆再也忍不住了，扑在母亲的怀里，大放悲声，连日来压抑在心中的满腔悲愤一齐喷射出来。

第三十六章
哀思如潮

关林和方莹从御花园里出来，并肩向长春宫走去。

方莹说："我记得《红楼梦》第五十七回描写：紫鹃逗宝玉说林妹妹家人要接她回杭州老家去，宝玉登时发起疯来，痴愣愣的和傻子一般。他看见了什锦格子上陈设的一只金西洋自行船，便指着乱叫说：'那不是接他们的船来了，湾在那里呢。'贾母忙命拿下来。袭人忙拿下来，宝玉伸手要，袭人递过，宝玉便掖在被中，笑道：'可去不成了！'一面说，一面死拉着紫鹃不放。这段故事有什么隐喻吗？"

关林解释道："宝玉将那西洋自行船掖在被中，暗喻的是乾隆保存富察皇后所乘御舟之举。富察皇后去世后，乾隆下令将皇后所乘的御舟运到京城保存。此举虽然是乾隆极度悲哀之下的不明智举动，但确实也体现了他对富察皇后去世的痛惜和深厚感情。"

方莹的眼前浮现出当年的景象——

浩大的船队进入京城的通惠河，停靠在码头上。岸上跪着白茫茫的一片人群，全是身着孝服的亲王贝勒、公侯将相、文武官员和宫女太监。

乾隆步下龙舟，缓缓上岸，神色严峻。

"皇后——"岸上悲声四起，哭声震天。

乾隆回首望着尚有富察氏体温的御舟，心中悲思泉涌，断然下旨："胡世杰，传旨。"

"奴才候旨。"胡世杰躬身听旨。

"着礼部，将皇后病逝时所乘御舟运到京城妥善保存。"

"喳。"

数百名船夫、壮丁喊着号子，肩拉手拽，将硕大的龙舟运到东直门城楼下。

一个官员高喊："先停下。"

人们停止了拉船的动作。那个官员跑到城门门洞前，测量了一下门洞的宽度，又跑回来测量了龙舟的宽度和高度，然后一脸愁云地对礼部的官员说："不行啊。门洞太窄，宽度和高度都不够，龙舟运不进去啊。"

"那怎么办？皇上要知道了龙舟运不进城，还不要了我们的小命呀。"礼部官员愁容满面。

养心殿里，礼部的几个官员跪在乾隆面前，陈述："皇上，城门楼门洞太窄，龙舟无法运进城里。"

乾隆蹭的一下站起来，怒喝："那也要运进来。"他步下龙椅，在殿里来回走了几步，转身下旨："把城门楼拆了。"

"啊！"几个官员面面相觑。

"怎么，没听懂朕的旨意吗？"乾隆厉声责问。

"喳！奴才这就去办。"

"退下吧。"

"喳。"几个官员起身，欲退出。

"皇上，微臣有个办法，可以不拆城楼，也能将龙舟运进城。"礼部尚书海望禀道。

"既有办法，那就快去办差吧。"乾隆喝令。

"喳。"海望和几个官员退了出去。

海望指挥运船人员，在城墙垛口搭起一个木架，木架上设有木轨，上面满铺鲜菜叶，使之润滑。千余名壮丁推扶拉拽，将御舟顺利运进了城内，从而保住了城楼，节省了大量人力财力。

景山观德殿里挂满黑纱白带，纸钱漫天飞舞，宫乐低沉回旋。殿前庞大的院子里，数千名皇室宗亲、亲王贝勒、皇子皇孙、公侯福晋、文武大臣和宫女太监全部摘除冠上的红缨，身着白色孝服跪倒在地。

乾隆十三年三月二十五日，富察皇后梓宫移殡景山观德殿，乾隆亲临祭酒。

礼部尚书宣读圣旨：

“奉天承运，皇帝诏曰：朕躬揽万几，勤劳宵旰，宫闱内政，全资皇后综理。皇后上侍圣母皇太后，承欢朝夕，纯孝性成；而治事精详，轻重得体。自妃嫔以至宫人，无不奉法感恩，心悦诚服。十余年来，朕之得以专心国事，有余暇以从容册府者，皇后之助也。从来知臣者莫如君，知子者莫如父，则知妻者莫如夫。朕昨赋皇后挽诗，有圣慈深忆孝，宫壶尽称贤之句。思唯‘孝贤’二字之嘉名，实该皇后一生之淑德，故亲拟皇后谥号：‘孝贤’。大行孝贤纯皇后正位中宫，母仪天下，忽值崩逝，正四海同哀之日。着礼部援引先朝《大明会典》所载皇后丧仪，联衔奏请外省一律照京师治丧。钦此！”

各省文武官员从奉到谕旨之日为始，摘除冠上的红缨，齐集公所，哭灵三日，百日内不准剃头，持服穿孝的二十七天内，停止音乐嫁娶；一般军民，则摘冠缨七日，在此期间，亦不嫁娶，不作乐。天下臣民一律为国母故世而服丧。

出殡那天，72人将棺木抬出东华门，皇室官府倾巢而出。走在最前面的64位引幡人，高举万民旗伞，接着是1628人的皇帝卤簿仪仗队，举着各种兵器、幡旗和各式各样的纸扎或绸缎制作的“烧活”，浩浩荡荡，延绵数里。抬棺木的杠夫，身穿孝服，每班有128人，分三班轮流抬送。棺木后面是全副武装的八旗兵勇，文武百官，皇亲国戚和宗室觉罗的队伍紧跟其后，车轿连绵不断。在送葬行列中，还夹有大批的和尚、道士、尼姑、道姑和喇嘛，身着法衣，手执法器，不断地吹奏、诵经。整个送葬队伍长达十几里，从京城到陵地，沿途几百里，每段距离都搭设玉阶金瓦、朱碧交映的芦殿。灵驾所过御路，两边百里内文武大臣，预先跪迎于路右百步外，候灵驾过，随至宿次，在黄幔城外行三跪九叩大礼，悲声似海、哀号震天。

长春宫里，一切都是富察皇后生前的样子。正殿墙上悬挂着孝贤皇后的画像，案上设着皇后的灵位，孝贤皇后生前用的东珠顶冠和东珠朝珠供奉在灵位前。乾隆帝下令保留长春宫孝贤皇后居住时的原陈设，凡是她使用过的奁具、衣物等，全都保留，一切按原样摆放。

胡世杰慌慌张张地跑进院子，对院子里的宫女太监说：“你们快准备，皇上马上就到了。”

十几个宫女、太监急忙跑进大殿里，紧张地忙活着。

一个太监走到胡世杰面前，轻声说："公公，今天是皇后丧满之日，皇上还没缓过劲来哪?"

胡世杰摇摇头，叹道："唉，皇后的离世，使皇上极度悲痛，最近一直情绪恶劣，烦恼焦躁。昨天皇上回去的路上，看见大阿哥和三阿哥在园子里嬉闹，全无悲哀之情，被皇上严厉斥责，皇上还说：'此二人断不可承续大统。'大阿哥和三阿哥的师傅各罚俸一年，和亲王弘昼、大学士来保、侍郎鄂容安也受到牵连，各罚俸三年。"

"孝贤皇后太贤德了，皇上念念不忘啊。皇后故去的两个多月里，皇上每天都来给皇后上香、祭酒，真够痴情的。"

胡世杰看看四周，小声说："那当然，别看皇上身边那么多如花似玉的妃嫔，可是，孝贤皇后才是皇上的最爱。皇上一向严谨精明，可自从皇后故去，他老是神色恍惚的，反应也迟钝了，经常不知道自己要干什么。常常走到一处，却忘了是要寻找哪个奏折，有时刚说过的话，立刻就忘得一干二净，还不时莫名其妙地大发脾气。所以，我们得小心伺候着，千万别出错。"

院外传来一声喊："皇上驾到!"满院的宫女太监齐刷刷地跪倒在地。

乾隆身着素服，缓步走进长春宫的大殿，燃起一炷香，恭恭敬敬地三鞠躬，将香插在香炉上，又亲斟一杯酒，洒在案前地上。

凝望着孝贤皇后的画像，乾隆神色庄重，眼含热泪，默念：

皇后啊，今天是你的丧满之日，朕又来看你了。你离开朕已经一百天了，可朕总觉得你还在朕的身边，朕无时不在想念你啊。朕写了一篇《述悲赋》，你想听听吗？好，朕念给你听：

为何易经一开始就讲乾坤？为何诗经第一篇就咏关雎？因为夫妻是一切人伦的开始，故将天地名为乾坤与之匹配。朕与皇后婚配，至今已经二十二年了。朕是多么伤痛啊，一夜之间就与皇后永远诀别，从此阴阳两隔，再也无法得知对方的消息。

皇后是父皇为朕选择，出自书礼名门，门第堪配皇室，册立为嫡福晋。在东宫时修身养德，勤于内职，虽然我们没经历过穷困，但也一同经历了风风雨雨。你正位坤宁后，尽职尽责地辅助朕躬，和颜悦色地侍奉太后，可以作为朝中的表率。生活简朴，率先采桑饲蚕；忧国忧民，祈求风调雨顺。

命运多舛，端慧、悼敏两位皇子还未长大，两个小小的身躯便已被黄土掩埋。皇后伤痛于两个幼子接连弃世，以致黯然伤神，落下病根，溘然长逝。你抚养妃嫔的孩子就像亲生骨肉，从不厚此薄彼。在这接连的打击之下，又有谁能不对夫君抱怨呢？何况母亲伤悼两个早殇的幼子，怎能不痛彻心扉？可是你反而强颜欢笑安慰于朕，每每抑制伤悲和泪水，这样的伤痛又如何能止住？朕看见泪水滑落在你的衣襟，朕知道你的心里是何等悲痛。早春启程，和朕一起东巡，皇后生病后害怕劳动众人，于是促朕及早返京，谁知却遭遇了突变。登上画舫，经由潞河回銮返京。快到京城的时候，皇后竟与世长辞，留给朕无尽遗恨。朕深切地自责却不可追悔，不断追思皇后一生的事迹。你的音容笑貌时刻出现在朕的脑海中，失意恍惚怅然若失。面对六宫妃嫔，却想着皇后的倩影；可怜和敬公主，这么小就失去了母亲！

看着湘水东流，拍岸的江水打湿了石头，翻滚地埋落了漂浮的残叶，为何舜的妻子却先他而去了呢？朕遥望蓬莱，为何没有通往那里的船只？不停地为你祭酒，悲伤掩盖之下却举不起酒杯，唯有在灵前徒然悲怆，一抔净土已被清酒掩埋了风流。遵循古礼，亲为皇后定谥孝贤。追思皇后之懿德，岂是孝贤二字就能尽述的？皇后四德俱备，举世无出其右也。

时光如流水，二十二年幸福时光这么快就过去了，痛杀朕也！陈列遗物，追忆当初的美好时光，有时神游物外，触景生情，不胜唏嘘，朕心里却觉得万事皆空，生生死死也就是浮华一场罢了。失去了贤后，谁陪朕走完漫长的人生路？

年年岁岁皆复如此，朝朝暮暮怎奈今思？今又来到长春宫，宫殿寂静，帷帐空垂，春风既过，斯人不再，唯叹：春花秋月兮尽于此已，夏日冬夜兮知复何时！

乾隆皇帝所作的《述悲赋》，句句含情，字字珠泪，感人肺腑，深情款款，刻骨铭心。

不到四十岁的皇帝忧伤过度，揽镜见霜华染鬓，自己也不免惊讶：

揽镜发有白者偶成以志岁月

鬓有二毛底事宣，盼霖伤逝两如煎。

愁缘似我仍频遇，顺意惟人鲜或全。

揽镜见霜初讶许，抚笺得句却怡然。

五箴久矣能成诵，比似昌黎恰并年。

富察皇后故去半年之际，乾隆仍伤感不已：“一日不见如三月，三月胡为瞥眼临。饯夏迎秋偏益感，落花流水动关心。”

乾隆帝认为富察皇后的死，与连生二子，而二子又接连夭亡有关系。

他在《仲夏御园间咏》中写道：

巢梁乳燕呼儿切，濩水文鸳命侣频。

揽结寻常怡性处，云何长遣两眉颦。

尽管乾隆是一个风流天子，常常拈花惹草，处处“遗情施爱”。不过，对乾隆来说，“野花不如家花香”，富察皇后才是乾隆唯一真心爱过的女人。乾隆在当皇子时，就已经娶了福晋、侧福晋、格格等十人。做了皇帝之后，又纳了不少妃嫔。在乾隆的众多后妃中，富察皇后是和乾隆感情最好的，备受乾隆宠爱。作为一个有深度的男人，乾隆对女人的要求当然不仅是外表，他更在乎的是内涵和性格。乾隆诗歌中对富察皇后有“绝伦轶巾帼”的褒扬，“绝伦”表示同类中独一无二的无可比拟者。在乾隆帝心中，富察皇后是他的知音，因此他在诗中一再提到二人彼此相知亲密的情形：“愁喜惟予共，寒暄无刻忘”“山亭水榭间，并辇同舟所”“一日不见如三月”“深情赢得梦魂牵”“忆昔室家赋琴瑟”等，这些情真意切的诗句中，饱含着乾隆皇帝对富察皇后的真挚而深厚的爱戴之情。

富察皇后故去的第一个夏天，乾隆来到长春仙馆，这里的一草一木、一亭一榭都记载着富察皇后的踪迹，乾隆睹物思情，浮想联翩，写下追思爱妻的《首夏圆明园》：

芳园同驻行春跸，邃阁孤搴掩月帷。

睫眼此来非昔往，惊心今日忆前时。

榭柳台花依旧荣，触怀无处不伤情。

柔桑正值新蚕候，黄鸟惟传子夜声。

谁云常住不迁流，信是光阴逝水遒。

二十年来消底事，长春仙馆顿长秋。

乾隆走进御园，似乎又看到富察皇后：“拟散闲愁驻御园，无端翻致黯销魂。但逢景物试追想，率觉凄凉不忍言。”

来到瀛台，他又想起当年和富察皇后在“山亭水榭间，并辇同舟所”的情景，不由得“怆尔独延伫”。

秋天将至，大雁南飞，乾隆望着天空中的大雁，情思绵绵，或许爱妻就在那群大雁里：“行看鸿雁至，应有独离群”，他希望那只“独离群”的大雁就是富察皇后，飞回到他的身边。

七月初七是牛郎织女相会的日子，天下有情人在这一天无不以各种方式来向自己心仪的情人表达爱意。一代天子乾隆何尝不是有情之人，可是他却在“鹊桥节已近”时，只能“愁望绛河旁”。在《七夕感事诗》中，乾隆责问上天：“秋怀容易感，七夕感偏多。天不知情海，谁叫设绛河。”他羡慕牛郎织女尚能一年一会，而自己与富察皇后却永远不能再重逢了：“似彼何妨别，如予岂重逢？拟向天孙问，白云千万重。”这万古千秋的遗恨，到哪里去诉说呢？

七夕、中元过去后，转眼就是中秋，每逢佳节倍思亲，何况“关情最是团栾节”，每年的中秋节帝后都是在“急管繁弦”的热闹中度过的，今年却是“即景偏伤黯淡魂”。

离开无奈的现实，能给心灵一丝安慰的唯有梦境了，为了在梦中与皇后相会，他甚至愿意长睡不醒：“思念不及懵腾睡，犹得时常梦里逢。”

皇后去世的第一个清明节，细雨纷纷，乾隆怀着“两眶清泪心一寒”，写道：“青齐客岁魂堪断，同去谁期便永分。”

之后的岁月里，乾隆帝始终对富察皇后念念不忘，待之如生，每有重要行止和大事都会到她灵前殷殷告知。乾隆十四年秋天，他要到承德避暑山庄和秋狝行围，还特地去静安庄向富察皇后告知行踪。到了避暑山庄，这里又是遍布皇后足迹的地方，“每到遏然频忆旧，尘根底事未全降”。物是人非事事休，乾隆帝不得不感慨“我为遣愁来此地，翻教即景惹忧忡”。

乾隆十九年，乾隆冬巡盛京途经科尔沁，遇到了富察皇后所生的皇三女和敬公主，乾隆的心情是“同来侍宴承欢处，为忆前弦转鼻辛”，看着女儿，想起结发妻子，心情郁郁不爽，鼻子阵阵发酸，美味佳肴在他嘴里形同嚼蜡。

乾隆皇帝南巡期间，为了避免触景伤情，每一次路过济南城都绕城而过，再也没有进入过济南城，怕的是“恐防一入百悲生”。十七年前的三月，富察皇后在这里病逝，乾隆不愿勾起对往事的痛苦回忆，所以才匆匆而过。

乾隆五十五年，80 岁的老皇帝在富察皇后的陵前写下这样一首诗：

三秋别忽尔，一晌奠酸然。
追忆居中阃，深宜称孝贤。
平生难尽述，百岁妄希延。
夏日冬之夜，远期只廿年。

80 岁的皇帝对地下的妻子说：年龄越来越大，唯一的安慰是可以早日见到你。自己不想活到 100 岁，与你相会之期最长不会超过 20 年了！

80岁的老人，如此深情，天地有知，亦当感动。

时光在流逝，乾隆皇帝对富察皇后的怀念却从来没有变淡。到嘉庆元年，乾隆帝与孝贤皇后已阴阳分离48年，将近半个世纪了，但乾隆帝仍在深深地怀念着孝贤皇后。乾隆帝每次到裕陵临奠孝贤皇后，都要作诗悼念。每次作的诗，乾隆帝都亲笔誊写好，将部分诗制成精美的雕漆挂屏，一部分贮存在皇宫，有5块供设在裕陵大殿的东暖阁内。

暮色苍茫中，年迈的乾隆皇帝遥望西边的落日，喃喃自语："皇后，朕的日子也不多了，你在天上的绛河边等着朕，朕一定会去找你的。我们是命中注定的一对儿，下辈子我们再一起投胎，再做生死相依的夫妻。"

第三十七章
诡　　计

关林和方莹步入故宫内廷西六宫的长春宫，迎面一座高大的黄琉璃瓦歇山式顶的宫殿建筑呈现在眼前，殿前左右的铜龟、铜鹤造型生动，栩栩如生。明间的宝座上方，悬挂着乾隆皇帝御笔所题的“敬修内则”大匾，左右有帘帐与次间相隔，梢间靠北设落地罩炕，为皇后的寝室。

方莹说：“长春宫是明清两代后妃居住的宫殿。明代天启皇帝的妃子李氏曾居住在此宫。乾隆皇帝的孝贤纯皇后、咸丰皇帝的慈安太后、慈禧太后、禧妃都曾在这里住过。”

“对，乾隆为亲王时，雍正赐号‘长春居士’。乾隆登基后，为了表达对富察皇后的爱意，将紫禁城的长春宫、圆明园的长春仙馆赐为富察皇后居所。富察皇后去世后，乾隆为了能使自己时常回到与爱妻在一起的回忆中，下令保留长春宫富察皇后居住时的原陈设，凡是她使用过的奁具、衣物等，全都保留，一切按原样摆放，并将富察皇后生前用的东珠顶冠、东珠朝珠和她的画像供奉在长春宫，每年的腊月二十五日和忌辰时，乾隆都亲临凭吊。这种陈设和做法保留了 40 多年，直到乾隆六十年才下令撤掉，允许其他后妃居住。”

“乾隆不愧是个痴情天子。”方莹感叹道，“深爱的皇后已经离去，自己再也无法享受她的温存和体贴了，对此伤感的皇帝有着太多的不甘心。他无法阻止富察皇后离去的脚步，就只能保留她活着时使用的一些物品，企望以物代人，使自己的哀思有寄托之处，让皇后的影子永远留在自己的身边。”

关林看了一眼方莹，说："你知道，我为什么带你到这里来吗？"

"你不就是想让我看看富察皇后生前住过的地方吗？"

关林摇摇头，微微一笑，说："你跟我来。"他拉着方莹走进西配殿的回廊，指着廊内墙上的壁画说："你看看那些壁画。"

方莹仔细看着廊庑的四面墙壁，上面共绘有十八幅以《红楼梦》为题材的巨幅壁画，有神游太虚、宝钗扑蝶、晴雯撕扇、湘云醉卧，还有怡红院、潇湘馆、贾母逛大观园等场景，人物栩栩如生，亭台楼阁等景物富有立体感；布局结构，巨丽精整，画笔精细，典雅清秀。方莹大吃一惊："我的天，这不就是《红楼梦》的壁画吗？"

"对，这些壁画是晚清作品。"关林兴致勃勃地介绍，"据光绪年间《禁宫纪事录》中《长春宫彩绘〈红楼梦〉》一文记载，这些壁画是光绪皇帝的妃子珍妃和她的姐姐瑾妃提议绘制的，慈禧太后欣然同意，并命画工绘制《红楼梦》大观园图进呈御览，命文学词臣赋诗。回廊复道亘长春，幅幅红楼梦中人。徒倚雕栏凝睇想，真真幻幻两传神。慈禧喜爱《红楼梦》，是宫女和近侍们皆知的。《红楼梦》一书中的许多情节她都能背诵，对书中的人物更是了如指掌。慈禧常以贾太君自居，她的寝室和起居之处，吩咐按照书中的描写布置。"

"慈禧为什么要在长春宫里绘制《红楼梦》的壁画？"方莹感到有些不可思议。

"这就是问题的关键。"关林的目光中闪耀出一种奇异的火花，"假如，《红楼梦》像某些红学专家考证的那样写的是曹家的事，为何会引起慈禧如此浓厚的兴趣？在慈禧老佛爷眼里，那个被治了罪的曹家算老几，他家被抄那点破事还值得在皇宫里制成壁画为其鸣冤叫屈吗？再比如，像王景瑞说的那样，《红楼梦》写的是反清复明的事，慈禧却把这样的内容在皇宫中的墙壁上制成壁画，这岂不成了天大的笑话？难道慈禧看不出来《红楼梦》的反清内容？"

方莹突然明白了关林的意思："答案只有一个，慈禧认为《红楼梦》写的就是清朝皇宫里的事。"

"完全正确，慈禧是西宫皇太后，实际上她是光绪朝的最高统治者，小说中大量的只有清皇宫里才可能出现的生活细节的描写，慈禧会看不出来吗？"

方莹说："作为大清的皇太后，慈禧当然熟知清朝对衣食住行的规定。"

“对，可以肯定地说，慈禧非常清楚《红楼梦》描写的是清皇宫里的事，她甚至知道《红楼梦》写的就是乾隆皇帝和他的两个皇后的情史，书中的贾母的身份就是皇太后。所以，她才下令在富察皇后居住过的长春宫的墙壁上绘制《红楼梦》的壁画，并以贾母自居，其饮食起居处处模仿贾母。只有这个解释才能说得通。如果说，《红楼梦》写的是曹家的事，那么，一个堂堂大清的皇太后，却要处处效仿一个五品官的母亲，岂不荒唐可笑？”

方莹饶有兴致地说：“长春宫里的《红楼梦》壁画，证明你的观点是完全正确的。”

关林接着说：“据清末民初徐珂编撰的《清稗类钞》记载，同治十三年的状元陆润庠，曾奉慈禧的旨意，带领十几位翰林院的官员为慈禧专门抄写了一部《红楼梦》，‘每页十三行，三十字。钞之者各注姓名于中缝’。这部手抄《红楼梦》每一页上都有慈禧太后的朱笔小字批语，可见，慈禧太后对《红楼梦》的痴迷。此外，当年慈禧常叫宫廷内外的戏班到宫里演戏，《红楼梦传奇》是她常点的剧目之一。这部戏是道光年间的文人根据《红楼梦》编写的，总共有三十二出。每次演完《红楼梦传奇》之后，慈禧总是对戏子们进行一番奖赏，而且出手大方。特别是扮演贾母和凤姐的戏子，得到的赏赐最多，足见慈禧对这两个人物是倍加喜爱的。我可以断言，慈禧深知贾母和凤姐的身份，一个是皇太后，一个是皇后。”

“太好了，”方莹兴奋异常，“你的研究很有成效呀，终于在书中找到了乾隆皇帝和富察皇后的大量证据。”

“可是，我觉得，离那个谜底还远着哪，到现在我还看不清楚最终的那个结果到底是什么。”关林显得有些忧心忡忡。沉思一阵，他疑惑地自问：“那块红玉到底指的是谁呢？”

“红学界普遍认为，那块红玉是贾宝玉的幻象。”

关林摇摇头：“这个解释不对，贾宝玉不是那块石头。”

“为什么这么说？”

“宝玉前生是‘神瑛侍者’，黛玉前世是‘绛珠仙子’。石头羡慕人间繁华，就求助于一僧一道。和尚就把石头幻化为一块美玉，在神瑛侍者和绛珠仙子下界投胎之际，将美玉‘夹带于中’，一并投胎了。所以，宝玉不是那块石头。”

“可是，小说批语中不是多次称宝玉为‘石兄’吗？这显然是指青埂峰下的那块石头。”

关林再次摇摇头：“我不这么认为。《红楼梦》中的石头有两块：一块是女娲弃之青埂峰下的顽石，另一块是西方灵河岸边的三生石，宝玉是三生石上的旧精魂，所以，宝玉是三生石，而不是青埂峰下的顽石。”

“两块石头？怪不得小说原名叫《石头记》。”方莹问，“还有什么证据能证明宝玉不是青埂峰下的顽石？”

“第一回，只听道人问道：‘你携了这蠢物，意欲何往？’这里，道人所说的‘蠢物’是指幻化成美玉的顽石。第三回，黛玉首次见到贾宝玉，心中正疑惑着：‘这个宝玉，不知是怎生个惫懒人物，懵懂顽童？倒不见那蠢物也罢了。[批语：这蠢物不是那蠢物，却有个极蠢之物相待。妙极！]’脂批中‘这蠢物’是指宝玉，‘那蠢物’则是指化成美玉的顽石，‘这蠢物不是那蠢物’，明确指出：顽石美玉并不是贾宝玉。‘却有个极蠢之物相待’，‘相待’是相约等待的意思，这句话的意思是说等待林黛玉的是比那块‘蠢物’顽石还蠢的贾宝玉。”

关林的解释让方莹不得不信，她又问：“如果贾宝玉不是那块石头，那么，那块顽石到底是指谁呢？”

“其实，那块被化成美玉的顽石是个女人。第一回开篇讲：‘女娲氏炼石补天之时，于大荒山无稽崖炼成高经十二丈、[批语：总应十二钗。]方经二十四丈 [批语：照应副十二钗。] 顽石三万六千五百零一块。’脂批告诉我们，女娲炼的顽石是指‘十二钗’和‘副十二钗’，这些‘钗’都是女人，那么，剩下的那块顽石必是女人无疑。娲皇炼成了‘顽石三万六千五百零一块，用了三万六千五百块’，如果说那‘三万六千五百块’顽石都是女人，唯独弃之不用的这一块是男人，这显然是说不通的。因此，弃之青埂峰下的顽石必是女人。”

“有道理，”方莹赞许地点点头，“接着说。”

“第十八回元春省亲时有一段元春的内心独白：‘此时自己回想当初在大荒山中，青埂峰下，那等凄凉寂寞；若不亏癞僧、跛道二人携来到此，又安能得见这般世面。……’ [批语：自‘此时’以下皆石头之语。] 脂批明示，这一段话是青埂峰顽石的内心独白，元春的话和脂批证明元春就是青埂峰下的顽石，此时她已经是皇贵妃了。”

方莹质疑道：“按照你的解释，元春就是那块石头变成的红玉？可是，宝玉是‘衔玉而生’，他脖子上挂着的那块‘通灵宝玉’就是那块红玉，这该如何解释呢？”

“这个问题我还没有搞清楚。但是，有一点可以肯定，《红楼梦》的故事始终是围绕三个人展开的，即化成‘美玉’的顽石，赤瑕宫的神瑛侍者和脱去草胎木质的绛珠仙子。而且，我越来越感到，青埂峰下的那块顽石才是小说的真正主角。”

“何以见得?”

“小说开篇有一段顽石与僧道的对话，石头听僧道说起红尘中的荣华富贵之事后动了凡心，要求僧道带她到人间享受一番。这样才由僧施幻术，将其变成一块可佩戴的美玉，于‘神瑛侍者’下凡之际‘夹带于中’，使她有机会在红尘中历经繁华。《红楼梦》隐喻的就是这个‘无材补天’的石头幻形入世，蒙茫茫大士、渺渺真人携入红尘，历尽离合悲欢、炎凉世态的一段故事。所以，石头才是小说的真正主角。”

方莹内心一阵欢喜，她知道，关林离那个真相越来越近了。她兴奋地说：“我相信，只要继续研究下去，你一定能揭开那个谜底。”

关林和方莹边走边说，全然没有注意到身后有一个穿着黑色风衣的男人一直在窥视着他们。这时，一个戴着大墨镜的年轻人从对面走来，穿风衣的男人对那个青年微微点头，男青年迎面向关林走来。后面的男人紧走两步，赶上关林，在将要超过关林时，用肩膀撞了一下关林。关林一回头，穿风衣的男人对关林点头致歉：“对不起。”

这时，戴墨镜的男青年快步走来，从右边与关林擦肩而过。

关林并未在意那两个人的行为，他对撞他的那人微笑着点点头，表示并不介意，和方莹继续前行。走了一段路，关林摸了一下衣兜，脸色突变：“坏了!”

“怎么了?”方莹关切地看着他。

“我的手机没了。”关林猛回头寻找与他擦肩而过的男青年，那人已经没了踪影，他再回头找寻撞他的那个穿风衣的人，那个人也不知去向。

“哼，肯定是刚才那两个人，他们是一伙的。”关林愤愤不平。

“肯定是刘敏的人，他们就是想知道你到底掌握了多少情况。”

“看来，他们是不达目的决不罢休呀。”

“他们知道你的资料都在手机里，难道他们已经获取了你的手机密码?”方莹担心地说。

关林脸上露出一丝狡黠的微笑。

昏暗的灯光映射着一张苍白的脸，胡图满脸愁容，不停地吸着香烟，满屋子烟雾缭绕，发出呛人的气味。

从最近掌握的情况看，关林似乎并没有停止《红楼梦》的研究，尽管他表面上极力表现出对研究《红楼梦》没有了兴趣，但是，导师提供的情况胡图不得不重视。那天，肖雅婷在刘敏家的表现引起了主子的注意，肖雅婷为什么要那么做？如果肖雅婷撞翻关林的酒杯是故意所为，那只能有一个解释，肖雅婷在掩护关林。那么，关林的手机里就一定藏有秘密。胡图急于想知道，关林的手机里到底隐藏了什么秘密？

砰砰砰，传来敲门声。胡图走过去打开房门，两个人闪进屋里，正是在长春宫里与关林擦肩而过的人，王景瑞跟在那两人身后。

胡图问："搞到他的手机了？"

"搞到了。"男青年掏出一个手机晃了晃，那正是关林的手机。

"快，破译密码。"

"是。"

王景瑞坐到桌前，打开桌上的电脑，将关林的手机和电脑连接在一起，电脑屏幕上出现手机的画面。

王景瑞显然是个电脑高手，双手十分灵巧而迅速地敲击键盘，一组组的数据在屏幕上飞快地闪现。大约半小时后，电脑上蹦出一串数字，8563HLMM。

"密码破译了，就是这组数字和拼音。"王景瑞指着电脑屏幕说。

"太好了，赶快输入手机里试试。"

王景瑞拿起关林的手机，点了一下文档保存，手机屏幕上弹出一个对话框和提示语：请输入密码。王景瑞在密码输入框里输入 8563HLMM，手机里传出一个熟悉的笑声：哈哈哈，欢迎光临关林的档案室。

"文档打开了。"

"快看看是什么内容。"

王景瑞迅速查看文档目录，看到一个《红楼夜话》的文件夹，他点开这个文件夹，里面是一大堆文章，全是被删改得乱七八糟的数字和不成句子的话，还有一些莫名其妙的图片。

胡图指着电脑屏幕说："这是我给他删改的东西，还有其他内容吗？"

王景瑞一番查找，看见一篇文章，名：告别《红楼梦》。

"打开看看。"胡图说。

文章打开后，几个人仔细看着，文章里诉说了关林考证《红楼梦》

的艰难历程和心理感受，表达了一种悲观和无奈的情绪，文章最后说：“我太累了，不想再继续下去了。我决定，告别《红楼梦》，去寻找一种新的生活方式。也许，这才是最明智的选择。”

“还有其他内容吗？”胡图问。

王景瑞反复查找，除了几篇妙峰山游记和一些生活杂记，没有发现和《红楼梦》有关的内容。

“就这些了，我看，他好像真的对《红楼梦》没有兴趣了。”王景瑞说。

“就这些内容也值得设个密码吗？”胡图将信将疑。

一阵手机的铃声响起，胡图掏出手机看了一下来电显示，对其他人示意一下：“是主子的电话。”

屋里的几个人立刻紧张起来。

胡图接了电话：“主子，是我。”

电话里：“情况怎么样？”

“我们搞到了关林的手机并破译了手机密码，但是，在他的手机里没有发现可疑内容。”

“那，肖雅婷那天的举动该如何解释？”

“也许，她真的是无意的。”

“我不相信什么巧合，这个肖雅婷靠不住，必要的时候，就除掉她。”

“是。”

王景瑞一直注视着胡图，他显然听见了电话里的声音，神情格外紧张。胡图扫视王景瑞一眼，对着电话说：“主子还有什么吩咐？”

电话里：“关林最近和方莹频繁接触，难道真的是在谈情说爱吗？方莹应该清楚，那是根本不可能的。可她为什么还要和关林密切来往。”

“会不会是关林想放弃，方莹在极力劝说他不要放弃？”

电话里：“有这个可能。无论如何，不能放松对他们的监视。”

“是，我们一直在监视他们。”

“但愿关林真的放弃了，那就谢天谢地了。”

夜色深沉，阵阵西风吹开了乌云，半圆的月亮时常从云层里露出脸来，在灰色的高墙内洒下一片朦胧惨白的光，四合院里显得神秘而幽静。

王景瑞躺在床上翻来覆去地睡不着，不住地唉声叹气。肖雅婷坐起来，关切地问：“你到底怎么了？晚上一回来你就心神不定的，是不是出什么事了?”

“唉!”王景瑞翻身坐了起来,没好气地说,“还不都是你惹的祸。”

“我惹什么祸了?难道是主子对我起疑心了?”肖雅婷已经意识到危险了。

“我问你,那天你是不是故意撞翻关林的酒杯的?”王景瑞的目光咄咄逼人。

“噢,就因为这个呀。”肖雅婷故作轻松地说,“那天我见到主子有点紧张,所以,不小心撞到关林了,就因为这点事,主子就不信任我了?”

“唉,你呀,想得太天真了。主子是什么人你不是不知道,对她有威胁的人,她会怎么办?斩草除根啊。”

“哼,大不了再死一次。”肖雅婷一头倒在枕头上,眼睛盯着天花板,“我就是这个命,我认了。”

“你认命了,那我怎么办?”

“就算你害死了关林和马天龙,那你又会得到什么?你已经干过一次伤天害理的事了,还想再干一次吗?那你的灵魂几辈子也不会得到解脱,永远只能在地狱里挣扎。”

“可,可我有什么办法,我,我也就是这个命啊。呜呜呜。”王景瑞扑在枕头上,低声抽泣起来。

肖雅婷的眼角淌下泪水,一幕遥远的情景在脑海里闪现——

紫禁城交泰殿的四周,古树参天,绿树成荫,红墙黄瓦,金碧辉煌。飞檐上的两条龙,金鳞金甲,活灵活现,似欲腾空飞去。殿内顶部的盘龙衔珠藻井气势非凡,梁枋龙凤玺彩画栩栩如生。

殿内的金漆雕龙宝座上,坐着一位身着明黄朝袍的女人,黄袍上绣着九条金龙,间以五色云纹,头上的凤冠满是珠光宝气。女人神态威严,目光深邃。此人正是刘敏。

一个太监领着一个宫女和一个身着三品官服的官员进了大殿。

太监禀报:“皇贵妃,思雨和卢大人来了。”这个太监是胡图。

宫女和官员跪倒在地。宫女首先拜道:“奴婢思雨拜见皇贵妃。”

“宗人府丞卢玉光拜见皇贵妃。”

“起来吧。”

“谢皇贵妃。”思雨和卢玉光站起身来。

皇贵妃威严的目光注视着思雨，问："思雨，你是十二爷的贴身丫鬟？"

"回皇贵妃，奴婢正是。"

"你今年多大了？"

"回皇贵妃，奴婢十六岁了。"

"嗯，很好。"皇贵妃的目光转向卢玉光，"卢大人，你是宗人府的三品府丞，虽是汉人，亦受到宗室重用，前途无量呀。"

"皇恩浩荡，卢玉光感激涕零。"

"本宫听说卢大人尚未婚配，可是实情？"皇贵妃问。

"正是，微臣原本在家说了一房亲事，那年进京赶考，中了进士后，回乡正待完婚，可惜那女子因病故去，故一直未再说亲。"

"今天本宫与你说一门亲事，将这思雨赐予你为妻，不知卢大人意下如何？"

卢玉光与思雨对视一眼，这二人正是肖雅婷和王景瑞。卢玉光见思雨生得如花似玉，亭亭玉立，满心欢喜。他扑通一下跪倒在地："多谢皇贵妃厚爱，微臣定当效犬马之劳。"

思雨被这突如其来的赐婚惊得不知所措，满脸绯红，气喘吁吁。

皇贵妃盯着思雨，面露怒色："思雨，难道你还不愿意吗？卢大人可是三品大员，宗人府的重臣。难道还委屈了你不成？"

思雨赶紧跪下："皇贵妃恕罪，因事起突然，奴婢毫无准备，故一时心里慌乱，并无不满之意。只是，按制，宫女是不能结婚的。"

皇贵妃脸上转阴为晴："十二爷现在不在宫里住了，你跟着他也算出了宫了，所以，可以不按宫女对待了。和卢大人成亲之后，你仍可做十二爷的丫鬟，这并不违反宫规。"

"奴婢谨遵皇贵妃懿旨。"

"好，你们都起来吧。"

思雨和卢玉光站起身来。皇贵妃说："你们择日即可完婚，本宫将送你们一份大礼。"

"谢皇贵妃大恩大德，奴才没齿不忘。"思雨和卢玉光赶紧谢恩。

"退下吧。有事胡总管会吩咐你们的。"

"喳。"

五年后的一天，在一个茶楼的包间里，胡图对思雨和卢玉光说："你们结婚已有五载，还生了一个宝贝儿子，小日子过得挺滋润嘛！"

卢玉光说："微臣和思雨的幸福时光都是皇贵妃赐予的，皇贵妃的大恩没齿不忘。"

胡图从怀里摸出一张银票，递给卢玉光："这里有一百两银子，是皇贵妃赏给你们的。"

卢玉光诚惶诚恐："微臣寸功未建，何敢受皇贵妃如此大恩。"

"皇贵妃如此厚爱二位，卢大人就不必客气了。若想报答皇贵妃的大恩，眼下就有一个机会，不知二位可愿为皇贵妃效力？"

卢玉光拱手道："请胡总管吩咐，只要能报皇贵妃的大恩，微臣万死不辞。"

"很好，思雨也是如此吧？"胡图盯着思雨，眼睛里射出一股令人生畏的寒光。

"奴婢听从胡总管吩咐。"思雨胆怯地说。

胡图拿出一个小瓷花瓶，递给思雨，说："以后每天给十二爷上茶时，给他添点作料，明白吗？"胡图脸上露出一丝阴森的微笑。

思雨用颤抖的手接过瓷瓶，秀丽的脸庞因过度惊恐而扭曲得十分可怕。

月光洒进屋里，照在肖雅婷苍白的脸上，无声的泪水已经将枕巾浸湿了一片，她的心似刀割般的难受，她问自己："难道这罪恶的一幕又要重演一遍吗？"

第三十八章
神秘的朋友

关林掀开窗帘的一角向外面看了看，四合院里静悄悄的，所有的屋里都黑了灯，住在这个院子里的人都已进入了梦乡。

关林走到檀木制的衣帽架边，衣帽架两边是两根圆圆的立柱，柱头是两个雕刻精美的狮子头。关林将一个狮子头转动几下，狮子头竟然像一个螺丝帽似的与衣帽架体分开了。他从圆柱上端抠出一个长方形的黑色小盒，里面是一个优盘。

那天在刘敏家吃饭时王景瑞借他的手机出去打电话，关林就意识到他们盯上他的手机了，虽然肖雅婷故意撞翻他的酒杯，使他免遭致幻药的侵袭，但是，关林知道他们绝不会善罢甘休，一定会对他的手机下手。所以，他迅速采取防范措施。他把手机里的资料备份在这个存储量很大的优盘里，暗藏在衣帽架的小机关里，并在手机里设置了一些迷惑对方的资料。这一招果然奏效了。

关林打开电脑，将优盘插进去，电脑屏幕上显示出新增设备 H 盘，他点了一下 H 盘，弹出一个对话框和提示：请输入密码。关林在这个优盘上设置了一个更加复杂的密码，即使采用最先进的密码破译手段，短时间也很难破译这个密码。

关林输入密码，打开 H 盘，调出《红楼梦》抄本，继续红楼之旅。

经过前一段时间的研究，关林解开了神瑛侍者和绛珠仙子的秘密，书中的宝黛之恋，表现的是乾隆皇帝和富察皇后的生死之恋。宝玉和黛玉是小说的主角，但是，那块被女娲弃之青埂峰下的石头是谁？元春省亲时的一段内心独白，已经证明元春就是那块石头，可是，就像方莹说的，宝玉是“衔玉而生”，他嘴里的那块玉就是青埂峰下的石头所变，这和元春又有什么关系呢？按小说中设定的人物关系，元春是宝玉的姐姐，这说不通啊。关林感到前所未有的困惑。

正当关林束手无策的时候，电脑上的QQ群发出嘀嘀、嘀嘀的轻微响声，有群友给他发来短信。关林心中一紧，思忖：不会是那个屈死鬼吧？他赶紧点开QQ群，一条短信蹦了出来，正是屈死鬼发来的：《红楼梦》写作秘法之一：一击两鸣，一喉二歌、一手两书。

关林急忙回复：朋友，你的意思是《红楼梦》的人物有两个身份？

屈死鬼回复：正是。

关林：宝玉也有两个身份？

屈死鬼：是的。

关林：宝玉的另一个身份是谁？

屈死鬼：永琪。

“永琪？”关林大惊失色，回复道：如果宝玉的另一个身份是永琪，那元春就是乾隆皇帝的继皇后乌喇那拉氏，对吗？

屈死鬼：是的。

“对对对，屈死鬼说得没错，元春就是青埂峰下的石头，书中的身份是皇贵妃，乌喇那拉氏的确做过乾隆的皇贵妃。”想到此，关林兴奋异常，回复道：可是，宝玉衔玉而生如何解释？

屈死鬼：分身法。注意林红玉、王熙凤、贾探春、史湘云、香菱、薛宝钗和元春的描写。

关林：你的意思是，这几个人都是那拉皇后？

屈死鬼：正是。

关林：书中可有证据？

屈死鬼：当然。

关林：那拉皇后在乾隆三十年第四次南巡期间与乾隆反目成仇，最后被乾隆废了，书中可有体现？

屈死鬼：乾隆与那拉皇后决裂这一史实，在《红楼梦》一书中通过各种隐晦、巧妙的方式，完整地体现出来。须仔细挖掘，方可发现。

关林：多谢指教。

屈死鬼：你已经很接近那个真相了，祝你成功。

关掉QQ群后，关林激动的心情难以平静：“这个神秘的朋友到底是谁？为何对《红楼梦》如此熟悉？”

无论如何，屈死鬼提供了重要的线索，关林首先核实宝玉的另一个身份。

关林调出元春省亲时的描写，有一段话引起他的注意。

第十八回，元妃省亲时，书中介绍：“当日这贾妃未入宫时，自幼亦系贾母教养。后来添了宝玉，贾妃乃长姊，宝玉为弱弟，贾妃之心上念母年将迈，始得此弟，是以怜爱宝玉，与诸弟待之不同。且同随贾母，一刻未离。那宝玉未入学堂之先，三四岁时，已得贾妃手引口传，教授了几本书、数千字在腹内了。其名分虽系姊弟，其情状有如母子。［批语：批书人领过此教，故批至此竟放声大哭，俺先姊仙逝太早，不然余何得为废人耶？］”

元春与宝玉“虽系姐弟，其情状有如母子”。可见，书中这一段元春与宝玉的描述，暗示元春和宝玉实际上是母子关系。如果元春就是那拉皇后，宝玉的另一个身份是永琪，而批书人“领过此教”，并说：“俺先姊仙逝太早，不然余何得为废人耶？”那么，批书人脂砚斋应该就是永琪，难怪批书人对书中描写的情景如此熟悉。那拉皇后被废后，永琪的确成了一个废人，昔日富丽堂皇、犹如皇太子般的生活一去不复返。所以，脂砚斋批书至此，禁不住放声大哭。没有亲身经历的人，哪里会体会到批书人的感受？一夜之间，皇后沦为囚徒，一等皇子沦为“废人”，就如同从天堂坠入了地狱，其情其景可谓悲惨之至。脂砚斋将母亲称为“先姐”，是迎合书中的描述，同时也是为“讳知者”。这样的解释才合情合理。

关林在书中找到了很多能够证明脂砚斋就是永琪的证据。

第十八回：小太监出去引宝玉进来觐见元春，先行国礼毕，元妃命他进前，携手拦揽于怀内，又抚其头颈，［批语：作书人将批书人哭坏了。］笑道：“比先竟长了好些……”一语未终，泪如雨下。

这一段描述，道出元春对宝玉的真情实意，足见元春对宝玉的“母子深情”。批书人目睹这一情节，当年母亲对自己的深爱之情立即浮现在眼前，刻骨铭心、历历在目，因此才会有“作书人将批书人哭坏了”的肺腑之言。

第二十五回：宝玉进门见了王夫人，不过规规矩矩说了几句，便命人除去抹额，脱了袍服，拉了靴子，便一头滚在王夫人怀里。［批语：余几几失声哭出。］王夫人便用手满身满脸摩挲抚弄他，［批语：普天下幼年丧母者齐来一哭。] 宝玉也扳着王夫人的脖子说长道短的。[批语：慈母娇儿写尽矣。]

如果按照屈死鬼的提示，小说中的很多人物都有双重身份，那么，王夫人也是那拉皇后的化身之一。那拉皇后死时，永琪才十四岁，是真正的幼年丧母。当年皇后母亲在世时，永琪何尝不是这样在母亲身上撒娇，脂砚斋批书至此，触景伤情，失声痛哭，亦在情理之中。

第二十二回：薛宝钗过生日，凤姐点了一出戏《刘二当衣》。[批语：凤姐点戏，脂砚执笔事，今知者寥寥矣，不怨夫?]

从脂批中看出，凤姐点戏时，脂砚斋就在旁边，王熙凤和薛宝钗都是那拉皇后。宝钗过生日实际上那拉皇后过生日。皇后母亲过生日，儿子永琪当然会在身边。母亲点了一出或几出戏，儿子做记录传给管事的太监，这事再自然不过了。

第三回：只因宝玉性情乖僻，袭人每每规谏宝玉，心中着实忧郁。[批语：我读至此，不觉放声大哭。]

那拉皇后就是因为规劝乾隆而落得身败名裂的下场，永琪当然知道母亲落难的缘由，读至"每每规谏宝玉，心中着实忧郁"时，肯定会想起母亲的遭遇，所以才"不觉放声大哭"。

第十三回：秦可卿对熙凤说"三春去后诸芳尽，各自须寻各自门"。[批语：此句令批书人哭死。]

富察皇后在春天的三月死了，那拉皇后正是在"三春去后"才得以登上皇后宝座，正因为她坐上了本不该坐的位置，才导致她悲剧的命运。永琪对母亲的一生遭遇了如指掌，故此才会有"此句令批书人哭死"的悲怆之语。

在屈死鬼的提示下，关林又破解了一个红楼疑团，证明了脂砚斋的身份。接下来要解决的问题是，找到那拉皇后的证据。

月亮隐入云层里，大地一片漆黑。

四合院的院墙上出现一个黑影。那个黑影蹲在墙上观察了一下院里的动静，各个屋子里都黑着灯，只有关林的房间里闪着一丝微弱的光亮。黑影从墙上飘然落下，迅速靠近关林房间的窗户，透过窗户上的一个缝隙朝里面窥视。

一个清朝宫女的身影悄无声息地从后院蹿出，向那个黑影扑去。她右手疾出，一招"单掌劈山"，直捣黑影的脑后。黑影猛听得脑后风声骤起，急速一闪，避开这致命一击。旋即回身，手中刀光一闪，向宫女头上劈去。宫女一个鹞子翻身，躲过黑影的刀锋，顺势就地一滚，腾身再起时，一把长剑已握在手中。宫女剑如流星，连绵不绝，顷刻之间，将黑影逼退到院墙之下。黑影没料到宫女的剑法如此精妙，不得不使出看家本领，一阵眼花缭乱的刀法，抵住了宫女的长剑。刀光剑影，乒乓作响，嗤嗤有声。黑影刀法虽精，却始终无法贴近宫女之身。宫女一招"蟒蛇出洞"，剑锋直指黑影脑门，黑影举刀一挡，当的一声，一柄利刃断为两截。黑影大惊失色，右手一扬，断刀向宫女飞去，借宫女躲避断刀之际，忽地一闪，踪影全无。

宫女四下望望，也不追赶，收剑向后院飘然而去。

院里的打斗声惊动了关林，他急忙关掉显示器，快步走到窗前，撩起窗帘一角，查看院里的情况。夜色下，一把断刀急如流星般地飞向一个女人，那女人闪身躲过飞刀，一个黑影一闪身没了踪影，那个女人收起长剑，向后院走去。关林清楚地看到，那是一个清朝宫女的背影，动作飘忽，犹似鬼魂。

关林的双腿由于惊恐而不住地颤抖。

薄薄的雾气将小街的一切都笼罩在一片朦胧之中，道旁的柳树低垂着头，柔顺地接受着晨光的淋浴。挺拔的杨树舒展着健壮的手臂，金黄的叶子在湿润中透出几分幽幽的秋意。

关林、方莹和白晓雯迎着晨光，漫步在林荫道上。

"昨天夜里，你们听到院里的动静了吗？"关林问。

"我什么也没听见。"白晓雯说，"什么情况？"

"我看见两个黑影在院里打斗，你们猜，其中一个是什么人？"关林的语调里明显地透着些许不安。

"你又看见什么莫名其妙的事了？"方莹的语气有些不屑一顾。

"我看见一个清朝宫女的背影，向后院走去。"

"清朝宫女？"白晓雯和方莹对视一眼，白晓雯说："你做梦呢吧？"

"绝对不是，清楚极了，就像我现在看见你们两人一样。"关林的脸色非常严肃。

"呵呵呵，"方莹笑道，"你总能看到别人看不到的东西，怪不得你能破解红楼谜团。"

白晓雯笑道："对，按照你的推论，《红楼梦》写的是清朝的事，你整天琢磨清朝那点事，可不就看见清朝的宫女了。”

“唉，反正我说什么你们都不信，只有我心里清楚。算了，不说这些烦心的事了。”关林无奈地说。

“今天休息，我们去玩玩吧，关林也该放松一下了。”白晓雯说。

“对，我们去青龙湖划船吧。”方莹附和道。

“好，我正想找个清静的地方整理一下思路。”

路边的树丛后面停着一辆白色轿车，车上坐着两个男青年，坐在司机位置上的人拿着一个望远镜，从侧面车窗上观察着前面的情况。望远镜里，清楚地看到，关林拦了一辆出租车，三个人上了出租车。

“他们上了出租车。”

“跟上他们。”

“好。”那人放下望远镜，发动汽车，尾随出租车而去。

阳光洒在波光粼粼的湖面上，水面铺上了一层闪闪发光的碎银，像是被揉皱了的绿缎。一条小船划破平静的湖面，荡起了层层涟漪。

关林、方莹和白晓雯坐在船上，关林划动双桨，小船向湖的中央飘去。

“关林，昨晚又没睡好吧，看你眼睛都红了。”方莹关切地问。

“是，只睡了四个小时。不过，没觉得累，反而觉得很兴奋。”

“又有什么新发现？”白晓雯说，“你跟方莹说过不少了，跟我也说说。”

“你对《红楼梦》也感兴趣？”关林问。

“当然，这是我们共同的命运嘛。”白晓雯说。

“什么？《红楼梦》和你的命运也有关系？”关林感到非常奇怪。

“是啊，住在四合院里的人，不都被卷入那些稀奇古怪的事情里了吗？这些事不都和《红楼梦》有关吗？”

“真是悲哀，好像每一个人都是《红楼梦》里的人，我真搞不懂是怎么回事？”

“哎呀，你就别感叹了，说说你的新发现吧。”方莹赶紧岔开话题。

“好好好，咱们不扯别的，就说《红楼梦》。”关林平静了一下情绪，说，“我现在终于发现，青埂峰下的那块石头是谁了。”

方莹说：“上次你说，青埂峰下的那块石头是个女人，这个女人就是元春，那元春隐写的是谁？”

“是乾隆的继皇后乌喇那拉氏。”关林肯定地说。

白晓雯笑了：“那拉皇后？这么说，《红楼梦》写了乾隆的两个皇后？”

“对，《红楼梦》隐写的是乾隆皇帝和他的两个皇后的情史。”

“那拉皇后的形象在小说中是如何体现的？”方莹问。

“这个问题比较复杂，不是几句话就能说清的。简单说吧，作者采取了特殊的写作手法——分身法，将不同时期的那拉皇后分别写在林红玉、王熙凤、薛宝钗、贾探春、史湘云、香菱和元春身上，每个人身上写一段那拉氏的事情，这几个人合在一起就是那拉皇后。林红玉是乌喇那拉氏初入弘历潜邸时的形象，王熙凤是那拉氏成为皇后之后的形象，贾探春是那拉皇后的又一个分身，史湘云是那拉皇后形象的补充，香菱隐写那拉氏与乾隆感情最好的一段时光，薛宝钗隐写乾隆和那拉皇后的情感关系，元春暗示那拉氏的真实身份。”

“哦。这倒很有意思，你详细说说。”白晓雯说。

“好，你们仔细听我慢慢道来——”

第三十九章
继皇后的线索之一

关林说："林红玉、王熙凤、贾探春和史湘云四人的性格比较：颇有心计、极善攀附；伶牙俐齿、能言善辩；精明强干、倔强自尊；志气高远、不卑不亢；心思通达，深有主见是这四人的共同特点。因此，红玉、熙凤、探春和湘云性情相同，实为一人，她们分别是乌喇那拉氏皇后不同时期的形象。"

白晓雯："先说林红玉。"

"好。青埂峰下的石头被和尚幻化成一块可佩可戴的玉，这块玉是红色的，而小说中真的有个红玉，而且，也姓林，这就是作者的深刻用意。作者之所以将林黛玉、林红玉二人的命名如此相似，是暗示两人的身份相同：一个是先皇后，一个是继皇后。"

"林红玉不是宝玉的丫鬟吗？"方莹问。

"是啊。小说中的林红玉出场不多，但她却是作者精心设计的一个重要人物。早在林红玉未出场之前，作者已埋下伏笔。红玉是'荣国府中世代的旧仆'，宝玉住在荣国府的绛芸轩时红玉就在他身边，第八回批语'试问石兄：此一渥，比青埂峰下松风明月如何？'实际上是指隐藏在宝玉背后的红玉。"

"书中说：'这红玉年方十六岁，因分人在大观园的时节，把她便分在怡红院中，倒也清幽雅静。不想后来命人进来居住，偏生这一所儿又被宝玉占了。'由此可知，在宝玉还未搬进大观园时，红玉就已经在怡红院了。贾政游览大观园看到怡红院时，有两条批语：［问卿此居比大荒山若何？］［特为青埂峰下凄凉与别处不同耳。］这显然是在说青埂峰下的那块石头，可是此时宝玉还没住进怡红院，这说明，批语是针对红玉说的。”

白晓雯说：“你的分析很有道理，但是，缺乏直接证据，怎么能证明林红玉就是那块红玉呢？”

“红玉梦见贾芸拉她，回身就跑［批语：梦里徘徊，醒后疑猜，通灵神玉也遭尘败。］这分明已告诉读者，红玉就是那块‘通灵宝玉’。”关林抛出一条过硬的证据。

方莹点点头，说：“这条批语可以证明青埂峰下的顽石就是林红玉。”

“那，红玉和贾芸又是怎么回事？”白晓雯问。

“小说表现的是乾隆皇帝的情史，写得太明确了那还了得，那不是找死吗？所以，作者迫不得已采取了特殊的写作方法——分身法，这是《红楼梦》写作的一大特点。贾芸就是宝玉的分身，两人实际上是一个人，都是弘历的化身。宝玉在荣国府的住处叫‘绛芸轩’。绛：指绛珠草林黛玉。芸即指贾芸，他和贾宝玉实为一人。贾芸‘认得许多花儿匠’，又是负责种树的总监工，暗喻神瑛侍者以甘露浇灌绛珠仙草。贾芸被称为芸二爷，和宝二爷相合。红玉对贾芸的感情只是单相思，贾芸并未理会她，脂批证明了这一点：［红玉一腔委屈怨愤，系身在怡红不能遂志，看官勿错认为芸儿害相思也。］”

白晓雯插话说：“我知道，乌喇那拉氏嫁给弘历为侧福晋是雍正做的主，弘历并不喜欢那拉氏，这和红玉的单相思是一致的。”

“你说得很对。书中描写宝玉几次摔玉、砸玉的行为，目的是要告诉读者，那块美玉，是僧道‘夹带于中’即塞到他嘴里一并来投胎的。那玉虽是个宝物，但却是个身外之物，宝玉并不喜欢这块玉。因为有富察氏的存在，乾隆打心眼里不喜欢这个品性上虚情假意、表里不一的那拉氏。自始至终，那拉氏一直都虚存在弘历的潜邸里。贾宝玉狠命摔玉、砸玉的行为，暗喻的正是乾隆对那拉皇后的情感。”

“红玉最后做了王熙凤的丫鬟，这是怎么回事？”方莹问。

“第二十七回中，作者终于借王熙凤之口，道明了其中的深意：熙凤见到红玉后问：‘你十几岁了？’红玉道：‘十七岁了。’又问名字，红玉道：‘原叫红玉的，因为重了宝二爷，如今只叫红儿了。’凤姐听说将眉一皱，说：‘讨人嫌得很！得了玉的益似的，你也玉，我也玉。’这里有四字批语：［又一下针。］这是什么意思？”

方莹和白晓雯摇摇头。

关林解释道："这里暗含的玄机是：作者通过熙凤之口告诉读者：'你也玉'，是指黛玉，'我也玉'，则是指熙凤。第二回，冷子兴向贾雨村介绍王熙凤时说：贾琏娶的就是政老爹夫人王氏之内侄女，'谁知自娶了他令夫人之后，倒上下无一人不称颂他夫人的，琏爷倒退了一射之地。说模样又极标致，言谈又爽利，心机又极深细，竟是个男人万不及一的。'［批语：非警幻案下而来为谁？］脂砚斋告诉我们，那王熙凤就是从警幻案下而来的，她就是在警幻仙子案下挂了号的'蠢物'，也就是那块化成红色美玉的顽石。"

方莹和白晓雯点头称妙。

关林作出结论："据此，可以认定，林红玉是乌喇那拉氏初入弘历潜邸时的形象。红玉被王熙凤收为丫鬟后再没露面，因为她的使命已经完成了，红玉和熙凤合二为一了。"

湖边的游廊上有不少游客往来穿梭，旁边的空地上十几个老年人在打太极拳，旁边一群年轻人跳着欢快的健美操。

游廊上坐着两个年轻人，一个人拿着望远镜眺望着湖中央的小船。

"他们跑到这里来干什么？"

另一人说："他们手里拿着什么东西？"

"白晓雯挎着一个小包，关林提着个塑料袋，里面像是矿泉水和一些吃的东西，其他没什么。"

"还真有闲心来游山玩水呀。"

"林红玉说完了，该说王熙凤了吧？"白晓雯兴奋地说。

"好，我们再说王熙凤。"关林喝了一口水，接着说，"王熙凤刚一出场，她的衣着装扮就非同一般。书中描述：王熙凤'头上戴着金丝八宝攒珠髻，绾着朝阳五凤挂珠钗［批语：头］；项上戴着赤金盘螭璎珞圈［批语：颈］；裙边系着豆绿宫绦，双衡比目鱼玫瑰佩［批语：腰］；身上穿着缕金百蝶穿花大红洋缎窄裉袄，外罩五彩刻丝石青银鼠褂，下着翡翠撒花洋绉裙。彩绣辉煌，恍若神妃仙子。'你们从熙凤的衣着上看出什么名堂了吗？"

方莹和白晓雯都沉思着，白晓雯首先开口："她那个'朝阳五凤钗'有些名堂，五凤钗可不是随便什么人都能戴的。"

“你真聪明。”关林说，“‘朝阳五凤钗’是王熙凤的专用首饰，《红楼梦》里没有任何女性跟王熙凤戴同样的凤钗，连贵为皇妃的贾元春都没戴过。王熙凤的判词是：‘凡鸟偏从末世来’，‘凡鸟’合起来是‘鳳’，点其名。皇上为龙，皇后、皇妃为凤。作者把熙凤比作‘凤鸟’，和她头上的‘朝阳五凤钗’联系起来，其寓意就是熙凤的身份是跟‘真龙天子’相配的。故宫前三殿图案以龙为主，显示皇帝是龙的化身；后三宫以凤为主，显示后妃是凤的化身。荣国府就是皇上的后宫，那么，‘凤鸟’王熙凤无疑就是皇上的后妃了。”

“对，‘朝阳五凤钗’影射的是妃的朝冠。《清史稿》记载：皇后、皇贵妃、贵妃的朝冠：‘朱纬上周缀金凤七’；妃朝冠：‘顶二层，贯东珠各一，皆承以金凤。上周缀金凤五，饰东珠七，珍珠二十一’；嫔朝冠：‘上周缀金翟五’；皇子福晋、亲王福晋、世子福晋、郡王福晋和贝勒夫人朝冠：‘上周缀金孔雀五’，贝子夫人以下连金孔雀也没有了。”方莹的话显示出她对清史的熟悉程度。

白晓雯说：“王熙凤的‘朝阳五凤钗’证明她的身份是皇上的妃子。那拉氏乾隆二年封娴妃，朝冠上面当然有五凤。王熙凤刚出场时隐写的就是那拉氏为娴妃的时候，可以这样理解吗？”

“完全正确，看来你们二位对清朝的规定很熟悉呀。”关林对方莹和白晓雯刮目相看了。他又问：“你们从王熙凤的衣着上还看出什么了？”

白晓雯说：“王熙凤的‘赤金盘螭璎珞圈’也大有奥妙，赤金就是上等成色的金子；螭是一种没有角的龙，古代汉族神话传说中的龙生九子之一，盘螭，指盘卷着两条无角龙；璎珞指上面镶嵌的玉石，这是皇家的专用首饰。”

“我也想起一个问题。”方莹说，“上次你说过，刻丝常用以织造帝后服饰，是皇权的象征。王熙凤身穿‘五彩刻丝石青银鼠褂’，暗示王熙凤是皇上的妃子。”

“还有，王熙凤‘裙边系着豆绿宫绦’，这是皇宫中特制的丝带。”白晓雯补充道。

“对，真看不出来，你们二位对清朝的服装首饰这么熟悉。”关林对方莹和白晓雯的清史知识倍感惊讶，“脂砚斋的‘头、颈、腰’三字批语，就是要引起读者的注意，王熙凤的服饰从头到腰全是皇妃专用品，并说她‘恍若神妃仙子’，这已经非常明确地指出王熙凤是皇上之妃。”关林进一步解释，“王熙凤的出身是‘东海缺少白玉床，龙王请来金陵王’的王家，与贾家、史家、薛家为金陵四大家族，富可敌国。宝玉的舅舅王子腾当过京营节度使，后来还不断升官，由九省统制升至九省检点。王子腾和王熙凤的关系小说中没有明写，有人猜熙凤是王子腾的女儿，也有说王子腾是熙凤的叔叔。乌喇那拉氏原是辉发纳喇氏的家族，她是辉发贝勒王机砮的后代，出身满洲大族。那拉氏家族在她晋为皇贵妃后于乾隆十三年由满洲镶蓝旗抬入满洲镶黄旗，其父佐领那尔布被追封为一等承恩公，那拉皇后的侄子纳苏肯袭一等承恩侯。那拉氏家族因她的崛起而飞黄腾达，一时富甲天下，权势熏天。”

方莹插话道：“在红学史上，对王熙凤的各种评语也是非常多的，认为她是‘治世之能臣，乱世之奸雄’，把王熙凤叫作‘女曹操’，称之为‘胭脂虎’，就是母老虎。这和那拉氏的性格非常相像。”

“呵呵呵，你对《红楼梦》的熟悉程度让我吃惊啊。”关林笑道，“没错，王熙凤泼辣张狂，口齿伶俐，工于心计，善于阿谀奉承，见风使舵，喜欢使权弄势，炫耀特权。她是贾府最实际的权威人物，这与她的高出众人的才干是分不开的。王熙凤之所以能在贾府中呼风唤雨，其中很重要的一个原因是有贾母这个靠山。贾母是荣宁二府中辈分最高的老祖宗，和这个孙子媳妇之间关系十分融洽，熙凤很会讨好老太太，深得老太太的欢心。乌喇那拉氏是雍正钦赐给弘历的侧室福晋，并在太后的极力保举下得到娴妃的封号，之后晋贵妃、皇贵妃、‘摄六宫事’，直至被册为继皇后，都是在太后的保举下晋升的，足见她心机之深，其见风使舵、寻找靠山的本领和王熙凤如出一辙。”

白晓雯说：“富察氏和那拉氏都是雍正做主钦赐给弘历的，又都在太后的保举下做了皇后，我记得《红楼梦》里有一句诗，叫：‘好风凭借力，送我上青云。’隐喻的就是这两位皇后的经历。是这个意思吗？”

关林笑道：“呵呵，你也很厉害呀。富察氏和那拉氏正是凭借雍正和太后的‘好风’，先后登上皇后的宝座。然二位皇后命运多舛，最终都以悲惨的结局收场。这就是《红楼梦》书名的含义，一切荣华富贵，最终都是一场春梦。”

方莹说：“第十三回，秦可卿临死前托梦给熙凤：‘眼见不日又有一件非常喜事，真是烈火烹油、鲜花着锦之盛。’凤姐忙问：‘有何喜事？’秦氏道：‘天机不可泄露。’这一段故事隐喻的是什么？”

“这一段说的是富察皇后死期将近，乌喇那拉氏的机会来了。但是，秦可卿告诫熙凤：‘那也不过是瞬息的繁华，一时的欢乐，万不可忘了那盛筵必散的俗语。常言：月满则亏，水满则溢；又道是登高必跌重。须要记着：三春去后诸芳尽，各自须寻各自门。'富察皇后是在春天的三月去世的，'三春去后'乾隆对所有的嫔妃都不会再真心相爱，所以，各位嫔妃须为自己早谋后路，以备不测。可惜，乌喇那拉氏没有看清这一点，在她看来，富察皇后一死，自己的机会终于来了。"

"王熙凤协理宁国府是暗喻那拉氏在富察皇后仙逝后晋封为皇贵妃，'摄六宫事'的情景吗?"方莹问。

"正是，在小说的描述中，生动刻画出那拉皇后的女中豪杰形象。"

随着关林的讲述，王熙凤协理宁国府的情景清晰地展现出来——

秦可卿死后，贾珍请王熙凤协理宁国府，帮他处理可卿的丧事。这凤姐平日最喜欢揽事办，好借机卖弄自己的才干，但她未办过婚丧大事，担心贾府里的人还不服她，巴不得遇见这事来展示一下自己的能力，于是便满口应承下来。

宁国府的人听说请了凤姐来理事，知她是个有名的烈货，因此个个小心翼翼。

次日卯正二刻，王熙凤来到宁国府，威风凛凛地坐在正堂中，身着缕金百蝶穿花大红洋缎窄褙袄，外罩五彩刻丝石青银鼠褂，下着翡翠撒花洋绉裙，裙边系着豆绿宫绦，脖子上的赤金盘螭璎珞圈金光闪闪，头上金丝八宝攒珠髻上的朝阳五凤挂珠钗显示着熙凤的高贵身份。熙凤分派各项事务，众人都一一应允，即刻照办，凤姐儿见自己威重令行，心中十分得意。"五七"这日，凤姐卯时二刻过来点卯理事，按名查点，各项人数都已到齐，只有迎送亲客上的一人未到，即命传到，那人已张皇愧惧。

凤姐冷笑道："我说是谁误了，原来是你！你原比他们有体面，所以才不听我的话。"

那人吓得浑身哆嗦，乞求道："小的天天来得早，只有今儿，醒了觉得早了些，所以又睡迷了，来迟了一步，求奶奶饶过这次。"

"明儿他也睡迷了，后儿我也睡迷了，将来都没了人了。本来要饶你，只是我头一次宽了，下次人就难管，不如现开发的好。"凤姐脸色突变，大喝一声："带出去，打二十板子！"一面又掷下宁国府对牌："出去告诉来升，革他一月银米！"

众人一见凤姐横眉立目，哪敢怠慢，将那人拖出去狠狠地打了二十大板。之后，那人还得进来叩谢。

凤姐道："明日再有误的，打四十，后日的六十，有愿意挨打的，只管误！"

众人这才知道凤姐的厉害，自此不敢有丝毫偷闲，个个兢兢业业，执事保全。

……

方莹又提出一个问题："我记得，小说中描写王熙凤过生日时，宝玉却跑到城外的水仙庵去祭奠金钏，这是什么意思？"

关林解释道："贾宝玉在熙凤生日当天的行为，是乾隆在册封那拉皇后时的表现。乾隆在立那拉氏皇后之前特地前往东直门外静安庄富察皇后的初时葬地，向富察皇后焚香祭酒，作诗一首，禀告此事。宝玉祭奠金钏时，脂砚斋提示此举'大有深意'，并说'这方是作者真意'。暗示的就是乾隆在册封乌喇那拉氏为皇后时烧香禀告富察皇后。"

"小说中的贾琏也是弘历的化身之一吗？"白晓雯问。

"是的，这就是分身法。宝玉是弘历少年时期的化身，而贾琏则是弘历青年时期的化身。宝玉之所以被称为宝二爷，是因为他还有个哥哥，名唤贾珠，也是王夫人所生，所以宝玉自然是二爷。贾琏的父亲贾赦，和宝玉的父亲贾政同为贾母所生，贾赦是长子，贾政是次子。第二回：冷子兴对贾雨村说：'**若问那赦公，也有二子。长名贾琏，今已二十来往了。**'这里交代得很清楚，贾琏是贾赦的长子，但是，却被称为琏二爷，这就让人感到非常奇怪了？其实，作者之所以称贾琏为'琏二爷'，是在暗示读者，宝玉和贾琏实为一人。王熙凤尽管八面玲珑，心机缜密，妒忌心强，行事专横，泼辣狠毒，但她对丈夫贾琏的爱是很深的。这和那拉皇后对乾隆的爱是一致的，那拉皇后屡屡规劝乾隆，以致最后惹恼皇帝。小说中王熙凤因规劝贾琏，被贾琏拿着剑追杀，正是乾隆和那拉皇后反目成仇的情景再现。"

"王熙凤的问题已经搞清楚了，你再说说贾探春吧。"白晓雯说。

"好，我们谈谈探春。"关林清清嗓子，继续说，"作者塑造探春这个人物，是为了进一步明确王熙凤的身份。探春判词中有'才自精明志自高，生于末世运偏消'之句，而熙凤的判词'凡鸟偏从末世来'，'末世'一词，将两个人紧紧连在一起。小说中所有的'钗'，只有探春和熙凤的写照中使用了'末世'一词，'末世'之说正是指时运不佳的那拉皇后。第六十三回，宝玉过生日，怡红院开夜宴，众人占花名。探春占到的是‘瑶池仙品’，诗云‘日边红杏倚云栽’，签上还注云：‘得此签者，必得贵婿。’众人笑道：‘我们家已有了个王妃，难道你也是王妃不成。’”

方莹说：“红学界的观点是，探春的花签暗示她将远嫁到海外，做了海外的王妃。”

关林摇摇头：“我不这么认为，‘我们家已有了个王妃’是指元春，元春也有双重身份，她身上隐写着两位皇后，此处暗指富察皇后，她曾经是宝亲王弘历的嫡福晋，是正宗的王妃；‘难道你也是王妃不成’，则是指探春——乌喇那拉氏也将成为乾隆的皇贵妃，并最终成为皇后，这当然是‘瑶池仙品’。探春为‘侧出’，暗喻的是乌喇那拉氏为继皇后，当然不能和先皇后富察氏相提并论。”

“探春的诗号叫‘蕉下客’，这有什么隐意吗？”白晓雯提出一个问题。

“探春先说自己叫‘秋爽居士’，乾隆为亲王时曾号称‘长春居士’。一个‘长春居士’，一个‘秋爽居士’真是绝配。那拉氏是在秋天被册封为皇后的，真的是‘秋爽’。探春‘秋爽居士’的别号过于露骨了，她说：我最喜芭蕉，就称‘蕉下客’吧。宝玉的怡红院里种植了两种植物：一是海棠花，是红色的；二是芭蕉，绿色的。红海棠是指林红玉，芭蕉是指‘蕉下客’探春，与‘怡红快绿’相呼应。芭蕉之下有个客，此客探春也。”

“红海棠、绿芭蕉都是乌喇那拉氏，她始终都在宝玉身边。作者用意之深，令人惊叹不已！”方莹感叹道。

第四十章

继皇后的线索之二

公寓里，胡图、王景瑞和一个男青年坐在沙发上。男青年对胡图说：“昨晚上，小陈看见关林的房间里有微弱的光亮，像是电脑屏幕发出的光。他刚想仔细看看，不知从哪儿冲出个宫女，而且武功高强，小陈显然不是她的对手。”

“肯定是那个该死的乌扎伊尔。”胡图说，“关林半夜三更的还在看电脑，那个电脑里一定藏有什么东西。他的手机里都是些无关紧要的内容，还设置了密码，这小子不简单啊。”

“上次我借他的电话，他可能察觉到了，又备份了一份资料。”王景瑞说。

“很可能，”胡图问，“还有什么情况？”

男青年说：“刚才小陈来电话，说关林、方莹和白晓雯今天早晨到青龙湖公园去了。”

“现在那个四合院里没有人，景瑞，你和小陆马上回去，仔细搜查关林的房间，争取找到关林隐藏的东西。”

“是。”王景瑞和小陆起身出去了。

小船靠岸，关林、方莹和白晓雯上岸后，登上一个高坡，坡上满是苍翠挺拔、郁郁葱葱的树木，周围的郁金香，红的、粉的、黄的、橙的，颜色各异，千姿百态。他们走进坡顶的八角亭子，饱览湖光山色，远观青山如画，群峰竞秀；近看湖面平静宽阔，碧波荡漾。

白晓雯指着亭子边的长廊说："我们到那里坐坐吧。"

"好。"三个人走进长廊。

方莹坐下后说："这个地方真不错，风光秀丽，清静幽雅，不会有人来打搅我们的。"

"我们接着探讨红楼。关林，你再说说史湘云吧。"白晓雯说。

关林收回眺望远方的目光，平静了一下情绪，说："史湘云是对熙凤、探春形象的补充，也就是间接地描述熙凤和探春所未涉及的那拉皇后的其他方面。史湘云身为女子却有男儿的疏朗与开阔胸怀，她不为女儿的皮囊所累，于妩媚中沾染了一些风流倜傥的男儿气概。熙凤'是脂粉里的英雄'，探春也有男儿的豪气，而湘云处处'巾帼不让须眉'，三人如此相似，这是作者的深刻用意。"

"你说过，湘云的服装大有奥妙，是怎么回事？"方莹问。

"第四十九回写道：湘云穿着'秋香色盘金五色绣龙窄褃小袖掩衿银鼠短袄，头上戴着一顶挖云鹅黄片金里大红猩猩毡昭君套'。鹅黄色是皇帝的专用色，秋香色是《大清会典》中规定皇贵妃以下，除了皇子，不许任何人穿戴的服色！'盘金五色绣龙'，说明绣的是金色的龙，影射的是皇后、皇贵妃'秋香色五爪龙缎'的礼服褂。'挖云鹅黄片''秋香色盘金五色绣龙'，足以说明湘云的身份就是皇贵妃和皇后。"

白晓雯问："湘云有个金麒麟，宝玉把张道士送的金麒麟藏起来，是为了送给史湘云，这里面有什么名堂？"

"根据脂批，史湘云后来和一个颇有侠气的贵族公子卫若兰结婚，卫若兰曾出现于第十四回，这个卫若兰大有来头。脂批云'若兰在射圃所佩之麒麟正此麒麟'，脂批道破天机。射圃：习射之场，是指清代皇家猎苑木兰围场，乾隆在位期间，经常去木兰围场围猎，那拉皇后临死前，乾隆还在木兰围场狩猎游乐。

若：字义除如果、假如，还指'若木'，古代神话中的树名。'若木'后面加个'兰'字，就是木兰。卫，谐音围，卫若兰，不就是木兰围场嘛！谁在木兰围场打猎？是乾隆皇帝！'若兰在射圃所佩之麒麟正此麒麟'的寓意不是昭然若揭了吗？"

"果然玄妙，呵呵呵。"白晓雯和方莹都笑了。

方莹说："还有香菱呢，和那拉皇后有什么关系？"

"香菱的幼年是甄英莲，英莲丢失后，脂批道：'士隐家一段小枯荣至此结住。'意思是英莲的使命已完成，之后出场的香菱隐写的则是那拉氏的一部分。香菱嫁给薛蟠为妾，薛蟠家族是‘皇商’，谐音‘皇上’。香菱为薛蟠偏房，暗示那拉氏的身份是继皇后。怡红院夜饮时香菱抽到的签是并蒂花，诗云：连理枝头花正开，表明香菱正处于‘联春绕瑞’、夫妻恩爱的美好时光里。香菱隐写的是那拉皇后与乾隆感情最好的那一段。那拉氏晋为皇后之后，曾与乾隆有过短暂的幸福时光，乾隆十七年，那拉氏生皇十二子永璂，乾隆十八年六月二十三日生皇五女，乾隆二十年又生皇十三子永璟，这表明那拉皇后正处于乾隆的宠爱之中。”

“小说中，有一段香菱和小姑娘们斗草的描写，这里面有什么隐情？”白晓雯问。

“斗草的情节隐喻的是乾隆和那拉皇后反目成仇的结局。几个姑娘斗草时，香菱说‘我有夫妻蕙’，宝玉赶来凑热闹，说：‘你有夫妻蕙，我这里倒有一枝并蒂菱。’香菱是‘根并荷花一茎香’，宝玉手里拿着一枝并蒂菱花，点明‘并蒂菱花’就是香菱。‘夫妻蕙’，就是‘夫妻会’，夫妻蕙和并蒂菱，暗示宝玉和香菱本是夫妻关系。后来，宝玉亲手将夫妻蕙和并蒂菱埋了，暗喻那拉皇后与乾隆的这段真挚感情很快就将被乾隆亲手埋葬。香菱斗草时说：‘并头结花者为夫妻蕙。’荳官笑道：‘依你说，若两枝背面开的，就是仇人蕙了。’荳官之言，暗示的正是那拉氏最后和乾隆成了仇人。”

“那薛宝钗又是怎么回事？”白晓雯又问。

“《红楼梦》中的贾宝玉、林黛玉和薛宝钗三人的爱情关系隐写的是乾隆皇帝与富察皇后和那拉皇后的情感纠葛。作者将乌喇那拉氏的能力隐写于王熙凤和贾探春身上，而将乾隆与富察皇后和那拉皇后的情感关系隐写于贾宝玉、林黛玉和薛宝钗身上。宝玉和黛玉的‘木石前盟’，隐写的是乾隆皇帝和富察皇后的生死之恋，宝玉和宝钗的‘金玉良缘’隐写的是乾隆和那拉皇后的情感纠葛。”

“宝玉有一块红玉，宝钗也有高人送的一把金锁。宝玉那块玉上的字是‘莫失莫忘，仙寿恒昌’，宝钗金锁上的字是‘不离不弃，芳龄永继’，刚好配成一对。这应该是绝配呀。”白晓雯说。

“不错，”关林说，“薛家到了荣国府后，就有一种舆论说，宝钗戴的金锁是个和尚给的，说：‘等日后有玉的方可结为婚姻。’宝钗颇有心机，总是在看似漫不经心的时候提起宝玉的那块‘通灵宝玉’。第八回，宝钗对宝玉说：‘成日家说你的这玉，究竟未曾细细地赏鉴，我今儿倒要瞧瞧。’宝玉摘下玉来递与宝钗，宝钗托于掌上细看，［批语：试问石兄：

此一托，比在青埂峰下猿啼虎啸之声何如？余代答曰：‘遂心如意。’]此时的宝钗可谓是‘遂心如意’，因为她就是那块顽石的化身之一。”

“如何证明宝钗是那块顽石呢？”白晓雯又问。

关林详细解释：“宝钗在大观园的住处蘅芜苑，全是大玲珑山石和各式石块，一株花木也没有。作者用这些大石块装饰宝钗的住处，暗示宝钗就是青埂峰下的顽石。宝钗因‘从胎里带来的一股热毒’，因此常服用一种叫作‘冷香丸’的药，宝钗说，这个‘冷香丸’是一个秃头和尚不知是哪里弄了来的，吃他的药倒效验些。这时，脂批说：[卿不知从哪里弄来，余则深知是从放春山采来，以灌愁海水和成，烦广寒玉兔捣碎，在太虚幻境空灵殿上炮制配合者也。] 脂批明示：宝钗的‘冷香丸’是在‘太虚幻境’制成的，由此可见，宝钗就是在警幻仙姑案前挂了号的那块石头，那是那拉皇后的幻象。”

白晓雯说：“贾宝玉只在乎‘木石前盟’，他睡中觉时连喊带骂地说出这样的话：‘和尚道士的话如何信得？什么是金玉良缘？我偏说木石姻缘！’这已经清楚地表明了宝玉对宝钗的态度。”

“对。”关林接着说，“第六十二回，宝玉生日对酒令，宝钗覆了一个‘宝’字，宝玉射‘钗’字，并说：‘旧诗曾有敲断玉钗红烛冷，岂不射着了。’这次对酒令宝钗直接表明了自己的心思，而宝玉用‘敲断玉钗红烛冷’来回应宝钗，明确告诉她，咱们两个是不可能成为夫妻的，纵使有人硬要将玉钗结成一起，我也要敲断玉钗，空留洞房红烛冷。”

方莹补充道：“乌喇那拉氏是雍正硬塞给弘历做侧福晋的，而那拉氏晋封为娴妃、贵妃、皇贵妃直至当上皇后，都是太后钮祜禄氏做的主。父母都认为乾隆和那拉氏是‘金玉良缘’，可乾隆偏偏认为他和富察皇后是‘木石前盟’，因此，乌喇那拉氏皇后就惨了。因为富察皇后的存在，任何人都无法成为乾隆心中的好妻子。”

“是的。”关林说，“那拉氏在成为皇后之前，处处小心谨慎，一向‘温柔婉顺，淑慎贤明，夙娴礼教’。但乾隆对她的长期疏远和冷漠，已经深深伤透她的心。在她成为皇后之后，乾隆对她那种近乎怜悯的情感，也只持续了五六年，当她接近40岁时，皇帝的注意力就已转移到一批年轻妃子的身上。乌喇那拉氏又得像从前那样忍受孤独、寂寞、凄凉，‘曾经沧海难为水’，弃如敝屣的日子就更难熬了。”

白晓雯说：“我记得，《红楼梦》里有一首曲子，叫［终身误］，是唱宝黛钗的爱情故事的，这首曲子隐喻的是不是乾隆和他的两个皇后的情感关系？”

“是的。[终身误]唱道：‘都道是金玉良缘，俺只念木石前盟。空对着山中高士晶莹雪，终不忘世外仙姝寂寞林。叹人间美中不足今方信，纵然是齐眉举案，到底意难平。’这首曲是对宝黛钗爱情悲剧的感慨，正是乾隆与富察皇后和那拉皇后之间的情感纠葛。那拉皇后最终才‘叹人间美中不足今方信’，她的‘金玉良缘’始终无法和乾隆与富察皇后的‘木石前盟’相比，到头来只能是‘终身误’。乾隆在《诣静安庄祭酒》中写道：‘鸾车邈仙踪，彤管垂思媚。齐眉予夙愿，续弦谁所致。’人家两人是‘齐眉举案’，你这‘续弦’焉能相比。‘纵然是齐眉举案，到底意难平。’正是出自乾隆怀念富察皇后之诗。”

“可叹停机德，应怜咏絮才。玉带林中挂，金簪雪里埋。这是宝黛钗的判词，你解释一下其中的含义。”方莹说。

关林解释道：“停机德的意思是，汉代乐羊子的妻子，在乐羊子中断学业回家时，她停机断布，以励丈夫继续求学。咏絮才是说东晋女诗人谢道韫，聪慧有才辩。一日，叔父谢安召集众子侄论文义，忽然天上飘下雪花，谢安问：‘以何物比拟雪花？’谢安的儿子答：‘可以比拟为撒盐在空中。’谢道韫答：‘不如说柳絮因风起。’谢安大为称赏。后来便把在诗文创作方面卓有才华的女子赞誉为‘咏絮之才’。”

“‘玉带林中挂，金钗雪里埋。’很多人认为此句暗示林黛玉的结局是在林中吊死，薛宝钗最后死于雪地里。是这样吗？”白晓雯问。

“不是这个意思。”关林说，这两句诗的旁边有条批语：[寓意深远，皆非生其地之意。]脂批说得很清楚，黛玉和宝钗的结局绝非诗中所说的那样，是有极深的寓意。”

白晓雯问：“那是什么意思呢？”

关林答道：“这是作者玩的一个文字技巧，‘玉带林中挂’反过来看就是‘挂中林黛玉’，中：指中宫，皇后居住之处，因以借指皇后。‘挂中’：挂帅中宫之意，暗示林黛玉是皇后，统领后宫。富察皇后死后，她的画像始终挂在长春宫里，长春宫就是中宫。虽然富察皇后早已离去，但在乾隆和其他妃嫔心里她永远是皇后，所以，那拉皇后的结局必然是‘金钗雪里埋’。‘金钗雪里埋’突出的是一个‘冷’字，暗喻那拉皇后最后被乾隆打入冷宫。”

方莹说：“富察皇后和那拉皇后纵有停机之德和咏絮之才，又将如何？碰上了乾隆这样一个‘纵然生得好皮囊，腹内原来草莽’的风流天子，其结果只能是‘玉带林中挂，金钗雪里埋’。”

白晓雯感叹道：“作者为了将乌喇那拉氏的经历交代清楚又不露马脚，真是绞尽脑汁，煞费苦心啊。”

“是啊，”关林最后归纳道，“小说中的红玉、熙凤、探春、湘云和香菱等，各有各的作用，几个人看似毫不相干，其实是暗线相连，环环相扣，须剥丝抽茧，寻迹追源，方能看穿其中之奥秘。”

“林红玉：‘通灵神玉也遭尘败’，证明她就是青埂峰下化成红玉的顽石，王熙凤是‘从警幻案下所来’，‘你也玉，我也玉’，把红玉和熙凤联系起来。”

“熙凤是‘凡鸟偏从末世来’，探春是‘生于末世运偏消’；熙凤的家族是：‘东海缺少白玉床，龙王来请金陵王。’湘云的家族是：‘阿房宫，三百里，住不下金陵一个史。’小说作者文采飞扬，惜墨如金，如是描写两个人，绝不会使用同一个词，在如此重要的地方，两次出现‘末世’和‘金陵’，寓意深刻，绝非偶然。‘末世’一词将熙凤和探春连在一起，‘金陵’一词，又将湘云与熙凤连在一起。”

“宝钗有金锁，熙凤有金项圈，湘云有金麒麟，‘金锁’‘金项圈’和‘金麒麟’将宝钗、熙凤和湘云连在一起。

“元春‘榴花开处照宫闱’；探春、宝玉在石榴树下话衷肠；史湘云和翠缕石榴树下论阴阳；‘呆香菱情解石榴裙’；‘石榴’将元春、探春、湘云和香菱紧紧连在一起。”

“红玉、末世、金陵、饰物和石榴是几人之间的联系纽带。由此可见，红玉、熙凤、探春、湘云、香菱和宝钗实为一人，都是那拉皇后之化身。”

方莹终于看到了《红楼梦》中鲜活的人物——

史湘云头上戴着一顶挖云鹅黄片金里大红猩猩毡昭君套，穿着秋香色盘金五色绣龙窄褙小袖掩衿银鼠短袄，腰里紧紧束着一条长穗五色宫绦款款走来，贾探春拿着一个软翅子的凤凰风筝，香菱手执一枝并蒂菱紧跟其后。之后，林红玉、王熙凤、薛宝钗、贾元春也走了过来，几个人渐渐地合成一人，那是身着明黄龙袍的那拉皇后。

方莹的眼神里闪烁着激动的光泽：“恭喜，你终于找到那块红玉了。”

关林轻轻地摇了摇头：“屈死鬼提示，那拉皇后和乾隆皇帝反目成仇的过程在小说中通过各种巧妙的手段完整地表现出来，可是，我现在还没完全搞清这个过程。”

白晓雯说："你一定会搞清的，我们相信你。"

四合院里静悄悄的，王景瑞走到关林房间门口，小陆躲在院里的影壁后面，查看着门口的情况。他回头冲王景瑞点点头，王景瑞掏出一根细铁丝，插进锁眼里捅咕了几下，锁开了，王景瑞推门进入关林的房间。

桌上摆着关林的手提电脑，王景瑞打开开关，手提电脑没有设置密码，直接进入 Windows 界面，王景瑞查遍电脑里的所有文件，没有发现与《红楼梦》有关的内容。

关掉电脑后，王景瑞将房间里的每一个角落、每一件东西都仔细检查一遍，没有任何发现。他凝眉思索着：夜深人静时，关林究竟在看什么呢？